KATE HARDY

Un père pour ses jumeaux

Traduction française de
CÉCILE LOMBARD

HARLEQUIN

Titre original :
MUMMY, NURSE...DUCHESS?

Ce roman a déjà été publié en 2017

HARPERCOLLINS FRANCE
83-85, boulevard Vincent-Auriol, 75646 PARIS CEDEX 13
Service Lectrices — Tél. : 01 45 82 47 47 - www.harlequin.fr
ISBN 978-2-2804-8656-9

Composé et édité par HarperCollins France.
Imprimé en décembre 2022 par CPI Black Print (Barcelone)
en utilisant 100% d'électricité renouvelable.
Dépôt légal : janvier 2023.

FSC
www.fsc.org
MIXTE
Papier issu de sources responsables
FSC® C159065

Pour limiter l'empreinte environnementale de ses livres, HarperCollins France s'engage à n'utiliser que du papier fabriqué à partir de bois provenant de forêts gérées durablement et de manière responsable.

Un père pour ses jumeaux

*

Coup de foudre pour un séducteur

*

Des jumeaux pour le Dr Jefferson

1

Paddington Children's Hospital

Au volant de sa voiture, Leo Marchetti, duc de Calvanera, aperçut enfin l'imposant bâtiment de brique rouge dont les tourelles au dôme vert brillant sous le soleil lui rappelaient Florence au point qu'il faillit regretter la Toscane. Pourtant, depuis qu'il était venu étudier la médecine à Londres, il s'y sentait davantage chez lui que dans sa ville natale.

Robyn Kelly, la chef du service de chirurgie, l'attendait devant les portes, des reflets dorés jouant dans ses boucles blondes. Elle l'avait prié de venir leur prêter main-forte après l'incendie de l'école primaire de Westbourne Grove, et il avait accepté d'emblée : il n'avait pas oublié son accueil au temps où, encore novice, il effectuait son premier internat. Elle l'avait pris sous son aile protectrice et considéré comme un médecin avant tout, un simple membre de l'équipe.

Il avait vu dans cette requête une occasion de lui retourner sa gentillesse.

Près d'elle, un petit groupe de manifestants brandissait des pancartes sur lesquelles on lisait : « SAUVEZ NOTRE HÔPITAL ! », ou « LA SANTÉ DES ENFANTS PASSE AVANT LE PROFIT ».

C'était, entre autres, pour cette raison que son contrat était de deux mois à peine : cet hôpital pédiatrique vieux d'un siècle et demi était menacé de fermeture et il était prévu de transférer personnel et malades au Riverside Hospital, situé à la périphérie de Londres. Non que Paddington ne soit plus nécessaire — le fait qu'il était bondé de petits patients après l'incendie de cette école proche le prouvait assez —, mais les administrateurs avaient reçu une offre lucrative d'agents immobiliers qui comptaient y aménager des appartements. En vue du fusionnement, l'administration avait déjà réduit le personnel d'une façon drastique au point qu'il était difficile de faire face à tout le travail.

Leo fit la moue. Il avait grandi dans un monde où l'argent était roi et qui le dégoûtait. Si la médecine philanthropique l'attirait, c'était qu'il lui semblait être redevable à la société. Aussi, quand Robyn lui avait exposé la situation, il avait accepté le poste en espérant que sa présence aiderait à médiatiser le plus possible les revendications de ses collègues.

Même si les photographes, qui s'intéressaient plus au duc de Calvanera qu'au Dr Marchetti, n'étaient pas là pour évoquer les difficultés de l'hôpital, il avait bien l'intention de faire figurer les manifestants et leurs banderoles sur toutes les photos. Il avait donc donné rendez-vous à Robyn devant la grande porte, et en plein milieu de la matinée.

Il prit une profonde inspiration et ouvrit la portière de son élégant cabriolet noir.

— Monsieur le duc ! cria un reporter. Par ici !

Des années de pratique lui avaient appris à éviter les clichés en prenant des postures bizarres jusqu'à ce qu'il atteigne l'entrée. Les piquets de grève, sans nul doute prévenus par Robyn, se groupèrent aussitôt derrière lui en brandissant leurs pancartes. Impossible que sur un cliché de lui en gros plan n'apparaissent pas au moins quelques mots d'ordre. Il serra la main à sa chef de service, regarda droit vers les objectifs et sourit aux flashs.

— Est-ce vrai que vous venez travailler ici ? demanda un journaliste.

— Exact.

— Pourquoi Paddington ?

— J'estime que cet hôpital pédiatrique, qui existe depuis cent cinquante ans, doit continuer à fonctionner au lieu d'être fusionné avec le Riverside Hospital, qui est situé en dehors de Londres.

— Mais dont les installations sont plus modernes, fit remarquer un reporter.

— Un équipement de pointe, c'est ça ? Vous savez, en médecine, la modernité n'est pas le plus important. On peut avoir le matériel le plus performant du monde, si le patient n'y a pas accès à temps, ça ne lui sauvera pas la vie.

Le journaliste rougit sans répondre, se dandinant d'un pied sur l'autre.

— Un hôpital doit avant tout être accessible. Que serait-il advenu des enfants de l'école de Westbourne Grove, si le Paddington avait été fermé ? Combien seraient arrivés à temps au Riverside pour être soignés ?

Un silence songeur lui répondit.

— Et j'aimerais que vous citiez ce que je viens de dire dans vos articles, ajouta-t-il à voix plus basse. Parlez donc à ces manifestants dont certains ont eu des enfants soignés ici, écoutez-les raconter leurs histoires. Elles sont bien plus intéressantes que la mienne.

Puis il entra avec Robyn qui allait le présenter à ses collègues du service.

— Je crois qu'ils ont compris, Leo. Merci.

— Tant mieux. Le Paddington est essentiel dans cette ville, et je ferai le maximum pour vous aider à le faire savoir.

Rosie Hobbes, qui entendit ces mots à leur passage, réprima un ricanement. Qui essayait-il de leurrer, ce duc de Calvanera ? Pourquoi le play-boy riche et puissant qu'il était se soucierait-il du sort d'un hôpital londonien ? Il voulait surtout se faire de la publicité…

À ce qu'il paraissait, il avait accepté ce poste parce que, des années plus tôt, il avait effectué son internat ici sous la houlette de Robyn ; mais comment croire qu'un duc ait vraiment envie d'exercer dans un hôpital bondé, au personnel plus que réduit et sur le point d'être vendu ?

Surtout un si bel homme, grand, aux yeux noirs et aux cheveux bruns coupés court, très séduisant…

Mais Rosie n'ignorait pas que la beauté et le charme cachaient parfois une personnalité détestable. Elle, et surtout ses jumeaux de trois ans, en avaient fait les frais.

En repensant à cette terrible nuit, elle sentit son cœur manquer un battement et dut reprendre son souffle. Cela datait d'un peu plus d'un an, mais elle éprouvait toujours la même panique en se remémorant les menaces, le regard glacial de ce sale type qui exigeait le remboursement de la dette de jeu de son mari. Et sa façon de regarder les enfants comme s'ils n'étaient qu'un moyen d'obtenir ce qu'il voulait…

Elle enfonça les ongles dans ses paumes pour se raisonner. Lexi et Freddie allaient bien. S'il y avait eu un problème, la crèche de l'hôpital l'aurait appelée. Personne ne pouvait emmener un enfant sans figurer sur la liste des gens autorisés ou fournir le code personnel attribué à chacun. Michael étant mort, plus personne ne la menaçait. Elle avait retrouvé du travail, et son passé ne troublerait pas sa nouvelle existence.

— Tout va bien, Rosie ? demanda Robyn.

— Oui.

— J'aimerais te présenter le pédiatre qui travaillera avec nous ces deux prochains mois.

Du moins s'il n'avait rien de mieux à faire, songea Rosie. Pour elle, ce genre de type imbu de lui-même n'était pas digne de confiance.

— Leo, voici Rosie Hobbes, l'une de nos infirmières. Rosie, voici Leo Marchetti.

Rosie fit un bref signe de tête.

— Bonjour, docteur.

Ses yeux noirs pétillèrent d'intérêt et il lui adressa le sourire le plus sexy qu'elle ait jamais vu.

— Enchanté de vous connaître, *signora.*

Il devait s'entraîner devant le miroir… Et elle était sûre que son accent italien était moins prononcé quand il parlait à Robyn, tout à l'heure. Elle n'avait pas eu droit à la révérence et au baisemain, mais peut-être réservait-il cela pour plus tard ?

— Soyez le bienvenu, monsieur le duc.

Il eut encore ce sourire craquant…

— Ici, je suis médecin. Vous pouvez m'appeler Leo.

— Docteur Marchetti, dans ce cas, dit-elle d'une voix ferme.

Que ce soit bien clair : elle s'en tiendrait aux rapports professionnels.

— Veuillez m'excuser, je dois revoir des dossiers. Bonne première journée au Château !

Leo n'en crut pas ses oreilles. Au « château » ? Que voulait-elle dire ? Était-ce un commentaire désobligeant sur son origine ? C'était rare que les femmes le détestent d'emblée. En principe, elles lui rendaient aussitôt son sourire. Pourquoi cette jolie infirmière aux cheveux flamboyants et aux yeux d'un bleu vif le traitait-elle ainsi ? L'aurait-il contrariée en une autre occasion ?

Non, il était certain de ne l'avoir jamais rencontrée. Il se serait souvenu d'elle, et pas seulement à cause de son physique. Son caractère intransigeant l'aurait frappé. Elle semblait le défier, et il avait envie d'en savoir plus long sur elle.

Était-elle mariée ? Elle ne portait pas d'alliance, ce qui n'était pas une preuve, de nos jours…

Et pourquoi se le demander, au fait ? Il était ici pour travailler, et avait pour règle de ne jamais s'intéresser à ses collègues. Du reste, il était supposé trouver une épouse de son rang, avec qui il aurait un héritier.

Mais il répugnait à faire vivre une famille dans le château où il avait grandi, solitaire et malheureux, quêtant sans cesse l'approbation d'un père tyrannique.

Il chassa ces pensées importunes et lui adressa son plus beau sourire.

— Merci mille fois !

Puis il suivit Robyn, qui tenait à le présenter au reste de l'équipe.

Après avoir revu les dossiers et tapé ses notes sur l'ordinateur, Rosie se dirigea vers la première salle. Le Dr Marchetti avait dû passer dans la seconde, maintenant, pour serrer des mains…

Pourquoi l'avait-il tant troublée ? Outre son physique de star de cinéma, il était charmant et inspirait confiance… Mais cela ne signifiait rien : son mariage avec un homme de ce genre était vite devenu un enfer. Par conséquent, elle le tiendrait à distance le plus possible.

Elle s'approcha du lit de Penelope Craig, dont on tentait de contrôler le défaut cardiaque et qui restait à l'hôpital un jour sur deux pour son traitement.

— Comment vas-tu, Penny ?

La fillette leva la tête de son dessin et lui adressa un adorable sourire.

— Bonjour, Rosie ! Je vais bien, merci.

Rosie échangea un regard avec Julia, la mère de l'enfant, qui savait aussi bien qu'elle que c'était faux. Mais Penny ne se plaignait jamais.

— Tant mieux. Je voulais juste…

— Prendre mes constantes, je sais.

Rosie mesura le pouls, la température et la saturation en oxygène.

— Voilà, c'est fini. Oh ! j'ai quelque chose pour toi !

Elle fouilla dans sa poche et en sortit une feuille d'autocollants.

La fillette eut un sourire radieux.

— Chic, des chatons ! Regarde, maman !

— Ils sont adorables ! commenta Julia avec enthousiasme.

Feint, songea Rosie en voyant ses traits tirés et sa lassitude derrière son sourire. Elle savait ce que c'était de s'inquiéter pour ses enfants et de se sentir impuissante…

Elle adressa un clin d'œil à Penny.

— J'espère que ce nouveau médicament te remettra sur pied bientôt.

La fillette, qui voulait être ballerine, portait un tutu rose même dans son lit, et Rosie espérait de tout cœur qu'elle réaliserait un jour son rêve.

— Je vous laisse, à présent. Bien entendu, je reviens à l'heure du déjeuner pour lire une histoire.

— Merci, Rosie, c'est si gentil à vous !

Après avoir vu les autres enfants dont elle avait la charge, elle alla remplir les dossiers au comptoir des infirmières.

— Tu as vu le duc ? demanda Kathleen, sa collègue, en s'éventant de la main. On dirait un acteur de cinéma.

Rosie leva les yeux au ciel.

— La beauté ne se mange pas en salade !

— Ne sois pas si méchante ! Il a vraiment l'air d'un chic type. Sa photo est déjà sur Internet, avec une banderole « Sauvez notre hôpital » à l'arrière-plan. Tu vois bien, il va tout faire pour nous soutenir.

— Super…, répondit-elle avec un sourire forcé.

Kathleen lui jeta un regard intrigué.

— Qu'est-ce qui te prend, Rosie ?

— J'ai eu une nuit agitée. Lexi a fait un cauchemar, et je ne me suis pas rendormie tout de suite.

— Franchement, je me demande comment tu t'en sors. Surtout avec des jumeaux…

— Eh bien, c'est simple, la joie et l'amour sont multipliés par deux, et je ne veux pas en perdre une miette. Et je peux compter sur mes parents et ma sœur.

— Quand même… Ton mari doit te manquer !

Inutile que tout le monde sache qu'avant la mort de Michael elle voulait divorcer… C'était plus commode de se dire veuve. Pourtant, elle avait repris son nom de jeune fille et l'avait choisi pour ses enfants.

— C'est dur, en effet.

Elle ne mentait pas tout à fait : l'homme qu'elle avait épousé lui manquait. Pas le malade qui avait préféré le jeu à sa femme et ses enfants…

— Je crois que nous serons appelés à travailler souvent tous les deux. Et si nous déjeunions ensemble, pour faire un peu connaissance ?

Elle releva la tête de ses dossiers. C'était Leo Marchetti.

— Navrée, je me suis déjà engagée.

Comme tous les lundis, mercredis et vendredis où Penny était à l'hôpital.

— Je suis certaine que Kathleen et les autres seront heureuses de partager votre repas, ajouta-t-elle.

— Merci. Je vais tâcher de les trouver.

Il ne s'était pas départi de son sourire enjôleur, et elle eut un peu honte d'avoir été aussi sèche avec lui. Mais il avait déjà tourné le coin… Trop tard pour le rappeler et lui donner des explications.

Leo était intrigué : pourquoi Rosie Hobbes le traitait-elle ainsi ? Elle était la seule à ne pas l'avoir accueilli avec chaleur.

Détestait-elle la gent masculine en général ?

Sans doute que non puisqu'il l'avait vue parler au cardiologue, Thomas Wolfe, avec qui elle semblait très à l'aise.

En fait, pourquoi en était-il si contrarié ? Elle n'était qu'un membre de son équipe, et c'était partout pareil : avec certains le courant passait tout de suite, et avec d'autres on ne travaillait qu'en serrant les dents. Rosie était visiblement de ceux-là… Il lui suffisait de garder son calme. Malgré tout, il ne put s'empêcher d'interroger à son sujet les deux internes et les deux infirmières avec qui il déjeunait.

— Rosie ne vient jamais à la cantine, si je comprends bien ?

— Pas les jours où Penny est ici, répondit Kathleen.

— Qui est Penny ?

— Vous avez dû la voir durant la visite avec Robyn. Une de nos patientes, six ans, des tresses blondes et des prunelles incroyables, grises entourées de noir…

— Désolé, ça ne me dit rien.

— Eh bien, vous ne tarderez pas à la connaître. Elle souffre d'un défaut cardiaque, et ça fait des mois qu'elle entre et sort d'ici. C'est toujours Rosie qui s'occupe d'elle, et à l'heure du déjeuner elle lui lit des histoires… Des histoires de danse classique, c'est sa passion.

— Donc, Penny est la préférée de Rosie ?

— Et de tout le service… Avez-vous remarqué les dessins de chatons et de danseuses affichés dans la salle du personnel ? Ils sont presque tous d'elle.

— D'accord. Je vois.

C'était donc si simple… Mais pourquoi Rosie n'avait-elle rien précisé ? Parce qu'elle craignait qu'il lui reproche de faire du favoritisme ?

Il bavarda avec les autres jusqu'à la fin de leur pause, puis retourna dans la salle et se trouva nez à nez avec Rosie qui devait venir de chez sa petite patiente.

— Alors, votre histoire a plu à Penny ?

Il la vit rougir.

— Comment êtes-vous au courant ?

— Par Kathleen.

— Hum… Ça lui fait plaisir, et ça permet à Julia ou à Peter de sortir prendre l'air quelques minutes. Robyn est d'accord, ajouta-t-elle très vite.

Ainsi, elle avait bien redouté qu'il désapprouve…

— J'estime que c'est très gentil de votre part.

Qu'est-ce qui pouvait la pousser à sacrifier si souvent sa pause déjeuner ? Son affection pour la fillette, simplement ? Mais pas question d'être indiscret s'il ne voulait pas la voir rentrer dans sa coquille.

— C'est une petite fille adorable.

— Vous accepteriez de me parler d'elle en sortant de l'hôpital ? Il paraît qu'il y a un pub sympa juste en face. La grenouille et la… ?

— Pêche, termina-t-elle. Je regrette, je ne peux pas.

Ou elle ne voulait pas…

— Vous vous êtes déjà engagée ailleurs ?

— Exactement.

— Dommage… Une autre fois, alors.

Elle se borna à un signe de tête peu enthousiaste.

Il devrait laisser tomber. Certaines de ses collègues avaient déjà laissé entendre qu'elles lui tiendraient volontiers compagnie s'il se sentait seul. Il pourrait s'amuser à accepter leurs offres, les unes après les autres…

Mais Rosie l'attirait. Pas seulement pour être l'une des rares à le repousser, chose que son ego pouvait supporter. Surtout, elle l'intriguait. Juste parce qu'il la sentait différente de ses conquêtes habituelles, ou était-ce plus profond ?

Cela faisait longtemps qu'une femme ne l'avait pas intéressé à ce point, et ce n'était pas une simple question d'attirance physique. Il voulait comprendre pourquoi.

Demain, songea-t-il. Il essaierait de lui parler demain.

Rosie avait cinq minutes de retard, et les enfants l'attendaient déjà avec leur sac à dos. Son amie Nina, assistante à la crèche, les faisait chanter en leur enseignant les gestes accompagnant la chanson. Elle éprouva une bouffée d'amour pour ses jumeaux si différents l'un de l'autre : Lexi, vive et sûre d'elle, son portrait craché, hormis les boucles blondes qu'elle tenait de Michael. Et Freddie, plus calme, timide, aux boucles châtaines et aux yeux du même bleu que les siens. Elle avait la ferme intention de les entourer d'amour, en espérant qu'ils ne se rappelaient pas ce qu'ils avaient vécu du temps de leur père.

— Maman !

Ils se précipitèrent vers elle et l'entourèrent de leurs bras.

— Mes bébés !

L'émotion lui coupait la respiration tant elle se sentait soulagée de les revoir. Elle les prit chacun par une main pour sortir de l'hôpital.

— Alors, qu'avez-vous fait de beau, aujourd'hui ?

— On a chanté, dit Lexi, avant de hurler d'une voix de fausset le premier couplet d'*En sortant de l'école*.

— C'est très joli, ma chérie !

— Et on a *frabiqué* un chien en papier, ajouta Freddie. Le mien, il était violet.

— Super, mon cœur.

Le grand regret de son fils était de ne pas avoir de chien. Mais, pour l'instant, c'était impossible. Un animal n'était pas fait pour rester enfermé seul toute la journée…

— On a mangé des cookies ! s'écria Lexi.

— Au chocolat. C'est Nina qui les fait, ajouta Freddie. Ils étaient crou… crous…, articula-t-il les sourcils froncés, visiblement désolé de ne pas se souvenir de ce mot nouveau.

— Croustillants ? Et Nina les a *faits*, mon chéri.

Les jumeaux bavardèrent sans interruption dans le métro, pendant les dix minutes de marche qui les séparaient de la maison, et continuèrent pendant le dîner et quand elle leur donna un bain. Si Freddie était très réservé en présence d'étrangers, il se rattrapait à la maison.

Et elle les laissait parler et rire. Elle avait tant redouté que cette horrible scène avec le soi-disant associé de Michael les ait traumatisés ! Mais, à deux ans à peine, ils n'avaient pas compris qu'on les menaçait, ni perçu sa propre terreur.

Une fois qu'ils furent au lit, elle se blottit sur le canapé avec une tasse de thé et un livre. Quelle tranquillité ! Bien entendu, elle avait toujours en charge les enfants, la cuisine et le ménage, mais elle n'avait plus à subir les sautes d'humeur incessantes de son mari. Même si c'était dur d'élever les jumeaux seule, elle était bien entourée et Michael n'était plus là pour saper en permanence sa confiance en elle.

Parmi sa famille ou ses amis, on lui avait suggéré de trouver quelqu'un et, d'un côté, elle aurait bien aimé avoir un homme contre qui se blottir quand elle s'éveillait d'un cauchemar. Mais elle ne pouvait s'empêcher de se défier de tous, même si son père ou les maris de ses amies étaient de chics types. Après s'être si cruellement trompée, elle se méfiait aussi de son propre jugement. Et il y avait les jumeaux… Par conséquent, elle répondait évasivement à ses proches, et opposait un « non » ferme à toute invitation.

Exactement comme à celle de Leo Marchetti d'aller boire un verre au pub.

En y réfléchissant, elle avait été assez brusque…

D'accord, mieux valait éviter ce play-boy, mais il s'était peut-être senti un peu perdu au Paddington où il ne connaissait que Robyn… Elle se sentit soudain coupable : il n'était responsable ni de son physique avantageux ni de sa position sociale… Demain, pour se rattraper, elle lui proposerait de déjeuner avec lui.

En prenant la précaution d'indiquer clairement qu'il ne s'agissait *que* de partager son repas à la cantine.

2

— Leo, vous êtes à la consultation avec Rosie, ce matin. Allergie et immunologie.

Il rendit son sourire à Kathleen.

— Parfait. Indiquez-moi simplement la direction à prendre.

Rosie… Il espérait qu'elle serait un peu plus aimable avec lui. S'ils parvenaient à bien s'entendre dans le travail, il pourrait peut-être fouiller un peu et découvrir pourquoi elle se tenait sur ses gardes. Ensuite, il lui serait facile d'arranger les choses : un peu de charme, un rapprochement graduel et subtil…

Une fois entré, il s'installa au bureau et parcourut les dossiers en l'attendant.

— Navrée, j'ai été retenue.

Il leva la tête. Elle haletait comme si elle avait couru.

— Vous n'êtes pas en retard !

Elle eut un geste vague.

— Non, mais… On vous a expliqué, pour aujourd'hui ?

— S'il s'agit d'une consultation d'allergie et immunologie, je suppose que les patients sont des habitués ?

— C'est ça.

— Eh bien, au moins, ils vous connaissent. Voulez-vous appeler la première ? Gemma Chandler, dix-huit mois, si je ne me trompe pas de dossier.

Rosie sortit et revint avec la fillette et sa mère qui sortit un cahier de son sac.

— La dernière fois, le médecin m'a demandé de noter tout ce qu'elle mangeait quotidiennement, et ses symptômes.

— Puis-je voir vos notes, s'il vous plaît ?

Elle lui tendit le cahier qu'il lut attentivement.

— Donc, elle a tendance à avoir mal au ventre, des flatulences et de la diarrhée, et parfois son abdomen vous paraît gonflé.

— Il lui arrive aussi d'avoir de l'urticaire sur le visage, et c'est difficile de l'empêcher de se gratter.

— Il existe des lotions qui la calmeront un peu plus longtemps que la calamine. Je vous fais une ordonnance. Et bravo pour votre travail… Je vois nettement le lien entre ce qu'elle mange et ses symptômes.

Mme Chandler se mordilla la lèvre inférieure.

— Ce sont les produits laitiers, n'est-ce pas ? Je l'ai vu sur Internet.

— Internet est utile, mais il est aussi rempli d'histoires effrayantes et de fausses informations ; vous avez bien fait de venir nous consulter. Oui, je pense aussi que c'est ce qui cause son allergie, plus précisément le lactose. Ce qui signifie que son corps ne produit pas assez de lactase pour digérer le sucre du lait. Nous devons essayer un régime sans lactose pendant les quinze prochains jours pour vérifier. Il va vous falloir examiner toutes les étiquettes pour vous assurer qu'il n'y a pas de lait dans ce qu'elle boit ou mange. Continuez à tout noter dans votre journal, et nous revoyons tout ça dans deux semaines.

— Nous avons des dépliants sur les substituts et les suppléments vitaminés, intervint Rosie. Vous pouvez lui donner du lait de riz, et de la margarine au lieu du beurre.

Mme Chandler soupira.

— La semaine prochaine, elle est invitée à l'anniversaire de sa cousine. Elle ne va rien pouvoir manger, n'est-ce pas ?

— Préparez-lui des choses à emporter, et parlez-en à votre famille et à vos amis.

Elle lui tendit la brochure.

— C'est déjà difficile à cet âge de se nourrir ailleurs qu'à la maison mais, s'il faut en plus tenir compte d'une allergie, c'est encore pire. Au dos du dépliant, vous trouverez une liste de bons sites Internet qui vous indiquent des endroits où l'on peut se procurer des produits sans lactose.

Rosie parlait-elle d'expérience, ou était-ce simplement l'habitude de voir des patients allergiques ? se demanda Leo. Mais c'était une question d'ordre privé, et il ne tenait pas à lui fournir le prétexte de se renfermer.

— Merci, mademoiselle.

— Nous nous revoyons dans une quinzaine, madame Chandler. Si nous avons vu juste, je vous adresserai à une diététicienne qui vous guidera sur le long terme. Entre-temps, si vous avez des questions ou des soucis, appelez-nous.

— Merci, docteur. Pensez-vous que ce soit à vie ? J'ai entendu dire que ça pouvait passer, avec l'âge.

— Difficile à dire tout de suite. Pour l'instant, prenons les choses un stade après l'autre.

Tandis que Leo écrivait dans le dossier, Rosie consulta celui du patient suivant.

— Sammy Kennedy. Il est adorable.

— Pourquoi vient-il ?

— CAPS.

Syndrome périodique associé à la cryopyrine, traduisit Leo pour lui-même… Une maladie génétique, où il ne s'agissait pas, comme dans l'allergie, d'une production d'anticorps du corps contre lui-même, mais d'une hyperactivité du système immunitaire qui causait des périodes prolongées d'inflammation.

— C'est rare, un sur un million. Je n'ai vu ça qu'une fois, jusqu'à présent.

— Je ne connais que Sammy, en effet. Comme la plupart

des victimes de CAPS au Royaume-Uni, il souffre de la variante nommée syndrome de Muckle-Wells.

— Parlez-moi de lui, Rosie.

Bien entendu, rien ne l'empêchait de consulter le dossier, mais elle avait l'esprit vif, et il saisissait toutes les occasions de communiquer avec elle.

— Il a huit ans, et sa mère l'amène depuis presque un an environ tous les deux mois. Nous examinons ses genoux et ses chevilles, nous faisons des analyses de sang pour mesurer les degrés d'inflammation, et nous lui injectons le produit qui maintient son syndrome sous contrôle.

— Un inhibiteur de l'interleukine IL-1, n'est-ce pas ?

— Oui. C'est un traitement assez récent dont nous ignorons les effets à long terme, mais nous espérons qu'il stoppera le développement de problèmes plus graves lors de la croissance, par exemple la surdité.

— Faites-le entrer, je vous prie.

Elle sortit et revint avec l'enfant et sa mère qu'elle pria de s'asseoir.

— Bonjour. Je suis le Dr Marchetti, tu peux m'appeler docteur Leo, si tu préfères. Et tu es Sammy ?

Le garçonnet hocha la tête.

— Dis-moi comment tu vas.

Sammy haussa les épaules.

— Ça dépend des jours.

— Et que se passe-t-il, les mauvais jours ?

— Maman dit que j'ai une éruption. J'ai mal au ventre, aux genoux et à la tête, et une plaque rouge qui gratte, toujours la nuit.

Il esquissa une grimace.

— Montre-lui, maman.

Mme Kennedy sortit son téléphone et montra une photo de l'urticaire bien visible sur l'abdomen de son fils.

— Ça t'arrive souvent ?

— Environ toutes les deux semaines. Mais ça n'a pas été trop grave, ces derniers temps.

— Tu nous permets de t'examiner ? demanda Leo.

Sammy eut un sourire piteux.

— Hum, je connais… Vous me posez des questions, vous me regardez partout et puis vous me faites une piqûre.

— Bien résumé, dit Leo en souriant.

— Je n'aime pas les piqûres, ça fait mal… Mais pas autant que l'urticaire.

— Tu n'es pas le seul à détester ça. Avez-vous quelque chose à ajouter, madame Kennedy ?

— Non, pas pour l'instant.

Ils examinèrent l'enfant ensemble, puis Leo se chargea de l'injection, et Sammy grimaça.

— Je t'ai fait mal ? Désolé.

— J'ai quelque chose pour toi, intervint Rosie en hâte. Tu penses que tu es trop grand pour qu'on t'offre une sucette en récompense ?

En voyant la friandise rouge et blanche, l'enfant eut un large sourire.

— Comme si j'allais refuser une sucette ! Surtout aux couleurs de mon équipe !

— Tu es supporter de football ?

— Oui, je voulais être footballeur. Et je ne laisserai pas tomber mon équipe, même si ma maladie m'empêche de jouer. Je pourrais faire de la recherche et inventer une aiguille à faire les piqûres sans douleur ?

— C'est une idée géniale ! s'exclama Leo. Qui mérite un autre cadeau.

Il exhiba une seconde sucette.

Sammy éclata de rire et la prit.

— À la prochaine fois, docteur !

— À bientôt, répondit Leo en souriant.

— Un petit garçon épatant ! dit-il lorsqu'il fut parti. Et si courageux !

— C'est vrai. Euh… Leo…

Il la vit hésiter avant de se décider à poursuivre.

— Je me rends compte que j'ai été un peu dure avec vous hier, et je le regrette. Et si nous déjeunions ensemble ? En collègues, ajouta-t-elle très vite.

Pourquoi cette précision ? se demanda-t-il. Voulait-elle vraiment s'en tenir au plan professionnel, ou tentait-elle d'échapper à une attraction pour lui aussi violente que celle qu'il éprouvait pour elle ?

Cela expliquerait pourquoi elle l'avait repoussé hier… Mais que faire de cette hypothèse, et où les mènerait-elle ? Ce qu'il avait vu d'elle jusque-là — sa compétence, sa gentillesse à l'égard des patients — lui plaisait beaucoup, mais il avait l'impression qu'elle n'était pas du genre à se contenter d'une aventure sans lendemain. Elle n'était donc pas pour lui.

— Merci, Rosie, et d'accord, nous déjeunons en collègues.

Après avoir vu le dernier enfant de leur liste, ils se rendirent à la cantine. Il choisit un sandwich et un café, et elle une salade composée et du thé vert. Visiblement, elle prenait soin de sa santé…

— Alors, cette installation ? demanda-t-elle en s'asseyant à une table.

— À Londres, ou au Paddington ?

— Les deux, en fait.

— Eh bien, ayant étudié la médecine ici, je m'y sens chez moi. En ville aussi bien qu'au travail, même si je ne connais encore pas grand monde. Les gens me semblent très sympathiques.

— Tant mieux.

Il y eut un silence gênant. Peut-être devrait-il l'interroger sur les difficultés actuelles de l'hôpital…

— Étant donné les projets de l'administration, je comprends pourquoi nous manquons de personnel en ce moment. Mais, si j'ai bien compris, cet incendie dans une école a retardé un peu les choses ?

— En effet. C'était le mois dernier. Un radiateur défectueux dans la salle de dessin qui aurait mis le feu à du papier.

— Hum, je vois. Je devine que le reste du matériel était hautement inflammable…

— Exact. C'était assez effrayant. Le personnel s'est efforcé de faire sortir les enfants, et nous avons accueilli des patients intoxiqués à la fumée ou brûlés plus ou moins grièvement.

Elle fit la grimace avant d'ajouter :

— Et il y a le cas de Ryan Walker, l'un des derniers à avoir été sauvé. Il s'était caché dans un placard d'où il n'est sorti qu'en entendant les pompiers, mais, par malheur, il a reçu sur la tête une poutre qui s'est détachée du plafond.

— Il a de la chance d'être en vie, donc.

— Oui, si l'on veut… Il a dû subir une craniotomie en urgence. Il est encore sous sédation et doit porter un casque protecteur jusqu'à ce que l'équipe de chirurgie reconstructrice puisse remplacer le lambeau crânien.

— Pauvre petit…

— Hum. Si on avait dû l'emmener au Riverside, il n'y serait pas arrivé vivant.

— Vous vous battez donc pour sauver le Paddington.

— Certains ont fondé un comité, en effet, personnel et parents réunis. Les manifestants sont à la porte vingt-quatre heures sur vingt-quatre, sept jours sur sept. Mais je ne vous apprends rien puisqu'on vous a photographié avec eux hier.

Et les photos, grâce à Internet, avaient depuis fait le tour de la planète…

— Eh bien, la presse en tirera peut-être quelque chose d'utile, dit-il d'un ton sec.

— Ainsi, les paparazzis vous traquent en permanence ?

— Ça dépend si la journée a été fertile en événements

ou non. Le duc les intéresse plus que le médecin. Au fait, pourquoi cette allusion à un château, hier ?

Elle fronça les sourcils puis son visage s'éclaira.

— Un château ? Ah ! c'est le surnom de l'hôpital, à cause de ses tourelles !

Elle lui jeta un regard choqué.

— Attendez ! Vous avez cru que je vous charriais parce que vous étiez duc ?

— Nous ne sommes pas vraiment partis du bon pied, hier matin.

— C'est vrai, j'ai dû être presque grossière. Je regrette.

C'était bien qu'elle lui présente ses excuses, songea-t-il, un peu frustré qu'elle ne lui fournisse aucune explication…

— Pour la petite histoire, j'ai grandi dans un château, et je vous assure que ce n'est pas forcément un privilège. Ce sont des lieux humides et pleins de courants d'air.

— Et d'armures ?

Il sourit.

— En effet, nous en possédons quelques-unes.

— Pourquoi un duc voudrait-il se consacrer à la médecine ? N'avez-vous pas déjà suffisamment de choses à faire chez vous ?

— Je délègue une bonne partie de mes obligations, et j'ai un excellent personnel.

— Tout de même, vous êtes différent de la plupart des médecins que je connais.

En mieux, ou en pire ? se demanda-t-il.

— Personne dans mon entourage n'a de personnel, poursuivit-elle. Pas même une femme de ménage.

— Je plaide coupable, j'en ai une. Non que j'ignore comment me servir d'un aspirateur, mais j'ai tellement de façons plus agréables d'occuper mes loisirs…

Elle ne répondit pas.

— Je veux être médecin pour améliorer les choses autant que possible, poursuivit-il d'une voix douce.

— Ne pouvez-vous rien en tant que duc ?

— Pas de la même façon. Je refuse de me borner à donner de l'argent. Je veux agir.

— On dirait que votre titre de duc vous gêne.

— Disons... que, vu de l'intérieur, ça ne correspond pas à l'idée que la plupart des gens s'en font.

Elle tendit la main pour presser la sienne et, aussitôt, il fut parcouru de frissons. Que lui arrivait-il ? Qu'était cette réaction à une femme qu'il ne savait pas comment prendre ?

Elle paraissait aussi choquée que lui, comme si elle avait ressenti la même chose.

— Je regrette, Leo, je n'aurais pas dû...

Sa voix s'étrangla.

Qu'aurait-elle dit si elle avait terminé sa phrase ? Mieux valait ne pas poser la question. Elle était capable d'inventer un prétexte pour le planter là.

— Ne vous excusez pas, c'est gentil à vous de compatir. Donc, il y a longtemps que vous travaillez dans ce « château » ?

— Presque un an.

— Où étiez-vous, avant ?

— À l'autre bout de Londres, là où j'ai fait mes études.

Pas très précis... Pourquoi était-elle si discrète sur son passé ?

Inutile d'insister tant qu'il n'aurait pas trouvé une explication à ces étranges frissons. Ensuite, il pourrait peut-être découvrir ce qu'il souhaitait en faire. Ainsi que de cette femme si énigmatique.

Mercredi à midi, il ne la vit pas à la cantine et se rappela qu'elle avait dû aller faire la lecture à Penny. Malgré lui, il se retrouva dans le couloir, devant la chambre de la fillette. La voix de Rosie était claire et posée et, de temps à autre, il percevait un éclat de rire enfantin.

— Rosie est si gentille avec elle ! entendit-il derrière lui.

Il se retourna : la mère de Penny, sans aucun doute. Il lui tendit la main.

— Vous êtes sa maman, n'est-ce pas ? Je suis le Dr Marchetti. Je ne suis pas cardiologue, votre fille n'est pas ma patiente, mais Rosie m'a parlé d'elle.

— Je m'appelle Julia. En effet, Rosie fait preuve d'une gentillesse et d'une patience... Chaque fois que Penny doit rester ici, elle sacrifie sa pause déjeuner pour lui lire une histoire.

— À mon avis, une foule d'autres infirmières seraient prêtes à le faire aussi ! Si j'ai bien compris, votre fille est la préférée du service. J'ai vu ses dessins de chatons, dans la salle du personnel. Ils sont adorables.

Julia sourit, mais son regard restait triste.

— N'est-ce pas ? Désolée, je vous retiens alors que vous êtes en plein travail.

— Ce n'est pas un problème. Si vous avez besoin de quelque chose...

Sur un dernier sourire, il retourna dans son bureau pour préparer sa consultation, luttant en vain pour se sortir Rosie de la tête.

— J'ai lu le dossier de Penny, bien sûr, mais toi qui l'as vue souvent cette semaine, que penses-tu de son état ?

Thomas Wolfe était accoudé au comptoir. Rosie fit la grimace.

— Apparemment, aucun changement. Le nouveau médicament que tu as prescrit ne semble pas faire effet...

Il soupira.

— Bon, c'est raté. Je commence à croire qu'on ne pourra pas éviter la transplantation. Je vais en parler à Julia, et la prier de faire venir Peter pour que nous prenions la décision ensemble.

— Veux-tu que je vienne ?

— Merci, Rosie, c'est gentil de ta part, mais je me débrouillerai.

Cette conversation ne serait pas facile, songea-t-elle. Thomas allait souffrir encore davantage, mais il ne laisserait personne le soutenir dans cette épreuve. Comme elle, quand les choses avaient mal tourné avec Michael. Cela dit, c'était toujours bon d'avoir quelqu'un qui vous offre une oreille compatissante…

— Thomas, pardon si je me mêle de ce qui ne me regarde pas, mais tu vas bien ?

— Naturellement !

Il lui adressa un sourire un peu forcé qui signifiait que, non, il n'allait pas bien, mais qu'il refusait d'en parler.

— Hum. Bon. À plus tard, donc.

Il hocha la tête puis s'éloigna.

Ainsi, si Julia et Peter donnaient leur accord, il faudrait attendre un cœur pour Penny… Elle avait horreur de ce genre de dilemme. De n'importe quel côté qu'on se tourne, quelqu'un serait perdant. Elle se sentait presque coupable de souhaiter que l'on trouve un organe compatible pour la fillette car cela signifiait qu'une autre famille serait en deuil…

Pauvre Julia… Elle s'imaginait à sa place, morte d'inquiétude pour Freddie ou Lexi, et sachant qu'il n'y avait rien à faire pour eux. Mais elle n'avait pas le temps de s'appesantir. C'était l'heure de la consultation.

— Rosie, voulez-vous prendre un verre avec moi, en sortant ? Il me semble que vous avez besoin de vous épancher.

Elle semblait si bouleversée que Leo, venu consulter des dossiers au comptoir des infirmières, n'avait pu s'empêcher de lui parler.

— C'est gentil à vous, mais je ne peux pas.

— Ne me dites pas que vous avez un rendez-vous ?

— Je crains que si.

— Dans ce cas, allons bavarder à la cuisine au moment de la pause. Rosie, je n'ai aucune idée derrière la tête, j'essaie simplement de vous soutenir comme je le ferais avec n'importe quel autre collègue.

Elle parut surprise puis honteuse.

— D'accord. Merci.

Tandis qu'elle s'occupait de ses patients, il termina ses papiers et fit un saut à la *trattoria* de son compatriote, située juste en face, pour acheter deux vrais cappuccinos.

Au contraire de ce qu'il avait craint, elle arriva en même temps que lui et accepta le gobelet en carton qu'il lui tendait.

— Merci. On vous a donc parlé de Tony ?

— Du bon café italien de Tony ? Bien sûr !

— Nous avons du cappuccino instantané, ici.

Il sourit.

— C'est une abomination. Alors, qu'est-ce qui ne va pas ?

Ses splendides yeux bleus s'emplirent de tristesse.

— J'ai vu le cardiologue. Le traitement que nous avons essayé pour Penny cette semaine ne donne aucun résultat.

Elle secoua la tête d'un air désespéré.

— Thomas juge que seule une transplantation peut la sauver. Mais, même si elle est sur la liste d'attente, rien ne garantit qu'un cœur compatible pour elle se présentera avant des mois, voire des années. Et en plus… Ça semble horrible de le souhaiter parce que ça implique que d'autres parents perdent un être cher.

— Au moins, leur deuil serait atténué par la pensée que cette perte a sauvé une vie, dit-il avec douceur. Craignez-vous que cela prenne trop de temps ?

— Vous savez que dans un cas sur cinq il est trop tard. Elle est si mignonne ! C'est terrible…

Elle éclata en sanglots.

— Hé !

Il lui passa un bras sur l'épaule et le regretta aussitôt parce qu'il eut tout de suite envie de l'embrasser pour sécher ses larmes, puis encore autant de fois qu'il faudrait pour qu'elle oublie son chagrin.

Il s'écarta un peu pour la regarder dans les yeux : le bleu vif de ses iris n'était plus qu'un anneau étroit tant ses pupilles étaient élargies. Elle éprouvait donc aussi du désir pour lui… Il fixa sa bouche, se retenant de la goûter, et s'aperçut qu'elle regardait aussi la sienne. Pouvaient-ils s'embrasser ? Était-ce le moment ?

Il allait pencher la tête quand elle s'écarta de lui.

— Pardon, je ne devrais pas me reposer ainsi sur vous.

— C'est ma faute. Je suppose que c'est parce que je suis italien que je…

— Que vous prenez les gens dans vos bras ?

— Hum…

Mais il fut incapable d'en rester là.

— Vous êtes sûre que je ne peux pas vous inviter à dîner, ce soir ?

— Oui. Je vous remercie, mais vraiment c'est impossible.

Il vit passer un soupçon de mélancolie sur son visage… Pourquoi s'obstinait-elle à refuser ? Si elle avait dit être mariée, ou vivre avec un homme, il n'aurait pas insisté. Elle devait avoir une autre raison… S'il tentait de se renseigner auprès d'un collègue du service, il déclencherait aussitôt une rumeur.

Il devrait essayer encore. Cette Rosie Hobbes lui plaisait beaucoup, et il avait envie de mieux la connaître. Et de découvrir pourquoi elle l'attirait autant, bien plus que toutes ses conquêtes habituelles.

— Je ferais mieux d'y aller, à présent. Merci pour le café, et pour votre compassion.

— De rien. À plus tard, Rosie.

Pas facile de refuser son invitation, songea-t-elle en

regagnant le comptoir des infirmières. Il était vraiment gentil. Avec les petits patients, leurs parents, et avec elle. Et, chaque fois qu'elle le touchait, elle avait des frissons…

Mais elle n'était pas prête à une relation et, de toute façon, ils n'avaient pas d'avenir ensemble : il était duc, et son milieu lui ferait toujours sentir qu'elle était une intruse. Après ce qu'elle avait vécu avec Michael, plus question d'être la cinquième roue de la charrette. Du reste, sa vie actuelle lui convenait parfaitement : elle avait deux merveilleux enfants, une famille qui l'aimait et la soutenait, et un métier qu'elle adorait. Pourquoi vouloir en plus partager tout cela avec un homme ?

Malgré son attirance pour Leo, mieux valait qu'il reste un collègue. Qu'elle commençait à apprécier beaucoup, mais juste un collègue.

3

— Ah, Rebecca, bonjour. Vous savez sans doute que Thomas s'est résolu à mettre la petite Penny sur la liste d'attente ? C'est Rosie qui me l'a annoncé.

Curieux, se dit Leo. Il aurait juré que la spécialiste des transplantations s'était pétrifiée quand il avait mentionné le nom du cardiologue. Il avait d'ailleurs remarqué que Thomas et elle n'échangeaient pas un sourire, pas une phrase, lorsqu'ils travaillaient ensemble. Comme s'ils s'ignoraient après s'être connus intimement… C'était pour éviter ces situations gênantes que lui-même prévenait toujours ses conquêtes qu'elles n'espèrent rien de lui.

Mais, en fait, du moment que l'équipe était tenue au courant des difficultés qu'ils rencontraient avec leurs patients… Le reste ne le regardait pas.

— En effet. Pauvre petite Penny !

Il crut voir un soupçon de tristesse dans son regard, puis elle lui adressa un large sourire.

— Alors, docteur Marchetti, vous vous adaptez à l'hôpital ?

À l'évidence, elle ne tenait pas à s'éterniser sur le sujet. Très bien. Inutile de risquer de lui faire de la peine.

— Oui, merci. Tout le monde a été sympathique, et on ne me laisse jamais manger seul à la cantine.

Elle sourit.

— J'en suis contente. Bon, je dois vous laisser, on

m'attend au bloc. Faites-moi savoir si vous avez besoin de quelque chose.

— Merci, je n'y manquerai pas.

Comme tous les vendredis, Rosie lut une histoire à Penny et parla de chatons et de danse classique. Lorsque Julia revint, elle l'entoura de ses bras.

— Nous la soutenons tous, vous savez. Nous ne devrions pas faire de favoritisme, mais elle est tellement adorable…

Une larme roula sur la joue de la jeune femme.

— Julia, tout ira bien, ajouta-t-elle. Je suis maman, moi aussi, je sais exactement ce que vous ressentez.

— Merci de votre patience, Rosie.

— Oh ! ça ne me dérange pas ! Les deux miens s'intéressent surtout aux dinosaures mais, quand Lexi sera plus grande, je suis sûre qu'elle aimera aussi les histoires de ballerines.

En milieu d'après-midi, alors qu'elle était au comptoir des infirmières en train de remplir des dossiers, elle vit Leo s'approcher avec un gobelet fumant de chez Tony.

— Tenez, un petit remontant !

— Merci, Leo. J'adore ce cappuccino, mais c'est la seconde fois cette semaine que vous sortez pour aller m'en chercher un. Je me sens redevable, et donc mal à l'aise.

— Ne vous inquiétez pas. Payez-moi donc un café en sortant, si ça peut vous aider à vous sentir mieux !

Ce serait sans doute le cas, mais elle n'en avait vraiment pas le temps.

— Je regrette, c'est impossible.

— Alors, acceptez de partager une pizza avec moi ce week-end. Vous me paieriez un café à la fin.

Comme ce serait simple… Cette attirance pour ce beau

ténébreux à la bouche si sensuelle commençait à la préoccuper. Et, de plus, il était si généreux…

Oui, elle était tentée. Mais comment être sûre que, comme par le passé, elle ne tomberait pas amoureuse d'un homme qui l'abandonnerait ensuite ? Serait-il aussi adorable hors de l'hôpital, dans une relation personnelle ? Pour en avoir le cœur net, elle pouvait sortir avec lui une ou deux fois. Il s'enfuirait sans doute en courant dès qu'il aurait vu les jumeaux, et elle était presque certaine qu'ensuite il la laisserait tranquille. Pour l'instant, elle pouvait d'abord essayer un repas en tête à tête, en demandant à sa sœur de jouer les baby-sitters pour la soirée…

— D'accord. Mais, cette fois, c'est moi qui vous l'offre.

Il parut surpris qu'elle ait accepté.

— Quand ?

— Demain soir.

— Parfait. Je passerai vous prendre. À quelle heure ?

Elle fronça les sourcils.

— Attendez… C'est à moi de venir vous chercher.

— Changement de programme. Je tiens à vous inviter.

Ainsi, dès qu'un marché était conclu, il changeait la donne ? Dans ce cas, il allait comprendre tout de suite que ses enfants avaient la priorité, et que ce n'était pas négociable. Elle nota son adresse et la lui tendit.

— D'accord. 18 heures, ça vous convient ?

— Et votre téléphone en cas d'urgences ou de changement de programme ?

Elle les rajouta.

— Merci. Je vous enverrai un texto pour vous donner mon numéro. Je vous laisse.

Avant de tourner les talons, il lui frôla la joue d'un revers de main, et elle frissonna de la tête aux pieds. Comme mercredi après-midi, quand il l'avait prise dans ses bras et avait failli l'embrasser. Et que, pire encore, elle en avait eu envie. Que lui arrivait-il ?

Elle dut faire un effort pour se concentrer sur la paperasse jusqu'à la fin de son service. En se dirigeant vers la crèche pour prendre les jumeaux, elle se demanda si elle avait bien fait d'accepter. Mais ainsi, la mise au point serait définitive : il trouverait un charmant prétexte pour s'échapper, et cesserait de l'importuner.

Leo avait du mal à croire que Rosie avait accepté de dîner avec lui. 18 heures, c'était un peu tôt pour le restaurant, mais ils pourraient aller boire un verre avant de s'y rendre…

Alors qu'il se dirigeait vers la sortie, il rencontra Robyn.

— Ah, tu es justement celle que je voulais voir !

— Un problème ?

Il sourit.

— Non, tout va bien, et je suis ravi d'être ici. C'est personnel. Je me demandais si tu avais un bon restaurant à me conseiller.

— Ta mère vient séjourner chez toi ?

— *Mamma* n'est pas très en forme, je préfère qu'elle reste en Toscane, où elle est bien surveillée.

Il mit de côté le léger sentiment de culpabilité qu'il éprouvait à ne pas s'en charger lui-même. Mais il l'appelait tous les jours et avait trouvé un confrère de confiance, qui lui prodiguait les meilleurs soins possible.

— Donc, il te faudrait un endroit romantique ? plaisanta Robyn.

Elle cita deux ou trois noms qu'il enregistra dans son téléphone.

— Oserai-je te demander qui est l'heureuse élue ?

— Pas encore. Ce ne serait pas digne d'un gentleman.

Elle éclata de rire.

— Un gentleman ! Je te connais, tu l'inviteras deux ou trois fois et tu t'arrangeras pour rompre…

— Tu exagères ! En général, ça dure plus longtemps que ça.

Il se sentit un peu vexé et, pourtant, c'était vrai que, depuis Emilia, il n'avait plus jamais laissé une femme pénétrer réellement son intimité.

Il ferait peut-être mieux de laisser Rosie tranquille, mais il en était incapable. Ce mélange étonnant de chaleur et de défiance l'intriguait trop. Il voulait comprendre. C'était la première femme qui lui faisait cet effet depuis Emilia. Ce qui devrait d'ailleurs l'inciter à la prudence, car l'histoire s'était très mal terminée…

Une fois chez lui, il réserva une table pour deux dans l'un des restaurants indiqués par Robyn.

Le samedi matin, il se sentit aussi nerveux qu'un adolescent avant son premier rendez-vous. Mais son adolescence s'était terminée par un chagrin d'amour et un départ précipité pour Londres, et il ne tenait pas à revivre ce temps où il était sous la coupe d'un homme à qui il voulait désespérément plaire, et qui lui donnait à entendre qu'il ne serait jamais à la hauteur.

Il se secoua. Son père était mort, et il se sentait bien dans sa peau. Il était sûr de lui et n'avait à quémander l'approbation de personne.

En fin d'après-midi, il se rendit chez Rosie et gara son cabriolet deux places devant chez elle.

Elle lui ouvrit, maquillée discrètement, en robe noire toute simple. Cela la changeait de son uniforme…

— Vous êtes ravissante, ce soir !

Elle leva un sourcil, et il se sentit embarrassé.

— Je ne voulais pas dire que vous ne l'êtes pas d'habitude, ajouta-t-il, s'enfonçant davantage.

Pourquoi était-il soudain si maladroit ? En principe, il était à l'aise avec les femmes…

— Merci du compliment. Entrez.

Parvenu sur le seuil du salon, il s'arrêta net : deux jeunes enfants jouaient au train électrique sur la moquette. Un garçon brun et une petite fille blonde, qui avaient les yeux bleu vif et le sourire de leur mère. Identiques, des jumeaux.

Aucune baby-sitter dans les parages… Et l'expression de défi de Rosie ne trompait pas : elle l'avait fait venir exprès pour qu'il les voie, espérant le rebuter…

Bon sang, sa réputation s'était-elle déjà répandue à ce point à l'hôpital ? Le croyait-elle si superficiel ?

Si elle était seule avec deux enfants, elle avait dû vivre une mauvaise expérience dans son couple… En attendant de connaître les détails de l'histoire, il ne la jugerait pas comme elle semblait l'avoir jugé.

— Nous sortons tous les quatre ?

Elle haussa les épaules et baissa la voix.

— Vous voyez, Leo, je suis toujours accompagnée.

— J'aurais préféré le savoir d'avance.

— Pour pouvoir vous dédire plus tôt ?

Le jugeait-elle si peu digne de confiance, ou était-ce son opinion sur les hommes en général ?

— Pour venir vous prendre avec une voiture à quatre places, au lieu d'un cabriolet deux places.

Il la vit rougir.

— Oh…

— Je me réjouis de vous emmener tous les trois, mais nous prenons soit un taxi, soit votre voiture. Les jumeaux ont-ils un restaurant préféré ?

Rosie était morte de honte. Il ne s'esquivait pas, et il avait même demandé les préférences des jumeaux…

Il faisait passer les enfants d'abord.

Elle l'avait mal jugé. Elle s'était fondée sur le comportement de Michael, et ce n'était pas juste. Bien sûr, selon la rumeur de l'hôpital, Leo était un don Juan, mais elle n'avait pas rencontré les cœurs brisés qu'il laissait derrière lui. En fin de compte, on pouvait être beau et correct…

— Merci, Leo. Vous êtes sûr que ça ne vous dérange pas ?

— À l'évidence, les enfants sont habillés pour sortir, je ne vais pas les décevoir. Comment comptiez-vous leur expliquer que j'arrivais pour repartir ?

— Vous êtes mon collègue, vous êtes passé pour me parler d'un cas, et vous ne pouviez pas nous accompagner à la pizzeria parce que vous étiez pris ailleurs.

— Vous pensiez donc réellement qu'après les avoir vus je m'enfuirais à toutes jambes !

— Oui. Je vous en demande pardon. Je n'aurais jamais dû vous assimiler à un autre homme pour vous juger. Je vous expliquerai plus tard, je ne veux pas en parler devant les jumeaux.

— D'accord. Je décommande la table que j'avais réservée et nous allons dans un endroit qui leur plaît ?

Quelle délicatesse ! Pas question qu'il apprenne qu'elle avait réservé pour trois à la pizzeria…

— Merci. Et encore une fois, pardonnez-moi.

Il se borna à un signe de tête, et elle se sentit un peu mesquine. Pendant qu'il repartait dans l'entrée pour annuler sa réservation au restaurant, elle rectifia la sienne en s'efforçant d'être discrète. Puis il entra au salon et s'accroupit près des enfants.

— Salut ! Je m'appelle Leo.

Le petit garçon ne parut pas le remarquer, mais la fillette lui sourit.

— Moi, c'est Lexi. Ça commence par la même lettre !

— Ravi de faire ta connaissance, Lexi.

Il lui serra la main puis se tourna vers le garçon.

— Et toi ?

Cette fois, l'enfant lui jeta un regard timide. Il avait les yeux de Rosie, expressifs et perçants.

— Lui, c'est Freddie ! déclara Lexi.

Visiblement, c'était elle qui parlait pour son frère…

— Enchanté, Freddie.

Il lui tendit une main que le garçonnet refusa de prendre. Il se méfiait donc… De tous les hommes, ou juste de lui ? Aucune trace, aucune photo de leur père dans la maison… Y avait-il eu un divorce dans de mauvaises conditions ? Ce qui expliquerait les paroles de Rosie, tout à l'heure, et qu'elle l'ait si hâtivement jugé.

— Je travaille à l'hôpital avec votre maman.

— Nous, on va à la crèche de l'hôpital, dit Lexi.

Il comprenait enfin pourquoi Rosie refusait de boire un verre avec lui à la fin de son service…

— Quel âge as-tu, Freddie ?

L'enfant ne répondit pas et sa sœur lui donna un coup de coude.

— Il est un peu timide, expliqua Rosie.

— Maman a dit de pas parler aux inconnus, précisa Lexi.

— Elle a raison, je pense.

— Mais, toi, tu connais maman, alors on peut te parler.

— Trois ans, dit Freddie avec réticence.

— Et moi, un peu plus, parce que je suis née la première.

Devant son ton sentencieux, Leo réprima un sourire.

— Tu es l'aînée, donc.

Freddie se dérida un peu.

— On va manger à la pizzeria avec maman.

— Et moi aussi.

Lexi ouvrit de grands yeux.

— Pourquoi ?

— Lexi, ce n'est pas poli ! intervint Rosie.

— Ce n'est pas grave, Rosie. Je viens avec vous parce que votre maman est très gentille. Je ne connais pas beaucoup de monde à l'hôpital, et elle m'a proposé de vous accompagner pour que je ne reste pas seul. Si vous êtes d'accord, tous les deux, bien sûr !

Les jumeaux échangèrent un regard.

— Maman est ton amie ? demanda Freddie.

— Oui, dit-il sans regarder Rosie dans les yeux.

— Tu es aussi le nôtre, alors ! s'exclama la fillette.

Son sourire rappelait tant celui de sa mère que Leo sentit son cœur battre plus vite. Les enfants semblaient aussi méfiants qu'elle envers les étrangers et, pourtant, Lexi semblait l'avoir adopté immédiatement.

— Tu viens au parc avec nous ? demanda Freddie.

— Nous n'y allons pas ce soir, mon chéri.

— Et demain ?

— Nous verrons. Maintenant, il faut ranger le train, nous allons partir.

L'enfant fit la moue.

— Mais je veux jouer encore en rentrant !

— Peut-être, mais pour l'instant nous rangeons. On fait la course pour voir lequel de vous deux est le plus rapide ?

— Moi ! s'écrièrent-ils en chœur avant de se précipiter.

Leo, en retrait, les observa. Rosie était stricte avec eux, mais il était aussi absolument certain qu'elle ne les priverait jamais d'amour.

Son enfance à lui avait été si différente ! Sa mère l'avait gâté, mais n'était pas intervenue une seule fois en sa faveur contre son père froid et tyrannique qui ne voyait en lui que le futur duc, oubliant qu'il était un enfant.

Il chassa ces pensées. Il avait mieux à faire, ce soir, que de s'y attarder.

— Ça ne vous dérange pas que je conduise, Leo ?

Rosie venait de boucler les ceintures des sièges auto des jumeaux.

— Pas du tout.

Elle esquissa une grimace.

— Navrée, ce sont encore des préjugés…

— Un homme qui refuse d'être conduit par une femme est un pauvre type, qui a intérêt à changer d'attitude.

Ces paroles la réconfortèrent. Il était vraiment spécial !

Les enfants chantèrent à tue-tête tout le long du trajet, et elle en profita, bien qu'un peu honteuse, pour rester muette.

En descendant de la voiture, elle prit chaque enfant par la main et, une fois entrés à la pizzeria, ils s'installèrent, Lexi à côté de Leo et Freddie en face.

— C'est donc ici, votre endroit favori ? demanda Leo.

— Oui, on adore la pizza ! décréta Lexi.

— Moi aussi, parce que je suis né en Italie, d'où elle vient.

— C'est où, l'Italie ? s'enquit la fillette.

Rosie faillit la faire taire, sachant qu'une réponse déclencherait des milliers d'autres questions, mais Leo sortit aussitôt son portable et chercha une carte.

— Tu vois ce pays très long et étroit, qui ressemble à une botte ? Eh bien, c'est de là que je viens.

Il désigna une région du nord-ouest du pays.

Rosie sentit son cœur battre plus vite : la Toscane, qu'elle rêvait de visiter… Du temps de son mariage, ils avaient prévu de voir Florence, Sienne et Pise, mais ils avaient dû renoncer parce que Michael avait un nouveau poste. Ou plutôt, songea-t-elle avec amertume, il avait perdu au jeu l'argent destiné à leur voyage, et elle avait été trop naïve pour s'en apercevoir. Elle croyait tout ce qu'il lui racontait…

— Les maisons sont jolies, là-bas ?

— Très, dit Leo en cherchant des photos. Tu vois ?

— Celle-ci, on dirait un peu l'hôpital, sauf qu'elle est rose au lieu de jaune, dit la fillette.

— Y a des châteaux, en Italie ? demanda Freddie.

— Bien sûr, regarde ! Un *palazzo.*

L'enfant s'appliqua à répéter.

— Pal…

— Ça commence comme un « palais », expliqua Leo. *Pal-at-zo.*

Freddie répéta, maladroitement, mais Leo ne se moqua pas de lui. Il l'encourageait à parler, au contraire.

— Il y a des princesses, dans le château ?

— La serveuse attend, Lexi, interrompit Rosie. Il faut que nous commandions.

— Un petit pain à l'ail, s'il vous plaît, dit Lexi.

— Moi aussi, s'il vous plaît, renchérit Freddie.

— Ce sera donc trois, dit Leo.

— Quatre, je vous prie, ajouta Rosie.

— Savez-vous que ces boules de pâte frites sont une spécialité de Florence ? intervint Leo en souriant. Chez moi, on appelle ça des *coccoli*.

Les enfants éclatèrent de rire, et Rosie sourit.

— Amusant !

Elle se tourna de nouveau vers la serveuse.

— Ensuite, deux petites *margarita* pour les enfants, une aux quatre fromages pour moi, et…

— Une *quattro stagioni* pâte fine pour moi, termina Leo.

Les yeux de Lexi s'arrondirent.

— Qu'est-ce que c'est ?

— *Quattro stagioni*, ça veut dire « quatre saisons ». Chaque quart de la pizza a une garniture différente. Tu sais ce que sont les saisons ?

— Comme le printemps, expliqua Rosie.

Sa fille secoua la tête.

— Le printemps, reprit Leo, c'est la saison des jonquilles et des jacinthes sauvages, l'été, celle de la chaleur, l'automne, quand toutes les feuilles deviennent rouges et tombent des arbres, et l'hiver, quand il fait froid et qu'il y a de la neige.

Rosie le regarda, émue : au lieu d'ignorer la question, il avait donné des explications simples et compréhensibles. Il était vraiment doué avec les enfants. Mais après tout, en tant que pédiatre, il passait son temps à les soigner à l'hôpital ; pourquoi ne serait-il pas attentionné avec eux à l'extérieur ?

En attendant leurs plats, Lexi continua à le questionner sur l'Italie, et même Freddie sortit un peu de sa coquille quand Leo se mit à l'interroger sur ses trains préférés. Il l'aida aussi, sans ostentation, à découper sa pizza, et Rosie sentit son cœur s'ouvrir.

C'était exactement l'idée qu'elle se faisait d'une famille.

Hélas, Michael n'était pas de cet avis… Sa famille ne comptait pas assez pour lui. Mais, même s'il regrettait de l'avoir épousée, comment avait-il pu tourner le dos aux jumeaux ? Elle en souffrait toujours.

Leo, qui ne rencontrait pas beaucoup d'enfants après ses heures de travail, s'étonna de constater à quel point il se sentait à l'aise avec Lexi-la-bavarde et Freddie-le-timide.

De temps en temps, il regardait Rosie à la dérobée pour s'assurer qu'il ne la contrariait pas en étant aussi familier avec les petits, mais elle semblait totalement détendue, au contraire de son attitude lorsqu'ils étaient à l'hôpital.

En dépit de ses principes, il dut admettre qu'il se sentait bien avec eux trois ; il s'amusait pour de bon en répondant au feu roulant de questions de Lexi et en s'efforçant de faire parler Freddie.

Il aurait aimé avoir ce genre d'enfance, avec un père qui lui aurait coupé sa viande sans en faire une histoire, et une mère qui l'aurait aidé à manger sa glace à la chantilly sans craindre d'être éclaboussée…

On ne change pas le passé, mais peut-être son avenir pouvait-il être différent ?

En fait, tout bien réfléchi, peut-être aussi qu'il n'était pas obligé de trouver une épouse de sang noble pour donner un héritier au duché. Peut-être devrait-il chercher l'existence dont il avait envie, et la famille qui lui plaisait.

Peut-être…

4

Le repas terminé, Rosie reprit le volant pour rentrer.

Ce serait grossier de ne pas inviter Leo pour le café, mais elle était certaine qu'il invoquerait un prétexte pour ne pas entrer.

Bien qu'il ait été adorable avec les jumeaux, ce n'était sans doute pas le genre de soirée intime dont il avait rêvé, et elle comprendrait que, dans le fond, il soit un peu fâché. Maintenant, elle se rendait compte qu'elle avait été stupide et égoïste de ne pas lui avouer plus tôt qu'elle avait des enfants.

Cependant… d'un côté, elle regrettait un peu, elle aussi, de ne pas l'avoir suivi au restaurant où il avait réservé pour deux personnes.

— Je vous inviterais bien à prendre un café, mais je suppose que vous préférez rentrer ?

— Volontiers, un café sera bienvenu, après ce bon repas.

Bon sang ! Elle s'était encore trompée sur son compte…

— Je mets l'eau à chauffer, mais ça ne vous fait rien d'attendre que j'aie mis les enfants au lit ?

— Je ne veux pas me coucher ! protesta Lexi.

— Il est tard, ma chérie. Et, si tu as envie d'aller te dépenser au parc demain, il faut que tu dormes. Venez, je vous lirai une histoire.

— C'est Leo qui me la lit ! s'écria Freddie. C'est mon copain !

— Leo…

Elle s'interrompit, à la recherche d'un prétexte plausible.

— Sera enchanté de le faire…, termina-t-il à sa place. Tu en as une préférée, Freddie ?

— Les dinosaures !

Freddie se précipita dans l'escalier.

— Merci, murmura Rosie.

Une fois les enfants couchés, bien au chaud sous leurs couettes, il s'assit sur le tapis en forme de panda, entre les deux lits, et ouvrit le livre choisi par Freddie.

— Une seule, d'accord ? dit Rosie en les embrassant tous les deux. Je vais préparer du café pour Leo et moi. Bonne nuit. Je t'aime, Freddie, je t'aime, Lexi.

— On t'aime, maman, répondirent-ils à l'unisson. Fais de beaux rêves.

De sa petite cuisine, elle entendait la voix de Leo se moduler selon celle des différents dinosaures, et avait envie de pleurer. C'était une chose qui avait beaucoup manqué aux enfants, même si leur grand-père était ravi de leur lire une histoire de temps en temps.

C'était parfois dur, d'être parent… Elle se sentait bien seule, en dépit du soutien de ses proches. En réalité, personne ne l'aidait à prendre les décisions.

Le récit terminé, Leo leur chanta une berceuse dans une langue inconnue qu'elle supposa être de l'italien, d'une voix chaude et veloutée. Michael ne s'était jamais donné cette peine… Au contraire, il avait brisé en mille morceaux le CD de chansons enfantines qu'elle avait acheté pour les trajets en voiture, au prétexte qu'il ne supportait pas d'entendre les mêmes rengaines répétées en boucle.

Il faudrait qu'elle parle de Michael à Leo. Elle lui avait promis une explication, elle la lui devait. Mais cette histoire-là n'était pas jolie, et l'idée de sa propre naïveté la rendait encore malade de honte.

Elle prépara le café et les tasses en attendant qu'il redescende.

— Merci pour tout, Leo, et en particulier pour la chanson. C'était très gentil à vous.

— J'aime beaucoup chanter, et eux aussi sont très gentils !

Elle ajouta du lait dans sa propre tasse et lui tendit la sienne.

— C'est de l'instantané, mais il n'est pas mauvais.

Leo sourit.

— « Pas mauvais » ? Je ne suis pas tout à fait sûr que ça existe, mais merci.

Il jeta un coup d'œil aux dessins fixés par des aimants sur le réfrigérateur.

— Ils se débrouillent bien, tous les deux !

— Le rose est de Lexi, et le jaune celui de Freddie. Ils sont aussi fous des chiens que Penny des chats. Ils ne dessinent que ça.

— Et vous n'en avez pas ?

— J'aimerais beaucoup, mais ce pauvre animal resterait seul toute la journée…

Pour la même raison que lui, donc. Il but une gorgée de café.

— Il n'est pas aussi mauvais que vous le craigniez ? demanda-t-elle d'un ton un peu inquiet.

Si, mais il ne le lui dirait pas.

— Disons qu'il est… buvable.

Il haussa les épaules.

— Je suis toscan. Nous, les Italiens, nous prenons la question du café au sérieux.

Elle se mit à rire.

— Je suppose. Venez vous installer.

Le salon était aussi exigu que la cuisine, mais très douillet, décoré de photos des enfants au mur, de ce qui était à l'évidence leur premier portrait jusqu'à la plus récente, visiblement prise à la crèche de l'hôpital.

Il y avait aussi des morceaux d'argile sur le manteau de la cheminée qui voulaient ressembler à des chiens. Il ne se rappelait pas que ses parents aient un jour exposé l'une de ses œuvres. Peut-être les ducs et les duchesses n'étaient-ils pas supposés placer les premiers modelages de leurs enfants au milieu de leurs porcelaines de Meissen ou de Sèvres…

— Je suis bien, ce soir.

— Je crains que les jumeaux ne soient un peu envahissants, surtout quand Lexi se met à bavarder à tort et à travers…

— Elle est très mignonne, et je trouve génial qu'elle ait déjà tant d'assurance.

— Sans doute parce qu'elle est l'aînée d'un quart d'heure, et aussi que les filles parlent plus tôt que les garçons. En revanche, je me fais un peu de souci pour Freddie. Il est si timide !

— De nombreux enfants passent par cette phase.

Il hésita. En continuant sur sa lancée, il pouvait la pousser un peu et découvrir pourquoi elle s'était mis dans la tête qu'il s'enfuirait en voyant sa progéniture.

— Jusqu'à ce soir, je ne soupçonnais pas du tout que vous en aviez.

— Si vous l'aviez su, vous ne m'auriez pas invitée ?

— Ce n'est pas ce que j'ai dit.

— Non, bien sûr. Et j'ai eu tort de le croire. On ne devrait jamais se référer au passé pour juger du présent…

C'était maintenant ou jamais. Il croisa son regard.

— Qui vous a tant fait souffrir, Rosie ? Qui vous a ôté votre confiance en vous ?

Elle soupira.

— Mon ex-mari, Michael, le père des jumeaux. Je vous dois la vérité puisque j'ai commencé… Peu de gens la connaissent à l'hôpital, et j'estime que c'est très bien ainsi.

Il comprenait parfaitement. Lui-même ne racontait pas grand-chose de son propre passé…

— Je ne vous trahirai pas, promis.

Elle le regarda de ses yeux bleus perçants, et parut décider de se fier à lui.

— Je l'ai rencontré à une fête quand j'avais vingt-deux ans, un an après la fin de mes études d'infirmière. Un ami d'un ami. Il était très beau, très séduisant, et je l'ai trouvé charmant et drôle au début. Je n'arrivais pas à croire que je l'intéressais… Aussi, sortir avec lui a été pour moi un éblouissement. Il m'emmenait dans des endroits fastueux, des restaurants étoilés du Michelin, il avait des places de concert réservées aux VIP lors du passage de groupes célèbres, et pour mon anniversaire il m'a offert un séjour à l'hôtel le plus chic de Paris. Il m'a complètement fascinée.

Son regard se perdit au loin.

— Au bout de trois mois à peine, il m'a demandé de l'épouser et, bien entendu, j'ai accepté. J'étais tombée amoureuse de l'homme le plus attentionné et le plus gentil du monde, et j'avais du mal à croire qu'il m'aimait aussi. J'avais l'impression d'être très spéciale.

Étant donné la situation actuelle, les choses avaient mal tourné, conclut Leo.

— Et, après le mariage, il n'a plus été drôle ?

— Il a changé. J'ai été enceinte assez vite, et il a eu beau m'assurer qu'il en était heureux, je ne l'ai pas vraiment cru. On ne le voyait pas beaucoup, il passait d'un emploi à l'autre à une vitesse surprenante. Je m'imaginais que c'était par ambition, qu'il voulait nous faire une belle vie, aux enfants et à moi…

Inutile de chercher le hic…, songea-t-il.

— Il s'est mis à rentrer de plus en plus tard, et les huissiers ont commencé à frapper à notre porte. Il m'avait promis de gérer l'argent et de payer les factures pendant que je m'occupais des jumeaux, et je n'aurais pas dû le croire. Je n'en savais encore rien à ce moment-là, mais il avait un problème de jeu. Quand j'ai enfin épluché nos relevés de compte, j'ai compris que nous étions endettés jusqu'au cou.

Elle inspira à fond.

— Jouer est une maladie, je le sais. Comme j'avais prononcé des vœux de mariage, que nous étions unis pour le meilleur et pour le pire, j'ai voulu à tout prix essayer de l'en guérir. J'ai trouvé un groupe qui l'aiderait à vaincre son addiction et un bon psychologue. Il m'a promis d'assister aux réunions, d'aller à ses consultations et de cesser de jouer pour le bien de nos enfants.

Naturellement, il n'avait pas tenu cette promesse, se dit Leo.

Elle déglutit avec peine, comme si elle redoutait la suite de son récit.

— Un soir où j'étais seule avec les jumeaux, un homme est venu exiger un remboursement. Ce n'était pas un huissier, cette fois. Michael devait de l'argent à des gens que je ne connaissais pas et qui n'étaient manifestement pas fréquentables. J'ai appris ensuite qu'il n'était allé qu'une fois à une réunion du groupe et chez le psy et, durant tout le temps où je le croyais là-bas, il continuait à jouer et à s'endetter de plus en plus. Et ce sale type…

Il la vit frissonner.

— Il a proféré des menaces à l'égard des petits. Si Michael ne le remboursait pas, a-t-il dit, les enfants en souffriraient. Il avait un regard meurtrier, Leo, il ne plaisantait pas. Il les regardait comme s'ils étaient une simple monnaie d'échange. Aucune pitié, aucune compassion. Je n'ai jamais eu si peur de ma vie.

— La police ne pouvait-elle pas les protéger ?

— Je l'ai menacé de l'appeler, mais ce type ne paraissait pas craindre la loi. Il s'est borné à me jeter un regard épouvantable, et j'ai compris qu'il me briserait tous les os des doigts avant que j'attrape le téléphone, plus quelques autres pour que j'assimile bien la leçon. Puis il a déclaré que Michael avait trois jours pour payer, sinon…

— Vous n'avez donc pas prévenu la police ?

— Si, bien sûr, dès qu'il a été parti. Mais j'étais incapable de le décrire en détail, ou de donner un nom. Et, quand j'ai interrogé Michael, bien entendu, il est resté muet. J'avais si peur, Leo. Pas pour moi, pour mes bébés. Ils n'avaient pas deux ans, je ne pouvais pas prendre le risque…

Elle ferma les yeux.

— J'aurais pu pardonner tout le reste, mais pas qu'il ait mis nos enfants en danger. Quand j'ai voulu savoir pourquoi il avait renoncé à se faire aider, il a répliqué que ça ne l'intéressait pas. On ne peut pas changer les gens contre leur gré. Je lui ai annoncé que je partais avec les enfants, et que, puisqu'il était évident qu'il leur préférait le jeu, j'allais demander le divorce pour les protéger. Mes parents ont été merveilleux. Ils nous ont hébergés jusqu'à ce que je trouve mon poste au Château et cet appartement, et que je retombe sur mes pieds financièrement.

— Et ensuite, vous avez divorcé, et ces voyous ne sont jamais revenus ?

Elle soupira.

— C'est la partie de l'histoire que je regrette… Je pense que j'aurais pu être un peu plus charitable. Michael s'est tué en voiture quelques jours plus tard avant que j'aie pu prendre rendez-vous avec un avocat.

— À votre avis, c'était vraiment un accident ?

— Je n'en sais rien, il était seul dans sa décapotable qui a embouti un arbre. On allait du reste la lui reprendre, comme je l'ai découvert plus tard, parce qu'il ne payait plus le crédit.

Elle se mordilla la lèvre inférieure.

— Ce type lui avait donné trois jours pour rembourser, et l'accident s'est produit le jour suivant…

— Donc, vous soupçonnez ces truands d'y être pour quelque chose ?

— Je n'ai aucune preuve. Michael s'est-il jeté contre cet arbre parce qu'il ne voyait plus aucune issue, ou ces types ont-ils décidé de saboter sa voiture pour faire un exemple ? N'importe comment, je suis sûre que j'aurais pu tenter de l'aider encore au lieu de l'abandonner à son sort. L'accident a eu lieu en rase campagne, et on l'a découvert des heures plus tard, les jambes écrasées, vidé de son sang. Il est mort tout seul, Leo, et sans doute désespéré.

— Ce n'est pas votre faute, Rosie. Vous avez tout fait pour l'aider à se soigner, et il a préféré continuer à s'adonner à son vice. Il vous a menti, s'est acoquiné avec des voyous, et a mis la vie de vos enfants en danger. Vous n'êtes pas responsable de ses choix.

— Il ne méritait pas de mourir pour autant.

Elle se passa une main dans les cheveux, l'air abattu.

— J'ai dit tout ce que je savais à la police, mais comment leur prouver ce que j'avançais ? C'était si vague, je n'avais toujours pas de nom à leur fournir… Ensuite, comme personne n'est jamais revenu m'ennuyer, j'en ai conclu que sa mort annulait sa dette.

— Voyez-vous encore des gens de sa famille ?

— Non. Il était déjà fâché avec eux quand je l'ai connu. Ils n'ont pas assisté à notre mariage, bien que nous les ayons invités, et ils n'ont jamais vu les enfants.

Elle déglutit.

— Et ils ne sont même pas venus à l'enterrement de Michael.

— Vous avez dû passer des moments terribles…

En dépit de ses désaccords avec son père, Leo était allé à ses funérailles. Il était aussi resté assis à son chevet pendant vingt-quatre heures après son premier infarctus dans l'espoir qu'une réconciliation l'aiderait à se rétablir.

Mais son père était resté sur ses positions jusqu'à la seconde attaque qui l'avait emporté.

Il se sentait toujours coupable, comme s'il n'avait pas fait tout ce qu'il fallait. Il comprenait donc exactement ce que ressentait Rosie.

Il ne sut pas si c'était le besoin de recevoir du réconfort ou celui d'en donner qui le poussa à la prendre dans ses bras.

Ce contact le bouleversa encore plus que le jour où il avait failli l'embrasser dans la cuisine du service. Et cette fois, il ne put résister.

Il sentait la chaleur de son corps à travers le tissu de leurs vêtements, et la désirait comme un fou. Malgré lui, il se pencha pour frôler sa bouche de ses lèvres qui frémirent. Aussitôt, un frisson courut dans son dos.

Au début, elle ne bougea pas, comme si elle était choquée, mais, au moment où il allait s'écarter d'elle et lui présenter des excuses, elle posa la main sur sa nuque pour lui rendre son baiser et il eut l'impression qu'un feu d'artifice s'allumait dans sa tête et dans son corps.

Quand il s'éloigna enfin, elle avait les joues rouges et sa bouche était gonflée. Il devait avoir la même allure…

— Navré, Rosie. Je n'aurais pas dû.

Elle lui caressa le visage.

— Vous n'étiez pas seul.

— Alors, que comptez-vous faire ? Vous me plaisez.

— À moi aussi, vous me plaisez…

À son ton, il sentit qu'il y avait un « mais ».

— Mais c'est impossible. Je dois me concentrer sur mes enfants et ma carrière.

— Je vous comprends très bien.

— Et vous n'avez qu'un contrat temporaire. Je suppose que vous repartirez en Italie dès qu'il se terminera.

— Peut-être… Je n'ai pas de projets précis, en ce moment.

— Mais, en tant que duc, vous devez avoir des obligations.

— Je vous l'ai déjà dit, je délègue beaucoup. Mes assistants sont très compétents.

— Vous avez tout de même des responsabilités. Et je suppose qu'on attend de vous que vous épousiez une princesse…

— Pas nécessairement une princesse.

— Mais pas non plus une roturière.

— En effet, mon père était absolument contre l'idée.

Horrifié, il prit soudain conscience de l'énormité qu'il venait de proférer.

Sans doute perçut-elle son désarroi, parce qu'elle lui pressa légèrement la main.

— Ne vous inquiétez pas, je ne dirai rien à l'hôpital, et je ne me précipiterai pas sur le premier paparazzi que je rencontrerai. Si un jour vous avez envie de vous confier…

— Merci.

Il n'avait aucune intention de lui parler d'Emilia, l'étudiante dont il était tombé amoureux dès sa première semaine à l'école de médecine, et de la réprobation de son père. Bien que lui-même n'en ait pas conscience à l'époque, le duc, qui avait le bras long, avait multiplié les petites tracasseries pour rendre la vie difficile à la jeune fille. Pour lui montrer qu'il avait les moyens de ruiner sa carrière si elle persistait à fréquenter son fils… Emilia avait résisté un certain temps, mais elle avait fini par se décourager, rompre avec Leo sans explications et quitter l'université. Et, quand il avait retrouvé sa trace, il était trop tard…

La force de leur amour n'avait pas réussi à vaincre l'opposition de son père. Mais l'idée de se marier sans amour, d'élever un enfant dans ce milieu dysfonctionnel, de se cantonner à son rôle de futur duc lui faisait horreur. Il voulait agir, rendre service autant que possible. Il avait quitté Rome pour venir étudier à Londres. Et, au moment où son père avait menacé de le déshériter, il avait renoncé pour de bon à tenter de lui plaire. Il revoyait encore la scène.

« Eh bien, vas-y, déshérite-moi, ne te gêne pas ! »

Pour finir, il avait reçu son héritage et il était devenu duc…

— Raconte-moi, Leo, murmura-t-elle.

— Inutile, c'est du passé. J'ai réglé mes comptes avec lui.

— Sûr ?

— Peut-être pas…

Malgré lui, il lui passait le pouce sur la lèvre, et il sentit son désir s'exacerber en lisant dans ses yeux une soif égale à la sienne.

— Qu'allons-nous faire, Rosie ?

— Je ne sais pas. Prétendre qu'il ne se passe rien, je suppose. Je dois penser aux enfants.

— D'accord.

— Et rien ne dit que tu es à Londres pour longtemps. Je ne peux pas t'imposer dans leur vie pour que tu disparaisses quand ils seront attachés à toi. Je ne leur ferai pas ça.

— Je te comprends. Voyons-nous quand ils ne sont pas là.

— Je suis seule, Leo. En dehors de mes heures de travail, je passe tout mon temps avec eux.

Il soupira.

— Et nous sommes tous les deux très occupés à l'hôpital.

— Nous resterons donc collègues. Peut-être amis…

— Je veux te voir, Rosie. Il doit y avoir un moyen. Répète aux jumeaux ce que tu as dit ce soir, que je suis nouveau à l'hôpital et que tu m'invites pour ne pas me laisser seul. Du reste, c'est assez proche de la vérité.

Son silence dura si longtemps qu'il craignit qu'elle ne refuse.

— Leo, je ne suis pas douée pour les relations. Je ne fais plus confiance à personne…

Étant donné ce qu'elle lui avait raconté, c'était compréhensible.

— Je n'ai aucune réponse, Rosie. Je ne comprends pas bien ce qui m'arrive, mais tu me plais, et il me semble que c'est réciproque. Ne penses-tu pas que ça vaut la peine d'essayer ?

Un autre silence.

— En ce qui concerne les enfants, tu es mon ami italien, qui repartira bientôt dans son pays, reprit-elle enfin.

— D'accord. Et quand ils dormiront… Je pourrai te tenir la main. Te parler, prendre ta bouche…

Elle rougit, et il ne résista pas à l'envie de l'embrasser de nouveau. Elle était adorable.

— Demain, c'est dimanche, dit-elle, le souffle court.

— Nous faisons quelque chose, tous les quatre ?

— Le parc, peut-être.

— Parfait. Je viens vous prendre ou nous nous retrouvons sur place ?

— Rendez-vous là-bas, à 10 h 30. Je t'envoie le code postal pour que tu trouves l'endroit avec ton GPS.

— D'accord.

Il lui vola un autre baiser.

— J'y vais vite, pendant que je suis encore un gentleman.

Elle rougit de plus belle, et il devina qu'elle envisageait ce qu'il se passerait lorsqu'il cesserait de l'être. Et cette pensée l'excitait déjà.

— À demain, Rosie.

Quel égoïste il faisait ! se dit Leo en prenant sa douche, dimanche matin après son jogging. L'attirance irrésistible qu'il éprouvait pour Rosie avait failli lui faire perdre son bon sens.

Elle avait tout à fait raison, ils ne devraient pas continuer à se voir en dehors de l'hôpital. Ses jumeaux passaient d'abord et, même s'ils étaient prévenus, il n'était pas juste qu'il leur permette de s'attacher à lui pour les quitter ensuite.

Quant à Rosie… Eh bien, elle-même méritait mieux que l'aventure sans lendemain qu'il pouvait lui offrir. Il fallait mettre un terme à cette histoire, et tout de suite.

Dès qu'il fut habillé et eut pris son petit déjeuner, il envoya un texto.

Impossible de vous rejoindre ce matin, j'ai un empêchement. Navré.

Il fut incapable de trouver sur-le-champ une raison valable. D'ici demain, il aurait le temps d'inventer une explication…

Rosie, incrédule, fixa les mots qui s'inscrivaient sur son écran.

Ainsi, Leo faisait machine arrière… Il ne s'était même pas donné la peine de fournir une excuse polie, de prétexter qu'on avait besoin de lui à l'hôpital pour une urgence, ou qu'il était retenu par une affaire de famille.

Elle était dans le vrai, en se méfiant de lui. Il avait peut-être été gentil avec les enfants mais, en réfléchissant, il avait compris qu'elle n'était pas la femme qu'il lui fallait.

Et il n'avait pas tort. Dans le fond, elle était incapable d'une relation éphémère, elle espérerait toujours davantage, et son passé chargé lui avait laissé un manque de confiance chronique — en elle et en les autres — difficile à gérer pour un partenaire.

En outre, ils venaient de deux mondes si différents… Il était l'héritier d'un duché, et elle une mère seule avec des jumeaux. Elle était ridicule d'avoir envisagé que cela pût fonctionner…

Elle n'aurait pas dû baisser sa garde hier soir. Elle lui avait confié toute son histoire avec Michael, y compris ce qu'elle eût préféré que personne ne sache jamais.

Surtout, elle s'était laissé embrasser et, pire, avait répondu à son baiser…

Quelle idiote ! Elle n'apprendrait donc jamais !

Eh bien, elle emmènerait quand même les enfants au parc ce matin. Elle n'allait pas les en priver à cause de sa propre stupidité.

Ensuite, demain, quand elle se trouverait nez à nez avec lui, ce qui était hélas inévitable, elle ferait comme si rien ne s'était passé.

Pour finir, elle s'arrangerait pour le tenir à distance pendant le temps qu'il lui restait à travailler au Paddington Children's Hospital.

5

Le lundi matin, elle embrassa les jumeaux avant de les laisser à la crèche.

— À ce soir, mes chéris.

— On ira manger une pizza avec Leo ? demanda Freddie.

— Je ne crois pas, non.

Nina leva un sourcil.

— Qui est Leo ?

Oh ! bon sang, elle n'avait pas pensé à ça ! Heureusement que son fils en avait parlé pendant qu'elle était là !

— Le nouveau pédiatre avec qui je travaille. Comme il ne connaît encore personne, je l'ai invité à manger une pizza avec nous samedi soir.

— Je vois…

Son amie ne semblait pas vraiment convaincue… Autant brouiller les pistes.

— En fait, j'ai l'impression qu'il aurait bien envie de sortir avec l'une des infirmières des urgences.

C'était pure invention, mais elle n'avait pas donné de nom…

— Maintenant, grâce aux jumeaux, il connaît une bonne pizzeria où l'inviter, au cas où.

— Je comprends, répliqua Nina d'un ton toujours dubitatif.

— C'est l'heure, il faut que j'y aille, dit-elle en embrassant à nouveau les enfants.

Bien entendu, la première personne qu'elle rencontra en entrant dans la salle fut Leo Marchetti.

Celui qui avait chanté une berceuse à ses petits et l'avait embrassée jusqu'à ce qu'elle en perde le souffle.

Puis qui avait changé d'avis et anéanti tous ses espoirs.

Elle lui adressa un hochement de tête très sec.

— Bonjour, docteur Marchetti.

— Bonjour, Ros… Euh… mademoiselle Hobbes.

Il avait dû remarquer son regard glacial…

Pour comble, elle apprit qu'ils étaient tous les deux de consultation, aujourd'hui.

Eh bien, elle resterait professionnelle, et leurs patients, leur seule préoccupation, bénéficieraient des meilleurs soins.

— Madison Turner, six ans, choc anaphylactique après une piqûre de guêpe, annonça-t-elle. C'est son second rendez-vous pour une immunothérapie. Le premier a eu lieu il y a deux semaines, six injections dans la journée, réaction positive.

— Bien. Dans ce cas, trois seulement aujourd'hui. Voulez-vous l'appeler ?

— Oui, docteur.

Elle savait qu'à la fin de la journée elle en aurait assez de ce ton compassé, mais elle devait penser aux patients.

Leo sourit à Madison et à sa mère.

— Bonjour. Vous connaissez Mlle Hobbes, et je suis le Dr Marchetti. Dr Leo, si vous préférez.

— Bonjour, dit Mme Turner.

— Salut, docteur Leo, dit timidement Madison.

— Avant de commencer, j'aimerais vérifier que vous avez sur vous un stylo injecteur d'adrénaline, autrement dit un Epipen, et que Madison a bien pris ses antihistaminiques hier soir.

— Oui, docteur, nous avons suivi les instructions.

— C'est bien. Comment tu te portes, Madison, depuis la dernière fois ?

La fillette regarda sa mère qui sourit.

— Aucun problème. Son rhume des foins a empiré un peu le soir de la visite, mais Rosie nous avait prévenues et, après ça, tout s'est bien passé.

— Bien. Aujourd'hui, il n'y aura que trois injections à une heure d'intervalle. Ensuite, nous vous demanderons de rester dans le service une heure après la dernière pour parer à toute réaction allergique éventuelle.

Mme Turner tapota son sac.

— Nous avons des livres et une console de jeux, plus des boissons et de quoi grignoter ; des choses sans noix, au cas où ce serait une cause d'allergie.

— Parfait, dit Rosie. Si tout se passe bien aujourd'hui, nous referons une seule injection dans quatre semaines et, ensuite, une dose d'entretien tous les mois. Madison, le médecin va t'examiner rapidement. Pendant ce temps, je dois mesurer tes constantes et te faire souffler dans un tuyau pour contrôler ta respiration. Est-ce que ça te convient ?

Quand la fillette eut hoché la tête, ils s'affairèrent.

— Rien d'anormal, docteur, dit enfin Rosie. Nous pouvons procéder à l'injection.

— Mlle Hobbes va te passer une crème sur la peau pour que tu ne sentes pas la piqûre.

Rosie obtempéra.

— Madame Turner, continua-t-il, si Madison présente une réaction allergique quelconque entre maintenant et la prochaine injection, il faudra nous prévenir tout de suite. Une éruption cutanée, des démangeaisons, des vertiges ou des malaises, un gonflement du visage, des lèvres ou de la langue, des difficultés à respirer ou le cœur anormalement rapide… Nous devons être informés sur-le-champ.

— D'accord, docteur.

— Madison, peux-tu regarder le papillon collé au plafond et compter les points qu'il a sur chaque aile ?

Avant que la fillette ait terminé, il enfonça l'aiguille, injecta le produit puis la retira.

— Sept ! annonça Madison.

— Bravo ! Tu comptes très bien. Je te revois dans une heure.

Rosie suivit la mère et la fille jusqu'à la salle d'attente.

— Prévenez-nous si quoi que ce soit vous préoccupe. Il se peut que son rhume des foins se manifeste, comme la dernière fois.

— Nous le savons, merci. Pas de bain chaud ce soir non plus, et une soirée calme, c'est ça ?

— Exactement, dit-elle en souriant.

Leo ne put que remarquer la froideur de Rosie. Elle ne lui parlait qu'entre deux patients, juste pour dire le nécessaire, et ne cessait de ressortir pour aller dans la salle d'attente voir les enfants qui patientaient entre deux traitements. Bref, elle l'évitait au maximum.

Il comprenait bien… C'était lui qui avait reculé, hier matin. Sans même prendre la peine de lui donner une explication. Il n'en avait toujours pas trouvé, au fait. Il se sentait d'un égoïsme monstrueux.

Il soupira. Il n'avait pas été juste avec elle. Il devait la laisser tranquille puisqu'il ne pouvait pas lui proposer d'avenir. Pourtant, il ne pouvait oublier que leur attirance était réciproque, s'il ne se trompait pas, et qu'il s'était senti en famille samedi soir avec elle et ses jumeaux. Il ne se rappelait plus avoir été à ce point déchiré entre sa raison et son cœur.

Rosie était vraiment spéciale. Reprendre ses distances était peut-être ce qu'il avait fait de plus stupide dans sa vie. En même temps, elle était tellement vulnérable… Impossible de devenir intime avec elle et de la laisser tomber dès que son contrat serait terminé.

Plus il avait de preuves de sa gentillesse, de son professionnalisme et de sa rapidité de réaction dans le travail, plus il était convaincu qu'ils étaient faits pour s'entendre, qu'il pouvait jouer un rôle dans sa vie.

Que décider ? À la fin de la matinée, il n'avait pas de réponse, mais il fallait qu'il lui parle. Le moins qu'il puisse faire était de lui présenter des excuses pour ce texto de dimanche matin, et lui expliquer pourquoi il avait été si grossier.

— Ros… Mademoiselle Hobbes. Pouvons-nous parler en déjeunant à la cantine ?

— Navrée, Penny m'attend, aujourd'hui.

Bien entendu, c'était lundi. Comment avait-il pu oublier ?

— Ce soir en sortant ?

— Je vais chercher les enfants tout de suite.

— Alors pendant la pause de l'après-midi. Je pense vraiment que nous devrions avoir une discussion.

— Nous n'avons rien à nous dire, docteur Marchetti. Nous travaillons ensemble, point final.

Mais son regard s'était attardé sur sa bouche un peu trop longtemps, comme si elle revivait leur baiser de samedi, et elle semblait aussi troublée que lui. Peut-être se faisait-il des illusions ?

Enfin, elle hocha la tête.

— Bon, si vous y tenez…

— On sort boire un café chez Tony ?

— Nous n'avons pas vraiment le temps. Retrouvons-nous plutôt dans la cuisine.

Il supporterait le café instantané pourvu qu'ils puissent se parler tranquillement…

— D'accord.

À son grand soulagement, la cuisine était déserte quand il y entra. Il remplit la bouilloire et la mit à chauffer, et venait de terminer de préparer le café quand elle le rejoignit.

Il lui tendit un mug fumant.

— Merci.

— De rien, Rosie.

Comme elle lui jetait un regard noir, il soupira.

— Si tu tiens à ce que je t'appelle « mademoiselle Hobbes », je peux, mais ça me paraît un peu guindé pour m'adresser à une femme qui m'a embrassé samedi soir.

— Tout le monde peut se tromper.

— En effet, et moi plus que les autres. Rosie… En réalité, je ne rêve que de passer du temps avec toi. Et les jumeaux.

— C'est pour ça qu'après m'avoir promis de nous rejoindre au parc hier matin tu m'as prévenue à la dernière minute que tu ne venais pas, sans aucune excuse ?

Il se passa une main dans les cheveux. Elle avait tout à fait le droit d'être en colère.

— J'avais très envie d'y aller. Mais vous avez déjà assez souffert, tous les trois, je ne veux pas en rajouter.

— En effet. Freddie et Lexi ne peuvent pas partager un moment leur vie avec toi si tu dois disparaître ensuite. Sais-tu au moins pour combien de temps tu es à Londres ? Tu as un contrat de deux mois…

— Qui peut être renouvelé. Sinon, il existe d'autres hôpitaux dans cette ville.

— Donc, tu prévois de prolonger ton séjour en Angleterre ?

Comment donner une réponse sûre ?

— C'est possible.

— De toute façon, tu es duc. Moi, je n'ai pas une goutte de sang bleu et j'ai deux enfants à élever. Juste le genre de femme avec qui tu ne peux pas t'engager.

— Tu es franche et douce, et je me fiche du sang bleu et des passés difficiles.

— Toi peut-être, mais pas ta famille.

— Le seul qui aurait pu protester — pour être sincère, qui *aurait* protesté — est mort.

Elle eut d'abord l'air perdue, puis se reprit et hocha la tête.

— D'accord.

— Rosie, je n'ai pas eu une enfance très heureuse.

C'était la première fois qu'il prononçait ces mots à haute voix, et il se sentit mal à l'aise. Mais maintenant qu'il avait commencé…

— Mon père avait des vues bien arrêtées sur la vie que je devais mener : il voulait que je m'oriente vers des études commerciales à la fac de Florence pour me préparer à prendre sa succession à la tête des affaires, et hériter du duché à sa mort. Je suppose qu'il a considéré mon inscription à la fac de médecine, à Rome, comme une rébellion. J'avais pensé que plus je serais loin, plus il aurait de mal à me surveiller.

— Et ça ne l'en a pas empêché ?

— Au début, j'ai cru que si. Je suis tombé amoureux d'Emilia, que j'ai connue dès mon arrivée. Une fille adorable, intelligente, qui m'aimait sincèrement, je pense. Certain qu'elle plairait à mes parents, je l'ai amenée avec moi en Toscane un week-end. Eh bien, je n'aurais pas dû.

— Pourquoi ?

— Si elle a plu à ma mère, mon père a décidé tout de suite qu'elle n'était pas un bon parti pour moi, et il l'en a prévenue.

— Et alors ? Elle a renoncé à toi ?

— Elle a dû résister, au début… Je n'ai pas compris, à ce moment-là, que c'était lui qui faisait pression sur elle. Il y a eu de légères erreurs administratives : ses impôts arrivaient en retard, ou on s'obstinait à lui réclamer un loyer impayé même si elle présentait un reçu. En même temps, l'entrepreneur qui l'employait à temps partiel l'a congédiée, et elle ne parvenait même plus à obtenir une entrevue pour les autres petits jobs pour lesquels elle postulait. Elle était de plus en plus stressée, ses notes ont commencé à baisser, et son avenir à la fac de médecine a fini par être compromis. Enfin, elle a rompu avec moi et quitté l'université. Je n'ai fait le rapprochement que plus tard... C'était mon père qui tirait les ficelles.

— Quelle horreur !

— J'ai essayé de la retrouver, j'ai même engagé un détective privé, mais elle avait disparu. J'ai parlé à mon père. C'était la plus horrible dispute qu'ils aient jamais eue...

— Il représentait tout ce que je déteste, et là j'ai compris qu'il ne changerait jamais, qu'il continuerait à me manipuler. J'avais le choix entre me soumettre ou cesser de vouloir lui plaire à tout prix. De toute façon, j'avais beau faire des efforts, il n'était jamais satisfait. Donc, j'ai décidé de ne plus lui obéir, quitte à ce qu'il me déshérite. Je suis parti pour la fac de médecine à Londres, où je serais libre d'abandonner certains de mes privilèges au lieu d'essayer d'en obtenir plus.

Elle lui prit la main.

— Je suis navrée que tu n'aies eu personne pour te soutenir.

— Oh ! je ne devrais sans doute pas me plaindre, je suppose que des tas de gens sont plus mal lotis que moi...

— Et ta mère ? N'est-elle jamais intervenue ?

— Il était tellement tyrannique que c'était plus simple pour elle de se taire.

— J'ai du mal à comprendre... Je n'ai jamais laissé personne faire du mal à mes enfants. Pas même leur père, que j'ai quitté pour les protéger. J'ai même demandé à changer leur nom de famille quand j'ai repris mon nom de jeune fille.

— Tu es forte, Rosie. Tout le monde ne l'est pas. Dans mon milieu, les enfants n'ont qu'à exécuter les ordres, et les femmes n'ont pas droit à la parole.

— Je sais. Et certains n'ont aucun soutien. Moi, mes parents m'ont soutenue.

— Tu as de la chance.

— As-tu essayé de retrouver Emilia, une fois à Londres ?

— Je l'avais retrouvée avant.

L'expression de Leo lui indiqua que l'histoire finissait mal.

— Que lui est-il arrivé ?

— Après son départ d'Italie, elle a travaillé pour des ONG en Afrique. Elle a contracté un virus et, comme elle était loin de tout centre de soins, elle n'est jamais revenue.

— Navrée. C'est tellement triste !

— Hum… Après ça, j'étais encore plus motivé pour devenir médecin. C'est un domaine où tout le monde est sur un pied d'égalité, et où la générosité n'est pas considérée comme un défaut.

Leo était bien plus compliqué qu'elle ne le pensait, songea-t-elle. Elle le prenait pour un privilégié, et il avait beaucoup souffert. Pas seulement d'avoir perdu son amour, mais d'avoir eu un père despotique et possessif, capable de harceler la femme qu'aimait son fils pour qu'elle le quitte, et sans doute de pire encore.

Pas étonnant que la notion de famille, de relation à long terme, le fasse fuir…

— Alors, qu'allons-nous faire, Leo ?

— Franchement, je n'en sais rien. Je comprends que tu refuses de t'engager, et je ne cherche pas vraiment de relation non plus.

— Hum, la presse te présente comme un play-boy…

Il haussa les épaules.

— Les journaux disent n'importe quoi pour vendre. Je me suis bien amusé un temps, c'est vrai, mais je ne promets rien que je ne peux tenir. Je ne mens pas aux femmes avec qui je couche, elles sont prévenues dès le début.

— Il faut que je pense aux jumeaux. Si j'avais une aventure avec toi, ce ne serait pas bien pour eux. Et tu ne peux m'offrir davantage… Alors, peut-être ferions-nous mieux d'être de simples amis.

— Je ne veux pas être ton ami.

— Que veux-tu, alors ?

— Toi, Rosie, justement. Je te veux toi.

Son regard, son ton semblaient sincères, mais elle avait du mal à le croire… Cependant, il venait de lui ouvrir son cœur, de lui donner des détails de sa vie que les journaux à scandales adoreraient connaître, sans crainte qu'elle les révèle. Dans ce cas, elle pouvait peut-être elle aussi lui accorder sa confiance…

— Ma raison me dicte de cesser de te voir ; je prévois des complications sans fin si je fais ce que mon cœur me commande.

— Et que te commande ton cœur ?

— De prendre le risque. Tu me plais, et il me semble que c'est réciproque.

Rosie sentit son cœur se serrer. Oui, il lui plaisait, et elle pensait pouvoir l'aimer beaucoup. Mais elle commettrait sans doute une grosse erreur en sortant avec lui.

— Alors, que suggères-tu ?

— Que nous prenions les choses comme elles viennent, sans faire de projets.

— Nous en avons déjà parlé. J'ai deux enfants, Leo. Ils ont trois ans.

— Je les inclus volontiers dans notre histoire. Nous leur avons déjà dit que j'étais ton ami de l'hôpital et, pour l'instant, ils n'ont pas besoin d'en savoir plus. Tu fais preuve de gentillesse à mon égard parce que je suis nouveau ici. Et, en fait, c'est plutôt un bon exemple pour eux.

Pourquoi pas ? se dit-elle. Ils pouvaient se voir discrètement, en laissant croire aux jumeaux qu'ils n'étaient qu'amis. De toute façon, à leur âge, ce serait difficile de leur expliquer les choses autrement…

Dans ce cas, elle prenait le risque qu'ils s'attachent à lui et souffrent ensuite de son absence.

D'un autre côté, Freddie avait besoin d'une figure paternelle à laquelle s'assimiler, ne serait-ce que pour un moment. Et le Leo qu'elle commençait à connaître serait un excellent modèle.

— D'accord. Pas d'engagement, et les enfants passent en priorité.

— Marché conclu.

Elle sentit son ventre frémir d'excitation. C'était la première fois depuis un an qu'elle acceptait de sortir avec un homme. Et pas n'importe lequel… Leo était si séduisant !

— Que doit-il se passer, maintenant ? Je n'ai plus l'habitude.

— Je ne suis pas très doué en ce domaine, moi non plus. C'est sans doute pour ça que j'ai cette réputation de play-boy, parfaitement injustifiée, à mon avis.

Il déglutit.

— Depuis Emilia, je n'ai plus rencontré de femme qui me donne envie de l'approcher vraiment. Jusqu'à maintenant, jusqu'à… toi.

Et, même avec elle, il avait admis ne pas savoir où cela les mènerait…

— Merci de ta franchise. Et que les choses soient claires : je ne cherche pas de beau-père à Lexi et à Freddie.

— Nous allons donc avoir une amitié amoureuse ?

— Je ne sais pas si c'est le terme qui convient mais, comme nous avons déjà assez souffert, mieux vaut que nous n'espérions pas trop l'un de l'autre.

— Nous nous limiterons donc à marcher pas à pas, en allant là où le vent nous pousse.

— D'accord.

— Quand serais-tu libre, cette semaine ?

— Je voulais emmener les enfants au parc mercredi après-midi en sortant de l'hôpital. Tu pourrais nous accompagner et partager notre dîner ensuite ?

— Très volontiers.

Après tout, se dit-elle, ses proches avaient peut-être

raison de lui conseiller de faire un nouvel essai, d'aller de l'avant…

Leo avait eu sa part d'épreuves, lui aussi. S'il avait reculé dimanche, c'était davantage par peur de la faire souffrir que parce qu'il voyait les enfants comme un fardeau. Peut-être que cela leur ferait le plus grand bien de passer un peu de temps ensemble…

— Parfait, Leo. Et maintenant, c'est l'heure de retourner à la consultation.

— OK, allons-y.

Il l'embrassa sur la joue, un baiser très léger, mais sa peau frémit, et elle se souvint de leur baiser de samedi…

— Merci, Rosie, de nous donner cette chance.

C'était donc un nouveau départ. Serait-il réussi ?

Ils étaient adultes, ils s'arrangeraient pour que Lexi et Freddie ne soient pas lésés, et s'efforceraient de profiter au mieux des moments qu'ils partageraient, le temps que cela durerait…

6

Le mercredi après-midi à la fin de son service, Leo prit un sac de sport qu'il avait rangé dans son casier, puis attendit Rosie devant la porte pendant qu'elle allait chercher les enfants.

Quand ils arrivèrent, Lexi lui jeta un regard accusateur.

— Tu n'étais pas au parc, dimanche ! Tu avais dit que tu viendrais !

— Je sais, et je regrette de vous avoir laissés tomber. Mais votre maman dit que nous pouvons y passer aujourd'hui sur le chemin de la maison.

— Tu viens avec nous ? demanda Freddie d'un ton où pointait le doute.

— Si ça ne vous dérange pas, oui.

Il tendit le sac qu'il tenait à la main.

— J'ai apporté un ballon. On pourrait y jouer, si vous voulez…

— Moi, je veux faire de la balançoire, déclara Lexi.

— Et moi du toboggan ! dit Freddie.

— Vous pourriez essayer les trois ? suggéra Rosie.

Les jumeaux échangèrent un regard et hochèrent la tête.

Au portail, Leo fut ému et surpris que Freddie lui prenne la main. C'était un sentiment étrange… Bien entendu, le parc du *palazzo* était immense, mais il ne se rappelait pas être allé enfant, même avec sa nourrice, dans un jardin public ayant une aire de jeux. Rosie y emmenait les jumeaux régulièrement…

Ils commencèrent par les balançoires, Leo poussant Lexi, et Rosie son fils au milieu des rires et des cris de joie.

Puis ils s'approchèrent du toboggan qu'il examina : il était vraiment haut, et assez large pour que quatre personnes puissent y glisser de front. Peut-être un peu dangereux pour des enfants de cet âge… Mais, à son grand étonnement, Rosie permit aux jumeaux d'y monter.

— Tu viens avec moi, Leo ? demanda Freddie.

— Il manque quelque chose, Freddie ! intervint Rosie.

— S'il te plaît ! ajouta l'enfant très vite.

Quand sa mère leva le pouce, il s'avança vers le petit garçon.

— Allons-y, Freddie.

Il l'aida à grimper l'escalier et, une fois au sommet, s'assit à côté de lui.

— Donne-moi la main, sinon je ne peux pas descendre.

Freddie avait-il peur, ou suivait-il une consigne de sa mère ?

— D'accord. Prêt ?

— Prêt !

— On compte jusqu'à trois. Un, deux, trois, partez !

Rosie sortit son téléphone pour prendre une photo d'eux pendant la glissade, et son sourire le bouleversa. Il sentit monter l'adrénaline…

Puis ce fut au tour de Lexi et de Rosie de faire l'ascension pour redescendre, et au sien d'immortaliser l'instant.

— Maintenant, tu y vas avec maman, ordonna Lexi.

Comment refuser ?

Une fois en haut, ils s'assirent tous les deux.

— Donnez-vous la main ! ordonna Freddie.

Rosie obtempéra en souriant, et Leo fut aussitôt parcouru de frissons. Il eut envie de l'embrasser, mais il n'en était pas question devant les jumeaux… Il patienterait. Le spectacle des deux petits qui les attendaient en bas en riant et applaudissant fit fondre son cœur.

Il remonta ensuite une fois avec Lexi et, pour finir, ils redescendirent tous les quatre en se tenant par la main… C'était nouveau pour lui, et si agréable !

Après quoi, ils jouèrent au ballon dans l'herbe et retournèrent ensuite aux balançoires.

Soudain, Rosie frappa dans ses mains.

— Terminé, les enfants ! C'est l'heure du dîner !

— Chic ! Ce soir, on a des « macanonis » ! s'écria Freddie tandis que Rosie les faisait entrer.

Leo réprima un sourire.

— Quelle chance ! J'adore les macaronis !

— Justement… Je me sens un peu gênée de préparer des pâtes à un Italien, murmura Rosie.

Il se mit à rire.

— Sais-tu que le macaroni au fromage a été inventé en Angleterre ?

— C'est vrai ?

— Tout à fait. Il existe déjà des recettes de pâtes et de plats au fromage au XIVe siècle dans le *Liber de Coquina*, en Italie et, à peu près à la même date, une version dans un ouvrage de cuisine anglais. Mais la première recette moderne se trouve dans un livre anglais du milieu du XVIIIe.

Les yeux de Rosie s'arrondirent.

— Comment sais-tu tout ça ? Tu as aussi étudié la cuisine ?

Il rit de nouveau.

— C'était une réponse que j'ai lue dans un test de connaissances générales. De toute façon, peu importe qui l'a inventé, j'adore ça. Veux-tu que je t'aide ?

— Volontiers. Tu peux mettre le couvert au salon avec Freddie et Lexi, et leur servir à boire. Si tu aimes le vin, j'en ai une bouteille dans le casier.

— Je prendrai la même chose que toi.

Après avoir dressé la table, il alla à la cuisine remplir la carafe d'eau puis ouvrit la bouteille de vin rouge.

Pendant que Rosie terminait à la cuisine, il bavarda avec les jumeaux, ravi qu'ils se sentent en confiance avec lui. Il les écouta raconter leur journée, ce qu'ils avaient dessiné, collé et chanté. Et il lui parut naturel de les laisser se blottir contre lui chacun d'un côté et de chanter avec eux l'une des chansons de la crèche.

Rosie s'arrêta sur le seuil pour contempler le charmant tableau de Leo encadré de ses enfants… Elle aimait sa façon de se comporter avec eux, d'obtenir par la douceur qu'ils fassent les choses chacun à leur tour, et de donner à Freddie ce petit coup de pouce qui l'aiderait à prendre de l'assurance.

Était-il l'homme qui pouvait changer sa vie ?

Ne risquait-il pas de se lasser quand il comprendrait que soigner les enfants à l'hôpital et les avoir à la maison tous les jours étaient deux choses différentes ?

Elle apporta le plat de macaronis et servit les jumeaux en les encourageant à prendre de la salade en même temps.

— Miam ! C'est un régal ! s'écria Leo après la première bouchée.

Était-ce simple politesse de sa part ? Le duc de Calvanera était bien loin de son mode de vie habituel… C'était un plat familial et, bien qu'elle ne se débrouille pas trop mal en cuisine, elle ne se faisait pas d'illusions : elle n'était pas un cordon-bleu.

Une fois les pâtes avalées ainsi qu'un saladier de fraises, Rosie annonça qu'il était l'heure de prendre le bain et de se mettre au lit.

— On veut rester avec Leo ! protesta Lexi.

— Le bain et le lit, répéta Rosie. Sinon, vous serez trop

fatigués pour dessiner à la crèche. Nina m'a dit que demain matin vous commenciez par de la peinture par projection.

— Ouais ! C'est ce que je préfère ! s'écria Freddie. Lexi, viens prendre ton bain.

— Je me charge de la vaisselle, proposa Leo.

— Merci, mais, si tu veux partir, je le comprendrai.

— Tu as préparé le repas, je ne peux pas faire moins.

— Tu nous lis une histoire ? demanda Lexi.

— S'il te plaît ? ajouta Freddie.

— C'est maman qui décide.

Comment refuser ?

— Ce serait très gentil à toi, Leo.

Il monta au premier pendant qu'elle baignait les enfants et les mettait en pyjama.

— Quelle histoire voulez-vous, ce soir ?

— Les dinosaures, s'il te plaît !

Cette fois, Rosie s'appuya à l'encadrement et l'observa pendant qu'il lisait. Il avait l'air de s'amuser, et les enfants d'apprécier assez pour en réclamer une seconde.

Quand il eut terminé, sachant qu'ils risquaient d'insister pour une troisième, elle entra.

— C'est l'heure de dire bonsoir, à présent.

Lexi tendit les bras à Leo.

— Un bisou !

— Moi aussi ! renchérit son frère.

Leo lui jeta un regard interrogateur, et elle répondit d'un hochement de tête imperceptible.

Il se pencha pour les embrasser sur le front.

— Bonne nuit, dormez bien, murmura-t-il.

Ils descendirent l'escalier ensemble.

— J'apprécie ta patience, Leo, et je t'en remercie.

Elle crut voir passer une ombre sur son visage.

— Pas de quoi. En fait, je me suis bien amusé, ce soir. Je n'arrive pas à me rappeler si j'ai déjà fait du toboggan.

C'était donc cela… On ne l'avait jamais emmené au

parc dans son enfance. Pauvre petit garçon riche, à qui ses parents avaient dû offrir des jouets de luxe, mais qui avait été privé d'une enfance normale, libre de courir, de rire et de jouer…

— Je suis heureuse que tu sois venu. Veux-tu un autre verre de vin ?

— Ce ne serait pas raisonnable, j'ai laissé ma voiture à l'hôpital.

Une façon polie de dire qu'il partait… C'était sans doute aussi bien, songea-t-elle.

— Tu rentres ?

— Pas tout de suite. Si ça ne t'ennuie pas, j'aimerais rester un peu.

Quand il posa une paume sur sa joue, elle sentit sa bouche s'assécher. Un peu plus encore quand il lui caressa la lèvre du pouce…

Et quand il frôla sa bouche de la sienne. Elle passa les mains autour de son cou et s'appuya contre lui, le laissant approfondir le baiser.

Sa tête tournait quand il s'écarta d'elle.

— Ma merveilleuse Rosie, murmura-t-il. J'ai tant envie de te tenir contre moi !

Incapable de formuler une phrase cohérente, elle se borna à hocher la tête.

Elle ne s'attendait pas à ce qu'il la soulève dans ses bras… Son cœur battit plus vite. Où l'emmenait-il ? Il s'assit sur le canapé et l'installa sur ses genoux.

— Ça fait un peu homme de Cro-Magnon, mais tu es irrésistible. Tu me rappelles la Flora du Titien.

— Qui est-ce ?

Il sortit son téléphone, chercha le portrait sur Internet et le lui montra.

— Tes cheveux sont plus courts, mais tu es aussi belle qu'elle.

Une femme aux courbes généreuses, comme elle,

songea-t-elle en examinant le tableau. Michael aussi avait apprécié, jusqu'à ce qu'elle soit enceinte. Ensuite, il l'avait jugée trop grosse et repoussante.

Elle chassa cette pensée.

— Merci du compliment. Navrée, je ne connais pas grand-chose à l'art…

— J'ai eu la chance d'être élevé à Florence. Quand j'étais ado, c'était l'un de mes tableaux préférés. J'ai pas mal traîné dans la galerie Uffizi. Et toi, que faisais-tu à cette période ?

— Pas grand-chose de très original, je le crains. Je passais mon temps avec ma sœur et des amies, à faire ce que font toutes les filles à cet âge. Essayer des produits de maquillage, se coiffer, bavarder et écouter de la musique…

Elle sourit.

— Et à regarder des films. Je me rappelle que, plus tard, quand j'étais à l'école d'infirmières, nous allions au cinéma le soir quand notre emploi du temps le permettait.

— Tu as des films préférés ?

— Pas vraiment. Tous les genres me plaisaient. Maintenant, j'essaie d'emmener Lexi et Freddie voir les dessins animés qui sont bien plus beaux sur grand écran ; ils en ressortent enchantés la plupart du temps.

Elle surprit à nouveau une lueur de tristesse dans son regard. Ses parents ne l'avaient sans doute jamais emmené au cinéma…

— Et si nous y allions ce week-end ?

— Pourquoi pas, si les programmes sont intéressants ?

Elle lui passa une main sur la joue.

— Donc, tu as passé ton adolescence à écumer les musées ?

— Oui. Et à étudier, et à tenter de me dépêtrer d'obligations mortellement ennuyeuses.

Son père lui apprenait-il déjà son rôle de duc ? C'était sans doute un point douloureux, mais que dire ? Elle l'embrassa et, à l'éclat de ses yeux noirs quand elle s'écarta de lui, elle comprit que c'était la chose à faire.

Elle resta penchée sur lui, les bras autour de son cou, et ils bavardèrent. Enfin, il lui vola un dernier baiser.

— Je ferais mieux de te laisser dormir.

— Tu es sûr que tu retourneras sans problème jusqu'à ta voiture ?

— Oui, mais merci de t'en inquiéter.

Comme si personne ne s'était jamais occupé de lui. Peut-être parce qu'il était si compétent dans son travail, ou parce qu'on estimait qu'il avait assez d'assistants qui travaillaient pour lui. Mais quelqu'un avait-il songé à l'homme, que ce soit derrière le médecin ou derrière le duc ?

— À demain à l'hôpital, donc.

Elle souriait encore en sortant de la salle de bains pour se blottir sous sa couette. La compagnie de Leo était si agréable ! Et les jumeaux l'adoraient. Oserait-elle penser que cela pouvait marcher ?

Le jeudi, Leo fut seul à la consultation pendant que Rosie travaillait dans la salle, et ils ne se retrouvèrent que pour un rapide déjeuner à la cantine.

Toute la journée, il eut du mal à se concentrer sur son travail, tant elle occupait son esprit. Le vendredi, ils se virent à peine, puisqu'elle était dans la chambre de Penny à l'heure de midi, et le soir il lui envoya un texto.

Veux-tu que nous allions au cinéma demain ? Je t'envoie les programmes.

La réponse arriva vite.

Aucun film intéressant, cette semaine. Que dirais-tu de l'aquarium ?

Pourquoi pas ?

Au métro à 10 heures ?

D'accord.

Elle y était déjà quand il entra dans la station. Tout excités, les enfants se jetèrent contre lui et passèrent leurs petits bras autour de ses jambes. Il n'en espérait pas tant, et son cœur fondit de nouveau.

— On va voir les requins ! s'écria Freddie.

— Et les étoiles de mer. C'est beau, les étoiles de mer ! ajouta Lexi.

Une autre activité qu'il n'avait jamais connue, se dit Leo. Il s'amusa autant que les jumeaux dont l'enthousiasme était contagieux. De temps en temps, il les soulevait à tour de rôle pour qu'ils voient de plus haut les occupants d'un aquarium ; il remarqua que Rosie leur demandait de compter les poissons et de nommer leurs couleurs et leurs formes. Pourquoi ne pas participer à ce jeu éducatif ?

— Combien de branches a l'étoile de mer, Lexi ?

— Cinq !

Il sourit.

— Très bien !

Dans le hall central se trouvait une aire de jeux où les plus jeunes enfants pouvaient faire des coloriages et les plus grands répondre à des questionnaires. Il s'accroupit à côté de Lexi et de Freddie.

— Voulez-vous que je vous fasse un dessin à chacun ?

— Oh ! oui ! s'écrièrent-ils en chœur.

— Un requin pour Lexi et une étoile de mer pour toi, Freddie ? demanda-t-il pour les taquiner.

— Non, c'est le contraire ! s'écrièrent-ils de nouveau en chœur.

Il réprima un sourire.

En le regardant dessiner, Freddie frappait dans ses mains pour exprimer sa joie. Dès qu'il eut terminé, ils s'emparèrent tous deux de crayons de couleur et se mirent au travail.

Il regarda Rosie, muette depuis leur arrivée dans l'aire de jeux. Était-ce des larmes qu'il voyait dans ses yeux ? Qu'avait-il fait de mal ?

Une fois les coloriages terminés, ils les tendirent à leur mère.

— Tu écris nos noms dessus, maman, s'il te plaît ?

— D'accord. Pouvez-vous me les épeler ?

Emu, il observa leur air sérieux pendant qu'ils égrenaient chacun à leur tour les lettres de leur prénom.

Puis Freddie présenta son dessin à Leo.

— Tiens, c'est pour toi.

— Et le mien aussi, ajouta Lexi en lui remettant le sien.

— Merci à tous les deux. Je les afficherai en rentrant.

— Sur le réfrigérateur, comme maman ?

— Ouais ! répondirent-ils à l'unisson.

Dans le tunnel aux requins, ils se mirent à pousser des hurlements de joie et d'excitation. Rosie, à nouveau souriante, les prit par la main et s'accroupit près d'eux.

— Je sais que vous vous amusez, mais cessez de crier ainsi, vous allez effrayer ces pauvres bêtes.

— C'est vrai, mettez-vous à leur place, renchérit Leo. Ils sont bien tranquilles dans l'eau…

Les jumeaux parurent réfléchir puis hochèrent la tête. À partir de là, ils se calmèrent et se montrèrent les requins du doigt en chuchotant.

Rosie croisa son regard.

— Merci, murmura-t-elle.

À la fin de la visite, ils passèrent par la boutique où Rosie se procura un nouveau livre pour les enfants, *Sammy le requin timide*. Puis ils prirent le chemin de la South Bank, où ils mangèrent avec appétit des hot-dogs achetés à un marchand ambulant, et ce fut assis sur un banc qu'ils dégustèrent des churros au chocolat en regardant les spectacles de rue, un jongleur, un cracheur de feu… Les enfants finirent par être barbouillés jusqu'aux oreilles, et Leo commit l'erreur de leur acheter un ballon à chacun avant que Rosie leur ait essuyé les mains et le visage : comme ils voulurent à toute force l'embrasser pour le remercier, il se retrouva lui aussi tout maculé de chocolat.

Cela fit rire Rosie qui sortit son téléphone pour prendre une photo. Ensuite seulement, elle nettoya le visage des enfants avec une lingette et lui en tendit une.

Quand ils rentrèrent chez elle, les jumeaux étaient épuisés. Après avoir grignoté une moitié de leur sandwich, ils avaient commencé à s'endormir sur la table.

— Pas de bain, ce soir…, dit Rosie en souriant. Droit au lit avec une histoire.

— On veut Leo !

— S'il est d'accord.

Il les aida à se mettre en pyjama et les coucha avec l'étrange sensation que son cœur s'attendrissait.

Après leur avoir lu l'histoire de Sammy le requin timide et les avoir embrassés sur le front, il redescendit.

— Je n'ai pas préparé de dîner, ce soir ; le mieux que je puisse te proposer, c'est de commander un repas tout prêt.

— Ce serait super. Et c'est moi qui te l'offre parce que tu m'as invité mercredi pour les macaronis.

Ils partagèrent un plat chinois puis se blottirent sur le canapé.

— Rosie, je voudrais te demander quelque chose : qu'ai-je fait pour te peiner à ce point, tout à l'heure ?

— De quoi parles-tu ?

— Lorsque nous étions à l'aquarium. On aurait dit que tu retenais tes larmes pendant que je dessinais pour les jumeaux. J'ai eu envie de t'embrasser pour te consoler.

Elle sourit.

— Ah, oui ! Tu semblais si appliqué, et eux si heureux… Je pleurais de joie, Leo.

— Tant mieux. Je suppose que je peux t'embrasser quand même ?

Il joignit le geste à la parole jusqu'à ce qu'ils soient tous deux hors d'haleine.

C'était peut-être cela qui donnerait un sens à sa vie, songea-t-il : un métier qui le passionnait, plus la chaleur de Rosie et des enfants. Il lui suffisait de découvrir un moyen de se libérer de ses obligations en Toscane. Mais c'était un peu tôt pour y réfléchir. Pour le moment, il apprécierait chaque moment passé avec elle.

À la fin de la soirée, il l'embrassa une dernière fois sur le pas de la porte.

— À lundi.

— À demain, oui. Et merci de ta présence aujourd'hui. Tu as été merveilleux, avec moi comme avec les jumeaux.

— J'ai beaucoup aimé notre sortie, moi aussi.

— Oh ! j'allais oublier…

Elle fouilla dans son sac et en sortit un petit sac en papier orné du logo de l'aquarium.

— Pour toi. C'est trois fois rien.

Il ouvrit le sac et en tira deux aimants représentant un requin et une étoile de mer.

— Tu as promis aux enfants que tu afficherais leurs dessins sur ton réfrigérateur. J'ai pensé que tu n'avais peut-être pas d'aimants…

— C'est vrai. Mon appartement n'est pas vraiment aménagé encore. Merci de cette gentille attention.

Il l'embrassa de nouveau, s'attarda davantage…

— À demain, Rosie.

— À demain, Leo.

Et, pour la première fois depuis longtemps, ce lundi était pour elle comme une promesse.

7

— Tu es occupée, ce week-end, Rosie ?

On était lundi soir, et ils s'apprêtaient à sortir de l'hôpital à la fin de leur service.

— Pourquoi ?

Il lui vola un baiser.

— Ce n'est pas poli de répondre à une question par une autre.

— Je n'ai rien de prévu, non.

— Super. Les enfants ont-ils des passeports ?

— Oui, bien qu'ils ne soient encore jamais sortis du pays. Pourquoi ?

— Je me demandais… Et si nous allions passer deux jours en Toscane ?

Elle déglutit.

— Mais… Leo, est-ce que cela implique de rencontrer ta famille ?

— Oui et non.

— Tu n'es pas très précis.

— Je n'ai aucune idée derrière la tête. Il faut que je rentre pour le week-end, et j'ai pensé que ça vous plairait de profiter d'un peu de vrai soleil d'été. Et puis… J'ai affirmé à Lexi que les meilleures crèmes glacées viennent d'Italie, et j'aimerais le lui prouver.

— Nous dormirions chez tes parents ?

— Au Palazzo di Calvanera, oui.

Il lui sourit.

— *Mamma* ne va pas très bien. Je lui téléphone tous les jours. Bien sûr, je suis certain que Violetta, sa dame de compagnie, me signalerait le moindre problème de santé, mais ça me rassure de la voir moi-même de temps en temps.

Évidemment, songea-t-elle, outre les qualités qu'elle lui connaissait déjà, c'était un fils aimant et attentionné…

Pourtant, selon ce qu'il lui avait raconté, ses parents n'avaient pas voulu de cette Emilia et l'avaient harcelée jusqu'à ce qu'elle disparaisse de sa vie… La duchesse ne déciderait-elle pas qu'une femme affublée de jumeaux n'était pas non plus une épouse convenable pour son fils ?

— Ta mère préférerait peut-être te voir seul ?

— Je suis certain que ça lui fera plaisir de vous connaître, toi et les enfants.

Comment exposer ses craintes ? Ce week-end au *palazzo* faisait prendre un tour nouveau à leur relation, lui donnait un poids et un sérieux qui l'effrayaient un peu. Il fondait peut-être trop d'espoirs en elle ?

— C'est un peu tôt, tu ne trouves pas ? Je ne voudrais pas que ta mère s'imagine que nous sortons ensemble officiellement.

Il porta sa main à ses lèvres et lui embrassa les doigts.

— Je comprends, mais j'aimerais tant te montrer le *palazzo*, ses jardins, sa roseraie et son lac…

Elle éprouva un pincement au cœur : un lac, qui ne serait peut-être pas clôturé, donc dangereux pour les jumeaux… Mais elle chassa vite cette pensée : elle courait plus vite qu'eux, et elle savait nager. Le véritable danger n'était pas là.

Elle le regarda droit dans les yeux.

— Leo, est-ce que ça signifie que tu souhaites que je rencontre ta famille ?

— Moi, je connais la tienne.

— Bien entendu, mais nous étions convenus que nous prendrions les choses comme elles se présentaient…

— C'est exactement ce que nous faisons. Rosie, un week-end en Toscane ne sera rien de plus qu'une pause, une occasion de nous distraire. Je suis sûr que Freddie sera enthousiasmé par les armures et Lexi par les portraits des duchesses.

Il touchait la corde sensible, songea-t-elle. Il savait qu'elle avait du mal à priver les enfants d'un moment qui sorte de l'ordinaire…

— Et si ta mère ne me trouve pas à son goût ?

— À mon avis, aucun risque. Franche, ouverte et attentionnée comme tu l'es, tu ne peux que lui plaire. Et elle n'est pas obsédée par le sang bleu.

Au contraire de son père, selon ce qu'il avait raconté… Il dut lire dans ses pensées.

— Je ne t'aurais pas invitée du vivant de mon père, bien entendu ; mais, à présent, c'est moi le duc, et *mamma* n'est pas comme lui. Je suis certain que tu l'apprécieras aussi.

— Je l'espère…

— Si c'est le voyage qui te préoccupe, nous partons dans l'avion d'un ami. Pas d'attente à l'aéroport ni délais d'aucune sorte.

— Pardon ? Tu utilises un avion privé ?

— Pas aussi luxueux que tu pourrais le croire. Il est plutôt petit.

— Mes amis possèdent des voitures, pas des avions ! Leo, nos deux mondes sont vraiment très différents !

— Pas tant que ça. Et aussi… J'avais l'intention de te demander un service.

— Ah ? C'est donnant-donnant ?

— Non. Tu as le droit de refuser. En fait, je rentre aussi parce que j'ai des obligations. Je dois assister à un bal de charité en faveur d'une clinique pédiatrique que je parraine et qui me tient à cœur.

— Qu'a-t-elle de particulier ?

— On y soigne les enfants défavorisés dont les parents n'ont pas les moyens de payer le traitement.

— Il n'y a donc pas de sécurité sociale en Italie ?

— Nous avons comme vous un système mixte, public et privé. Les généralistes sont aussi payés par le ministère de la Santé, et les soins d'urgence et la chirurgie sont gratuits. Nous payons les médicaments en fonction de nos revenus et, si le médecin de famille envoie un patient chez un spécialiste pour des examens, il n'a qu'une somme modique à rembourser. Mais les temps d'attente peuvent être longs, c'est pourquoi il existe aussi des hôpitaux privés où l'on paie un peu plus cher pour être soigné plus vite.

— Revenons à la tienne : si j'ai bien compris, c'est une clinique privée où les patients sont soignés gratuitement ?

— Exactement. J'y travaille quand je suis sur place. Rosie, je souhaiterais que tu m'accompagnes à ce bal.

— Que fais-tu des enfants ? Ils sont trop jeunes pour que je les emmène, et ils doivent se coucher tôt.

— Je leur trouverai une baby-sitter.

— Pas question de les laisser à une inconnue dans un endroit qui ne leur est pas familier.

— C'est chez moi, Rosie ! Et la jeune fille à qui je pense, Lisetta, est la fille de la dame de compagnie de ma mère que je connais depuis son enfance. Je suis convaincu qu'elle serait ravie de garder les jumeaux.

Il n'avait donc même pas encore demandé ? Bien entendu, il ignorait si elle accepterait… Mais l'idée la terrifiait.

— Moi, je ne la connais pas, Leo. Et, même chez toi, je ne laisserais pas mes enfants avec une inconnue, dans un pays étranger dont ils ne parlent pas la langue.

Elle inspira à fond et ajouta :

— Je suis peut-être trop protectrice, mais il me semble qu'aucune maman n'accepterait une chose pareille !

Leo s'exhorta à la patience, se rappelant qu'à peine un an plus tôt un « associé » du mari de Rosie avait menacé les enfants ; c'était donc naturel qu'elle soit plus angoissée que la moyenne…

— J'ai confiance en Lisetta, Rosie. Je comprends que tu t'inquiètes, mais tu me connais assez, j'espère, pour savoir que je ne les confierais pas à n'importe qui. De plus, nous avons des gardes de sécurité au *palazzo*, aucun étranger ne pourra les approcher. Ils ne risqueront absolument rien, je te le garantis.

Elle poussa un soupir.

— D'accord. Je vais le présenter autrement : ta mère n'est pas en excellente santé. L'amènerais-tu à Londres pour la laisser seule toute la soirée avec quelqu'un qu'elle ne connaît pas et qui ne parle pas sa langue pendant que tu sors faire la fête ?

— Il ne s'agit pas d'une fête, mais d'un bal de charité auquel c'est mon devoir d'assister ; car, bien que je subventionne la clinique, pas mal de nos fonds viennent aussi du ministère de la Santé. Par ailleurs, ma mère parle un très bon anglais, ainsi que Lisetta.

Elle se plaqua les mains sur le visage et gémit.

— Tu ne m'écoutes pas vraiment. Confierais-tu ta mère à une inconnue, disons ma voisine de palier ?

— Si tu te portais garante d'elle, oui. Ta parole me suffirait.

— Mais dans cette situation, ta mère pourrait t'appeler en cas de problème, ce qui n'est pas vrai pour les jumeaux. Ils n'ont que trois ans, Leo.

Elle secoua la tête.

— C'est très gentil de ta part, mais je ne peux pas accepter. C'est tout simplement impensable.

Bien, songea-t-il, il avait beau faire, il ne la convaincrait pas. Autant trouver une autre solution, et vite.

— Et si c'était une amie à toi ?

— Que veux-tu dire ?

— Les jumeaux parlent beaucoup de Nina, qu'ils ont

l'air d'adorer. Je peux lui demander de nous accompagner si elle est libre. Bien entendu, elle voyagerait avec nous et logerait au *palazzo*. Est-ce que ça te conviendrait ?

— Je…

Elle semblait déchirée, et il commençait à désespérer. Mais il n'était pas à bout d'arguments.

— Rosie, nous avons décidé ensemble que les enfants devaient passer d'abord, mais tu as aussi besoin de souffler de temps en temps. Tu n'es pas *que* leur mère. Viens te distraire avec moi, dîner, danser un peu. Je te promets que nous serons rentrés à minuit.

— Je ne parle pas un mot d'italien.

— Je peux t'apprendre quelques phrases et te servir d'interprète si nécessaire. Du reste, la plupart des gens que tu rencontreras parlent anglais.

Elle se mordilla la lèvre inférieure.

— Je regrette, Leo, mais c'est trop important pour que je me décide à la légère. J'ai besoin d'y réfléchir.

Au moins, ce n'était pas un « non » catégorique…

— Pas de problème, tu as le temps. Ah, une précision : si jamais tu acceptes, je t'achèterai une robe pour l'occasion.

Elle lui jeta un regard noir.

— Je n'ai pas besoin qu'on m'achète mes…

Sa voix s'étrangla.

— C'est un bal officiel, c'est-à-dire smoking et cravate noire, et toilette haute couture, n'est-ce pas ?

— Nœud papillon et gilet blancs.

— Encore plus chic !

— La différence n'est pas énorme.

— Tenue de soirée, donc.

Elle fit la grimace.

— Si j'y vais — et j'ai bien dit « si » —, je pourrais louer une robe à l'une de ces agences spécialisées…

— Ou me permettre de t'en offrir une. Non parce que je veux tout diriger, mais parce que tu me rends un grand service et que ce n'est pas à toi de faire des dépenses extraordinaires.

— Je vais y réfléchir. Tu me prends vraiment au dépourvu !

— J'ai reçu l'invitation il y a quelques semaines mais, au moment où je l'ai acceptée, j'ignorais encore que je signerais un contrat pour le Paddington et que je te rencontrerais.

Il lui vola un baiser.

— Mais nous ne sommes que lundi, tu as le temps de demander conseil à l'un de tes proches. Si tu décides de m'accompagner, nous pourrions aller acheter la robe jeudi soir. À condition que tu trouves une baby-sitter pour la soirée, bien entendu.

— D'accord.

— J'aimerais avoir ta réponse mercredi. Tu crois que ça sera suffisant pour que tu réfléchisses ?

— Je suppose…

— Je ne t'en voudrai pas si tu refuses. Mais j'aimerais tant passer du temps avec toi et les enfants !

Une fois rentrée, Rosie envoya un texto à sa sœur.

Es-tu libre demain soir ? J'ai besoin d'un conseil.

Deux minutes plus tard, son téléphone sonna : c'était Daisy qui l'appelait…

— Nous pouvons parler tout de suite, si tu veux. Que t'arrive-t-il, sœurette ?

Zut ! Elle n'avait pas eu le temps de préparer ce qu'elle allait dire…

— Rien de grave, en fait, je… Euh… Je sors avec quelqu'un.

— Sérieux ? Super ! Raconte-moi tout. Son nom, comment tu l'as rencontré, à quoi il ressemble.

Elle aurait dû s'y attendre… Elle répondit dans l'ordre.

— Il s'appelle Leo, il est pédiatre à l'hôpital, et il est adorable.

— Dans ce cas, pourquoi voudrais-tu un conseil ?

— Daisy, tout ce que je vais te dire est confidentiel, d'accord ?

— Tu m'inquiètes. Tu n'as pas rencontré un autre Michael, au moins ?

— C'est tout l'opposé.

— Où est le problème, alors ?

— Il est italien, il a un contrat de deux mois. Et il voudrait que je l'accompagne en Italie ce week-end.

— Pour te présenter à sa famille ?

— Entre autres. Mais il me demande aussi de l'accompagner à un bal de charité en faveur d'une clinique privée qu'il subventionne.

— Oh ? Il est si riche que ça ?

— Euh... Je ne t'ai pas dit... C'est un duc.

— Duc ? Comment se fait-il qu'il soit aussi pédiatre ?

— C'est un peu compliqué. Mais c'est un type bien, et les enfants l'adorent.

— Il les connaît déjà ? Remarque, s'il a réussi à les séduire, c'est qu'il est spécial. Alors où est le problème, avec l'Italie et le bal ? Je suppose qu'il vient juste de t'en parler et qu'il t'a prise de court ?

— Exactement. Il veut aussi faire garder les jumeaux par une jeune Italienne de son entourage.

— Que tu ne connais pas, et tu as refusé. Tu lui as raconté ce qui s'était passé avec Michael ?

— Oui. Tu trouves que j'exagère ?

— Un peu, mais tu as des circonstances atténuantes.

— Alors il a proposé d'emmener Nina, mon amie qui s'occupe des jumeaux à la crèche. Il estime que nous avons tous besoin de nous amuser un peu.

— Il a bien raison. Il est temps que tu te changes les idées. Tu es seule depuis plus d'un an... Ou, plutôt, tu l'étais depuis la naissance des enfants puisque Michael était un vrai courant d'air. Vas-y, et prends du bon temps.

— Tu crois ?

— Je suis sûre. Au fait, que comptes-tu porter, pour le bal ?

— Tenue de soirée de rigueur. Leo a offert de m'offrir une robe, au prétexte qu'il ne veut pas que j'engage des frais pour un service que je lui rends.

— Il me paraît très attentionné. Quand vas-tu l'acheter ?

— Jeudi soir, si j'accepte. Daisy, je sais que c'est un peu tard pour te le demander, mais pourrais-tu…

— Garder les jumeaux ? Bien entendu ! Comme ça, je le verrai quand il te ramènera. Je te dirai ce que j'en pense et, s'il me fait bonne impression, tu pourras partir tranquille. Tu te souviens de la dernière fois où tu as dansé ?

— C'était avant la naissance des jumeaux.

— Pff ! N'hésite pas. Et, si jamais Nina a quelque chose de prévu, je partirai à sa place. Je suis ta sœur, et je suis certaine que tu ferais la même chose pour moi.

— Merci, Daisy, et aussi de les garder le soir. Je te revaudrai ça.

— Fais des provisions de pizza, de donuts et de fraises, et nous serons quittes. Je suis si contente que tu sortes t'amuser, pour une fois !

— Leo, tout vaut une fortune, ici !

Elle lui jeta un regard plein de détresse en le voyant s'arrêter sur le seuil d'un grand magasin de luxe.

On était jeudi soir et, comme promis, il l'avait emmenée faire des achats en ville.

Il haussa les épaules.

— Mais leurs robes de bal sont ravissantes. Ne proteste pas, il t'en faut une.

— J'ai l'impression d'être Cendrillon, marmonna-t-elle.

— Je ne suis pas le prince charmant, et tu n'es pas une pauvre enfant maltraitée à la maison. De plus, je ne vois pas ce qu'il y a de mal à profiter d'un peu de glamour pendant une soirée.

Elle, si. Elle avait payé le prix fort avec Michael…

Mais il fallait qu'elle cesse de se comporter en mijaurée qui quête à tout prix l'attention. Il s'efforçait d'être gentil, inutile d'être désagréable.

— Merci, Leo.

En faisant des essayages, elle dut admettre qu'elle s'amusait.

— Puis-je vous donner mon avis ? demanda la vendeuse. Avec vos cheveux auburn, celle-ci sera extra. Deux couleurs opposées.

Elle lui présentait une robe longue turquoise au décolleté en cœur et aux bretelles ornées de rubans blancs et de paillettes étincelantes.

— J'ai aussi les chaussures qu'il vous faut. Quelle est votre pointure ?

— Trente-huit.

— Je vous trouve ça.

Quand elle eut passé la robe, la vendeuse lui tendit une paire d'escarpins à lanières fauves, à talons hauts.

— Voulez-vous demander l'avis de votre petit ami ?

Leo n'était pas tout à fait son petit ami… Mais elle n'allait pas raconter sa vie.

— Euh… Pourquoi pas ?

Le regard qu'il lui lança quand elle sortit de la cabine était éloquent. Et une onde de chaleur se répandit dans tout son corps quand elle le vit bouche bée. Ainsi, elle parvenait à le rendre muet…

— Tu es ravissante, dit-il enfin. Tu l'es toujours, mais dans cette robe…

— Merci.

— Il te faut aussi une pochette, pour ton téléphone.

Je suppose que tu appelleras Nina toutes les heures pour avoir des nouvelles des enfants ?

En fin de compte, Nina était libre ce week-end, et ravie de cette occasion de visiter la Toscane.

— Tu estimes que je suis trop protectrice ?

— Un peu, mais c'est compréhensible.

— Hum. Merci encore pour tout.

Il attendit qu'elle se change et prit les paquets, le dernier contenant une pochette à sequins assortie aux chaussures. Puis il passa un bras autour de ses épaules pour la guider vers la sortie.

— On va dîner ? Je suppose que tu as appelé ta sœur pendant les essayages, sinon nous serions rentrés depuis longtemps !

— Oui. J'ai même envoyé une photo de moi dans la robe. Daisy l'a trouvée magnifique, et elle m'a recommandé de prendre mon temps.

— Parfait…

Il dénicha un petit restaurant où ils s'installèrent, et elle sourit en consultant la carte.

— Les jumeaux n'auraient pas aimé ça. Trop compliqué pour eux.

— Profites-en. Et c'est moi qui t'invite, ne discute pas.

Elle choisit du crabe à l'avocat et au pamplemousse, puis du flétan frit sur lit d'algues, accompagné de morilles et de pommes de terre royales de Jersey. Tout était un régal et, à la fin du repas, il lui restait une petite place pour partager une crème brûlée aux fruits de la passion avec Leo. C'était si intime, de frôler ses doigts en mangeant…

En quelque sorte, c'était leur premier rendez-vous, et elle se sentait intimidée.

— Tout va bien, Rosie ?

— Oui. C'est agréable de manger en tête à tête…

— J'aime beaucoup les enfants, mais c'est super que nous soyons seuls, pour une fois.

Pendant qu'ils buvaient le café en dégustant des petits-fours, il lui prit la main. C'était tellement romantique ! Et cela dut lui plaire aussi car il ne la lâcha plus jusqu'à la maison.

Elle s'arrêta sur le seuil.

— Puisque je vais rencontrer ta famille, que dirais-tu de faire la connaissance de ma sœur ?

— Volontiers.

— Entre.

— Ah, te voilà ! J'espère que vous avez passé une bonne soirée.

La jeune femme qui sortait du salon ressemblait tant à Rosie que toute présentation était inutile.

— Ils dorment à poings fermés, pas la peine de te précipiter pour vérifier !

Elle se tourna vers lui en souriant.

— Je suis Daisy, et vous devez être Leo ?

— En effet. Enchanté de vous connaître, Daisy.

— Il paraît que vous emmenez ma sœur en Italie pour le week-end ?

— Oui. En ami, et priorité aux enfants.

— Contente de l'entendre. Venez m'aider à préparer le café pendant que Rosie va quand même voir si ses bébés ne se sont pas envolés. Elle m'a envoyé je ne sais combien de textos…

— Navrée, murmura Rosie qui montait déjà l'escalier.

— C'est gentil, de l'inviter chez vous…

— « Mais »… Laissez-moi deviner la suite : elle a déjà rencontré un homme qui l'a laissée tomber après lui avoir promis monts et merveilles.

— Puisque vous abordez ce sujet, j'en conclus que, vous, vous n'avez pas l'intention de la faire souffrir.

— La vie n'est pas simple. À mon avis, il faut saisir le bonheur à pleines mains, même quand on le trouve là où on ne l'attendait pas.

— Vous avez raison.

— Daisy, je prendrai soin d'eux, dit-il d'une voix douce.

Elle ouvrit le pot à café.

— C'est tout ce que je demande.

— Je suis heureux que sa famille la soutienne. Je suppose qu'elle vous a parlé de moi, et que vous avez cherché des renseignements sur Internet ?

— N'est-ce pas ce que ferait n'importe quelle sœur aînée ? Selon la rumeur, vous seriez un bourreau des cœurs…

— C'est faux, dans la mesure où j'annonce toujours la couleur.

— Même à Rosie ?

— Oui. Pour être franc, je suis aussi surpris qu'elle et je ne vois pas où cela va nous mener. Mais je ne leur ferai jamais de mal, ni à elle ni aux enfants. Nous leur avons expliqué qu'elle me pilotait dans Londres et m'invitait à dîner parce que je ne connaissais encore personne.

— Parfait.

— Vous n'aurez pas de morceaux à ramasser, je vous le promets.

— C'est un interrogatoire en règle, Daisy ? demanda Rosie qui revenait.

— Obligation de grande sœur !

— J'aurais été inquiet du contraire, intervint Leo. Et je pense que nous nous sommes compris.

— Moi aussi. Rosie, ta photo était floue, j'aimerais bien voir cette robe de près.

— Oui, chef ! marmonna Rosie en remontant l'escalier.

— Magnifique ! s'exclama sa sœur quand elle redescendit. Lexi va te dire qu'il te manque une couronne. Une vraie princesse ! Celle à la robe bleue, tu sais ?

— Cendrillon…, grommela Rosie.

— Daisy, nous avons déjà établi que je ne suis pas le prince charmant et que ma voiture ne se changera pas en citrouille à minuit.

— Pourtant, vous êtes brun, et vous l'emmenez au bal. Comptez-vous porter une tenue royale, avec un sabre et des épaulettes dorées ?

— Je ne suis que duc. Juste la queue-de-pie, et le gilet et le nœud papillon blancs réglementaires.

— Oh ! Très chic ! Avec un chapeau haut de forme ? Et une cape d'opéra ?

Il se mit à rire.

— Vous me prenez pour un personnage de pantomime ? Pas de monocle, non plus.

— Dommage, Freddie aurait adoré !

— À mon avis, il me préférerait en dinosaure.

Elle éclata de rire.

— Vous avez raison. Bon, je cesse de vous cuisiner. Allons boire le café.

En présence de sa sœur, Rosie était plus détendue, se dit-il. Et il aimait ce côté enjoué et taquin qu'il découvrait. Qui, en fait, réveillait le sien. Peut-être cela pouvait-il marcher, après tout… Et si sa mère s'entendait bien avec elle, comme il le prévoyait, ce week-end pourrait être le début de leur avenir ensemble…

8

Le samedi matin, Leo alla chercher Rosie. Ils installèrent les sièges auto dans sa voiture puis leurs bagages dans le coffre et passèrent prendre Nina.

— On va manger une glace en Italie ! lui annonça Lexi en sautant dans son siège.

— Et voir des chevaliers en armure, avec des épées, ajouta Freddie. On va dormir dans un vrai château !

Nina sourit.

— Je vois que vous êtes bien impatients ! Ce soir, pendant que votre maman et Leo seront au bal, nous ferons des coloriages.

— Ouais ! s'écrièrent-ils en chœur.

En s'installant à bord, Rosie ne put s'empêcher de faire des comparaisons. Même si les voyages qu'elle avait effectués avec Michael étaient luxueux, ils n'avaient rien à voir avec celui-ci : cette fois, pas d'attente à l'aéroport, et l'avion, bien que de dimensions modestes, était pourvu de sièges profonds et confortables, disposés de façon à laisser de l'espace pour étendre ses jambes tout à loisir.

Les enfants étaient fous de joie et d'excitation. Quand le pilote annonça au micro qu'ils pouvaient déboucler leurs ceintures, Leo les fit approcher du hublot et les souleva pour qu'ils voient le paysage en dessous.

— Les maisons sont toutes petites ! s'écria Lexi.

— Et les nuages, on dirait du coton ! dit Freddie.

Ils les laissèrent s'extasier de voir les montagnes et les paysages de si haut, et enfin Leo les rattacha sur leurs fauteuils pour l'atterrissage à Florence.

À la sortie de l'aéroport, Rosie avisa une limousine qui les attendait, équipée de sièges auto. Le chauffeur était en livrée, un képi sur la tête. Faisait-il partie du personnel de Leo, ou l'avait-il loué avec la voiture pour la journée ?

Tandis qu'ils roulaient vers les collines, à la sortie de la ville, Leo exposa aux jumeaux tout ce qu'ils voyaient et répondit à leurs questions. Tant mieux, se dit Rosie, elle n'avait pas à faire la conversation. Car, à présent qu'ils approchaient de leur but, elle sentait monter l'angoisse : et si la mère de Leo ne la trouvait pas à son goût parce qu'elle avait des enfants ? Ou si elle-même faisait une gaffe au bal et provoquait une sorte d'embarras diplomatique ?

Plus ils approchaient du *palazzo*, plus elle se sentait nerveuse. Lorsque la voiture s'arrêta devant un portail en fer forgé, elle craignit que ses jambes ne se dérobent sous elle.

— Nous y voici ! annonça Leo.

Il bondit hors de la limousine, tapa un code sur le clavier incrusté dans le mur de pierre, et les portes s'ouvrirent.

Ils parcoururent ensuite une longue allée flanquée de hauts cyprès, puis, soudain, le château apparut au bout : un immense bâtiment de trois étages, fait de pierre couleur de miel, pourvu d'une tour en son centre. De hautes et étroites fenêtres en ogive parsemaient la façade, et des colonnades longeaient le rez-de-chaussée. Un vrai palais de conte de fées, songea-t-elle.

— C'est la tour de la princesse ? demanda Lexi.

— Non, c'est la mienne, répondit Leo. Mon bureau est tout en haut, et la vue est merveilleuse. J'ai une chambre et une salle de bains à l'étage en dessous, et un salon encore en dessous.

— Tu es prince ? s'enquit la fillette.

— Non. Tu sais que je suis médecin puisque je travaille à l'hôpital avec ta maman.

— Mais tu vis dans un château !

— Je suis duc.

— Qu'est-ce que c'est, un duc ? s'enquit Freddie.

— Un peu comme un prince, dit Rosie.

— Sauf que je ne porte pas de couronne.

— Tu peux faire des chevaliers ? demanda Freddie.

— Non, mais je peux te montrer des armures quand nous serons entrés.

La grande porte s'ouvrit pendant qu'ils descendaient de voiture, et un homme aux cheveux gris, en haut-de-forme et queue-de-pie, vint à leur rencontre.

Intriguée, elle remarqua que les traits de Leo exprimaient l'ébahissement.

— Euh… Voici Carlo, mon majordome.

Le vieil homme souleva son chapeau et fit la révérence.

— *Buongiorno*. Bienvenue au Palazzo di Calvanera. Si vous avez besoin de quoi que ce soit, *signora, signorina*, demandez-moi.

Il se tourna vers Leo.

— Vos bagages sont dans la voiture, *Duca* ?

Leo leva les yeux au ciel.

— « *Duca* » ? Carlo, il y a plus de trente ans que tu m'appelles par mon prénom. Et où as-tu déniché ce costume de comédie ? Tu l'as loué ?

Carlo s'esclaffa.

— Ça se peut… Leo, tu es le *Duca di Calvanera*, il me faut un uniforme !

— Et depuis quand ? En fait, je devrais m'estimer heureux que tu n'aies pas choisi une livrée de carnaval !

— Gio a une splendide tenue du Malvolio de *La Nuit des Rois*, que j'aurais bien empruntée, mais je n'entrais pas dans le pourpoint.

Il exécuta une nouvelle courbette.

— Mon fils, Gio, est directeur d'une compagnie de théâtre à Florence. Leo l'a aidé à la monter.

Pas étonnant, se dit Rosie, les deux hommes avaient l'air de s'apprécier beaucoup…

— Ta *mamma* est dans son salon avec Violetta. Je vais monter les bagages dans les chambres et prier Maria de vous apporter à boire.

— Merci.

Sortant enfin de son personnage, Carlo prit Leo dans ses bras.

— Bienvenue chez toi, mon garçon. Je suis heureux de te voir. Il me semble que tu as toujours l'âge de celui-ci, ajouta-t-il en ébouriffant les cheveux de Freddie.

Le garçonnet s'accrocha aussitôt à la jambe de Leo en levant vers le majordome des yeux écarquillés.

— Mon fils est un peu timide, expliqua Rosie.

Carlo s'accroupit.

— Qu'est-ce que tu veux boire, Freddie ? Du lait, du jus de fruits, de la limonade ?

— Du lait, s'il vous plaît, répondit Lexi.

— Moi aussi, murmura Freddie. S'il vous plaît.

— Bienvenue au *palazzo* ! répéta Carlo en les précédant à l'intérieur.

C'était immense. Le sol du vestibule à colonnes était à damier, et les murs d'un rouge sombre ornés de tableaux dans des cadres dorés ; au plafond, des stucs décoratifs entouraient les corniches et une peinture occupait le centre. Il y avait des lustres en verre de Venise, une armure brandissant une hache de guerre, une imposante horloge à balancier, et une desserte dorée au plateau de marbre supportant un énorme bouquet de roses.

— On dirait le palais du prince dans *La Belle et la Bête* ! s'exclama Lexi, l'air ravi.

— Tu aimes ce conte ? demanda Leo.

— Oui ! Et c'est le préféré de maman parce que la Belle apprend au prince à être gentil.

— C'est important, d'être gentil.

Faisait-il simplement preuve de gentillesse envers elle et les enfants ? s'interrogea Rosie. Ou était-ce plus profond ?

À une extrémité du vaste hall s'élevait un grand escalier à rampe et balustrade dorées. Elle se figura une duchesse en train de le descendre en robe longue froufroutante et talons hauts…

Soudain, elle se sentit intimidée. Même si l'accueil de Carlo avait été chaleureux, elle n'était pas dans son milieu habituel. Bien entendu, elle avait déjà visité quelques châteaux et apprécié l'éclat de ce monde si différent du sien mais, à présent, elle était invitée dans un palais dont le propriétaire l'avait embrassée à lui donner le vertige…

— Il paraît que *mamma* est dans son salon particulier. Venez, je vais vous la présenter !

Rosie prit la main de Freddie, et Nina celle de Lexi, et ils suivirent Leo. Le plafond du salon était également décoré de stucs, mais les murs étaient d'un turquoise vif surprenant. Les immenses fenêtres, qui laissaient entrer une vive clarté, donnaient sur le jardin à la française situé à l'arrière du *palazzo* ; le sol en marbre était parsemé de divers tapis de soie et, devant les canapés et les fauteuils recouverts de velours vieil or ou de damas à rayures crème, elle éprouva un pincement au cœur : ces tissus ne supporteraient pas les petits doigts collants…

— Ne touchez à rien, les enfants, murmura-t-elle.

Pour l'instant, les jumeaux semblaient aussi intimidés qu'elle.

— Permettez-moi de vous présenter. Inutile de vous lever, *mamma* et Violetta.

Rosie remarqua la canne posée près de la mère de Leo.

— Voici Rosie, Freddie et Lexi, et Nina, qui s'occupera d'eux ce soir.

Il se tourna vers elle.

— Ma mère, la duchesse de Calvanera, et son amie Violetta.

— *Buongiorno, Duchessa* et *Signora Violetta*, dit Rosie en faisant une courbette que Nina imita.

— *Bwun-gy-or-no !* s'écrièrent les jumeaux à l'unisson. Freddie se courba, et Lexi tenta une révérence qui faillit la déséquilibrer.

— Mes chéris, je suis ravie de vous connaître. Ne vous inquiétez pas, nous n'aimons pas les cérémonies, au *palazzo*. Et appelez-moi Beatrice.

Curieux..., songea Rosie. La mère de Leo semblait tout à fait charmante, et très simple. Ce devait être son père qui régentait tout, dans son enfance...

— Et, moi, appelez-moi Violetta, ajouta la dame de compagnie en souriant.

— Enchantée, Violetta. Merci de nous recevoir, Beatrice.

— Soyez tous les bienvenus. Leo, va à la cuisine prier Maria de préparer des boissons, s'il te plaît.

— Carlo s'en charge, *mamma*.

— Je pense que tu devrais le faire toi-même, dit-elle en fixant la porte.

Leo partit, un peu inquiet de laisser Rosie seule avec sa mère et Violetta. Mais le *palazzo* avait beaucoup changé depuis la disparition de son père qui n'aurait pas apprécié, par exemple, que les murs gris foncé du salon aient été repeints en turquoise, ni que son épouse soit si directe et chaleureuse à l'égard d'inconnus.

Comme il s'y attendait, Maria l'accueillit à bras ouverts.

— C'est si bon de te voir, Leo ! Nous avons besoin de toi, ici. Et d'enfants. Ce *palazzo* manque de rires enfantins.

Bien entendu, Carlo avait mis sa femme au courant...

— En tout cas, il n'en manquera pas ce week-end !

Il retourna au salon muni d'un lourd plateau d'argent chargé de thé, de gâteau et de lait pour les jumeaux. En trouvant Lexi sur les genoux de sa mère, en train de parler princesses et couronnes, il réprima un sourire. Il aurait dû deviner que la fillette serait la première à briser la glace et retrouverait vite son assurance. Freddie, en revanche, était muet, assis sur le canapé près de sa mère dont il tenait la main bien serrée.

— Carlo a monté les bagages, annonça-t-il en servant le thé.

Il remarqua que Rosie fixait les verres de lait d'un air anxieux.

— Asseyez-vous pour boire votre lait, les enfants.

— Ne t'en fais pas, Rosie, ce sont des verres de sécurité.

Il leur en tendit un à chacun et désigna le gâteau.

— Maria nous a concocté sa *schiacciata alla Fiorentina*, un biscuit de Savoie à l'orange nappé de sucre glace.

Rosie sembla tout à coup épouvantée, et Beatrice lui sourit.

— Leonardo ne s'est pas privé de semer des miettes sur les fauteuils quand il était petit, vous savez ! Ni de renverser du jus de fruits ! Tout se nettoie.

Rosie lui adressa un regard reconnaissant.

Le gâteau était tiède et délicieux, et les enfants le mangèrent avec soin, sans rien tacher.

— Leo, pourquoi ne les emmènes-tu pas visiter le *palazzo*, pendant que je prends une autre tasse de thé avec Violetta ? Je suis sûre que Freddie sera passionné par les armures.

— Des chevaliers ! s'écria Lexi en descendant si vite des genoux de la duchesse qu'elle faillit renverser son thé.

— Fais attention, Lexi, et cesse de crier !

— Tout est excitant, à cet âge, intervint Beatrice. Et, à mon avis, les enfants ont *aussi* le droit d'être bruyants.

Depuis quand ? songea Leo. Dans son enfance à lui,

le silence était de rigueur… Mais il devait s'agir des instructions de son père que sa mère n'osait contredire. Bien qu'affaiblie par son arthrite, qui la forçait à marcher avec une canne, elle semblait mentalement plus forte…

— Bien, d'accord, *mamma*. Allons-y, les enfants !

Rosie et les jumeaux le suivirent pour la visite du rez-de-chaussée : la salle à manger à l'imposante table cirée où vingt convives pouvaient prendre place, un autre salon fastueux, une pièce utilisée par le personnel comme bureau durant la semaine, où le mobilier massif supportait un équipement informatique de pointe, puis la bibliothèque, aux murs tapissés d'étagères du sol au plafond — qui selon Lexi ressemblait aussi à celle de *La Belle et la Bête* —, et la salle de musique avec son épinette, sa harpe et son piano demi-queue.

Enfin, ils pénétrèrent dans la salle d'armes. Des armures de différentes époques du *palazzo* y étaient alignées, et des boucliers et des épées étaient fixés aux murs.

Comme il s'y attendait, Freddie était bouche bée.

— Mais celle-ci, elle est toute petite ! s'exclama-t-il soudain en désignant une armure à la taille d'un enfant.

Leo se rappela combien cette miniature l'avait fasciné au même âge, et que son père lui avait interdit de la toucher. Pourtant, l'envie avait été trop forte, et son père, bien sûr, l'avait puni…

Mais il n'était pas son père.

— C'est l'armure de cérémonie, forgée il y a environ deux siècles pour l'un des ducs de Calvanera.

Il s'approcha et souleva le casque.

— Tu veux l'essayer ?

— Je peux ? S'il te plaît ? demanda Freddie, les yeux écarquillés de stupeur.

Leo l'aida à le passer puis s'agenouilla près de lui, son téléphone à la main.

— Une photo s'impose, je pense.

— Moi aussi ! s'écria Lexi. S'il te plaît !

— D'accord.

Il prit un cliché de la fillette coiffée du casque à la visière levée.

Freddie galopait sur place tel un chevalier sur son cheval. En souriant, Leo remit en place le petit casque.

— À présent que vous avez tout vu, montons à l'étage, dit-il lorsqu'ils se retrouvèrent au bas du grand escalier.

En gravissant les marches, Rosie ne savait plus où regarder : les murs étaient ornés de portraits dans des cadres dorés dont les vêtements étaient de plus en plus anciens à mesure qu'ils montaient. Ceux des ancêtres, probablement… Le premier devait donc être celui du père de Leo… Pourquoi ne l'avait-il pas signalé à leur passage ? Il ne tenait sans doute pas à en parler. Il n'avait pas non plus mentionné le suivant, celui d'un homme à l'air également dur et intraitable, sans doute son grand-père… Était-ce un trait de caractère du côté paternel de la famille ? Le palais avait plutôt dû être une prison, pour un enfant. Elle avait remarqué son expression étonnée quand sa mère avait autorisé les jumeaux à faire du bruit. Il avait vraiment dû passer son enfance dans un carcan…

Au premier étage, le sol était aussi en marbre et le plafond orné des mêmes stucs qu'au rez-de-chaussée. Pourtant, les chambres d'amis se révélèrent assez simples : plancher au sol, murs respectivement couleur citron, bleu canard et eau-de-Nil, et tableaux représentant des paysages. Des portes-fenêtres aux rideaux en voile blanc les éclairaient.

Leo les fit entrer dans une chambre meublée de deux petits lits à baldaquin.

— C'est ici que vous dormirez cette nuit, les enfants !

— Un lit de princesse ! s'exclama Lexi, visiblement ravie.

— Et l'autre de prince pour ton frère, dit-il en souriant.

Toutes les chambres possèdent leur salle de bains privée. Nina, vous êtes à côté, si cela vous convient.

— Ce sera parfait, merci.

Rosie devina que la chambre suivante était la sienne, car elle y trouva sa robe pendue sur un cintre.

— Merci, Leo, c'est magnifique !

— On peut voir la tour, maintenant ? demanda Lexi.

— Bien sûr !

Les appartements de Leo ne ressemblaient pas au reste du palais. Il ne leur montra pas sa chambre, mais les murs de son salon étaient blancs et le mobilier beaucoup plus moderne, en bois clair léger. Au mur, des aquarelles évoquant le ciel et la mer. Son bureau, tout en haut, était tapissé d'étagères remplies de livres, et sur sa table de travail était posé un ordinateur dernier cri.

— Regardez par la fenêtre, dit-il en soulevant les jumeaux.

— On voit presque jusqu'au bord du monde ! s'écria Freddie.

— Jusqu'aux collines de Toscane, rectifia-t-il en souriant. Venez, allons rejoindre *mamma* et Violetta pour visiter les jardins.

Beatrice se leva avec peine, refusant d'un geste l'offre de Leo de l'aider, et se redressa à l'aide de sa canne.

Puis Violetta lui prit le bras, et elles passèrent devant.

Dès qu'ils furent dehors, Leo s'accroupit à la hauteur des jumeaux.

— Votre maman a un règlement pour le parc et, moi, j'en ai un ici, que vous devez respecter : vous pouvez courir partout sur les pelouses, mais ne vous approchez pas du lac tout seuls, attendez qu'on vous tienne par la main, compris ? Même chose pour la fontaine.

— Promis ! répondirent-ils en chœur.

Le cœur de Rosie se gonfla de joie : il avait d'abord pensé à la sécurité des enfants… En marchant, sa main frôla la sienne, et ce léger contact la fit frissonner. Elle eut envie d'enrouler ses doigts autour des siens, mais, pour l'instant, il n'en était pas question. Il devait y penser aussi, car il murmura : « Plus tard. »

Au bal, ils danseraient joue contre joue… Elle sentit le désir monter dans son ventre, la faisant frissonner tout entière. Elle se figura en train de traverser la roseraie qui embaumait, ce soir, en rentrant du bal, et de l'embrasser à chaque pas…

Elle se secoua. Pour l'instant, mieux valait écouter les explications de Beatrice, assise sur l'un des bancs de pierre.

— C'est vraiment magnifique !

— Merci, ma chère. Maintenant, vous me pardonnerez, j'ai assez marché pour aujourd'hui. Continuez sans nous.

Ils se rapprochèrent du lac et, une fois leur tour fini, reprirent Beatrice et Violetta au passage pour aller s'installer sur la terrasse ombragée de l'arrière, où Carlo apporta des rafraîchissements.

— On peut jouer au ballon ? demanda Lexi.

— Bien sûr ! Je vous accompagne, répondit Leo en les entraînant sur la pelouse.

Beatrice la regarda en souriant.

— Il faut que je vous remercie, Rosie. C'est si bon de voir mon fils détendu et heureux… Et c'est à vous que je le dois.

— Euh… Nous sommes amis, c'est tout…

— À en juger par les regards que vous échangez, un peu plus, à mon avis.

— Je n'étais pas certaine que vous approuviez que je sorte avec lui. Je ne suis pas noble, et j'ai déjà deux enfants…

— Quelle importance ? C'est un plaisir de les entendre rire. Ça n'est pas arrivé si souvent, quand Leo était petit… Le plus grand désir d'une mère, c'est que les enfants soient heureux, non ?

— Hum. Et sa plus grande peur, qu'on leur fasse du mal.

— Je pense que nous nous comprenons. Je suis contente qu'il vous ait amenée.

Rosie sentit son cœur s'emballer. Peut-être leur relation était-elle possible, en fin de compte…

Leo et les enfants revinrent, essoufflés mais ravis.

— Pourquoi vous n'avez pas de chien, Beatrice ? demanda Lexi.

— Parce que je suis trop vieille, que je marche difficilement et que je ne pourrais pas le promener.

— Nous, c'est parce que maman travaille, intervint Freddie, la mine triste.

— Et si vous dessiniez un peu ? proposa Rosie pour faire diversion. Nina, as-tu des crayons avec toi ?

Nina sortit le nécessaire de son sac.

Comme il fallait s'y attendre, ils dessinèrent chacun un chien.

Lexi tendit son dessin terminé à Beatrice.

— C'est pour vous ! Un chien qu'on n'est pas obligé de promener.

— Et le mien aussi, comme ça, ils joueront tous les deux, renchérit Freddie.

Beatrice les serra sur son cœur.

— Merci, mes enfants, vous êtes adorables.

— Et si nous chantions ? proposa Leo.

Il entonna un air dont les jumeaux reprirent le refrain.

C'était un rêve, songea Rosie, un rêve merveilleux… Elle apprécierait chaque seconde de ce week-end sans oublier que c'était une parenthèse dans sa vie.

— À quelle heure couchez-vous les jumeaux, Rosie ? demanda Beatrice.

— En principe, après le dîner qu'ils prennent vers 18 heures, je leur donne un bain, et je les mets au lit.

— Le bal commence à 20 heures, donc il nous faudrait partir une demi-heure avant, dit Leo.

— Je serai prête, ne t'en fais pas.

— Je vous rappelle que je suis là pour m'occuper d'eux ! intervint Nina.

— J'aimerais leur lire une histoire, dit la mère de Leo. Il y a longtemps que je ne l'ai pas fait. Ça me manque.

Leo retint une grimace. Insinuait-elle qu'il devait se hâter de lui faire des petits-enfants ? Peut-être se sentait-elle seule, tout simplement… En tout cas, il était heureux qu'elle ait si vite adopté les enfants.

— Nina, vous partagerez notre repas, ce soir. Maria a mis les petits plats dans les grands.

— Merci, dit la jeune femme en rougissant.

Le *palazzo* avait bien changé…, se dit Leo. Du temps de son père, Nina aurait été traitée comme une domestique.

Maria avait façonné des oursons en mie de pain à l'ail pour les enfants, et préparé des pâtes et de la crème glacée. Elle insista pour que Rosie et Leo mangent des *piadinas*, des petits pains grillés fourrés au jambon et au fromage.

Le repas terminé, tout le monde, à l'exception de Leo qui partait se préparer, monta coucher les jumeaux.

— Je m'occupe du bain, Rosie, dit Nina. Va te changer, nous voulons te voir en tenue de bal avant ton départ.

Elle obtempéra.

— Maman ! On dirait une princesse ! s'écria Lexi quand elle revint.

— Une princesse spéciale ! ajouta son frère.

Après l'avoir examinée sans rien dire, Beatrice se tourna vers sa dame de compagnie.

— Il manque quelque chose, tu ne trouves pas, Violetta ? Viens m'aider.

Elles disparurent et revinrent peu après avec un large écrin en cuir orné de dorures que Beatrice ouvrit.

Rosie poussa un cri d'admiration en découvrant une parure, collier, pendants d'oreilles et bracelet, qui scintillaient de mille feux.

— Mais… Ce sont de vrais diamants !

— Oui. Ce sont les miens, mais je suis trop vieille pour aller au bal, et je ne peux plus danser. Portez-les pour moi, je vous prie.

— On dirait vraiment une princesse ! s'exclama Leo, qui entrait.

Rosie en perdit la respiration : il était époustouflant, en queue-de-pie, pantalon noir, gilet et nœud papillon blancs.

— Une photo, une photo ! s'écria Lexi.

— Bonne idée ! dit Beatrice en sortant son portable.

— Prenez-la par les épaules, Leo ! ordonna Violetta.

Le contact de la paume de Leo sur sa peau la fit frissonner.

Beatrice appuya sur le bouton en souriant.

— *Bellissima*… Allez-y, maintenant, et amusez-vous bien !

9

— Jusqu'à présent, je n'avais vu ce genre de véhicule que dans les magazines !

Leo conduisait un cabriolet noir, élégant et racé.

— Je me préfère en médecin, mais j'avoue que ces voitures sont mon point faible. Et, si je n'étais pas duc, je ne pourrais pas me les offrir…

— Mais tu ne dépenses pas tout ton argent pour toi. Nous allons à un bal de charité en faveur d'une clinique que tu subventionnes. Ainsi qu'une compagnie de théâtre, si j'ai bien compris ce que disait Carlo ?

— Quand on est riche, c'est important d'en faire profiter les autres.

Hum… Il lui sembla que, si Beatrice était aussi de cet avis, ce ne serait pas le cas de son défunt mari. Mais inutile d'aborder le sujet…

— Je me fais vraiment l'effet d'être Cendrillon. Vais-je perdre ma pantoufle de vair ?

— Je ne crois pas. Mais tu es splendide, et nous allons nous amuser.

Seuls, tous les deux… Bien entendu, Leo devait connaître tout le monde mais, pendant qu'ils danseraient, ils seraient en tête à tête.

Tandis qu'il garait la voiture, elle appela Nina pour s'assurer que tout allait bien, puis, rassurée, entra à son bras dans l'un des hôtels les plus luxueux de Florence qui surplombait l'Arno. Un bâtiment aussi ancien que le *palazzo*, mais qui avait été modernisé. La salle de bal, au plafond haut décoré de stucs crème et dorés, était immense ; les larges et hautes baies vitrées étaient protégées par des rideaux en voile et de lourdes draperies en velours vert. Des miroirs, entre les fenêtres, reflétaient les lumières des lustres en verre et or, et celles des appliques assorties fixées au mur.

— Quel faste !

— N'est-ce pas ?

Tout le monde était en tenue de soirée, et les robes, toutes plus merveilleuses les unes que les autres, formaient un patchwork coloré et scintillant.

Sur le podium dressé à un bout de la salle, un trio de jazz jouait une musique douce.

— Dansons d'abord, ensuite je te présenterai à tout le monde.

Elle n'avait pas dansé depuis longtemps… Elle se rendit vite compte que Leo était un cavalier hors pair. En tourbillonnant sur la piste au rythme de la valse, elle eut l'impression de voler tant elle se sentait légère. Et, blottie dans ses bras, le sentiment d'être exactement où elle le devait. Chez elle.

Lorsqu'ils quittèrent la piste, il la présenta à une foule de gens en expliquant qu'elle travaillait avec lui au Paddington Children's Hospital, à Londres. Comme il l'en avait assurée, la plupart parlaient anglais et elle eut un peu honte que son italien se limite à quatre formules, *bonjour, au revoir, s'il vous plaît* et *merci*. Mais personne ne semblait s'en soucier, et elle se sentit assez à l'aise.

Cependant, impossible d'oublier… Elle vérifia l'heure.

— Leo, tu m'excuses une seconde ?

— Bien sûr ! Va vite téléphoner.

Pas trace de moquerie dans sa voix. Il comprenait…

Elle sortit sur la terrasse pour appeler Nina qui lui assura que les enfants dormaient comme des anges.

Elle s'apprêtait à regagner la salle après avoir raccroché quand un homme, non loin d'elle, s'écroula soudain sur le sol. Une femme, sans doute son épouse, hurla et s'agenouilla près de lui. Rosie se précipita.

— Je suis infirmière. Je peux vous aider ?

— *Mi scusi ?*

Oh ! non ! Juste quand elle avait vraiment besoin de communiquer, elle tombait sur l'une des rares personnes qui ne parlaient pas anglais !

Elle s'adressa à l'homme en serrant le poing sur son cœur, espérant que sa femme ou lui comprenne qu'elle pensait à une attaque cardiaque.

— *Mi ha punto una vespa*, articula-t-il avec peine, le doigt tendu vers elle.

Une « vespa » ? N'était-ce pas une marque de motocyclette ? Elle ne comprenait rien…

— *Una vespa*, répéta la femme, ses bras mimant des ailes en mouvement.

Des ailes ? Sa perplexité s'accrut. Mais l'homme avait de visibles difficultés respiratoires, et soudain la lumière se fit dans son esprit quand elle remarqua le gonflement et la rougeur de sa main : il avait été piqué par un insecte et faisait une réaction allergique grave.

Elle ressortit son téléphone et appela Leo.

— Rosie ? Tout va bien ?

— Pas vraiment… Je suis auprès d'un homme visiblement victime d'un choc anaphylactique. Il faudrait appeler une ambulance et demander dans la salle si quelqu'un a par hasard sur lui un Epipen. Ni lui ni sa femme ne parlent anglais, je te la passe.

Elle tendit le téléphone.

— C'est un médecin, expliquez-lui, *per favore.*

Sur une table proche se trouvaient des verres vides qui

contenaient encore de la glace ; elle sortit un mouchoir en papier de son sac et récolta les glaçons qu'elle plaqua sur la main de l'homme. Puis elle le fit allonger sur le sol et l'exhorta au calme comme elle pouvait, espérant que le ton de sa voix suffirait.

La femme lui rendit l'appareil.

— *Grazie*. Leo ?

— Il s'appelle Alessandro, et elle Caterina. Il a déjà été enflé après des piqûres de guêpe, mais c'est la première fois que ça va plus loin. Une ambulance arrive, et on cherche un stylo injecteur d'adrénaline dans la salle.

— Super. Merci. Comment puis-je les rassurer ?

— *Andrà tutto bene*. J'arrive dès que j'ai trouvé un Epipen.

— Merci.

Elle donna une pression sur la main d'Alessandro, puis sur celle de Caterina et répéta les mots de Leo.

— *Grazie*, dit Caterina qui se mit à parler à son mari.

Soulagée, elle vit arriver Leo qui lui tendit un stylo injecteur. Elle consulta sa montre puis administra le produit.

Voyant que les difficultés respiratoires persistaient après cinq minutes, elle renouvela l'opération.

Enfin, les secouristes firent irruption sur la terrasse et emmenèrent aussitôt l'homme sur un brancard. Caterina les suivit.

— Tu peux être fière, tu lui as sauvé la vie !

— Tu m'as bien aidée !

— Mais tu as fait le bon diagnostic et, sans ta rapidité à réagir, l'ambulance aurait pu arriver trop tard. Rosie Hobbes, tu es géniale !

— Je suis juste une infirmière ordinaire, Leo.

— « Ordinaire » ! Ce n'est pas l'adjectif que j'emploierais pour te décrire. Caterina doit m'appeler de l'hôpital pour me donner des nouvelles.

— Parfait. En parlant d'appeler…

Il lui caressa le visage.

— Je sais, tu dois rappeler Nina. Rejoins-moi quand tu l'auras fait.

Après s'être entendu confirmer que les jumeaux dormaient toujours, elle alla rejoindre Leo.

— Tout va bien, Rosie ? Viens, dansons.

Dans ses bras, elle se détendit enfin. Comme promis, Caterina appela de l'hôpital pour dire qu'Alessandro se remettait et rentrerait demain à la maison, muni cette fois d'un Epipen qu'il garderait toujours sur lui.

Quand l'orchestre attaqua un slow, les lumières se tamisèrent, et Leo la tint serrée plus fort. Elle se sentit à nouveau dans une bulle, seule au monde avec lui…

La soirée finie, ils rentrèrent au *palazzo*. La lumière était allumée devant l'entrée, mais tout était silencieux.

Leo regarda en l'air.

— C'est la pleine lune, je n'ai pas envie de me coucher tout de suite. Viens, promenons-nous dans le jardin.

— Je n'ai pas l'habitude des talons hauts. Ça t'ennuie que j'ôte mes chaussures ?

— Pas du tout !

Il la laissa s'appuyer contre lui pendant qu'elle se débarrassait de ses escarpins et les posait sur un banc.

En traversant la pelouse main dans la main avec lui, il lui semblait que tous ses sens étaient exacerbés. Au clair de lune, les couleurs du jardin semblaient féeriques, et l'herbe était un velours sous ses pieds nus. Le parfum subtil des roses emplissait ses narines, lui donnant le vertige, et le chant pur d'un oiseau, au loin, ravissait son ouïe.

— C'est un rossignol ?

— Je pense, oui.

Il s'arrêta et la prit dans ses bras.

— Dansons, Rosie, murmura-t-il.

Ils dansèrent au rythme du chant du rossignol, sous la

lumière de la lune et des étoiles, seuls dans cette salle de bal immense qui avait le firmament pour toit…

Elle ferma les yeux et, quand elle sentit les lèvres de Leo frôler les siennes, la chaleur l'envahit. Tous les nerfs en alerte, elle le laissa approfondir le baiser, et le désir se fit de plus en plus violent.

— Rosie, j'ai envie de toi, murmura-t-il enfin.

— Moi aussi.

— Tu m'accompagnes dans la tour ?

— Je dois voir les enfants d'abord.

— Et si tu les réveilles, eux ou Nina ?

— Je ferai attention.

— D'accord.

Il la souleva dans ses bras et la porta jusqu'au banc où elle reprit ses chaussures, puis jusqu'à l'entrée. La reposant sur ses pieds, il l'embrassa, composa le code pour ouvrir, referma derrière eux et la guida vers la chambre des enfants.

La veilleuse éclairait assez pour qu'elle voie les jumeaux blottis sous leurs couettes. En souriant, elle se pencha pour les embrasser sur le front sans les réveiller.

Elle se sentait pleinement rassurée en accompagnant Leo vers la tour.

— Je te demande pardon. Je sais que je suis ridicule, mais…

— Tu as été échaudée.

— Hum, c'est dur à oublier.

— Je comprends.

Il la souleva de nouveau dans ses bras.

— Maintenant, nous sommes tous les deux, juste pour un petit moment.

— D'accord, dit-elle en posant les lèvres sur les siennes.

Quand ils entrèrent, le clair de lune filtrait à travers les rideaux en voile fin. Il l'entraîna jusqu'à la fenêtre et souleva le léger tissu.

— Nous sommes si haut que personne ne peut nous

voir. Il n'y a que toi, moi et la lune, dit-il en posant les lèvres sur son épaule nue.

Il la sentit frissonner pendant qu'il descendait lentement la fermeture de sa robe. Sa peau était si douce, si blanche sous la clarté laiteuse… Il la fit pivoter, prit son visage dans ses mains et se pencha pour l'embrasser de nouveau, puis s'écarta pour la regarder dans les yeux. Ses pupilles agrandies les faisaient paraître presque noirs.

— J'ai tant envie de toi ! murmura-t-il.

Il fit glisser les bretelles de sa robe et lui embrassa l'épaule. En la sentant frémir, il se recula.

— Tout va bien ?

— Oui. Ne t'arrête pas…

Il fit descendre le fin tissu plus bas, tomba sur les genoux et lui embrassa le ventre, tandis qu'elle lui caressait les cheveux. Il la voulait tout entière, tout de suite, et pourtant l'attente était excitante aussi… Il l'aida à se débarrasser de sa robe qu'il posa sur un dossier de chaise.

Enfin, elle fut presque nue, en soutien-gorge de dentelle sans bretelles et slip assorti, et parure de diamants.

Il déglutit.

— Tu es sexy à un point dont tu n'as pas idée, *bellezza*.

Elle rougit, et lui adressa un sourire si tentateur qu'il sentit ses genoux trembler.

— Toi aussi, tu es beau, Leo. Et je veux te voir.

— Ne te gêne pas, dit-il, d'une voix rauque qu'il reconnut à peine.

Lentement, elle lui ôta sa veste qu'elle jeta sur la robe. Puis elle déboutonna le gilet et le fit glisser sur ses épaules pour le poser sur la veste.

Même s'il mourait d'envie de sentir ses mains sur sa peau, il ne voulait pas la presser. Concentrée, le bout de la langue entre ses dents, elle lui défit son nœud papillon puis sa chemise. Son désir s'exacerba, et plus encore quand il sentit ses paumes chaudes à travers le tissu. Il lui vola un baiser.

Enfin, il sentit ses doigts sur sa peau nue… Il en perdit le souffle.

— Beaux pectoraux, docteur Marchetti…, murmura-t-elle en passant la main sur ses muscles. Beaux abdominaux, aussi.

Il n'en pouvait plus. Où allait-elle le caresser, ensuite ?

Il voulait tant la toucher, lui aussi, qu'il fut incapable de se retenir. Il passa le pouce sur la dentelle de son soutien-gorge.

— Belles courbes, chuchota-t-il.

Il l'entendit haleter.

Ses mains tremblaient un peu quand elle lui défit sa ceinture, puis les boutons de son pantalon.

— Tout va bien, Rosie ?

— Hum. Je n'ai pas fait ça depuis longtemps, et j'ai un peu peur de… de te décevoir.

— Pas de danger ! J'aimerais que tu saches que je n'avais rien prévu. Je voulais juste m'amuser, ce soir.

— Moi non plus, je ne m'y attendais pas. Je… je ne prends plus la pilule.

— Ne t'inquiète pas, j'ai ce qu'il faut. Mais je ne veux pas que tu t'imagines que j'étais sûr d'avance que tu accepterais.

Elle l'embrassa pour toute réponse, et il se sentit perdre la tête.

Qui avait fini de les déshabiller, elle ou lui-même ? Il ne savait plus, mais il se rappelait avoir posé les bijoux sur la coiffeuse puis avoir porté Rosie jusqu'au lit. Maintenant, elle lui souriait, la tête sur les oreillers.

— Rosie… Je te désire depuis notre première rencontre.

— Même si j'ai été odieuse avec toi ?

— Hum. Je ne sais pas pourquoi. Tes yeux, ta bouche, tes cheveux… Quelque chose en toi m'a attiré.

— Moi aussi, j'ai envie de toi.

Elle se souleva pour l'embrasser. Quand il s'écarta d'elle, il constata que sa bouche était rouge et gonflée, et que ses yeux brillaient de désir. Ainsi, ils étaient sur la même longueur d'onde…

Il embrassa les creux sous ses clavicules puis descendit vers ses mamelons. Elle gémit quand il en prit un dans sa bouche et le titilla de la langue pour le faire gonfler. Puis il lui caressa le ventre, embrassa tout son corps et lécha le pourtour de son nombril. Il adorait sentir ses courbes si douces contre sa peau…

— *Bella*, murmura-t-il. Tu es si belle, Rosie !

— Toi aussi, dit-elle en lui caressant les épaules.

Il se mit à genoux pour mieux la contempler, étendue sur son lit. Sa rose anglaise… À présent, il voulait lui faire perdre le calme et le flegme qui la caractérisaient dans le travail. Il voulait voir s'allumer la passion.

Sans la quitter des yeux, il remonta les doigts de ses genoux au haut de ses cuisses. Étouffant un petit cri, elle écarta les jambes pour lui permettre de la toucher plus intimement.

— Leo, oui, maintenant !

Il ouvrit un tiroir de la table de chevet et en sortit un préservatif qu'il déroula le long de son sexe érigé.

— Regarde-moi, s'il te plaît, murmura-t-il en l'embrassant de nouveau.

Il voulait voir le changement de nuances de ses iris quand il la pénétrerait…

Quand il s'enfonça en elle, elle gémit et lui entoura la taille de ses jambes pour lui permettre d'aller plus profond. Il sentait la douceur de ses seins contre son torse, ses mamelons durcis…

— Tu es le paradis, murmura-t-il.

— Toi aussi, répondit-elle en rougissant.

Il la tint plus près et commença son mouvement de va-et-vient. Tout son corps lui paraissait exulter.

— Leo ! cria-t-elle soudain.

Il la sentit se contracter et la rejoignit dans la jouissance tandis qu'un feu d'artifice explosait dans sa tête.

Ils restèrent un moment haletants, enlacés, puis il se retira d'elle avec regret.

— Il faut que j'aille à la salle de bains. Je t'en prie, ne pars pas maintenant. Je ne suis pas prêt à rester sans toi.

— Je t'attends.

Lorsqu'il ressortit, elle était toujours là ; elle avait tiré le drap sur elle, et rougit en le voyant nu.

Il se glissa à côté d'elle et la prit dans ses bras.

— Tu restes encore un peu ?

Il était si bien, le bras autour de sa taille, tandis qu'elle reposait la tête sur son épaule… Ni elle ni lui n'éprouvaient le besoin de parler, ils étaient au diapason. Il ne se rappelait pas avoir été aussi heureux au *palazzo*.

Rosie et les jumeaux étaient tout à fait à leur place ici. Il avait résisté à l'idée de fonder une famille en Toscane pour ne pas faire subir à un enfant les mêmes vexations que lui. Mais il n'était pas son père, et il s'apercevait que ce palais pouvait abriter une famille heureuse.

Ce fut sa dernière pensée avant de sombrer dans le sommeil.

10

En se réveillant, Rosie sentit un corps chaud contre le sien et prit conscience avec effroi qu'elle était toujours dans le lit de Leo. Elle n'avait pas eu l'intention de rester toute la nuit ! Et si les jumeaux étaient réveillés, si l'un d'eux avait fait un cauchemar ? Ils avaient dû s'apercevoir qu'elle n'était pas là.

Elle lui posa une main sur l'épaule.

— Leo ! Il faut que je retourne tout de suite dans ma chambre !

Il ouvrit les yeux et l'embrassa.

— Il est tôt, ça m'étonnerait que les enfants soient déjà réveillés ! Bonjour, *bellezza*.

Ce dernier mot et le regard sensuel qu'il lui adressa la firent faiblir. Elle sentit la panique la gagner.

— Leo, je ne suis pas du genre à…

Il la fit taire en posant un doigt sur ses lèvres.

— Pas d'excuses. Nous n'avions rien prémédité, mais je n'ai aucun regret.

Elle non plus ne regrettait pas d'avoir fait l'amour avec lui… C'était merveilleux. Mais comment croire que le conte de fées pouvait durer ? Il fallait à Leo une épouse de son rang qui puisse lui donner un héritier.

— Merci, mais il faut vraiment que j'y aille, maintenant. Voudrais-tu m'aider à remonter ma fermeture Éclair ?

— J'ai plus rapide. Je te prête un peignoir de bain, tu

glisses les diamants dans les poches, et je t'accompagne jusqu'à ta chambre en portant ta robe.

— Et si on nous voit ?

Non qu'elle ait honte, mais elle ne tenait pas à ce que tout le monde soit au courant. C'était une affaire privée. Elle avait besoin d'un peu de temps pour assimiler les faits, en mesurer les éventuelles conséquences… Ce serait impossible si leur histoire devenait publique.

— Pas de danger. Si jamais nous rencontrons quelqu'un, je dirai que je suis sorti prendre l'air avant de me doucher.

Il lui caressa le visage.

— Le palais est un vrai labyrinthe, et le moins que je puisse faire, c'est de te raccompagner pour te guider.

Bien entendu, si elle se trompait de chambre, elle serait encore plus gênée…

Elle enfila le peignoir blanc moelleux qu'il lui tendait et, comme il était trop grand pour elle, elle serra la ceinture au maximum.

Lorsqu'il noua une serviette autour de sa taille, elle sentit sa bouche s'assécher. Difficile de se rappeler qu'ils étaient supposés être simples collègues…

Cette nuit, ils avaient été amants…

Leo portant sa robe et ses chaussures, ils prirent le chemin de sa chambre et ils ne croisèrent personne en route. Elle posa les bijoux sur la coiffeuse et lui rendit le peignoir.

Souriant, il l'embrassa sur la bouche.

— À tout à l'heure au petit déjeuner. Tu trouveras ton chemin ?

— À droite en bas de l'escalier ?

— Exact. À tout de suite.

Après avoir suspendu sa robe, elle se doucha et s'habilla avant d'entrer chez les enfants qui se réveillaient. Ils sourirent en la voyant, et elle les prit dans ses bras.

— Maman ! Tu nous as manqué ! s'écria Freddie.

— À moi aussi, mes chéris. Je vous aime.

— Il y avait des princes et des princesses, au bal ? s'enquit Lexi.

— Non, mais j'ai vu de très jolies robes.

— Tu as pris des photos ?

Elle ébouriffa les cheveux de sa fille.

— Non, Lexi. Il faut vous lever, maintenant, pour le petit déjeuner.

Elle avait à peine fini de les habiller quand Nina entra.

— Pardon, je ne savais pas s'ils étaient réveillés…

— Tu n'es pas supposée être de service vingt-quatre heures sur vingt-quatre ! Je vais leur lire une histoire pendant que tu te prépares, et nous descendrons tous ensemble.

— Tu t'es bien amusée, hier soir ?

— C'était merveilleux. Et j'étais bien contente que tu sois avec eux. Je te remercie.

— Pas de quoi. Ils ont été sages comme des images.

Ensuite, ils descendirent tous les quatre. La salle, bien ensoleillée, donnait sur la terrasse. Beatrice et Leo étaient déjà installés.

— Bonjour, avez-vous bien dormi ?

Rosie n'osa pas regarder Leo en face.

— Très bien, merci.

— Du café, *signorina* ? demanda Carlo. Et du chocolat chaud pour les enfants ?

— Volontiers, merci.

— Servez-vous de pâtisseries et de *biscotti*, dit Leo.

— Nous ne mangeons pas beaucoup au petit déjeuner, en Italie, mais Maria peut vous faire des œufs au bacon, si vous préférez.

— C'est très bien ainsi, Beatrice.

Elle lui tendit l'écrin.

— Et je vous remercie pour les diamants.

— Pas de quoi, ma chère. Racontez-moi un peu ce bal.

— Oh ! les robes étaient magnifiques, l'orchestre excellent, et nous avons beaucoup dansé, surtout…

— Elle a sauvé un homme, hier soir, interrompit Leo. Une grave réaction allergique après une piqûre de guêpe. Sans elle, il serait peut-être mort, mais il a pu être emmené vite à l'hôpital et récupérer.

— Si tu n'avais pas été là, Leo, ça ne se serait sans doute pas terminé ainsi !

— Pas du tout, c'est toi qui as établi le diagnostic !

Il sourit à Freddie et à Lexi.

— Vous avez une maman formidable !

— Tante Daisy le dit toujours, répliqua Lexi.

À la fin du petit déjeuner, Violetta les rejoignit, et ils passèrent le reste de la matinée dans les jardins. Leo joua au ballon sur l'herbe avec les jumeaux. Une ou deux fois, leurs regards se croisèrent, et elle se demanda s'il se souvenait de leur danse au clair de lune, sur la pelouse…

En retournant à l'aéroport, Leo alluma son téléphone et, faisant la moue, il lui présenta l'écran.

Elle lut avec appréhension : le site du magazine *Vies des célébrités*, qui avait envoyé des reporters au bal, se demandait qui était la femme splendide qui accompagnait le duc de Calvanera, d'autant qu'elle portait les bijoux de la famille. Le duc avait-il enfin trouvé la femme de sa vie ?

On avait rajouté un paragraphe, « Un ange en diamants », qui racontait comment elle avait sauvé un homme.

Elle aussi grimaça.

— Navrée…, murmura-t-elle.

— Ce n'est pas très grave, mais il y a pire…

Il lui montra un second site Internet.

Rosie Hobbes, vingt-cinq ans, une jeune maman de jumeaux, est infirmière à Londres, à l'hôpital pédiatrique Paddington menacé de fermeture. Elle est la veuve de Michael Duncan qui s'est tué en voiture l'an dernier en laissant d'importantes dettes de jeu.

Rosie sentit son cœur cogner fort dans sa poitrine. Déjà ! se dit-elle en fixant l'écran. Et si les associés de Michael lisaient ces lignes et décidaient que le duc de Calvanera était assez riche pour les rembourser ? S'ils se remettaient à les harceler ? Beatrice aussi était vulnérable, même si elle n'était jamais seule au palais…

Ne sachant par où commencer, elle jeta à Leo un regard désespéré.

— Mon équipe de relations publiques devrait pouvoir limiter les dégâts, dit-il, la mine sombre.

— Que se passe-t-il ? demanda Nina, flanquée des jumeaux qu'elle tenait chacun par une main, et qui les précédaient.

— Rien !

Sortant son portable, Rosie lui envoya un texto.

Des bavardages à mon sujet, que je ne veux pas que les enfants connaissent, mais mieux vaut que tu sois au courant. Navrée de ne t'avoir rien dit avant. J'aimerais qu'on ne le sache pas à l'hôpital…

Puis elle joignit les liens des deux articles.

Quelques minutes plus tard, elle eut la réponse.

Ne t'en fais pas, je n'en parlerai à personne. Ce sont vraiment des sales fouineurs. Tu vas bien ? Dis-moi si je peux faire quelque chose.

Rosie poussa un soupir de soulagement : personne ne saurait rien à la crèche.

Merci ! Pour l'instant, rien.

Leo téléphonait, sans doute à ses chargés de relations publiques, mais il lui pressa la main comme pour la rassurer.

Plus elle y réfléchissait, plus elle mesurait l'ampleur du

problème : la presse allait reparler du passé, et la réputation de Leo serait éclaboussée. Elle avait aussi l'impression de trahir sa mère qui l'avait si bien accueillie.

Nina occupa les enfants tout le long du voyage de retour, et, par chance, ils s'endormirent dans la voiture.

Leo déposa d'abord Nina chez elle et, quand ils s'engagèrent dans sa rue, ils avisèrent un attroupement devant sa porte.

— Les reporters sont déjà là, dit Leo en soupirant.

— Mais comment ont-ils eu mon adresse ?

— Ils trouvent tout ce qu'ils veulent…, marmonna-t-il. J'aurais dû y penser plus tôt, mieux vaut que je te ramène chez moi.

— Ils y seront sans doute aussi ! Fais le tour jusqu'à la rue parallèle, nous couperons par-derrière…

— Je ne peux pas vous abandonner.

— Ce n'est pas un abandon ! Tu nous laisses à un endroit où nous pourrons entrer par l'arrière sans être vus.

— D'accord, mais à condition que tu me tiennes au courant, et que tu m'appelles au moindre problème.

— Promis.

Elle réveilla les enfants.

— On va jouer à un jeu. Vous allez faire semblant d'être invisibles et marcher sur la pointe des pieds, dans un silence total, jusqu'à la maison.

— Ouais ! s'écria Lexi.

Puis son visage se chiffonna, et elle murmura : « Oui. »

Rosie réprima un sourire.

Ils parvinrent à la porte de l'arrière sans incident, et elle conduisit les jumeaux au premier étage. Il y eut un coup de sonnette, qu'elle ignora. Elle sortit son portable.

Tout va bien, je mets les enfants au lit.

La réponse ne se fit pas attendre.

Rappelle-moi plus tard.

Sans tenir compte de la sonnerie de l'entrée qui ne cessait de retentir, elle fit couler le bain.

— Maman, on sonne ! dit Freddie. C'est peut-être le facteur ?

— Pas le dimanche. Je ne sais pas qui c'est, mais il n'a qu'à revenir plus tard, je suis occupée.

Soudain, son téléphone se mit à sonner aussi, et elle attendit que le répondeur se mette en route.

— Madame Duncan, répondez, je vous prie. Personne ne souhaite un nouvel accident, n'est-ce pas ?

Son sang se glaça dans ses veines.

Il n'y avait qu'une catégorie de gens qui pouvaient l'appeler « Mme Duncan ». Ils feraient du mal aux enfants si elle n'obéissait pas.

— Maman, qu'est-ce qu'il y a ? demanda Lexi.

— Rien, ma chérie, j'ai dû oublier la radio en bas. Allez jouer dans votre chambre pendant que je vais l'éteindre.

Elle saisit le téléphone qui avait recommencé à sonner et descendit l'escalier.

— Que voulez-vous ?

— Il est grand temps que vous le demandiez, madame Duncan. Vous savez très bien ce que nous voulons. Ce que votre mari nous devait.

— Il est mort, et je n'ai pas d'argent.

— Mais vous êtes au mieux avec le duc de Calvanera, non ?

— Ce n'est qu'un collègue.

— Ce n'est pas ce qu'affirment les journaux…

— Ils disent n'importe quoi pour vendre du papier.

— Ah ? Je crois que la duchesse est très fragile. Imaginez, si elle tombait et se fracturait la hanche, à son âge…

C'était donc bien ce qu'elle craignait… La peur s'empara d'elle. Pourtant, elle se souvint de ce qu'elle s'était promis après la mort de Michael : qu'elle ne se laisserait plus menacer par personne.

— J'appelle tout de suite la police.

Un rire éclata à l'autre bout du fil.

— Vous croyez qu'elle peut faire quelque chose ?

— Vous me menacez, et j'enregistre tout.

— Un enregistrement ne prouve rien. Mais nous savons où vous êtes, et je vous conseille de parler à votre petit ami pour qu'il paie les dettes de votre mari.

La ligne fut coupée.

Elle frissonna de la tête aux pieds : le cauchemar recommençait… Mais cette fois, en plus, ils s'en prendraient aussi à la duchesse.

Que faire ? Impossible de demander à Leo de rembourser ces voyous. Rien ne les empêchait de réclamer ensuite des intérêts. La seule issue était de rompre avec lui, et de parler à la police. En craignant que ce ne soit pas suffisant pour les arrêter.

Ce séjour à Florence avait été un rêve merveilleux. Elle avait entrevu la vie qu'elle désirait, l'avenir qu'elle pourrait avoir avec Leo. Mais le prix à payer était trop élevé.

Elle remonta l'escalier et finit de coucher les enfants. Quand ils furent enfin endormis, elle entra dans sa chambre et tira les rideaux pour que les paparazzis ne puissent pas la photographier.

Il fallait qu'elle parle à Leo, maintenant.

— Rosie ? Comment vas-tu ?

— Bien.

Les mots restaient bloqués dans sa gorge nouée.

— Leo, nous devons rompre.

Il lui fallait trouver une raison qu'il accepte sans protester au lieu d'essayer de résoudre le problème.

— Les journalistes vont nous rendre la vie impossible, à toi, à moi et aux enfants. Mieux vaut ne plus nous voir.

— D'ici deux ou trois jours, ils auront oublié, tu sais bien comment ça se passe…

— Les paparazzis campent toujours devant ma porte.

— Ils finiront par se lasser.

Elle enfonça les ongles dans sa paume.

— Mais quand ? Je dois aller travailler demain, et emmener les enfants à la crèche.

— Je t'enverrai une voiture.

— Inutile. Leo… Et si jamais les associés de Michael en profitaient ?

— Que vas-tu chercher ! S'ils tentent quelque chose, j'envoie aussitôt la police sur leurs traces, autant en Angleterre qu'en Italie.

Mais ces types avaient assuré qu'elle n'avait aucune preuve…

— Tu as bien une équipe de sécurité en Italie ? Demande-leur de surveiller ta mère de très près.

— Pourquoi ? Voudrais-tu dire qu'ils t'ont déjà contactée ?

Zut, il avait compris… Elle l'avait sous-estimé.

— Pas du tout ! Mais mieux vaut prendre des précautions supplémentaires. Et tu devrais demander à tes chargés de relations publiques de faire une déclaration à la presse pour préciser qu'il n'y a rien entre nous. Que je t'ai accompagnée à ce bal en tant qu'infirmière.

— Mais, Rosie…

— Je t'en prie ! Ne rends pas les choses plus difficiles. J'y ai réfléchi, c'est la seule solution. Il faut en finir tout de suite. Adieu, Leo.

Elle éteignit son portable et ignora la sonnerie qui retentit aussitôt.

Elle avait été idiote de croire qu'elle échapperait au fantôme de Michael… Il serait toujours là. Impossible d'impliquer Leo et sa famille dans cette sordide histoire.

Même si elle avait le cœur brisé… Car elle avait compris qu'elle l'aimait. Pas le duc, même si elle avait apprécié le luxe du château et du bal, mais l'homme qui avait été bon avec ses enfants, qui se souciait d'elle et voulait rendre l'humanité meilleure.

Si elle partageait sa vie, elle mettrait d'autres gens en danger, et cette angoisse permanente finirait par ronger leur amour comme des vers de bois, petit à petit, jusqu'à ce qu'il tombe en poussière.

Elle dirait aux enfants qu'il avait dû rentrer en Italie, et trouverait des prétextes pour refuser leurs demandes d'aller le voir en Toscane. Elle souffrait tant qu'elle ne parvenait même pas à pleurer.

Elle appela la police qui envoya un inspecteur pour l'interroger.

— Même si nous épluchons vos enregistrements, nous ne trouverons sans doute rien de précis. Ils ont dû se servir d'un téléphone à carte, non enregistré. Mais, s'ils rappellent, prévenez-nous tout de suite.

— Je vous le promets.

Elle tenta en vain de dormir, ne cessait de se retourner dans son lit, hantée par la voix rocailleuse qui menaçait ses enfants et Beatrice. Leo était fort, mais ces gens-là avaient prouvé qu'ils étaient capables de tout. Comment combattre un ennemi sans visage et sans nom ?

Il ne lui restait plus qu'à espérer que ce communiqué paraîtrait dans la presse, et que ces types, comprenant que le duc ne les paierait pas, abandonneraient comme après la mort de Michael.

Elle ne voyait pas d'autre choix pour que Leo ait une chance de trouver le bonheur avec une autre.

11

Le lundi matin, il y avait toujours des photographes devant sa porte, bien que leurs rangs se soient clairsemés. Même si elle les craignait moins que les associés de Michael, elle prit un taxi par précaution. Une fois à la crèche, elle demanda à voir la directrice pour la prier de bien surveiller les enfants.

Enfin, le moment arriva d'affronter la salle…

— Je t'ai vue aux infos ce matin, dit Kathleen avec chaleur. Ta robe était splendide. Cachottière ! Depuis combien de temps sors-tu avec Leo ?

— Il n'y a rien entre nous. Tu sais comment sont les médias… Ils en rajoutent toujours.

— Mais tu es bien allée en Italie avec lui ? Florence, c'est tellement romantique !

— Je l'ai accompagné à un bal de charité en faveur d'une clinique pédiatrique qu'il subventionne, et j'en ai profité pour essayer d'étudier de plus près leur système de santé.

À son grand soulagement, Kathleen se borna à sourire.

— Peu importe, ta robe était magnifique. Et, en plus, il paraît que tu as sauvé quelqu'un ?

— Pas toute seule, en réalité. Tu aurais fait la même chose en voyant quelqu'un s'écrouler devant toi, avec des difficultés respiratoires et une main enflée après une piqûre de guêpe.

— Choc anaphylactique ? Tu lui as donc vraiment

sauvé la vie ! À ce propos, tu es à la consultation ce matin avec Leo.

Le cœur de Rosie chavira. Elle s'attendait à devoir travailler avec lui, mais pas si tôt. Pas avant de s'être faite à l'idée qu'elle ne devait plus se laisser fasciner par sa beauté, pour ne pas mettre tout le monde en danger.

Elle se dirigea vers la salle et entra.

— Bonjour, mademoiselle Hobbes, dit-il avec un hochement de tête.

Parfait. Il voulait rester professionnel, c'était aussi bien. Mais impossible de le regarder dans les yeux. Mieux valait oublier ses lèvres sur les siennes, ou sur sa peau… Elle jeta un coup d'œil au dossier qu'elle tenait à la main.

— Bonjour, docteur Marchetti. Notre première patiente est Madison Turner, pour la suite de son traitement antivenin.

Une allergie aux piqûres de guêpe… Quelle ironie !

Si Alessandro n'avait pas été piqué, la presse les aurait-elle remarqués ? Peut-être que les photos d'elle publiées dans les journaux auraient malgré tout attiré l'attention de ces truands…

— Faites-la entrer, je vous prie.

Elle lui jeta un regard à la dérobée : il s'efforçait lui aussi de regarder ailleurs. Elle se sentit coupable de le faire souffrir ainsi. Mais c'était par amour…

Bien entendu, pas question de le lui avouer. Cela n'arrangerait rien, au contraire, car il risquerait de se lancer dans une action périlleuse et inutile. Elle ne supportait pas l'idée qu'il puisse être blessé. Ou pire.

— Je vais la chercher, docteur.

Durant la consultation, elle espéra que la tension entre eux ne se remarquerait pas… Elle s'efforça de rester professionnelle et concentrée, nota les constantes, enregistra tout sans rien oublier. Leo lui parlait à peine.

Toute la matinée s'écoula ainsi et, à l'heure du déjeuner,

elle fut soulagée de pouvoir s'échapper pour aller lire son histoire à Penny.

— J'ai vu votre photo dans le journal, dit Julia.

Elle sourit.

— Beaucoup de bruit pour rien. N'importe quelle infirmière aurait agi de même, à ma place.

— Je ne parlais pas de ça, mais de ce bal où vous étiez avec le Dr Marchetti.

— En tant que collègue, oui. Julia, il fait soleil aujourd'hui, profitez-en. J'ai hâte de connaître la suite de l'histoire de cette ballerine, pas toi, Penny ?

— Oh ! oui !

Quand elle alla prendre un sandwich et un verre d'eau au kiosque, Leo n'était pas en vue. La consultation de l'après-midi fut aussi bizarre que celle du matin car elle ne savait pas quel comportement adopter. Pas amical, non, puisqu'elle venait de rompre, mais la froideur risquait d'ajouter l'insulte à la blessure…

Enfin, la consultation se termina, et elle descendit chercher les enfants à la crèche.

— Tout s'est bien passé, Nina ? demanda-t-elle en s'efforçant de dissimuler son anxiété.

— Pas de problème. Les paparazzis te pistent toujours ?

— Je ne suis pas sortie de la journée, et je vais prendre un taxi comme ce matin.

Cela faisait un trou dans son budget, mais pas question de faire courir un risque aux enfants.

— Je suis sûre que Leo peut arranger ça.

— Ne t'en fais pas, Nina. Et merci pour tout. Je file.

Leo était très malheureux. Rosie lui manquait, ainsi que les jumeaux.

Ce week-end en Toscane avait été merveilleux. Les rires des enfants dans tout le *palazzo*, leurs courses dans les jardins, leur émotion quand il leur avait prêté le casque de l'armure de cérémonie…

Il s'était senti l'âme d'un père.

Et, pour la première fois de sa vie, il avait eu envie de l'être. De partager sa demeure ancestrale avec cette nouvelle génération pleine de joie de vivre, d'émerveillement…

Sans parler de Rosie… Son calme, sa douceur, sa compétence professionnelle qui l'avait poussée à agir même en robe de soirée et parée de tous ses bijoux. Puis ils avaient dansé parmi les roses, et ensuite fait l'amour. Il s'était perdu en elle, s'était endormi avec ses douces courbes contre son corps…

Pourtant, ce séjour était la cause de leurs problèmes. Il n'aurait pas dû se montrer en public avec elle.

Visiblement terrorisée par l'idée que les associés de son mari refassent surface et lui demandent des comptes, elle lui avait préféré la sécurité de ses enfants. Il se sentait totalement impuissant, autant que du temps où son père menaçait Emilia.

En fait, l'histoire se répétait… Bien que le harcèlement ne soit pas le fait de sa propre famille, cette fois. Sa mère avait accueilli Rosie et les jumeaux avec chaleur, et il lui semblait que Rosie l'avait appréciée aussi.

Mais sa terreur était telle qu'elle était incapable de prendre sur elle pour lui accorder le temps de résoudre le problème. Il était convaincu qu'il le pouvait : avec l'aide de son équipe de sécurité, il réussirait à coup sûr à retrouver ces voyous.

C'était totalement absurde. Comment lui prouver qu'elle pouvait lui faire confiance et croire qu'il était en mesure de la protéger ?

Il devait réfléchir. En attendant, il avait fait le nécessaire pour qu'un communiqué paraisse dans la presse, prié son équipe de sécurité de retrouver la trace des anciens associés de Michael Duncan et de garder un œil sur Rosie et les enfants.

Rosie soupira. Ce mardi serait sans doute aussi difficile qu'hier. Après la visite de la salle avec Leo, ils avaient eu une réunion qui s'était prolongée après l'heure de midi, et quelqu'un avait fait commander des sandwichs. Aussi rongeait-elle son frein en les attendant. Qu'elle le veuille ou non, elle était obligée de passer sa pause déjeuner avec lui et elle était à la torture : si elle ne lui parlait pas de façon naturelle, si elle évitait son regard, les autres finiraient par le remarquer et se poseraient des questions. Mais comment prendre un ton léger avec quelqu'un dont on a partagé l'intimité si récemment ?

Bien entendu, cette intimité lui manquait. Les enfants aussi demandaient après Leo, réclamaient sa présence au parc ou à la pizzeria. Elle commençait à être à court d'excuses valables, et chaque mensonge lui déchirait le cœur davantage. Si seulement elle n'avait jamais rencontré Michael, ou s'il ne s'était pas mis en cheville avec ces truands…

Elle fut très soulagée de retrouver les jumeaux à la crèche, et, en descendant du taxi, elle n'eut aucun mal à entrer : les reporters semblaient avoir abandonné la partie.

Mais, mercredi matin, Freddie refusa de se lever. Il avait une petite mine, et ses cheveux étaient mouillés de sueur.

— J'ai mal au ventre…, gémit-il.

Le cœur serré, elle s'assit sur son lit et posa une main sur son front. Il était brûlant.

— Où as-tu mal, encore ?

Il désigna sa nuque, et elle frémit. S'agissait-il d'une infection grave ?

Pas d'affolement, se dit-elle. D'abord, prendre sa température, et ensuite appeler l'hôpital et la crèche pour prévenir qu'elle ne venait pas.

Elle prit le thermomètre dans la salle de bains et un flacon de paracétamol pour enfants. Comme elle le craignait, son fils avait beaucoup de fièvre.

— J'ai un médicament pour toi. Tu vas rester au lit, ce matin et, si tu te sens un peu mieux cet après-midi, nous nous assiérons sur le canapé avec une couverture pour regarder *Les Cent Un Dalmatiens*.

C'était son film préféré, bien entendu.

— J'ai chaud, maman ! geignit-il.

— Je sais, mon chéri. Je prépare Lexi et je t'apporte un jus de fruits. Tu as faim ? Tu veux un toast ou du yoghourt ?

— Non, rien !

— Je reviens tout de suite. Je t'aime.

— Moi aussi, maman.

En sortant de la chambre, elle sentit des larmes ruisseler sur ses joues.

Pendant que sa fille prenait son petit déjeuner, elle téléphona. L'hôpital pouvait demander un remplaçant, et on lui annonça à la crèche que d'autres enfants étaient absents à cause d'un virus intestinal. Lexi allait sans doute le contracter elle aussi, songea-t-elle…

Au moment où elle entrait dans la chambre des jumeaux avec un verre de jus d'orange, elle vit Freddie se raidir soudain, puis se tordre, et ses yeux se révulsèrent.

— Freddie ? Freddie ?

Il ne réagit pas, et la crise arriva.

Luttant contre la panique, elle réfléchit à toute allure : ce serait plus rapide de le conduire à l'hôpital en voiture que d'appeler une ambulance.

— Viens, Lexi, nous emmenons Freddie.

Elle attacha les enfants dans leurs sièges, mit son téléphone en position mains libres, puis démarra et appela la salle.

— Kathleen ? J'amène Freddie, il fait des convulsions fébriles.

— D'accord, nous serons prêts. À tout de suite.

Elle appela ensuite sa mère, qui répondit aussitôt, et la pria de la retrouver à l'hôpital pour prendre Lexi en charge chez elle.

— C'était Rosie ? Freddie est malade ? demanda Leo.

— Oui. Convulsions fébriles, selon elle.

— Je m'en charge.

— Mais…

— Il s'agit de Freddie.

Il vit Rosie faire la moue en le voyant. Bien entendu, elle aurait préféré qu'un autre médecin prenne son fils en charge…

— Leo, ce n'est pas…

— Je suis de service et je suis pédiatre…, lança-t-il en emmenant le petit garçon dans un box.

— Tu vas le guérir, Leo ? s'enquit Lexi.

— Je ferai mon possible.

— Ma mère doit venir la chercher, précisa Rosie.

— Parfait. Des convulsions fébriles, selon Kathleen ? Tu me racontes tout depuis le début ?

— Je m'affole peut-être, mais il a plus de 40 °C de fièvre et il se plaint de douleurs au ventre et à la nuque.

Il comprenait son effroi. Cette combinaison pouvait signaler un problème très sérieux…

— Pas trace de rash, j'ai vérifié.

Elle devait craindre la même chose que lui… Et elle savait que l'éruption cutanée ne faisait pas obligatoirement partie des symptômes de la méningite.

— Je lui ai donné du paracétamol. La température n'a pas baissé, et les convulsions se sont déclenchées.

Elle déglutit.

— Ni l'un ni l'autre ne m'ont jamais fait ça. Je sais que c'est courant à cet âge, mais la crise a duré plus de dix minutes.

— Tu as bien fait de l'amener. Je ne t'apprends pas que, chez la plupart des enfants, ça disparaît aussi vite que c'est venu.

Son expression indiquait qu'elle pensait aux quelques cas où cela ne finissait pas bien…

— Ce n'est pas nécessairement une méningite, des tas d'autres infections bactériennes peuvent causer une forte fièvre et des convulsions : infection urinaire ou des voies respiratoires supérieures, amygdalite, otite ou gastro-entérite.

Il la vit expirer à fond.

— Cela dit, il peut aussi s'agir d'une méningite ; tu le sais, le rash n'est pas caractéristique. Est-il vacciné contre la méningite C ?

— Oui.

— Bien. A-t-il montré des signes de confusion mentale ou une intolérance à la lumière vive ?

— Non.

— Des douleurs aux jambes ? Les mains et les pieds froids, ou une sensation de froid aux pieds ?

— Non.

Il prit la température du petit garçon, mesura le rythme cardiaque et le remplissage capillaire, examina ses oreilles…

— Était-il très pâle avant la crise, ou ses lèvres avaient-elles changé de couleur ?

— Non.

— C'est plutôt rassurant.

Pourtant, Freddie semblait très abattu, sans réaction…

— Je demande des analyses, et je le traite comme pour une méningite jusqu'à ce que je découvre la cause de l'infection. Rosie… Une ponction lombaire s'impose.

Il la vit blêmir, et son cœur se serra davantage. Il aurait tant voulu la prendre dans ses bras pour la réconforter ! Mais c'était impossible…

— Tu sais qu'il faut deux jours pour avoir le résultat. Je dois l'admettre dans le service et te faire signer l'autorisation. Je vais commencer les antibiotiques, et peut-être le mettre sous perfusion hydratante. En ce qui concerne les antipyrétiques, j'aimerais que tu m'indiques la dose exacte de paracétamol que tu lui as donnée.

— D'accord. Je…

On frappa à la porte, et une femme d'un certain âge apparut sur le seuil. Sa mère, sans aucun doute, vu leur ressemblance, songea-t-il.

— Merci d'être venue, maman.

— Bonjour, madame Hobbes. Dr Leo Marchetti.

Il la vit se troubler. Elle était au courant, bien entendu…

— Soignez bien notre Freddie, docteur.

— Je ferai le maximum.

Mme Hobbes prit la fillette par la main et, au moment où elles allaient sortir, Rosie les rattrapa.

— Maman… Surveille-la bien, s'il te plaît. Ces types…

— Ne t'inquiète pas, je ne la quitterai pas d'une semelle.

Le sang de Leo ne fit qu'un tour. Bien qu'elles aient chuchoté, il avait clairement entendu. Dès qu'il se serait occupé de Freddie, il parlerait à Rosie. Il comprenait maintenant pourquoi elle avait rompu.

— Je vais prélever un peu de liquide dans ton dos pour faire des analyses, Freddie. Avant, je te passe une pommade pour que tu ne sentes rien.

— Et tu me chanteras une chanson ?

Pourquoi pas, si cela devait le distraire ?

— D'accord. Ta maman te tiendra la main.

Il effectua la ponction en chantant toutes les chansons enfantines qu'il connaissait en italien et en anglais.

— Voilà, c'est fini !

Les larmes coulaient sur les joues de Rosie. Bon sang, impossible de l'ignorer ! Il l'attira dans ses bras, mais elle le repoussa.

— Ce n'est pas le moment, Leo !

— Je ne suis pas d'accord. Tu es seule et bouleversée, et je ne suis pas un monstre insensible.

Elle reposa la tête sur son épaule un instant, comme si elle souhaitait pouvoir lui faire confiance, puis s'écarta.

— Leo… Il faut que je sois forte, pour Freddie.

— Je comprends, mais n'oublie pas que je suis là chaque fois que tu as besoin de moi.

Il n'insisterait pas maintenant mais, une fois Freddie sur le chemin de la guérison, ils en reparleraient. En attendant, il la soutiendrait au maximum.

— Rosie, j'ai entendu ce que tu as dit à ta mère.

— Ne t'en mêle pas.

— Je peux t'aider. Permets-moi de le faire.

— Pas question.

— Ça ne t'engage à rien, si c'est ce que tu crains. Après tout, c'est ma faute si ces truands ont retrouvé ta trace. C'est aussi mon problème.

— Je dois penser à Freddie.

— Alors laisse-moi me charger du reste.

Elle parut hésitante, mais finit par croiser son regard.

— Si tu y tiens… Merci.

C'était la permission qu'il attendait pour s'engager dans l'action.

Rosie se sentait aussi abattue que Freddie. La température n'avait pas baissé, et elle craignait vraiment de le perdre, bien que Leo le surveille de près.

— Rosie, il faut à tout prix que tu manges quelque chose.

Elle leva la tête : c'était Leo, qui lui présentait des sandwichs et du café.

— Je ne peux pas avaler.

— Il le faut, si tu veux rester forte.

Elle tenta de se forcer, en vain. Rien ne passait.

Leo repartit et réapparut un peu plus tard avec de l'eau et des couvertures pour la nuit.

— Je peux te tenir compagnie, si tu le souhaites.

Ce serait si réconfortant de le sentir près d'elle… Mais elle avait rompu, et ce serait égoïste de sa part.

— C'est gentil, mais tout ira bien, je t'assure.

— Bon, comme tu voudras. Appelle-moi en cas de besoin.

Malgré sa fatigue, elle ne put s'endormir et passa la nuit à épier le moindre changement dans l'état de son fils.

Au matin, Leo revint avec un café de chez Tony, des pâtisseries et un pot de fruits rouges à la crème.

— Mange. C'est le médecin qui te l'ordonne. Je ne te laisserai pas avant que tu aies fait disparaître tout ça.

Puis il se mit à consulter le dossier de Freddie sans plus s'occuper d'elle, et elle parvint à avaler son petit déjeuner.

— Parfait. Va prendre une douche, maintenant. Je ne bouge pas d'ici, j'attends que tu reviennes.

Elle obtempéra et dut reconnaître que, rafraîchie, elle se sentait un peu plus optimiste.

— Merci, dit-elle en se réinstallant au chevet de son fils qui dormait toujours.

— De rien. Les antibiotiques devraient commencer à faire effet. Je repasserai plus tard.

Il tint parole.

— Va prendre l'air, je reste auprès de lui.

— Mais…

— Aucun problème, Freddie me connaît bien. Et n'est-ce pas ce que tu fais pour Julia ? Au fait, je peux t'annoncer que mes assistants ont réussi à museler la presse. Sois tranquille, il ne paraîtra plus aucun article.

C'était déjà quelque chose… Mais les associés de son ex-mari ne la lâcheraient pas pour autant, et il dut lire dans ses pensées car il la regarda d'un air compatissant.

— Rosie, j'ai aussi réuni mon équipe de sécurité. Ils ont fait leur enquête, parlé à la police de Londres et retrouvé ces voyous. Tu ne seras plus ennuyée, fais-moi confiance. De toute façon, mon équipe garde un œil sur vous.

Elle hésitait à le croire : comment était-ce possible qu'ils les aient retrouvés si vite alors que la police n'y parvenait pas ?

— Vas-y, maintenant. Va te promener.

Elle erra un moment comme un automate dans les rues avoisinantes sans pouvoir penser à autre chose qu'à son fils. Quand elle rentra, Leo lui tenait la main et lui racontait une histoire de château et d'armure enchantée.

— Maman ! dit Freddie avec un demi-sourire.

Il semblait aller mieux…

Julia passa la tête dans l'encadrement.

— Je ne m'arrête pas, mais Penny a entendu dire que le petit garçon de Rosie n'était pas bien, et elle a fait un dessin pour lui. Elle voulait le lui donner elle-même, mais…

— Vous avez bien fait, le risque d'infection est trop grand. Remerciez-la pour moi. Regarde, Freddie, c'est un chien !

— J'adore les chiens !

Leo dut voir que ses yeux s'embuaient.

— Freddie va se rétablir, Rosie, je te le promets.

Le soir, il apporta un choix de mets délicieux et l'envoya de nouveau prendre l'air quand son fils s'endormit.

Elle ne resta dehors que dix minutes.

— Tu n'as pas dormi la nuit dernière, il faut que tu te reposes.

— Je n'y arrive pas, je suis trop angoissée.

La soulevant dans ses bras, il s'assit dans le fauteuil au chevet du lit et l'installa sur ses genoux.

— Mais, Leo…

— Ne proteste pas. Dors.

Était-ce la chaleur du corps de Leo, son souffle régulier ou le fait de se sentir en sécurité ? Contre toute attente, elle s'endormit.

Quand elle se réveilla, elle consulta sa montre : elle avait dormi quatre heures !

— Leo, tu devrais être parti ! Je suis désolée.

— Ne t'excuse pas. Je me sens très bien ici avec toi.

— C'est terminé, Leo, il n'y a plus rien entre nous.

— Ça peut toujours s'arranger…

— C'est trop compliqué.

— Permets-moi de simplifier : depuis que je vous ai rencontrés, toi et les jumeaux, ma vie a changé. Tout à coup, ce que je rejetais, l'amour, une famille, m'a paru possible. Pour la première fois, je me suis senti heureux chez moi, entre les rires des enfants, nos promenades… Et en te tenant dans mes bras, en faisant l'amour avec toi.

Il lui adressa un regard intense.

— Je t'aime, Rosie, et j'aime les jumeaux. Tu es celle qui peut m'aider à rendre le monde meilleur, et nous pouvons vivre une vie merveilleuse ensemble. Veux-tu être ma femme ?

C'était la seconde fois qu'elle entendait ces mots… Bien entendu, au contraire de Michael, Leo ne changerait pas. Il respecterait ses vœux de l'aimer, de l'honorer et de la chérir.

Mais… Et si jamais les ex-associés de son mari réapparaissaient ? S'ils redevenaient gourmands ?

— C'est impossible, Leo. Je ne suis pas de ton milieu, je risquerais de te faire du tort.

— Absurde… Tu m'as montré ce qu'étaient l'amour et la famille. Ma mère t'adore, ainsi que tout le monde au *palazzo*. Et, moi, je t'aime, Rosie.

Elle lisait la sincérité dans ses yeux noirs et ne pouvait douter de son amour. Elle oublia un instant la peur qui la taraudait.

— Moi aussi, je t'aime, murmura-t-elle.

— Alors, épouse-moi. Oublié le duché, ce n'est pas important. Je suis avant tout médecin, et toi infirmière. Nous nous entendons bien dans le travail, pourquoi ne serait-ce pas la même chose à la maison ? Que nous soyons à Londres ou en Toscane, ce qui compte pour moi, c'est de partager ta vie et celle des jumeaux.

Ce serait merveilleux, songea-t-elle. Mais, très vite, la peur revint.

— Comment as-tu pu retrouver ces sales types si la police a été impuissante ?

— Je pourrais dire que, pour une fois, mon père m'a aidé. Son nom est encore redouté, même dans des milieux qui sont spécialistes des méthodes d'intimidation parce que les siennes étaient vraiment très efficaces. Mon équipe a joué là-dessus, et crois-moi, tu n'entendras plus jamais parler d'eux. Tu es en sécurité avec moi. Alors, tu m'épouses ?

— Oui, dit-elle dans un souffle. Pour être franche, j'ai encore peur mais, si tu es prêt à courir le risque, je serai courageuse.

— Je n'ai pas le choix. Tu me manques à chaque minute. Je n'ai pas un souvenir merveilleux de mon père, mais pour une fois qu'il m'a été utile… Je te promets que ces truands ne se manifesteront plus jamais. Que nous serons enfin tranquilles, et ensemble.

— Ensemble, répéta-t-elle.

Elle se pencha pour l'embrasser.

Leo passa le reste de la nuit avec elle et, au matin, on leur apporta les résultats de la ponction lombaire.

Après les avoir consultés, il la souleva et la fit tournoyer dans ses bras.

— Ce n'est pas une méningite ! Le virus n'est pas encore identifié mais, comme Freddie n'a presque plus de fièvre et qu'il réagit bien, tu peux le ramener à la maison à midi.

— Oh ! Leo, je suis si heureuse ! Te rends-tu compte ? Freddie est guéri, et nous avons un mariage à préparer.

— C'est le paradis, en effet, dit-il en l'embrassant.

Épilogue

Un an plus tard

— Vous êtes gentille d'être venue, Beatrice ! Vraiment, ça ne vous dérange pas de vous occuper des jumeaux ?

— Au contraire. Je suis si heureuse de profiter de mes petits-enfants !

— Et nous, on adore quand *nonna* nous garde ! s'écrièrent Freddie et Lexi en chœur.

Et en italien, qu'ils parlaient à présent couramment…

Après un regard à Leo, Rosie observa les enfants en souriant. Comme ils s'étaient épanouis depuis qu'ils habitaient Florence, dans leur villa entourée d'un immense jardin ! Leo et elle travaillaient dans sa clinique dont il avait pris la direction, et ils vivaient en paix. Comme il l'avait promis, personne ne les avait plus importunés.

Beatrice semblait avoir repris des forces. Ce soir, elle avait proposé de venir passer la nuit chez eux pour leur permettre d'assister au bal de charité.

— Cette robe vous va à ravir, Rosie, et ces bijoux aussi.

Elle entoura sa belle-mère de ses bras.

— Merci de me les avoir à nouveau prêtés, Beatrice.

— En tant que duchesse de Calvanera, c'est normal que vous les portiez ! Bien, il est temps de partir, à présent. Amusez-vous bien, j'espère qu'il n'y aura pas de guêpes, cette année !

Leo sourit.

— Moi aussi, *mamma*. Quoique, grâce à toi, Rosie pourrait se débrouiller seule en italien, à présent !

— Vous nous enverrez des photos du bal, s'il vous plaît ? Pour qu'on voie les robes, demanda Lexi.

— Promis, répondit Leo. Soyez gentils avec *nonna*.

— *Si, babbo !* s'écrièrent-ils à l'unisson.

Une fois en route, Rosie sourit.

— C'est drôle que mon premier séjour à Florence date d'un an tout juste. Une année extraordinaire, non ?

— Je trouve aussi, dit Leo en garant la voiture.

— Au fait, j'ai une nouvelle à t'apprendre.

— Ah ? Laquelle ?

— J'espère que tu es doué pour changer les couches parce que, duc ou non, tu devras faire ta part du travail.

Son visage s'éclaira, et il donna un coup de poing en l'air.

— Un troisième bébé !

Le cœur de Rosie se gonfla de bonheur : c'était la preuve qu'il considérait vraiment les jumeaux comme les siens, et qu'il les aimait comme un père…

— Grâce à toi, je suis le plus heureux des hommes. Naturellement, on n'annonce rien à personne avant la douzième semaine, mais j'ai envie de grimper sur le toit de cet hôtel et de hurler dans tout Florence que je vais à nouveau être papa. Et que j'adore ma femme. Et…

Quand il s'emballait ainsi, il n'y avait qu'un moyen de le faire taire.

Souriante, elle lui ferma la bouche d'un baiser.

MEREDITH WEBBER

Coup de foudre pour un séducteur

Traduction française de

CHRYSTELLE POULAIN

HARLEQUIN

Titre original :
FROM BACHELOR TO DADDY

Ce roman a déjà été publié en 2018.

1

Emma Crawford versa comme chaque matin le lait dans les bols de céréales des enfants puis jeta un œil inquiet vers la fenêtre.

Par-delà les arbres du jardin, une épaisse fumée grise obscurcissait le ciel.

En s'installant à Braxton dans cette vieille demeure de style colonial héritée d'une tante éloignée, elle n'avait pas songé aux éventuels incendies de bush. Elle n'avait vu que le bon côté des choses : quitter l'appartement minuscule où ils vivaient à quatre, ses jumeaux, son père et elle. Vu les prix de l'immobilier à Sydney, elle n'aurait jamais pu s'offrir une maison aussi spacieuse !

L'hôpital local avait accueilli sa candidature à bras ouverts et lui avait proposé un poste d'urgentiste, sa spécialité. Elle avait à peine réfléchi : avec un parc national à proximité et les plages à une heure de route, Braxton semblait le lieu idéal pour élever des garçonnets remuants.

Elle déposa un bol devant Xavier, un autre devant Hamish, et s'amusa de voir leurs bouilles angéliques au réveil.

Que de bêtises ils faisaient, pourtant !

Ce matin, elle n'aurait pas le temps d'éponger le lait sur la table ni de balayer le sol. Son père devrait gérer l'après-petit déjeuner, car elle était de garde.

— Je me sauve, dit-elle après les avoir embrassés tous les trois. Soyez sages avec papy, les garçons !

Elle se sentait donc un peu nerveuse lorsqu'elle franchit les portes de l'établissement. Même si elle s'était rendue plusieurs fois à l'hôpital la semaine précédente pour rencontrer ses futurs collègues, ce lundi marquait sa prise de fonctions officielle…

Toutefois, elle n'eut pas le temps de stresser : à peine avait-elle revêtu sa blouse que Sylvie Grant, l'infirmière en chef, se précipita vers elle.

— Bonjour, Emma. Désolée, mais tu vas plonger tout de suite dans le grand bain ! Plusieurs pompiers ont été surpris par un retour de feu. Ils ont inhalé de la fumée. Commence par la salle 4, si tu veux.

— C'est parti ! répondit-elle gaiement.

Un peu surprise, elle découvrit une femme sapeur-pompier assise sur la table d'examen. D'après la fiche accrochée au montant du lit, celle-ci s'appelait Christine et ne pouvait plus parler.

— Ma pauvre, vous devez avoir des horaires d'enfer ces jours-ci, dit Emma d'un ton compatissant.

Elle vérifia les données du monitorage et nota avec soulagement que les constantes — rythme cardiaque, tension et saturation en oxygène — étaient bonnes.

— C'est la gorge qui vous fait mal ?

Christine opina en grimaçant.

— On va regarder ça, annonça Emma en prenant une spatule en bois.

Sans surprise, elle diagnostiqua une irritation des voies aériennes supérieures.

— Avez-vous bu de l'eau fraîche ?

La patiente hocha de nouveau la tête.

— Pas de difficulté pour avaler ?

Cette fois, elle obtint une réponse négative.

Rassurée, elle prit son bloc d'ordonnances dans sa poche.

— Ce n'est pas grave, juste casse-pieds, dit-elle gentiment. L'air chaud et les fumées sont descendus jusqu'au larynx et ont provoqué une inflammation des cordes vocales. Vous allez rester ici ce matin par précaution. Je vous prescris un antalgique local à prendre toutes les quatre heures. On va vous en apporter une dose tout de suite. Bon courage !

Sur un dernier sourire, elle s'éclipsa.

Un nouveau patient suivit, et à partir de là la matinée se déroula de manière classique, sans cas lourds ni prise en charge complexe à gérer.

Il était presque 13 heures quand, la salle d'attente s'étant vidée, l'infirmière en chef décréta une pause pour tout le monde sauf pour elle-même, qui remplacerait pendant ce temps l'infirmière préposée à l'accueil.

Emma suivit les autres vers la tisanerie.

Quelques minutes après, Joss, une infirmière de l'équipe suivante, arriva comme une tornade.

— Les filles, j'ai un scoop ! s'exclama-t-elle. Hier soir, j'ai dîné au pub, et je me suis trouvée aux premières loges pour un beau spectacle ! Vous saviez que Marty sortait avec la documentaliste du lycée ?

Tout le monde opina, sauf Emma.

Elle avait rencontré beaucoup de gens la semaine précédente, mais bien sûr elle ne savait rien d'eux. Et, dans son souvenir, personne ne s'appelait Marty.

Joss, visiblement satisfaite de tenir son auditoire en haleine, eut un large sourire.

— Ils étaient assis au bar, reprit-elle. Ils avaient l'air de se disputer. D'un seul coup, la fille s'est levée, et bim ! elle lui a filé une gifle. Ensuite, elle est partie en claquant la porte !

Angie, la secrétaire du service, haussa les épaules.

— Notre beau gosse a encore frappé, commenta-t-elle d'un ton philosophe. Je me demande qui sera la prochaine victime.

Emma, qui s'était installée sur un mauvais fauteuil en

plastique pour déguster son sandwich, fut surprise de voir quelques têtes se tourner vers elle.

— Aucune chance ! déclara Joss. Marty ne fréquente jamais de collègue. Et puis, Emma est petite et brune. Je vous rappelle qu'il a un faible pour les grandes blondes.

— Je ne suis ni grande ni blonde, je travaille à l'hôpital, et pourtant je suis sortie avec lui, objecta Helen, une ravissante rousse aux yeux verts. Ça date un peu, je l'admets…

De toute évidence, cette dernière était passée à autre chose : elle était enceinte jusqu'aux yeux.

— Marty est toujours franc, reprit-elle. Il ne veut pas s'engager dans une relation suivie, et il le dit dès le départ. La femme est prévenue, libre à elle d'accepter ou non. D'ailleurs, en général, il reste en bons termes avec ses ex. C'est même lui qui m'a présenté Pete !

Une vague de « c'est vrai, tu as raison » se fit entendre.

Emma sentit sa curiosité s'éveiller. Qui était Marty ?

Elle finirait bien par le découvrir. Par ici, rien n'avait l'air de rester longtemps secret.

Elle pivota vers Helen et lui sourit.

— C'est pour quand, ce bébé ? demanda-t-elle.

— Dans trois mois, et j'ai hâte. J'ai l'impression de peser une tonne ! répliqua la jeune femme avec une grimace comique. Et toi ? On m'a dit que tu avais des jumeaux ?

Joss se mit à rire.

— Bienvenue à Braxton, petite ville où tout se sait !

Emma haussa les sourcils, médusée.

Donc, elle avait vu juste. Personne à l'hôpital ne devait ignorer qu'elle était mère célibataire. D'où le fait qu'on la considère comme une candidate potentielle pour le fameux Marty…

— Vous êtes bien renseignées, répliqua-t-elle avec bonne humeur. J'ai effectivement des jumeaux. Ils ont trois ans, et ce sont de vrais bandits. J'ai de la chance que mon père les garde.

— Ton père ? répéta Helen, l'air surpris. Il s'en occupe toute la journée ?

— Oui, et même la nuit quand je travaille. Il est retraité, on habite ensemble.

Après la mort de Simon, son époux, elle avait sombré. Son père avait alors pris une retraite anticipée pour s'occuper d'elle. Il était redevenu son pilier, comme autrefois, lorsque sa mère les avait abandonnés tous les deux… Quand elle avait refait surface, il lui avait suggéré de recourir à une fécondation in vitro pour porter l'enfant de Simon. Et, en quelques mois, son rêve s'était réalisé. Elle avait même eu des jumeaux !

Mais, ces derniers temps, elle culpabilisait vis-à-vis de son père. Elle s'était beaucoup appuyée sur lui, sans doute un peu trop. Il était temps qu'il se remette à vivre pour lui-même…

Heureusement, ses collègues ne purent la questionner davantage, car soudain Sylvie ouvrit la porte à toute volée.

— Emma, on a besoin de toi dans l'hélicoptère ! annonça-t-elle. Sais-tu où se trouve l'héliport ?

— Oui, au bout du parking.

Emma avait répondu d'une voix assurée, mais intérieurement elle appréhendait la suite.

À Sydney, elle s'était formée aux secours aériens pour dompter sa peur du vide. Elle ne pensait pas avoir besoin de cette compétence un jour… Sauf que, à Braxton où l'hôpital desservait un territoire immense avec des zones très reculées, voler était indispensable.

Elle se concentra sur les explications prodiguées par Sylvie, qui la précédait dans le couloir.

— … À cause du retour de feu, le dernier groupe d'enfants est bloqué sur le chemin du littoral. L'enseignante a précisé qu'une gamine a des difficultés respiratoires. Apparemment, elle est asthmatique. Aucune info sur les autres. On sait juste qu'il faut les sortir de là.

Ouf, elle n'aurait pas besoin d'être hélitreuillée ! L'appareil allait se poser, ils récupéreraient les enfants, elle soignerait la jeune asthmatique, et le tour serait joué.

Le cœur plus léger, elle gagna la réserve pour prendre une mallette de secours. Outre les fournitures habituelles, elle y glissa un inhalateur taille enfant et un corticoïde à dosage adapté. Puis, entendant un moteur ronfler au-dessus de sa tête, elle sortit et traversa le parking.

Trois minutes plus tard, un hélicoptère rouge et jaune flamboyant se posait sur la zone d'atterrissage.

Elle se précipita en baissant la tête pour éviter les pales des rotors et vit la porte latérale s'ouvrir à son approche.

Un homme de haute taille, vêtu d'une combinaison et portant un casque, la hissa à l'intérieur. Elle eut à peine le temps de voir une paire d'yeux très bleus avant que, d'un coup de coude énergique, l'inconnu ne la pousse vers le siège passager dans la cabine de pilotage.

Elle s'y installa maladroitement, posa son sac à ses pieds puis boucla sa ceinture. L'homme, qui s'était déjà assis derrière les commandes, lui tendit un casque.

— Mettez ça, qu'on puisse discuter, dit-il d'un ton bref.

Après un décollage en douceur, il reprit la parole :

— Au fait, je m'appelle Marty. Vous êtes Emma, je suppose ? Stephen m'a recommandé de veiller sur vous.

Interloquée, elle pivota vers lui et serra la main qu'il lui tendait. Ce contact ferme et agréable lui provoqua un léger fourmillement au creux de la paume.

— Stephen ? bredouilla-t-elle.

— Le Dr Steve Ransome, si vous préférez. C'est mon frère adoptif. Il s'est marié récemment. Vous le saviez ?

— Non, mais j'en suis ravie pour lui. Il est formidable. Il mérite d'être heureux.

— Tout à fait !

Étonnée, elle scruta le visage de son compagnon.

Avec le casque et le micro, c'était difficile de savoir à

quoi il ressemblait vraiment. Des yeux très clairs dans un visage bronzé, un nez droit, une bouche qui paraissait en permanence sur le point de sourire : elle devrait s'en contenter pour l'instant.

D'ailleurs, peu importait son physique. Le plus surprenant était qu'il soit le frère adoptif de Steve. Steve, l'obstétricien génial qui l'avait accueillie à bras ouverts dans sa clinique privée de Sydney et qui avait réalisé sa FIV...

Elle ferma brièvement les paupières pour maîtriser son émotion.

Vivre de souvenirs n'apportait rien. Si elle était venue à Braxton, c'était aussi et surtout pour avancer.

Consciente que Marty parlait toujours, elle regarda ce qu'il lui montrait, à savoir la ligne de feu, visible aux endroits où la fumée s'estompait.

— J'espère qu'on ne mettra pas trop de temps pour évacuer les gamins, dit-il. Ils doivent avoir la peur de leur vie.

— Oui, effectivement !

Cet homme était peut-être un coureur de jupons, mais, sur le plan professionnel, il paraissait fiable, gentil et très humain. Il ne semblait pas du genre misanthrope. Alors, pourquoi refusait-il tout engagement sentimental ?

Peut-être parce que, comme Steve, il était un enfant adopté ? S'il avait vécu les premières années de sa vie dans un univers chaotique ou même violent, cela pouvait expliquer certaines choses...

Mais tout cela ne la regardait en rien. Elle n'avait pas pour habitude de fouiner dans la vie personnelle de ses collègues. Elle ne commencerait pas maintenant.

— Le sentier du littoral s'étend sur des dizaines de kilomètres, expliquait Marty. Les enfants ont été conduits en bus jusqu'à une aire de pique-nique. Ils devaient regagner Wetherby à pied, mais le vent a tourné du nord-est au nord-ouest, et le feu s'est propagé depuis la nationale jusqu'au bush. Ils ont dû courir vers la plage.

— Les pauvres ! Combien sont-ils ?

— Seize, plus deux enseignantes et une aide-éducatrice. C'est pourquoi je n'ai pas pris d'assistant de vol. On a aussi vidé tout le matériel inutile de l'hélicoptère pour gagner du lest. Ne connaissant ni l'âge ni le poids des gosses, j'ai du mal à évaluer la masse à transporter. La marée monte, et je ne pourrai faire que deux allers-retours.

— Croisons les doigts pour que ça aille !

Plus ils approchaient, plus la vision des flammes était impressionnante. L'océan constituait le rempart ultime contre l'incendie. Ils aperçurent enfin la plage minuscule, logée entre deux éperons rocheux, où le groupe en détresse avait trouvé refuge.

À l'approche de l'hélicoptère, tout le monde s'assit derrière les rochers, tête basse et mains sur la nuque.

— Super, les enfants, murmura Marty.

Il se posa en douceur puis coupa le moteur de l'appareil. Pendant qu'Emma bataillait avec sa ceinture, il se détacha prestement, ouvrit la porte et sauta sur le sable.

Lorsqu'il lui tendit la main pour l'aider à le rejoindre, elle préféra lui confier sa sacoche et descendit toute seule.

Pour une raison obscure, elle se méfiait un peu de lui. Une réaction hautement ridicule, il fallait l'admettre, puisqu'ils étaient collègues !

Loin de se formaliser, il lui sourit.

— Je suis aussi ambulancier-secouriste, dit-il. Si vous avez besoin d'aide, n'hésitez pas. Je vais estimer le poids de chacun pendant que vous examinez la petite asthmatique.

Il la détailla de la tête aux pieds, puis ajouta :

— Vous pesez… Environ cinquante-cinq kilos ?

— À peu près, oui, avec le poids des vêtements.

Mal à l'aise, elle se détourna vers le groupe d'enfants. Elle repéra tout de suite une femme accroupie près d'une fillette assise sur le sable, un peu à l'écart des autres. Très pâle, la petite avait les lèvres légèrement cyanosées.

— Bonjour, je m'appelle Emma. Et toi ?

— Gracie.

— Je suis Mme Smith, sa maîtresse, précisa la femme qui l'assistait.

— Quel âge a-t-elle ?

— Dix ans. Elle est asthmatique depuis la maternelle, mais c'est la première fois qu'on la voit dans cet état !

— As-tu ton nébuliseur sur toi, Gracie ?

La fillette opina et sortit de sa poche une petite bombe de salbutamol.

— Elle en a pris plusieurs fois. Ça n'a pas l'air de bien marcher, commenta Mme Smith.

— On va arranger ça, répondit gentiment Emma. J'ai apporté une chambre d'inhalation. Tu vas pouvoir respirer plus de médicaments, Gracie. En as-tu une chez toi ?

— Ou… i.

— Super, alors tu sais comment ça fonctionne !

Elle se dépêcha d'insérer le salbutamol au bout du tube plastique, puis elle fourragea dans sa sacoche pour trouver un masque. Une fois celui-ci relié à l'inhalateur, elle l'appliqua sur le nez et la bouche de Gracie.

— Vide tes poumons, je vais te donner une dose de produit… Inspire, retiens ton souffle… Voilà… Expire et reste tranquille. On recommencera dans quelques minutes.

La crise semblait diminuer d'intensité, mais elle n'en menait pas large. Plus vite Gracie se retrouverait dans un environnement sécurisant à l'hôpital, mieux cela vaudrait.

Sans qu'elle ait eu besoin de demander quoi que ce soit, Marty s'approchait, muni d'une bouteille d'oxygène et d'un moniteur portatif. Aussitôt, elle glissa l'embout digital sur l'index de Gracie pour contrôler sa saturation.

Le lecteur afficha 94 %, un seuil acceptable. On pouvait éviter de mettre la patiente sous aide respiratoire dans l'immédiat.

Elle fit un rapide calcul : le vol en hélicoptère durerait

à peine un quart d'heure. Si l'institutrice administrait correctement le salbutamol à Gracie pendant le trajet, il n'y aurait pas besoin de lui donner autre chose.

— Savez-vous utiliser la chambre d'inhalation ? demanda-t-elle à Mme Smith.

— Oui, bien sûr.

— C'est parfait ! Je vais vous confier Gracie.

Après avoir donné ses consignes à la maîtresse, elle rédigea un rapport d'intervention pour les urgences. Puis elle le remit à Marty, lequel avait déjà fait monter trois enfants dans l'hélicoptère.

Il se montrait efficace et rassurant. Avec lui, les gosses étaient entre de bonnes mains !

Après un rapide calcul des poids, Marty avait sélectionné un premier groupe d'enfants et avait commencé à les installer à bord.

Dans cette mission, le temps était compté, car la marée montait rapidement. Il devait se dépêcher, faute de quoi le second transfert serait compromis.

Il jeta un coup d'œil sur la nouvelle doctoresse.

Accepterait-elle de rester en arrière ? Avait-elle les nerfs assez solides pour le supporter ?

— Je vais prendre Gracie et sa maîtresse, bien sûr, plus sept autres enfants, annonça-t-il. Je pensais aussi emmener l'aide-éducatrice. Elle panique et ne vous serait pas d'une grande utilité. Ça ira ? Vous avez un portable, je suppose ?

— Évidemment que j'ai un portable, et oui, ça ira très bien. Partez vite, je gère le second groupe.

Elle pria la seconde institutrice d'emmener les enfants derrière les rochers pour éviter les projections de sable, et suivit la petite troupe sans un regard en arrière.

Cette collaboration s'annonçait agréable, songea-t-il.

Emma Crawford ne faisait pas de chichis et avait la tête sur les épaules, une qualité primordiale en intervention !

Il octroya à Gracie le siège voisin du sien dans la cabine de pilotage. Après avoir installé les enfants au mieux — les trois plus « sages » par terre —, il fit asseoir Mme Smith sur le siège occupé d'habitude par l'infirmier-secouriste, derrière la patiente, et enfin l'aide-éducatrice à l'arrière.

Les cris d'excitation s'estompèrent rapidement sous l'injonction de la maîtresse, qui pria les bambins de rester tranquilles.

Voyant qu'elle fixait le masque sur le visage de Gracie, il lui jeta un coup d'œil inquiet.

— Ça va aller ? demanda-t-il.

— Très bien ! Allez, mon cœur, inspire, dit-elle à Gracie. Retiens un peu ton souffle… Merveilleux !

Rassuré, il partit sur-le-champ.

Le vol se déroula sans encombre, et à l'atterrissage sur le parking il repéra un minibus portant le logo de l'école. Tandis que Mme Smith accompagnait Gracie aux urgences, le conducteur fit monter les enfants dans le car.

— Leurs parents les attendent, expliqua-t-il. Je les emmène à Wetherby, et je reviens chercher les autres.

— Super ! À tout à l'heure.

Il regagna l'hélicoptère au pas de charge, espérant ne pas avoir fait un mauvais calcul de timing. Même si la nouvelle doctoresse maîtrisait la situation, il la voyait mal passer la nuit dehors avec un groupe de gamins apeurés et affamés !

Pourtant, curieusement, il se fiait à elle sans la connaître. Elle lui paraissait digne d'estime et d'intérêt…

En tout bien tout honneur, naturellement ! *Primo*, il évitait de fréquenter ses collègues féminines, sauf dans un contexte amical. *Secundo*, elle n'était pas son genre. Elle avait beau être une petite brune mignonne, ses conquêtes à lui étaient en général grandes et blondes.

Il se surprit à rire tout seul.

Ses conquêtes ! Izzy, sa sœur adoptive, l'aurait trouvé bien présomptueux. Même s'il appréciait la compagnie d'une femme, il ne couchait pas avec toutes celles qu'il invitait à dîner, loin de là !

Peut-être, justement, pourrait-il dîner — ou au moins déjeuner — avec Emma Crawford pour mieux la connaître ? Elle ne devait pas avoir beaucoup d'amis dans la région. Et ainsi, il pourrait mieux voir la couleur de ses yeux. Il avait beaucoup de mal à se faire une opinion jusque-là…

La couleur de ses yeux ? Quelle idée ! Il ferait mieux de se concentrer sur sa mission. Le reste n'avait pas d'importance.

Las d'attendre sur la plage, les enfants s'agitaient. Trois d'entre eux étaient en larmes. Un quatrième répétait qu'il avait peur de l'hélicoptère, et les autres rouspétaient car ils n'étaient pas partis les premiers !

Pour les distraire, Emma leur suggéra de sauter par-dessus les vaguelettes. La manœuvre réussit à merveille, et Mme Rose, l'institutrice, lui lança un regard gêné.

— Je m'excuse, docteur, murmura-t-elle. Ils ressentent mon stress, et en plus ils s'énervent mutuellement.

— Ne vous inquiétez pas, c'est normal. Regardez, ils sont calmes, maintenant.

À peine avait-elle fini sa phrase qu'ils se remirent à crier en montrant quelque chose du doigt.

Emma pivota vers les rochers, juste à temps pour voir un homme aux vêtements noircis se jeter à la mer.

— Il était en feu ! s'exclama un garçonnet.

Les bambins, à présent muets de stupeur, se rassemblèrent autour de Mme Rose. Emma, elle, courut rejoindre le malheureux, s'immergeant jusqu'à la taille pour arriver à sa hauteur.

Il avait mis la tête sous l'eau à plusieurs reprises et elle se demanda quelle pouvait être l'étendue de ses brûlures. Quand il émergea, elle lui adressa un sourire rassurant.

— Pouvez-vous parler ? demanda-t-elle.

N'obtenant aucune réponse, elle le dévisagea, soucieuse. Se trouvait-il déjà en état de choc ?

— Je suis médecin, précisa-t-elle. J'aimerais examiner vos brûlures. J'ai de la morphine dans ma sacoche.

Elle lui fit signe de la suivre, mais il secoua la tête et disparut sous l'eau. Lorsqu'il ressortit la tête, elle jugea plus prudent de le laisser tranquille et de l'observer attentivement.

Âgé d'une vingtaine d'années, il était blond, avec le teint très clair. Ses cheveux coupés en brosse avaient roussi à droite, et de ce côté-là son visage était rouge vif, comme s'il avait pris un gros coup de soleil.

Mieux valait sans doute qu'il reste dans l'eau jusqu'au retour de Marty. Ainsi, il éviterait la contamination bactérienne au contact du sable. Le problème restait l'état de choc, qu'elle ne pouvait pas gérer dans l'océan.

— Je peux faire quelque chose ? cria Mme Rose depuis la plage.

— Préparez des serviettes propres, si vous en avez, répondit-elle.

Un bruit de moteur au-dessus de sa tête l'emplit d'un profond soulagement.

Marty se rapprochait. La situation n'aurait pas le temps de s'aggraver. Il faudrait seulement modifier le plan d'évacuation.

— Les secours aériens arrivent, dit-elle d'un ton calme. On va vous sortir de là.

Quand Marty arriva en vue de la plage, les enfants s'étaient de nouveau abrités derrière les rochers. Pourquoi, alors, apercevait-il deux silhouettes dans l'eau ? Que s'était-il passé en son absence ?

Une chose à la fois, se dit-il, en se concentrant sur sa manœuvre d'atterrissage.

La langue de sable avait diminué d'un tiers sous l'effet de la marée montante. Il n'aurait que quelques minutes pour procéder à l'évacuation, en espérant qu'il n'y ait pas de problème.

À peine avait-il mis un pied au sol que les gamins se précipitèrent à sa rencontre. De leurs propos confus, il comprit qu'un « monsieur brûlé » s'était jeté dans l'océan, que « la dame docteur » avait couru le rejoindre et qu'elle risquait de se noyer !

Cette éventualité lui parut très improbable. En revanche, Mme Rose expliqua que l'homme refusait de sortir de l'eau, information qu'il jugea beaucoup plus préoccupante.

Il retourna chercher des couvertures de survie dans l'hélicoptère, les confia à l'enseignante, puis s'adressa aux enfants.

— Asseyez-vous et restez calmes, ordonna-t-il. Le plus sage pourra s'asseoir à côté de moi dans l'hélicoptère.

Cette promesse eut un effet magique : les bambins obtempérèrent aussitôt. Il courut alors vers Emma en réfléchissant à toute allure.

De quelles options disposait-il ? Peut-être, avec un peu de chance, le blessé serait-il petit et mince ?

Il déchanta lorsqu'il la vit émerger en tenant par le bras un gaillard qui devait mesurer un bon mètre quatre-vingt-dix. Point positif, le blessé avait accepté de la suivre. Point négatif, il n'y aurait pas de place pour tout le monde à bord.

— Certaines brûlures semblent sévères, dit Emma, une lueur inquiète dans ses grands yeux gris.

Des yeux *gris*. Voilà, il avait trouvé leur couleur.

Comme si c'était le moment de s'attarder sur ce détail !

Dès que l'homme fut hors de l'eau, elle épongea délicatement ses habits à l'aide d'un drap de bain puis l'enroula dans une couverture de survie.

— Je vais dispenser les premiers soins dans l'hélicoptère, ce sera plus propre, décida-t-elle. Je dois vous perfuser de la morphine, monsieur. Madame Rose, quand je vous appellerai, pourrez-vous me rejoindre ? J'aurai besoin que vous teniez la poche de perfusion. Marty gérera les enfants.

— Bien sûr ! acquiesça la maîtresse.

Avec moult précautions, Marty aida Emma à faire monter le malheureux blessé à bord. Après qu'elle eut perfusé la main non brûlée du patient, il posa la question qui le taraudait depuis cinq minutes :

— Pourquoi avez-vous demandé cela à Mme Rose ?

Elle lui pressa légèrement le bras.

— On ne tiendra pas tous là-dedans, vous le savez mieux que moi. Mme Rose doit accompagner ses élèves, c'est normal. Je ne peux pas partir.

Il secoua la tête, à la fois incrédule et admiratif.

Il avait redouté ce moment, mais Emma Crawford l'avait devancé en tirant d'elle-même la conclusion qui s'imposait.

— Ça ne vous fait rien de rester seule sur la plage ?

Un regard gris aussi magnifique pouvait donc lancer des flammes ? Bien, bien, bien… Il en prenait note.

— Je ne dis pas que ça m'enchante, mais, à moins de me laisser piloter cet engin, voyez-vous une alternative ? Moi, non. Vous devez avoir un pack de survie, genre barres chocolatées et bouteilles d'eau ?

— Oui…

— Parfait. Avec ça, je tiendrai jusqu'à demain matin sans problème. Il faudra juste que vous téléphoniez à mon père pour éviter qu'il ne s'inquiète.

— Le signal passe bien ici. Vous pourrez l'appeler vous-même.

— *J'aurais* pu, si je ne m'étais pas jetée à l'eau avec mon portable dans ma poche.

Il la fixa, gêné. Elle devait le prendre pour un idiot. Bizarrement, il se troublait dès qu'elle le regardait.

Mieux valait qu'il s'en tienne à l'essentiel.

— Ne vous inquiétez pas, j'ai ce qu'il vous faut, dit-il.

Il récupéra dans la cabine de pilotage un nécessaire de survie et un téléphone de secours qu'il remit à Emma, contrarié de devoir l'abandonner sur place.

Plus il y pensait, plus il détestait cette idée, mais il devait se comporter en professionnel. Il n'avait pas le choix.

— Je reviens vous chercher le plus vite possible, dit-il encore.

— Mais…

— Je trouverai une solution. J'aimerais mieux que vous ne passiez pas la nuit ici.

2

Marty escorta son patient jusqu'à l'hôpital, où un médecin urgentiste était revenu travailler pour pallier l'absence d'Emma Crawford.

Il eut le plaisir de trouver Matt, un collègue pilote, en salle de repos. Celui-ci avait pris le relais avec un peu d'avance, et tant mieux, car il avait encore des choses à faire — ou plutôt *une* chose.

— Merci beaucoup, vieux, dit-il. À charge de revanche.

— Tu plaisantes, j'espère ? se récria Matt. Tu as conduit un bombardier d'eau ce matin, et cet après-midi il y a eu ce sauvetage plutôt délicat. Va vite te reposer !

Il prit congé, s'abstenant de dire qu'il n'avait nullement l'intention de rentrer chez lui. Du moins, pas avant quelques heures…

Un taxi le ramena à la base en moins de dix minutes. Là, sans prendre le temps de saluer ses collègues, il se dirigea tout droit vers son « véhicule personnel », à savoir le petit hélicoptère dont il avait fait l'acquisition trois ans plus tôt.

Les vérifications de routine effectuées, il décolla sans attendre et mit le cap sur Wetherby. Pop, son père adoptif, lui avait aménagé une piste d'atterrissage dans le pré derrière la demeure familiale, un ancien couvent devenu refuge pour une douzaine de gamins adoptés, dont lui-même.

De Braxton, il pouvait ainsi rejoindre la maison en dix minutes.

La maison. Même s'il n'y vivait plus, elle restait son point d'ancrage, l'endroit où il s'était construit…

Hallie, sa mère adoptive, se précipita pour l'accueillir depuis le jardin. Pop, sortant de son atelier, la suivit un peu plus lentement — la faute à une crise d'arthrose —, mais le sourire aux lèvres.

À soixante-dix ans passés, ils gardaient bon pied, bon œil. N'ayant jamais pu avoir d'enfant, ils en avaient élevé onze et, même si tous avaient quitté le nid, il se passait rarement une journée sans qu'ils en voient un revenir au bercail pour déjeuner, boire le thé ou demander un conseil.

Pour Marty, ils restaient les personnes les plus importantes au monde. Ils lui avaient offert un amour inconditionnel, à lui, l'orphelin désespéré. Et, rien que pour cela, il les aimerait jusqu'à la fin de ses jours…

Fidèle à son habitude, il souleva Hallie pour la faire tournoyer dans les airs.

— Repose-moi, voyou ! protesta-t-elle en riant. Viens donc, on allait passer à table.

Il expliqua alors qu'il ne pouvait pas rester, car il devait aller secourir une femme sur la plage en jet-ski tant que la marée était haute.

— *Quel* jet-ski ? Vous, les gars, vous avez emporté tous vos engins bizarres en quittant la maison. Tu avais oublié ?

Il s'esclaffa.

— Les jet-skis du club de surf sont beaucoup plus gros et plus rapides que les pauvres engins achetés avec nos économies d'étudiants ! répondit-il d'un ton taquin. J'ai appelé Jim, il m'en prête un. Il m'attend là-bas.

Hallie fronça les sourcils.

— Donc, tu vas sortir en mer par nuit noire ?

Incapable de se retenir, il rit de plus belle.

— Voyons, il est à peine 19 heures ! Je ne peux tout de même pas abandonner cette malheureuse doctoresse à son triste sort ! Au retour, je l'emmènerai directement chez Izzy et Mac pour qu'elle prenne une douche et qu'elle se change.

— Dans ce cas, venez dîner ici après !

— Impossible, son père l'attend chez elle. Mais, puisqu'on repartira avec l'hélicoptère, je vous la présenterai, ajouta-t-il avec un clin d'œil, sachant combien Hallie était curieuse. Pop, je peux t'emprunter ton carrosse ?

— Oui, mais évite de l'esquinter, répliqua celui-ci d'un ton faussement sévère.

Il plaisantait, bien sûr. Après avoir servi à toute la tribu pour l'apprentissage de la conduite, le vieil utilitaire était devenu célèbre pour ses bosses et sa peinture écaillée.

Le temps pressait. Marty embrassa ses parents et se mit en route. Arrivé au club de surf, il appela Emma. À sa voix, il comprit qu'elle avait dû sursauter en entendant la sonnerie du portable.

— Ne vous inquiétez pas, c'est moi, Marty, dit-il. Je viens vous chercher. Il y a une lampe-torche dans le sac de survie. Mettez-vous au milieu de la plage et, dans dix minutes, dirigez la lumière devant vous vers l'océan, histoire que je ne me fracasse pas contre les rochers.

Un silence accueillit ces consignes.

Elle devait être encore plus surprise maintenant, mais il n'avait pas le temps d'épiloguer.

— Faites bien ce que je vous ai dit, insista-t-il. J'arrive.

Sans la connaître, il imaginait cette femme pourvue d'un fort tempérament. Néanmoins, même si elle ne paniquait pas, elle se trouvait dans une situation inconfortable, et il avait hâte de l'en extraire. La méthode était un peu acrobatique, et un brin risquée, mais il n'y en avait pas d'autre.

Emma fixa le téléphone de secours, ébahie.

Un peu plus tôt, elle avait contacté son père. Elle lui

avait dit de ne pas la rappeler sauf urgence — elle voulait économiser la batterie —, puis elle avait rangé le mobile.

Jamais elle n'aurait cru que Marty chercherait à la joindre ! Avait-il réellement l'intention de venir la récupérer ?

Sans doute. Elle ferait mieux de suivre ses instructions.

Elle empoigna le grand sac de randonnée qu'il lui avait laissé et le passa à son dos. Puis, pour être plus visible, elle s'avança dans les vagues jusqu'aux genoux et braqua la torche droit devant elle.

Alors qu'elle commençait à se sentir un peu ridicule, elle perçut un bruit de moteur. Le ronflement gagna en intensité, et enfin elle vit une lumière jaune, d'abord diffuse puis plus nette, se rapprocher de l'endroit où elle se trouvait, comme attirée par le faisceau de sa lampe,

Un gros jet-ski se matérialisa devant elle, moteur au ralenti. Avant qu'elle n'ait pu dire « ouf », Marty sauta dans l'eau.

— Allez, hop, montez ! ordonna-t-il d'un ton gai.

Comme elle hésitait, il lui pressa l'épaule.

— Dépêchez-vous, la marée descend !

Il immobilisa le jet-ski pour qu'elle s'installe, une manœuvre plutôt difficile. Puis il lui montra l'arrière du siège.

— Reculez un peu, que je puisse m'asseoir, dit-il encore. Ensuite, accrochez-vous bien.

Elle n'eut pas le temps de le remercier qu'il avait déjà remis les gaz. Sans réfléchir, elle lui entoura la taille et, n'ayant pas d'autre choix, appuya le visage contre son dos.

Vers quel port se dirigeait-il ? Sans doute Wetherby, la sympathique ville côtière où elle avait emmené les garçons en balade quelques jours plus tôt.

Où qu'il aille, elle espérait que le trajet serait bref, car, depuis quelques instants, elle se sentait toute chose.

Ce n'était pas de l'inconfort lié aux soubresauts du

jet-ski sur les vagues. Bien au contraire, elle commençait à trouver agréable d'être plaquée ainsi contre un corps viril.

Cela faisait longtemps, trop longtemps. Le moment était-il venu pour elle de franchir une nouvelle étape ? Depuis quelques mois, ses amies l'encourageaient à « refaire sa vie », mais jusqu'alors elle n'avait pas eu le déclic.

Un déclic ? Quel déclic ? Sa réaction au contact de Marty était purement physique. Une banale attirance, dont il n'y avait pas lieu de se préoccuper. Mère de famille responsable, elle n'allait certainement pas s'intéresser à un coureur de jupons. Elle avait vécu une histoire merveilleuse avec Simon et, si un jour elle rencontrait quelqu'un d'autre, elle s'engagerait corps et âme. Elle ne voulait pas d'une aventure au rabais…

Absorbée par ses pensées, elle sursauta lorsque Marty engagea le jet-ski sur une rampe d'accès, non loin d'un poste de secours.

Ils étaient arrivés.

Elle le lâcha et descendit aussi vite que le lui permettaient ses vêtements trempés. Marty l'aida à recouvrer son équilibre d'une main posée sur son coude.

— Merci, dit-elle. C'est très sympa… d'être venu me chercher. Je ne voyais pas d'inconvénient à passer la nuit sur la plage, mais mon père se serait inquiété.

— Votre père, personne d'autre ?

La question lui parut un peu bizarre, mais elle était trop fatiguée pour y attacher de l'importance.

— Mes garçons n'ont pas encore l'âge de se faire du souci, expliqua-t-elle. Et puis, ils ont l'habitude de mes horaires décalés. Quand je suis de garde, ils passent plus de temps avec papa qu'avec moi.

Était-ce le sourire d'Emma ou sa manière tendre et chaleureuse d'évoquer son père ? Pour la première fois depuis longtemps, Marty se sentait ému, alors qu'en général il avait des nerfs d'acier.

— Par ici, marmonna-t-il.

Il se dirigea vers le parking à grandes enjambées, contrarié que ce petit bout de femme lui fasse un tel effet.

Toute sa vie, il avait exorcisé ses vieux démons en jouant la carte de l'indifférence. Il se montrait gai, sociable, prévenant, toujours de bonne compagnie, mais les choses n'allaient pas plus loin. Laisser parler sa corde sensible ? Jamais !

En vraie mère poule, Hallie lui avait prêté deux grands draps de bain. Dès qu'il eut ouvert la voiture, il en tendit un à Emma, puis il épongea ses propres vêtements avec l'autre.

Lorsque, finalement, elle noua sa serviette sur son buste, il détourna le regard de cette vision trop séduisante. Voir ses courbes féminines révélées par le T-shirt mouillé avait déjà été une épreuve, mais là il recevait le coup de grâce.

Reprends-toi, idiot !

Ce n'était pas une grande blonde. En plus, c'était sa collègue, et une mère de famille pour tout arranger ! Sans doute son état d'esprit était-il dû au fait d'avoir laissé une femme seule sur la plage, non loin d'un brasier. La situation avait éveillé son instinct protecteur, il aurait réagi ainsi avec tout le monde. N'est-ce pas ?

Parler de tout et de rien, c'était la bonne solution pour chasser le malaise.

— Si on rentre à Braxton dans cet état, on risque de prendre froid, dit-il. On va aller se changer chez Izzy, ma sœur adoptive. Son mari, Mac, est médecin généraliste à Wetherby. Pour l'anecdote, ils se sont connus sur la plage où on a récupéré les gamins. Eux aussi, ils effectuaient un sauvetage, mais c'était pour remettre à la mer un marsouin échoué.

— Et l'histoire s'est bien terminée ?

— Absolument !

Il ne leur fallut que quelques minutes pour rejoindre la maison où vivaient Izzy, Mac et leur fille Nikki.

À peine la voiture garée devant la vieille demeure coloniale, sa sœur se précipita pour accueillir Emma et l'emmener à la salle de bains.

— Prends la douche du bas, si tu veux, suggéra Mac. Je t'ai mis des fringues dans la cabine.

— Génial !

Ils traversèrent le porche tout en faisant le point sur le dernier bulletin météo.

— Normalement, il va pleuvoir demain, expliqua Mac. Les incendies côtiers devraient s'éteindre d'eux-mêmes. Dans le parc national, ce sera une autre paire de manches, hélas…

— Oui, mais on tient le bon bout. Le plus dur est passé.

— Espérons-le ! Bon, allez, je te laisse te réchauffer. Izzy a préparé des sandwichs. Si vous êtes pressés, vous les mangerez dans l'hélicoptère.

— Merci beaucoup, Mac.

— De rien. La famille, ça sert à ça !

La famille. Un petit mot anodin qui, pour eux tous, représentait beaucoup. Aujourd'hui encore, ses frères et sœurs adoptifs et lui formaient un clan très soudé autour de Hallie et de Pop, pour son plus grand bonheur.

Il entra dans la cabine de douche accolée au porche, sur l'arrière de la maison. Il se détendit un long moment sous l'eau chaude, enfila les vêtements prêtés par Mac, puis se présenta à la cuisine.

Vêtue d'un short ample et d'un T-shirt, Emma était assise devant un thé fumant. Avec ses frisottis humides encadrant son petit visage pâle, elle ressemblait à un lutin tout droit sorti d'un livre de contes.

Il la quitta des yeux avec effort pour aller embrasser sa sœur.

— Salut, toi ! Où est Nikki ? demanda-t-il.

— Elle est allée dormir chez une camarade, elles avaient un exposé à faire. Veux-tu un thé ?

— Non, merci. Dès qu'Emma aura bu le sien, on se mettra en route. Je crains qu'on ne puisse pas manger tout ça, ajouta-t-il, avisant un gros paquet de sandwichs sur la table. Hallie a dû en préparer aussi.

— Mieux vaut trop que rien du tout ! répliqua Mac.

Emma finit son thé puis remercia chaleureusement leurs hôtes. Marty, lui, se pencha pour déposer un baiser sur le ventre rond de sa sœur, laquelle attendait un heureux événement.

— Bisou, bébé ! Sois sage avec maman.

Mac et Izzy s'esclaffèrent, mais Emma eut un sourire un peu triste.

Une fois dehors, il la dévisagea, inquiet.

— Tout va bien ? s'enquit-il.

— Oui… Je suis juste fatiguée, la journée a été longue.

Emma avait beaucoup apprécié l'accueil d'Izzy et de Mac. Malgré sa fatigue, elle n'aurait pas refusé de dîner chez ces inconnus chaleureux et agréables. Nouvelle venue dans la région, elle avait besoin de se faire des amis, et plus généralement de sortir de son train-train quotidien.

Si quelqu'un lui avait dit le matin même qu'elle aurait ce genre de pensées, elle aurait haussé les épaules. Jusqu'à présent, elle n'avait vécu que pour son travail et sa famille. Alors, pourquoi réagissait-elle ainsi ?

L'épuisement, sans doute. Elle ne voyait pas d'autre explication.

— Avez-vous une voiture à l'hôpital ?

La voix de Marty l'arracha à ses réflexions.

Après avoir parcouru vingt mètres à pied et contourné une grande bâtisse — la maison de ses parents adoptifs, avait-il expliqué —, ils longeaient maintenant un jardin ouvert sur un champ. Un hélicoptère les attendait, mais elle ne voyait pas bien où…

— Je… Non, répondit-elle, l'esprit confus. J'ai marché pour venir au travail.

— Dans ce cas, je pourrais vous reconduire chez vous ? La mienne est sur le parking de la base aérienne.

— Merci, c'est gentil.

Soudain, elle avisa le fameux hélicoptère posé au milieu de la friche. Même s'il faisait nuit, il paraissait minuscule, comparé à l'engin qu'ils avaient utilisé pour rapatrier les enfants.

— C'est le vôtre ? demanda-t-elle.

— Oui, et j'en suis fier ! Les gens qui nous attendent sur le pré sont mes parents, Hallie et Pop.

Lorsqu'il fit les présentations, elle les trouva absolument charmants.

— J'ai mis un panier derrière les sièges, annonça Hallie.

Marty éclata de rire.

— Qu'est-ce que je disais ! À ce train-là, je vais être obligé d'atterrir quelque part pour pique-niquer.

Ils prirent congé sur cette note d'humour, mais l'idée du pique-nique fit son chemin dans la tête d'Emma.

Elle attendit que les manœuvres de décollage soient terminées puis se lança.

— Si vous veniez manger ces sandwichs à la maison ? Les garçons seront couchés, et papa viendra sûrement boire une bière avec nous. Après cette dure journée, on la mérite… À moins que vous ne soyez pressé ?

Peut-être avait-il un rendez-vous galant ?

Apparemment non, car il accepta avec enthousiasme, ce qui lui fit plaisir.

Elle trouvait Marty sympathique, agréable, elle s'en ferait volontiers un ami. Puisqu'il avait l'air de connaître du monde, il pourrait sans doute lui présenter des hommes de son âge…

Des hommes ? Depuis quand avait-elle besoin d'un homme ? Ça aussi, c'était nouveau ! À peine remise de son chagrin, elle ne prendrait pas le risque d'entamer une nouvelle relation et de voir peut-être mourir un être cher !

Un peu honteuse, elle se rendit compte que l'hélicoptère avait atterri. Elle espérait que Marty n'avait pas trop cherché à faire la conversation, car elle avait été complètement perdue dans ses pensées !

Comme il l'avait dit, son 4x4 était garé sur le parking. Ils y transférèrent leur pique-nique et leurs vêtements mouillés, puis elle lui indiqua son adresse, et ils se mirent en route.

En se garant devant chez elle, Marty écarquilla les yeux.

— Waouh ! Tu habites ici ? J'ai longtemps cru que cette maison était abandonnée.

Ah bon, ils se tutoyaient ?

Cela avait dû commencer dans l'hélicoptère sans qu'elle n'y prête attention. Après tout, le tutoiement était la règle chez les professionnels du sauvetage…

Magnifiée par la lueur des réverbères, la somptueuse demeure coloniale avait en effet fière allure avec sa peinture blanche toute neuve, son immense porche et son toit vert.

— Papa a grandi à Braxton, un peu plus haut sur la colline, expliqua-t-elle. Il a hérité cette maison d'une tante qui est décédée récemment. Nous avons fait faire quelques travaux.

Son père, qui devait guetter leur arrivée, se matérialisa sous le porche.

Ils descendirent de voiture et grimpèrent les marches du porche pour le rejoindre, puis elle fit les présentations.

— Marty, je te présente mon père, Ned Hamilton. Papa, voilà Marty…

Elle s'interrompit, se rendant compte qu'elle ne connaissait pas le nom de famille de son hôte.

— Marty Graham, compléta ce dernier.

Avec bonne humeur, il expliqua pourquoi il arrivait

chargé d'un aussi gros pique-nique. Le père d'Emma rit de bon cœur, puis, efficace comme d'habitude, il alla chercher assiettes, serviettes en papier, vin blanc et bière pour agrémenter ce repas improvisé.

Pendant qu'il s'activait, Emma emporta son linge humide à la buanderie. Elle vérifia au passage que les garçons dormaient, puis elle revint sous le porche, où elle trouva les deux hommes en grande conversation.

— ... Je suis bien occupé avec Xavier et Hamish, disait son père, mais j'ai pu renouer quelques contacts avec d'anciens amis. Je dois les revoir bientôt.

— Les enfants vont rentrer à l'école maternelle, intervint-elle. Papa aura plus de temps libre.

Dans la discussion qui suivit, il apparut que Ned et Marty avaient une connaissance commune, et non des moindres : il s'agissait de Carrie, l'aînée des filles adoptives de Hallie et de Pop, aujourd'hui âgée de quarante-neuf ans.

— Vous avez un point commun, Emma. Carrie a des jumelles, précisa Marty

Depuis quand connaissait-il ce détail ? C'était son père qui avait dû le mentionner, car elle veillait toujours elle-même à ne pas dire « les jumeaux » pour mieux respecter leur personnalité.

Quoi qu'il en soit, il s'avéra que les jumelles en question étaient lycéennes et qu'on les considérait comme les meilleures baby-sitters de Braxton.

— Ce serait sympa qu'elles soient libres samedi en quinze, déclara Marty. Le refuge pour animaux organise son grand bal country annuel. On pourrait y aller tous ensemble ? Comme cela, Ned, vous reverriez d'anciens amis...

Celui-ci approuva avec un enthousiasme évident.

— J'y allais quand j'étais jeune ! s'exclama-t-il.

— C'est si vieux que ça ? demanda Emma.

— Voyons, ton père n'est pas un ancêtre, protesta Marty

en riant. Ned, vous devez avoir… Je dirais cinquante-trois ou cinquante-quatre ans ?

— Bien vu, cinquante-cinq ! J'étais professeur d'histoire, j'ai pris ma retraite anticipée pour aider Emma. Ensuite, j'ai fait des remplacements ponctuels dans les lycées de Sydney.

Tout en écoutant, Marty avait plongé la main dans le panier de Hallie. Il en extirpa deux assiettes en carton où s'empilaient respectivement des cookies et des tranches de gâteau au chocolat.

— Il y a de quoi nourrir un régiment, observa Emma. Tu vas devoir en remporter.

— Tu plaisantes ! Je suis sûr que tes fils adorent les gâteaux.

Elle se troubla devant son regard bleu pétillant de malice et sentit le souffle se bloquer dans sa gorge.

Une réaction ridicule. Inspirer, expirer, c'était simple, tout de même ! Il n'y avait pas de quoi en faire un plat !

Heureusement, ni Marty ni son père n'avaient remarqué son trouble. Ils étaient trop occupés à planifier leur sortie et à se demander quand Xavier et Hamish pourraient rencontrer les jumelles.

Ces détails réglés, Marty prit congé.

Prétextant la table à débarrasser, elle laissa son père le raccompagner en bas du perron.

Quand ce dernier la rejoignit dans la cuisine, un peu plus tard, il avait l'air très satisfait.

— C'était drôlement sympa ! déclara-t-il.

Son entrain lui fit plaisir, en même temps qu'une vague de culpabilité la submergeait.

— Je suis désolée, répondit-elle avec un sourire contrit. J'ai été très égoïste quand Simon est mort et que j'ai perdu le bébé. Je n'aurais pas dû m'appuyer sur toi à ce point. À cause de mes problèmes, tu as mis ta vie entre parenthèses.

— Arrête, chérie ! Crois-tu que j'aurais pu agir différemment alors que tu avais besoin de moi ? Et puis, n'oublie pas : c'est moi qui t'ai suggéré de faire une FIV.

Il l'embrassa sur le front, puis ajouta :

— Je n'ai aucun regret, Emma, au contraire. Simplement, ce soir, en discutant avec Marty, j'ai mesuré à quel point nous vivons en vase clos. Dans notre petit appartement de Sydney, avec deux bébés, c'était logique. Mais, maintenant que les petits grandissent, cela va nous faire du bien de voir du monde, tu ne crois pas ?

— Oh si !

Son père avait formulé à haute voix les pensées qui lui trottaient dans la tête depuis qu'elle avait rencontré Izzy et Mac. Comme d'habitude, ils étaient sur la même longueur d'onde.

— Tu as raison, ajouta-t-elle. Il est temps que nous sortions de notre tanière. On va aller à ce bal country, et on verra bien. Qui sait, la bonne ville de Braxton nous réserve peut-être quelques surprises ?

À son grand étonnement, le visage de Marty lui apparut tel un flash.

Décidément, elle était fatiguée ! Elle ne devait pas penser à lui comme à une « surprise » possible. C'était même *tout à fait* exclu !

3

Le lendemain, Emma s'éveilla en sursaut lorsqu'une tornade se déchaîna dans sa chambre.

L'ouragan en question s'appelait Xavier-Hamish, poussait des cris de Sioux et sautait sur la couette pour attirer son attention.

— Maman, on a un bébé chien ! clama Hamish.

— Oui, un bébé chien ! renchérit Xavier, qui se faisait souvent l'écho de son frère.

Elle émergea péniblement et se frotta les paupières.

— Bonjour, marmonna-t-elle. Qu'avez-vous encore inventé, tous les deux ?

— On n'invente pas ! protesta Hamish. Viens voir !

Les garçons lui prirent chacun une main, et elle dut renoncer à grappiller cinq minutes de sommeil supplémentaires. Elle se leva, gagna la cuisine en bâillant… et se figea sur le seuil.

Devait-elle se pincer ? Rêvait-elle ?

Un très grand chien, de la taille d'un miniponey, gambadait dans la pièce. Il agitait frénétiquement la queue et poussait de petits jappements.

Lorsqu'il vit les enfants, il se précipita vers eux. Puis il la repéra, et ce fut son tour de recevoir une démonstration d'affection en règle, avec bave sur le pyjama pour faire bonne mesure.

Malgré sa stupeur, elle s'efforça d'examiner le jeune animal.

Sans doute aurait-il eu l'air moins disproportionné et bien plus beau s'il n'avait pas été si maigre.

— Assis, ordonna-t-elle.

Il obtempéra sur-le-champ, confirmant ses soupçons : il avait eu un maître, quelqu'un qui avait pris la peine de l'éduquer. Avait-il fugué ? L'avait-on abandonné ?

— Il est très sale. Il doit avoir des puces, commenta-t-elle. J'aimerais mieux qu'il reste dehors.

Mais les garçons protestèrent avec une telle véhémence qu'elle dut trouver un compromis.

— Emmenez-le sous le porche, concéda-t-elle, résignée.

Elle se servit un café tout en surveillant du coin de l'œil les jumeaux et leur nouvel ami.

— On ne peut pas le garder, papa, dit-elle. Tu as déjà assez de travail comme ça. Et puis, imagine que son maître le cherche ! Il faudrait le prendre en photo, les poster sur Internet, et aussi contacter le journal et la radio du coin.

Son père opina en souriant.

— Oui, c'est prévu. Je vais aussi le conduire chez le vétérinaire. Il n'a pas de tatouage, mais il est peut-être pucé.

— Espérons-le.

— Écoute, chérie… Si on ne retrouve pas son maître, je crois qu'on pourrait le garder. Hamish et Xavier ont craqué pour lui, et c'est une bonne pâte. Il est adorable, il ne risque pas de leur faire du mal. Et puis, on a un grand terrain… S'il est vraiment perdu, ce serait une bonne action.

Elle secoua la tête, incrédule.

À trois voix contre une, avait-elle son mot à dire ? En tout cas, le cliché de la grande maison avec un chien dans une petite ville de province les avait vite rattrapés !

Hélas, elle n'avait pas le temps de défendre son point de vue. Avec tout ça, elle était déjà en retard.

Elle but son café, courut se préparer puis se hâta de rejoindre l'hôpital.

Tout était calme aux urgences, mais, au bout de quelques minutes, le téléphone sonna.

— Patient en fibrillation atriale ! annonça Sylvie. Pouls à 140. L'ambulance arrive dans dix minutes.

Aussitôt, Emma évalua le traitement à administrer.

Elle allait poser une perfusion d'amiodarone dosée à 150 milligrammes les dix premières minutes. On passerait ensuite à 60 milligrammes par heure pendant six heures, puis à 30 milligrammes pendant les dix-huit heures suivantes.

Voilà ce que le spécialiste référent aurait préconisé à Sydney. Mais ici, que donnait-on en cas de trouble du rythme cardiaque ?

— Je suppose qu'il n'y a pas de cardiologue à Braxton ? demanda-t-elle à Sylvie.

— Non, il n'aurait pas une patientèle suffisante. En revanche, on a un cardiologue itinérant, le Dr Turner. Il travaille deux jours par semaine à Retford, et le reste du temps il tourne sur six villes du secteur, une journée par quinzaine. Il doit justement passer demain.

— Peux-tu essayer de le joindre, s'il te plaît ?

— Ça marche.

Les infirmières eurent tout juste le temps de préparer un box que la sirène d'une ambulance retentit sur le parking. Emma se présenta à la porte pour accueillir le malade, un homme d'environ trente-cinq ans. Assis dans un chariot poussé par un brancardier, il avait l'air plutôt serein.

— Ce n'est pas la première fois que ça m'arrive, dit-il d'un ton gai. J'ai l'habitude.

Visiblement, Rob Armstrong — c'était son nom — connaissait bien les signes d'alerte, et il appelait les secours en cas de besoin. À l'entendre discuter avec Joss, Emma eut d'ailleurs l'impression qu'il était familier des urgences.

— Êtes-vous suivi par notre cardiologue ? demanda-t-elle tandis que l'infirmière branchait les électrodes du monitorage.

— Oui, docteur, confirma-t-il. Nous sommes de vieilles connaissances.

Sylvie reparut sur ces entrefaites, brandissant un téléphone.

Emma sortit dans le couloir pour s'entretenir avec le cardiologue. Après les présentations d'usage, elle lui expliqua qu'elle venait d'admettre Rob Armstrong aux urgences.

— Rebelote ! s'exclama-t-il. Cela faisait longtemps… Que pensez-vous lui donner ?

La question la surprit agréablement. Les spécialistes ne se montraient pas tous aussi courtois. En général, ils se contentaient de dicter une ordonnance.

— Simple et efficace, bravo, déclara son collègue après qu'elle lui eut détaillé le traitement prévu. Ce pauvre Rob est entre de bonnes mains. Mais hélas, son cœur nous donne du fil à retordre. Souvent, le traitement ne suffit pas, et il faut le choquer pour le remettre d'aplomb. À vous de voir, mais, s'il y a de la place aux urgences, gardez-le cette nuit. Je m'occuperai de la cardioversion demain.

Elle raccrocha quelques instants plus tard, charmée.

Ce Dr Turner semblait compétent et sympathique. Elle se réjouissait à la perspective de collaborer avec lui !

Elle retourna voir Rob Armstrong, dont Joss avait sorti le dossier médical. Le malade prenait déjà des anticoagulants, une très bonne chose vu son état. Elle prescrivit le reste du traitement, ainsi qu'une radio du thorax.

Quand le radiologue arriva avec l'appareil portatif, elle quitta la chambre, Joss sur les talons.

— Je n'ai pas demandé au Dr Turner s'il voulait un échocardiogramme, dit-elle, ennuyée.

— Ne te tracasse pas, il verra ça demain, répondit l'infirmière avec bonne humeur. M. Armstrong a de la chance, cette fois. Si personne ne peut lui faire sa cardioversion dans les quarante-huit heures, il doit prendre un traitement d'un mois pour stabiliser son rythme. Remarque, il ne se plaint jamais. En fait, il est adorable… et célibataire, précisa Joss avec un regard entendu.

Emma lui décocha une œillade assassine.

— En quoi cette information relève-t-elle de mes compétences ?

Loin de paraître impressionnée, Joss se mit à rire.

— Oh ! je disais ça comme ça… Rob Armstrong est ingénieur, c'est un bon parti. Et puis, tes fils seraient peut-être contents d'avoir un homme à la maison pour jouer au foot avec eux, non ?

— Ils jouent avec papa, et avec moi aussi, d'ailleurs. Bref ! Dépêche-toi d'aller porter son prélèvement sanguin au labo, s'il te plaît.

Elle s'était exprimée avec toute la sévérité dont elle était capable, mais le sourire en coin de Joss lui fit comprendre qu'elle n'avait pas atteint son but.

Était-ce donc écrit sur sa figure qu'elle avait besoin d'un homme dans sa vie ? C'était n'importe quoi ! Elle était très heureuse avec son père et ses enfants. Elle devait se concentrer sur son travail et oublier ces bêtises !

Forte de cette résolution, elle gagna le bureau des infirmières et appela par précaution l'hôpital de Retford où avait été transféré le jeune brûlé — un touriste allemand qui parcourait l'Australie en auto-stop.

Les nouvelles étaient rassurantes : il souffrait essentiellement de brûlures au second degré, sans risque de complications. On avait même pu joindre son compagnon de voyage, qui avait trouvé un emploi saisonnier d'une semaine à Wetherby et qui s'occuperait de lui à sa sortie de l'hôpital.

Après cet échange d'informations, l'urgentiste de garde à Retford lui demanda si elle se plaisait à Braxton. Décidément, les nouvelles circulaient vite ! Mais cet esprit communautaire décontracté, très différent de celui des grandes villes, ne lui déplaisait pas. Ici, on se sentait adopté, malgré les inconvénients que cela comportait !

Elle dut raccrocher rapidement car la sirène extérieure s'était mise à sonner.

Dès lors, elle n'eut plus un moment à elle. Un patient après l'autre, elle enchaîna les consultations jusqu'à midi, sans oublier d'aller ausculter Rob Armstrong à chaque intervalle.

Elle devait admettre que l'ingénieur était plutôt agréable. Il avait une belle carrure de sportif et paraissait gentil, sympathique et plein d'humour.

Mais était-ce une raison pour le voir autrement que comme un malade ? Bien sûr que non.

Jusqu'alors, elle n'avait jamais songé à refaire sa vie. Étant mère de famille, elle n'aurait pas le choix : il faudrait que l'histoire soit sérieuse. Était-elle prête à se réengager sur cette voie ? Et d'ailleurs, pourquoi se posait-elle autant de questions depuis deux jours ?

La journée se passa sans qu'elle ait trouvé de réponse. Finalement, elle quitta l'hôpital assez fatiguée, mais ravie à l'idée de revoir son père et ses garçons.

Accueillie chez elle par des jappements sonores, elle se rappela que la maison avait gagné un habitant ce matin-là.

Bébéchien était planté derrière le portillon de bois, qu'elle dut pousser de toutes ses forces pour que l'animal s'écarte. Mais à peine fut-elle entrée dans la cour qu'il se dressa sur ses pattes arrière pour lui lécher le visage.

— Au pied !

L'ordre, émis d'une voix grave et profonde, la fit sursauter.

Ce n'était pas son père qui avait parlé. On aurait dit… la voix de Marty Graham !

— Emma, viens boire le thé !

Son père l'appelait depuis le porche.

Perturbée, elle se dirigeait vers le porche, quand ses garçons la hélèrent depuis le jardin.

— Maman, regarde !

— Viens voir ce que papy a fabriqué pour nous !

Pivotant, elle eut soudain l'impression de voir double. Xavier et Hamish étaient assis sur deux balançoires en bois accrochées à une grosse branche du manguier. Deux adolescentes — de vraies jumelles — étaient en train de les pousser.

Devant cette vision inattendue, elle marqua un temps d'arrêt.

— Ce sont nos copines ! s'exclama Xavier.

— Elles s'appellent Milly et Molly, renchérit Hamish.

Les deux filles éclatèrent de rire.

— Mandy et Molly, corrigea l'une d'elles. Moi, c'est Mandy.

S'avançant, elle vint serrer la main d'Emma.

— Et moi, c'est Molly, dit l'autre, s'approchant à son tour. Marty nous a dit que vous cherchiez une baby-sitter. Avec nous, vous en aurez deux pour le prix d'une. On ne fait pas payer double, précisa-t-elle en souriant.

Troublée, Emma enregistra ces informations.

C'était donc bien Marty Graham qui se trouvait là et qui avait rappelé Bébéchien. Marty, l'homme qui refusait tout engagement sérieux…

Mais pourquoi pensait-elle à cela ? Elle devenait stupide ! C'était peut-être ridicule, mais elle n'avait pas envie de voir Marty.

Déjà, les jumelles étaient reparties s'occuper des garçons. Elle n'avait plus lieu de rester là sous le manguier. Elle était attendue. Elle devait y aller, sous peine de se faire remarquer.

L'intéressé se leva à son approche.

— Salut, Emma ! fit-il. La journée n'a pas été trop dure ?

La sincérité qui perçait dans sa voix lui fit plaisir. En revanche, elle aurait préféré qu'il ne capture pas son coude pour l'entraîner vers une chaise. Elle pouvait encore marcher toute seule !

Dans un brouillard, elle enregistra la scène : il y avait des restes de gâteau au chocolat sur la table, ainsi qu'un nouveau cake. Sans doute la dame assise à côté de son père l'avait-elle apporté ? Comment s'appelait-elle, déjà ? Carrie ? Marty venait de lui faire les présentations, mais tout était confus dans sa tête.

Oui, bien sûr, c'était Carrie, la maman des jumelles.

Heureusement, elle recouvra ses esprits dès que Marty la lâcha. Elle s'installa, sourit à la nouvelle venue et parvint à échanger les formules de politesse d'usage.

— Je suis tellement contente de revoir Ned ! déclara Carrie.

Emma lui sourit et lança un coup d'œil à son père.

Il paraissait très heureux, lui aussi. Peut-être cette jolie brune ne le laissait-elle pas indifférent ?

Elle se servit un thé et s'appuya contre le dossier de son siège en rotin.

Décidément, son père avait besoin de compagnie. Il était encore jeune. Avoir une vie sociale — et, pourquoi pas, une histoire de cœur — lui ferait le plus grand bien.

En attendant, on n'avait pas besoin d'elle.

Elle but son thé puis se leva.

— Je vais aller préparer le potage des garçons, dit-elle. C'est un combat pour leur faire avaler des légumes, précisa-t-elle à l'intention de Carrie.

Cette dernière s'esclaffa.

— Je compatis, j'ai vécu la même chose !

— Pour une fois, laisse tomber les légumes, intervint Ned. J'ai invité tout le monde à manger des grillades. Tu n'auras qu'une salade à préparer. D'ailleurs, je vais allumer le feu.

Marty se leva.

— Je vais vous donner un coup de main, Ned. Le barbecue, c'est mon dada.

Tandis qu'ils s'éloignaient, Emma ne put s'empêcher d'observer son nouveau collègue à la dérobée.

Il n'était pas d'une beauté classique, mais il dégageait un charisme incroyable.

L'attrait du fruit défendu. Était-ce cela qui lui plaisait tant chez lui ?

Parfois, c'est plus simple de viser l'impossible que de s'engager dans une vraie relation avec tout ce que ça implique. Était-elle dans ce cas ? Cela expliquerait pourquoi elle se sentait aussi mal à l'aise en sa présence.

Gênée, elle se rendit compte que Carrie lui parlait et qu'elle n'avait pas écouté. Elle voulut s'excuser, mais elle n'en eut pas le temps car son portable sonna.

— Désolée, c'est l'hôpital, dit-elle avec un sourire contrit.

Après un bref échange, elle raccrocha.

— Je dois vous abandonner, expliqua-t-elle. On m'attend pour une intervention.

Après avoir reçu un appel urgent, Marty retourna sous le porche à la rencontre d'Emma.

La même mission les attendait. Que devait-il faire ? Lui proposer de l'accompagner ou la laisser gagner l'hôpital par ses propres moyens ?

Son sourire le troublait profondément. Qu'avait-elle donc de spécial, ce petit bout de femme, pour l'émouvoir à ce point ? Jamais encore il n'avait craqué pour une mère de famille, une collègue par-dessus le marché !

Puisqu'ils devaient travailler ensemble, autant jouer la carte professionnelle. C'était la meilleure solution pour oublier ces bêtises.

— Je t'emmène à la base, si tu veux, proposa-t-il.

— J'aurai besoin de ma voiture pour rentrer, objecta-t-elle.

— Pas de souci, je te raccompagnerai. Et puis, en covoiturant, on pourrait déjà préparer notre intervention…

Emma ne répondit pas immédiatement, elle parut réfléchir, et elle finit par le suivre vers son 4x4.

Au soulagement qui l'envahit, il se rendit compte qu'un refus l'aurait vexé. Pour des raisons *professionnelles*, bien sûr…

— Il s'agit d'un accident de la route, si j'ai bien compris, dit-elle lorsqu'il eut démarré.

— Oui, j'ai eu les mêmes infos. Apparemment, ils sont en train de désincarcérer le conducteur.

— Ne vaudrait-il pas mieux l'évacuer en ambulance ?

— Avec les blessés graves, on essaie de faire au plus vite quand l'hôpital référent est trop loin. Souvent, on les récupère, et le médecin urgentiste donne les premiers soins en vol pour gagner du temps. Ainsi, on améliore le pronostic vital.

— Oui, je comprends. En ville, la question ne se pose pas parce que la plupart des hôpitaux sont équipés pour accueillir des polytraumatisés. Quel est le grand hôpital le plus proche, dans notre cas ?

— Retford, à trente-cinq minutes de vol.

— Et si je n'arrive pas à stabiliser le patient ?

Emma était intelligente, elle comprenait vite. Elle évaluait toutes les options pour ne rien laisser au hasard.

— S'il le faut, je mettrai le cap sur Braxton. Tu le stabiliseras aux urgences, et on l'emmènera à Retford après.

Tout en discutant, ils avaient rejoint la base. Dès qu'il eut garé la voiture, Emma se précipita vers l'hélicoptère. Il la rejoignit en quelques foulées, au moment où l'ambulancier de garde l'aidait à monter à bord.

— Je te présente Mark, dit-il. Avec Dave, que tu vois assis à l'avant, il forme la meilleure équipe de secouristes volants de la région.

— N'exagère pas, protesta Mark en riant.

Dès que tout le monde fut installé, il se focalisa sur son pilotage à l'aide des données fournies par Dave.

La scène qu'il aperçut en contrebas au bout de quelques minutes provoqua en lui un frisson d'horreur : une carcasse de voiture complètement disloquée était encastrée dans un gros arbre au bord de la route. Des véhicules de secours, lumières clignotantes allumées, étaient garés à proximité, et plusieurs hommes portant des gilets fluorescents s'activaient autour de l'épave.

Il se posa le plus près possible, en espérant très fort que l'opération de sauvetage ait progressé.

On les avait informés par radio que les deux passagers de la voiture, légèrement blessés, avaient été emmenés à Braxton en ambulance. Mais, hélas, le pire était à craindre pour le conducteur, car le bloc-moteur s'était enfoncé dans l'habitacle.

Dès qu'ils atteignirent le site, Emma se fit résumer la situation par les secouristes. Après quoi, elle s'agenouilla près de la portière avant gauche pour faire sa propre évaluation. Néanmoins, il était impossible de toucher le patient car une grosse branche gênait l'accès.

— Il faudrait crocheter le coffre à notre camion pour essayer de soulever la partie arrière de la voiture, expliqua le chef des pompiers. Sinon, le sauvetage prendra trop de temps. Le hic, c'est que, en faisant ça, on risque d'aggraver les blessures. Qu'en dites-vous ?

— Pour moi, il faut le sortir au plus vite, répondit Emma. Le tableau de bord lui écrase le haut des jambes, les deux artères fémorales sont probablement touchées. Attendons-nous à de gros saignements.

Mark opina et sortit un paquet de bandages de la trousse d'urgence. Marty, qui n'oubliait jamais qu'il était aussi secouriste, réfléchit rapidement.

— Il sera en choc hypovolémique, observa-t-il. S'il perd beaucoup de sang, la tension va chuter.

— Sans doute, confirma Emma. On va suivre la procédure classique : vérification des voies aériennes, immobilisation de la nuque, installation sur civière-coque, et bien sûr compression des plaies avant toute chose. Je le mettrai sous perf dans l'hélicoptère, mais le meilleur service qu'on puisse lui rendre, c'est de l'évacuer rapidement.

Au signal du chef, les pompiers crochetèrent la voiture, laquelle se souleva avec un grognement sinistre de tôle froissée. Marty s'avança alors pour aider les hommes qui essayaient de secourir le malheureux automobiliste. Comme l'avant avait déjà été découpé, la manœuvre permit enfin l'accès au siège du conducteur.

Emma avait vu juste : sitôt le tableau de bord écarté, le sang jaillit des jambes du blessé.

Marty appuya fortement sur chaque cuisse, le temps qu'elle et Mark apposent les pansements compressifs.

Après une brève auscultation, elle donna son feu vert pour immobiliser la nuque du patient et le sangler sur le brancard.

— Maintenant, on fonce ! décida Marty.

Habitué aux départs express, il fit décoller l'hélicoptère en quelques minutes. Un rapide coup d'œil dans le rétroviseur intérieur lui apprit qu'Emma maîtrisait la situation : avec l'aide de Mark, elle avait perfusé le blessé et l'avait mis sous oxygène.

Tout bien considéré, ç'avait été un « bon » sauvetage. À dix minutes près, l'automobiliste allait être hospitalisé dans l'heure suivant l'accident, un timing crucial. Bien sûr, cet homme n'était pas tiré d'affaire, loin de là, mais l'équipe avait fait le maximum. Vu les circonstances, c'était déjà une petite victoire.

L'héliportage du patient vers Retford s'était déroulé sans encombre. Emma et ses compagnons avaient ensuite repris l'hélicoptère pour rentrer à Braxton. Mais, fait inhabituel après une intervention, tout le monde gardait le silence.

Comme elle-même, ses équipiers avaient été marqués par la gravité de l'accident. Ils se demandaient probablement si le conducteur allait s'en sortir.

— Je n'aimerais pas travailler aux urgences de Retford ce soir, dit-elle.

— Moi non plus, déclara Mark.

— Ça ne va pas être une partie de plaisir, renchérit Dave.

— Voyez le bon côté des choses, tempéra Marty : notre blessé a été pris en charge par des spécialistes. À mon avis, ils l'ont déjà descendu au bloc. Ils vont gérer.

— Est-il toujours aussi optimiste, celui-là ? demanda-t-elle.

Mark et Dave s'esclaffèrent.

— C'est le plus grand optimiste que je connaisse ! répondit le premier.

— Il voit toujours le verre à moitié plein, confirma Dave.

Tandis que les deux hommes évoquaient leurs souvenirs d'intervention, elle réfléchit à ce qu'elle venait d'entendre. Elle-même était d'une nature plutôt positive, à part quand elle était trop fatiguée ou que les garçons abusaient de sa patience. Elle avait donc un point commun avec Marty… Mais quel besoin avait-elle de leur chercher des points communs ? Elle devrait au contraire l'éviter au maximum. Il la troublait excessivement, et donc il était dangereux pour sa tranquillité d'esprit.

— Tu es fatiguée ? demanda-t-il, rompant le silence, alors qu'il la reconduisait chez elle.

— Non…

— Menteuse ! fit-il avec un rire bas. Je t'ai vue dodeliner de la tête. Tu t'es presque endormie.

Le self-control qu'elle s'imposait disparut d'un coup.

— Oui, je suis fatiguée. Épuisée, même ! Tu es content ?

Il lui pressa le bras par-dessus le levier de vitesses.

— Ne te fâche pas, murmura-t-il. Je te taquinais, voilà tout.

— Alors, arrête.

Disant cela, elle pensait surtout « arrête de me toucher », car sa peau fourmillait à l'endroit où il avait posé la main.

Qu'est-ce que cet homme avait donc de si spécial pour la bouleverser autant ?

Absorbée par ses pensées, elle vit soudain qu'il s'était garé devant chez elle. Honteuse de sa réaction épidermique, elle décida de faire amende honorable et pivota vers lui.

— Le soir, après une intervention, je bois une tisane pour me détendre, dit-elle. En veux-tu une ?

Triple idiote. Il fallait s'excuser et dire bonsoir, point !

— Non, merci, répondit Marty. C'est gentil, mais je vais rentrer.

Puis il descendit, contourna la voiture et vint lui ouvrir sa portière.

Elle se glissa dehors en espérant que sa déception n'était pas trop visible — car, pour une raison inexplicable, elle était déçue.

— Merci de m'avoir raccompagnée, balbutia-t-elle. Repose-toi bien.

Elle lui fit signe depuis le perron. Puis, après son départ, elle resta immobile à caresser le museau de Bébéchien qui s'était posté là comme une sentinelle dès qu'il l'avait vue arriver.

Alors qu'elle allait rentrer, elle perçut un bruit de moteur. Intriguée, elle scruta la rue, distingua la lumière jaune de phares qui se rapprochaient… Puis elle vit une voiture s'arrêter devant la maison.

C'était celle de Marty ! Il était revenu !

Imbécile ! se dit Marty. Il n'avait rien à faire ici. Il devrait être chez lui.

Il ne comprenait toujours pas ce qui l'avait poussé à faire demi-tour. Et maintenant, assis dans la cuisine d'Emma, il la regardait servir la tisane en se demandant ce qu'il allait bien pouvoir lui dire.

Comme elle sortait d'un placard l'assiette de gâteau au chocolat, il amorça la conversation :

— Tiens, il en reste ? Je m'étonne que les garçons ne l'aient pas fini.

— Papa limite leur consommation de gâteaux et de sucreries, surtout le soir.

— Il s'occupe très bien de ses petits-enfants…

— Oh ! que oui !

Le silence retomba, et il baissa le nez sur sa tasse.

Emma semblait peu encline à relancer la discussion. Pire, elle évitait son regard. Il aurait vraiment mieux fait de rentrer chez lui !

Quand il leva la tête, il se rendit compte qu'elle l'observait.

— Pourquoi es-tu revenu ? demanda-t-elle.

Bonne question. Il l'avait trouvée un peu triste quand il lui avait dit bonsoir. Son petit visage fatigué et son air déçu l'avaient touché. Alors, impulsivement, il avait rebroussé chemin. Ce qui, il fallait bien l'admettre, était idiot.

— Pour boire une tisane, marmonna-t-il.

— Mais encore ?

Il haussa les épaules.

— J'ai eu l'impression de te laisser tomber, ce qui n'était pas très sympa. Étant nouvelle à Braxton, tu as besoin de te faire des amis. De vrais amis, en tout bien tout honneur, je veux dire… Tu as dû entendre parler de ma réputation ?

Conscient qu'il trébuchait sur les mots, il s'interrompit.

Emma secoua la tête sans répondre.

Il but rapidement sa tisane et se leva.

— Je suis désolé. Tu es épuisée, et moi, je te retiens. Je vais y aller.

Il fit trois pas vers la porte puis se retourna.

— J'étais sincère, tu sais. Si tu as besoin de quoi que ce soit, n'hésite pas à me le dire.

Elle eut un sourire un peu triste.

— Parce que Steve t'a demandé de veiller sur moi ?

— Bien sûr, mentit-il, voyant là une manière de s'en tirer à bon compte. Mais aussi parce qu'on est collègues.

Son air dubitatif lui fit comprendre qu'elle ne le croyait qu'à moitié. Mais il ne pouvait pas lui donner la vraie raison de sa présence. Il se voyait mal lui avouer qu'elle lui faisait un drôle d'effet !

— Merci, dit-elle enfin. C'est gentil de ta part.

Quand il sortit, elle le raccompagna sous le porche.

Il descendit les marches, ennuyé, avec l'impression de s'être ridiculisé.

— Bonne nuit…

Entendant ces mots à peine chuchotés, il se retourna.

La vision d'Emma avec le chien posté près d'elle l'emplit d'une sensation étrange, telle qu'il n'en avait jamais éprouvée.

Elle était si douce, si fragile. Rien qu'à la voir, il craquait complètement.

Une fois parti, il se hâta d'invoquer la fatigue pour expliquer ces curieuses réactions.

Il ne pouvait quand même pas être tombé amoureux au premier regard ! Il ne croyait guère à ces sornettes. En tout cas, pas pour lui.

Bien sûr, il aimait Hallie, Pop et ses frères et sœurs adoptifs, mais c'était différent. Au fil des années, une relation de confiance s'était instaurée dans la famille. Ils étaient tous très attachés les uns aux autres, dans le meilleur sens du terme.

Quant à se lier à une femme…

Il avait essayé, mais l'histoire s'était soldée par un désastre. L'incident avait eu lieu au cours d'une fête foraine. Ce soir-là, un autre garçon s'était mis à plaisanter d'un peu trop près avec sa petite amie. Comme un flash, il avait vu le poing levé de son père biologique devant son visage de gosse, et il avait levé le poing à son tour pour frapper.

Heureusement, il avait retenu son geste. Son rival en avait été quitte pour une taloche et une belle frayeur. Mais, lui, il en avait conclu que son agressivité devait être génétique et que, à l'avenir, il devait se méfier de lui-même comme de la peste. Pour éviter tout risque, il avait résolu d'éviter de tomber amoureux. Sans amour, les choses étaient plus simples. Il n'y avait ni souffrance ni jalousie, ni risque de débordement.

Alors, même si beaucoup d'eau avait coulé sous les ponts, il s'en tiendrait à cette ligne de conduite.

4

Après ces deux premiers jours trépidants, Emma avait continué de travailler à un rythme soutenu. La semaine avait donc passé très vite, sans toutefois qu'elle soit rappelée pour des missions aériennes.

D'un point de vue médical, il y avait tout lieu de s'en réjouir puisque aucun malade ou blessé n'avait eu besoin d'être héliporté. Néanmoins, sur le plan personnel, elle avait été un peu déçue de ne pas revoir Marty.

Évidemment, c'était ridicule. Moins elle le côtoierait, mieux cela vaudrait pour sa tranquillité d'esprit, se répétait-elle. D'ailleurs, elle n'avait pas besoin de lui pour se faire des amis. Carrie et ses filles étaient revenues boire un thé le jeudi. La veille, vendredi, elle était allée au pub avec ses collègues après le travail. Et, ce samedi matin, elle avait emmené les garçons chez Joss, dont le mari gérait une ferme près de Braxton.

Non, vraiment, elle n'avait pas besoin de Marty Graham.

Pourtant, à son grand désarroi, son cœur se mit à battre plus vite lorsque, de retour chez elle après un déjeuner très sympathique, elle vit le 4x4 garé devant la maison.

Marty devait guetter son retour, car il descendit les marches du perron dès qu'elle eut coupé son moteur. Les enfants, épuisés par une matinée au grand air, dormaient à l'arrière de la voiture.

— Salut ! dit-il gaiement. Besoin d'un coup de main ?

— Merci, je vais gérer, répondit-elle d'un ton sec.

Son sourire en coin lui donna l'impression d'être une parfaite idiote. Comment s'occuper des deux bambins en même temps ?

Comme si elle n'avait rien dit, il ouvrit la portière arrière droite, détacha Xavier et le prit dans ses bras, tandis qu'elle-même soulevait Hamish.

— On va les emmener dans leur chambre, chuchota-t-elle, résignée. C'est l'heure de la sieste.

Après les avoir allongés sur leurs petits lits, ils s'attardèrent quelques instants à les regarder dormir.

— Ils sont mignons, murmura Marty.

Son air un peu nostalgique l'intrigua. Mais, très vite, il quitta la pièce, et elle le suivit, consciente qu'elle devait jouer son rôle d'hôtesse même si elle mourait d'envie d'aller prendre une douche. En jean maculé de boue et décoiffée, elle était loin d'être à son avantage !

Son père éclata de rire lorsqu'elle gagna le porche derrière Marty.

— Quel look ! commenta-t-il, hilare. Je suis sûr que les garçons se sont bien amusés. Et toi aussi, apparemment.

— Oui, c'était sympa, marmonna-t-elle, gênée.

Comme Marty l'observait, elle se redressa de toute sa hauteur.

— Tu… tu voulais me voir ?

S'il répondait « non, je suis passé voir ton père », elle se sentirait encore plus mal à l'aise !

— Oui, pour le travail, répondit-il. Désolé de te prendre de court, mais la base du Midcoast a proposé de couvrir notre secteur demain. Comme on sera tous libres, j'aimerais faire une remise à niveau en hélitreuillage. Même si tes attestations sont à jour, tu as sûrement passé le brevet sur un matériel différent du nôtre, alors ça vaudrait la peine que tu viennes. D'autant que, demain, tout le monde est dispo.

Elle sentit sa gorge se nouer. Elle avait toujours réussi

haut la main ces exercices d'hélitreuillage, mais elle les avait en horreur !

— La remise à niveau est obligatoire deux fois par an, précisa Marty. Jusqu'alors, je voyais les gens en décalé, selon les dates de renouvellement des attestations. Au moins, si on le fait tous ensemble, on sera tranquilles pour six mois.

— Je… Super ! articula-t-elle avec un enthousiasme feint. Où veux-tu faire ça ?

— J'ai calé le rendez-vous à la base à 7 heures. Le vent doit se lever vers 9 heures. On commencera tôt pour éviter les bourrasques. De toute manière, on n'en a pas pour longtemps. Je vais vous harnacher, vous lever, et hop ! S'il reste du temps, vous ferez un sauvetage express, juste pour vous exercer à sangler et dessangler quelqu'un.

Il eut un grand sourire, puis ajouta :

— Les pilotes aussi vont participer.

Oui, et alors ? Pour ces pros de la voltige, se balancer à vingt mètres du sol était un jeu d'enfant. Mais pour elle…

— Compte sur moi, dit-elle enfin, car elle ne s'imaginait pas refuser. Pourrai-je passer la première ? Comme cela, j'aurai fini plus vite, et je pourrai rentrer voir les garçons.

En fait, elle aimerait bien échapper au tangage dû aux coups de vent. Sauf qu'elle n'allait pas le lui dire…

— S'ils sont debout, amène-les, proposa Marty. Ça leur plaira sûrement de faire un tour en hélico.

Elle eut l'impression que le sang refluait de son visage.

— Ah non, alors ! Ils… ils sont trop petits !

Une fois seul dans sa voiture, Marty vida bruyamment ses poumons.

Quand il avait proposé à Emma d'emmener les jumeaux en hélicoptère, celle-ci était devenue blême. Il l'avait sentie au bord de la panique. Bien sûr, il s'était abstenu de tout commentaire, mais maintenant il s'interrogeait à propos de cette réaction.

Avait-elle tendance à surprotéger ses enfants ? Ou alors détestait-elle voler ? Si oui, elle l'avait bien caché lors des deux missions qu'ils avaient effectuées.

Peut-être avait-elle simplement peur de l'hélitreuillage ?

Cet exercice, il fallait l'admettre, mettait parfois à rude épreuve les nerfs les plus solides. Quoi qu'il en soit, il devrait la surveiller étroitement.

Et dire qu'il s'était promis de l'éviter au maximum ! Il n'en prenait guère le chemin…

Après réflexion, il pensait avoir compris pourquoi elle lui plaisait tant. La raison était simple : il n'avait pas de petite amie en ce moment. Tout s'arrangerait dès qu'il aurait de nouveau rencontré quelqu'un. Et si, dans le même temps, il pouvait aider Emma à trouver chaussure à son pied, ce serait encore mieux.

Il avait entendu dire par les bruits de couloir que Rob Armstrong avait eu une nouvelle alerte. Ce garçon était très sympathique, mais Emma pourrait-elle s'attacher à un patient cardiaque, alors que son époux était mort d'un cancer ?

Il connaissait toute l'histoire, à présent. Ned la lui avait racontée un après-midi qu'il était passé dire bonjour.

Non, Emma ne sortirait pas avec Rob, il en était à peu près sûr. Mieux valait chercher un autre candidat.

Pourquoi pas Shane Jordan ? Fils d'une riche famille de propriétaires terriens, celui-ci venait de prendre les rênes d'une exploitation près de Braxton. Marty le connaissait un peu pour l'avoir récemment emmené surveiller son bétail par hélicoptère. Il l'avait trouvé souriant, agréable…

Soudain, il eut une idée : il allait appeler Shane et lui demander s'il pouvait réaliser l'exercice sur ses terres. Quoi de mieux qu'un bon hélitreuillage pour faire connaissance ? Il lui attribuerait Emma pour partenaire, et le tour serait joué !

Soucieux de mettre son plan à exécution, il gara sur le bas-côté son vieux 4x4 qui n'était pas équipé d'un kit mains libres, puis il prit son mobile et chercha le numéro de son sauveur. Car Shane l'ignorait, mais il allait peut-être réellement lui sauver la mise.

Ce dimanche matin, le jour pointa sur un ciel sans nuages.

Selon les dernières prévisions météo, le vent ne se lèverait pas avant 14 heures. C'était plus qu'il n'en fallait à Marty pour mener à bien son expédition, d'autant que, ce midi-là, il était censé déjeuner chez Carrie.

« J'ai invité Ned, Emma et les enfants. Joins-toi donc à nous ! » avait dit cette dernière au téléphone la veille. « À cause de tes bêtises, Emma risque d'arriver tard, mais au moins vous serez deux à rater l'apéritif. »

Carrie semblait décidément beaucoup apprécier Ned. Marty s'en félicitait, mais il espérait qu'elle n'avait pas une autre idée derrière la tête. Elle lui avait chanté à plusieurs reprises les louanges d'Emma de manière appuyée !

Non, Carrie ne pouvait pas se faire de film. C'était impensable. Elle était sa sœur, elle savait bien qu'il était allergique aux relations sérieuses…

Il se traita d'idiot et balaya ces réflexions pour se concentrer sur le travail qui l'attendait.

Il allait emmener toute l'équipe sur la propriété de Shane, qui avait accepté sa requête avec empressement. Là, il se partagerait les manœuvres d'hélitreuillage avec Matt, son collègue pilote.

Arrivé le premier à la base, il se réjouit de voir Emma, Matt, Dave et Mark le rejoindre à 7 heures tapantes.

— Merci de vous être levés aux aurores un dimanche

matin, dit-il gaiement. Allez, hop, on va se changer. Combinaison et casque pour tout le monde !

Il vit Emma faire la grimace et s'esclaffa.

— Ça te pose problème ?

— Oui. En tenue de vol, j'ai l'air d'un ballon de baudruche, maugréa-t-elle. Pour vous les grands, tout va bien, mais, pour les petits gabarits comme moi, ces déguisements sont une catastrophe.

— Mais non ! Je suis sûr que tu exagères…

Mais, lorsqu'elle reparut en combinaison, il dut se détourner pour cacher son amusement.

Ces vêtements n'avaient que deux tailles, et dans tous les cas ils étaient coupés pour des hommes, pas pour des modèles réduits féminins. Avec les bas des manches et des jambes relevés, et la ceinture serrée au maximum, la pauvre Emma avait effectivement un « look » très improbable !

— Pourquoi n'y a-t-il pas d'autres médecins ? demanda-t-elle d'un ton rogue.

— Parce que tu es la seule à avoir obtenu l'attestation d'hélitreuillage. Les autres doivent suivre le cursus complet, et l'hôpital ne peut pas se passer d'eux assez longtemps pour les envoyer en formation à Sydney. Voilà pourquoi ils ont accueilli ta candidature à bras ouverts. Mac était jusqu'alors un des seuls médecins habilités du secteur. Il a été réquisitionné pas mal de fois pour des missions autour de Wetherby.

— Hum. Je vois.

Après avoir marmonné cette réponse, elle enfila son casque.

Cette fois, elle ressemblait à un champignon !

Il se mordit la lèvre pour ne pas rire et se dépêcha de monter dans l'hélicoptère. Elle était déjà suffisamment grognon pour ne pas en rajouter !

Après avoir révélé au groupe l'endroit où ils allaient s'entraîner, il décolla et mit le cap sur la propriété de Shane.

Dix minutes de vol suffirent pour rejoindre le grand pré où il avait prévu d'atterrir. Au moment de se poser, il aperçut un énorme pick-up garé près d'une barrière, et quelqu'un faire de grands signes dans leur direction.

Leur hôte était à l'heure. Restait à espérer qu'il trouverait du charme au petit champignon grincheux qui allait descendre de l'appareil !

Emma se sentait de plus en plus mal à l'aise.

Primo, elle avait une boule au ventre en pensant à l'hélitreuillage. *Secundo*, elle se trouvait affreuse. Et *tertio*, ce Shane Jordan était imbuvable.

Quand Marty avait posé l'hélicoptère au bord du pré, elle était descendue avec Matt, les autres restant à bord. Le jeune agriculteur, apparemment ravi de participer à une manœuvre, s'était avancé pour les accueillir, puis ils avaient regardé tous ensemble l'appareil redécoller.

Elle avait ôté son casque pour les présentations, mais elle se demandait à présent si elle n'aurait pas mieux fait de le garder. Alors qu'ils marchaient vers le centre du terrain, Shane s'était mis en tête de lui faire la conversation, alors qu'elle aurait mille fois préféré le silence. Tout ça, pour entendre des histoires de bétail et d'élevage auxquelles elle ne comprenait rien…

— Ici, c'est bon, dit enfin Matt. Le dénivelé est suffisant. Les gars, on commence ! ajouta-t-il dans le casque à l'intention de l'équipage.

Trente secondes plus tard, ils virent Mark descendre le long du filin.

— Emma, tu passes la première, rappela Matt.

— Oui, je… sais.

Dès que Mark eut touché terre, il se détacha et lui tendit le harnais.

— Pas la peine de rentrer dans l'hélico, dit-il. Attache-toi, donne le signal, et Dave te montera jusqu'aux patins. Ensuite, il te fera redescendre. J'espère que tu ne resteras pas accrochée dans un arbre ! conclut-il en riant.

Elle lui décocha une œillade assassine, remit son casque et ajusta le harnais.

Marty était un excellent pilote, se répéta-t-elle fermement. On pouvait lui faire confiance. Il avait dû bien repérer le terrain et, sauf coup de vent imprévu, il stabiliserait l'hélicoptère en grand professionnel.

— C'est… c'est bon, dit-elle dans le casque.

Aussitôt, elle décolla de terre et se retrouva en quelques instants au-dessus des arbres.

— Ça va ? demanda Dave.

— Oui, très bien.

Histoire de se prouver que c'était vrai, elle ponctua sa réponse d'un geste de la main. L'ascension se terminait déjà. Lorsqu'elle fut au niveau des patins, Dave contrôla le filin, les attaches intérieures, puis il la fit redescendre.

Elle faillit dire « ouf » en touchant terre. Néanmoins, son soulagement fut de courte durée.

— Ne te dessangle pas. Marty voudrait que tu fasses un transport de patient, expliqua Dave.

Quoi ? Déjà ? Cette manœuvre ne devait avoir lieu que s'il restait du temps…

En apprenant l'identité du mannequin, elle ne put retenir une exclamation de panique.

— Je dois lever Shane ? Que…

— Ce n'est pas toi qui vas le porter, mais le treuil, rappela Mark, du rire dans la voix.

Ah, ça, les gars allaient bien s'amuser ! Marty avait-il prémédité cette petite blague ? Elle, en tout cas, elle ne trouvait absolument pas drôle la perspective d'être collée ainsi à Shane. Hélitreuiller quelqu'un, c'était comme partager un sac de couchage avec un inconnu. En situation d'urgence, la question ne se posait pas, mais là…

Résignée, elle passa une sangle autour de la poitrine de Shane puis la clipsa à son propre harnais. Elle vérifia que toutes les fermetures étaient en place avant de signaler de la voix et du geste qu'ils étaient prêts.

Grâce à la différence de taille, elle n'avait pas à regarder le jeune agriculteur dans les yeux, et tant mieux ! songea-t-elle tandis qu'ils s'élevaient dans les airs. D'ailleurs, elle ne voulait pas le regarder. Elle lui avait jeté un bref coup d'œil pour s'assurer qu'il allait bien, et c'était le cas.

Enchanté de voir ses terres de haut, il ressemblait à un gamin à la fête foraine. Il appréciait l'expérience, lui !

— C'est parfait. On redescend.

La voix de Mark, dans son casque, l'emplit de soulagement. Mais hélas, elle n'avait pas prévu que Shane, qui avait des jambes interminables, toucherait terre avant elle. Elle fut donc profondément gênée lorsqu'il lui enroula un bras autour de la taille pour l'aider à se stabiliser.

— Merci, marmonna-t-elle, les joues en feu.

Elle se dégagea très vite et se débarrassa de son équipement avec la même célérité.

Dire qu'elle s'était demandé si elle ne devrait pas refaire sa vie ! En réagissant comme cela, elle n'en prenait guère le chemin !

De toute manière, Shane Jordan serait exclu d'office de la liste des candidats. Mais quels candidats ? Il n'y avait aucune liste. Elle n'était définitivement pas prête à retomber amoureuse. Elle avait bien trop peur.

Allons, mieux valait ne plus penser à tout cela.

Au moins, la conversation de Shane ne lui laissait pas une minute de répit. Dès qu'elle était allée s'asseoir sur un tronc d'arbre pour regarder les autres — qui manœuvraient et inversaient leurs places dans l'hélicoptère —, il l'avait rejointe et avait repris sa conférence sur l'élevage !

Il était en train de lui raconter le marquage des veaux quand Marty, descendu au sol avec Dave, l'appela.

Soulagée, elle sauta sur ses pieds et courut le rejoindre. Mais hélas, elle déchanta vite.

— À ton tour d'être le mannequin, annonça-t-il.

Comme il était toujours harnaché, elle n'eut pas besoin de lui demander qui allait la porter. Elle se mordit la lèvre, s'avança vers lui, et resta muette pendant qu'il lui passait la sangle sous les bras.

— Tout va bien ? demanda-t-il.

Elle vit son regard bleu pétiller de malice et frissonna. Il se tenait si près qu'elle n'aurait eu qu'un tout petit mouvement à faire pour l'embrasser.

Pour *quoi* ? Elle n'avait aucune envie d'embrasser Marty Graham !

— Hou hou, Emma ! Tu es prête ?

Depuis combien de temps attendait-il sa réponse ?

Elle opina, mortifiée. Puis, dès qu'ils s'envolèrent, elle garda les paupières obstinément closes. Elle les rouvrit, surprise, lorsqu'elle comprit qu'ils allaient entrer dans l'hélicoptère.

Mark et Marty l'aidèrent à monter à bord.

Peu à peu, son trouble se dissipa, et elle croisa les doigts pour ne pas être rouge comme une pivoine, tant elle avait honte de ses pensées peu avouables.

Elle était vraiment ridicule. Marty ne l'avait pas *choisie* comme partenaire. Il était juste en train de récupérer tout l'équipage. Le filin et le harnais étaient déjà redescendus pour Dave et, en jetant un coup d'œil vers le bas, elle vit Shane monter dans son 4x4 et leur adresser un grand signe de la main.

Non, Marty ne l'avait pas choisie. Le hasard des manœuvres avait voulu qu'ils remontent ensemble.

Cette idée aurait dû la rassurer, mais elle était au contraire presque déçue. Elle aurait payé cher pour savoir s'il avait éprouvé les mêmes choses qu'elle. Cette étrange exaltation. Cette douce sensation de chaleur qui l'avait réchauffée tout entière…

Décidément, l'altitude ne lui réussissait pas. Il était temps qu'elle regagne la terre ferme !

Pourquoi l'avoir choisie, elle ? se demandait Marty.

Matt ayant gardé les commandes de l'hélicoptère, il avait le temps de réfléchir, installé sur le siège près du hublot. Mais, au fond, il aurait dû piloter : ç'aurait été mieux pour sa tranquillité d'esprit.

Dès qu'il avait passé le harnais autour d'Emma, il avait su que c'était une erreur. Comment aurait-il pu rester indifférent, alors qu'elle l'attirait depuis le début ?

Malgré la combinaison, il avait senti la douceur de ses courbes. Il avait posé les yeux sur ses joues pâles, qui avaient rosi d'embarras lorsqu'ils s'étaient retrouvés plaqués l'un contre l'autre.

Il avait admiré ses longs cils parfaitement ourlés.

Beaucoup de femmes, il le savait, utilisaient du mascara. Il n'avait pourtant pas eu l'impression qu'Emma était maquillée. Avec les jumeaux, elle avait sans doute peu de temps pour ces choses-là. Elle ne semblait d'ailleurs pas du genre à se préoccuper de son physique.

De toute manière, elle était belle au naturel. Elle avait un charme fou, sans artifices, ce qui ajoutait encore à son mystère. Car, oui, cette femme était un mystère.

Il ne savait pas grand-chose d'elle, hormis ce que Ned lui avait raconté. Elle lui donnait l'impression d'être une mère et une fille aimante. Elle semblait culpabiliser vis-à-vis de son père, mais celui-ci ne l'abandonnerait jamais pour aller vivre sa vie. À moins qu'elle-même ne retrouve quelqu'un…

— Hé, ici la Terre ! Ça ne t'a pas réussi de te lever aux aurores. Fais donc une sieste cet après-midi !

La voix de Matt l'arracha à ses réflexions.

Non seulement l'hélicoptère avait atterri, mais toute l'équipe était déjà descendue, avec Emma qui marchait d'un bon pas devant les autres.

Sans doute était-elle pressée de se changer ?

Finalement, elle était coquette sous ses dehors décontractés. Il venait de découvrir une nouvelle facette de sa personne, et ce n'était pas fini puisqu'ils étaient censés déjeuner ensemble.

Il rejoignit le hangar qui tenait lieu de bureau et de vestiaire au moment où elle en sortait.

— À tout de suite chez Carrie ! dit-il.

Elle eut l'air si étonnée qu'il marqua un temps d'arrêt. Avait-il mal compris ?

— Vous déjeunez bien chez Carrie, toi, Ned et les enfants ? Elle était furieuse que j'aie calé des manœuvres ce matin. J'ai dû lui promettre de faire vite pour que tes enfants puissent manger à l'heure.

Elle fronça les sourcils, et répondit à sa question par une autre :

— Tu vas chez Carrie, toi aussi ?

— Oui, comme un dimanche sur deux, répliqua-t-il d'un ton gai. C'est ma sœur, je te signale…

— Oui, évidemment.

Elle se rembrunit encore plus, puis elle tourna les talons en haussant les épaules.

Voilà qui promettait. Le déjeuner risquait d'être intéressant !

5

Emma tombait des nues, au sens propre et figuré !

Le « lunch informel » qu'avait annoncé Carrie ressemblait plutôt à un grand repas dominical. Mac, Izzy et leur fille étaient invités, de même qu'un couple d'amis de Carrie. Il y avait aussi un grand brun à lunettes prénommé Neil. Ingénieur agronome, il était nouveau dans la région, et elle se demandait s'il n'avait pas été convié au repas spécialement pour elle.

Était-ce parce qu'il ne connaissait personne qu'il s'était rapproché d'elle au moment de l'apéritif ? Toujours est-il que, après l'élevage, elle avait maintenant droit à un cours sur la culture extensive du blé. C'était son jour de chance !

Elle jeta un coup d'œil autour d'elle, espérant que quelqu'un volerait à son secours. Mais Mandy et Molly jouaient au ballon sur la pelouse avec les garçons, son père discutait avec les amis de Carrie, Mac gérait le barbecue, et Izzy aidait sa sœur à apporter des salades sous le porche, où la table avait été dressée.

Restait Marty.

Elle s'aperçut qu'il l'observait depuis la pelouse avec un petit sourire moqueur.

Elle lui lança un regard meurtrier avant de se tourner vers Neil.

— Si on allait dans le jardin ? J'ai peur que mes fils n'embêtent leurs petites camarades.

Il la suivit sans enthousiasme. Sans doute n'avait-il pas apprécié qu'elle interrompe son monologue.

Dans l'intervalle, Marty s'était improvisé footballeur. Sur un coup de pied malencontreux de sa part, le ballon atterrit devant Neil.

À la place de ce dernier, elle aurait eu le réflexe de le renvoyer, mais l'ingénieur demeura parfaitement immobile.

— Par ici ! cria Hamish.

— Non, à moi ! renchérit Xavier.

Ils s'égosillèrent en vain, et ce fut finalement elle qui shoota dans le ballon.

La partie se prolongea un bon quart d'heure avant qu'on n'appelle tout le monde à table, mais cette scène lui trotta dans la tête pendant tout le déjeuner.

Elle était quasiment sûre que le coup de pied de Marty n'avait pas été si malencontreux que cela. Au contraire, il avait voulu tester Neil. Avait-il entendu parler des sornettes de Joss, laquelle prétendait que les garçons avaient besoin d'un papa pour jouer au foot avec eux ?

C'était possible, vu le potentiel infini de commérages de l'équipe soignante.

Le repas touchait à sa fin, à présent. Quand Mac se leva pour aller faire la vaisselle, Emma proposa de l'aider, mais il protesta vigoureusement. Elle dut rester assise en face de Neil, qui, ayant perdu l'oreille attentive de leur hôte, se pencha aussitôt vers elle.

— Irez-vous au bal country le week-end prochain ? demanda-t-elle avant qu'il puisse en placer une.

Il se redressa fièrement.

— Bien sûr ! On m'a demandé d'être le commissaire-priseur de la vente de bétail. Je l'ai déjà fait dans le Queensland. Là-bas, on vendait surtout des brahmanes. Elles sont très grandes, avec une bosse au garrot comme les zébus. On les choisit parce qu'elles sont résistantes aux tiques et autres insectes, ce qui est primordial dans cette région.

— Ah, d'accord…

— Aimeriez-vous m'assister ? J'aurais besoin de quelqu'un pour me passer les fiches au fur et à mesure. Sur chaque carte, il y a le poids, la taille de la vache, etc.

Neil souriait comme s'il venait de lui accorder une immense faveur.

Elle réprima un soupir.

— Vos fiches seront empilées dans l'ordre sur le pupitre. Vous n'aurez pas besoin de moi pour ça.

Loin de se démonter, Neil claqua des doigts d'un air inspiré.

— Vous avez raison ! Dans ce cas, vous pourriez peut-être repérer les enchérisseurs dans la salle ?

— Emma est nouvelle ici. Choisissez donc un vieil habitant de Braxton, ce sera plus simple.

La voix de Marty dans son dos la fit frissonner.

Balayant son trouble, elle se retourna et le gratifia d'un sourire charmeur.

— Tu m'as l'air de bien connaître le sujet, commenta-t-elle, en reculant un peu sur sa chaise pour se rapprocher de lui.

Seigneur, que fabriquait-elle ? Espérait-elle faire croire à Neil qu'elle était en couple avec Marty ?

Cette simple pensée lui fit monter le rouge aux joues.

Quelle idiote ! Utiliser Marty comme couverture était un très mauvais plan, puisqu'il n'était jamais en couple…

— Emma ?

Perdue dans ses pensées, elle avait lâché le fil de la conversation. Marty, en l'appelant, venait de la ramener sur terre.

— Désolée, marmonna-t-elle, je… je surveillais les garçons.

Comme pour corroborer ses dires, les jumeaux se

mirent à se chamailler. Apparemment, ils voulaient tous les deux le ballon, et l'histoire risquait de finir en pugilat si elle n'intervenait pas.

Elle se leva d'un bond.

— Je vais les séparer, dit-elle par-dessus son épaule.

Molly et Mandy s'étaient précipitées elles aussi, mais elle les arrêta du geste.

— Vous avez assez donné, les filles, dit-elle en souriant. Allez manger votre dessert, je m'occupe de ces voyous. Xavier, Hamish, si on allait chercher des petites bêtes ? ajouta-t-elle. Je suis sûre qu'on va trouver des chenilles, et peut-être même des sauterelles !

Ils voulurent partir en courant, mais elle les saisit chacun par une main pour les garder près d'elle. Puis elle les entraîna dans le grand jardin de Carrie, où elle se mit à explorer chaque recoin avec eux.

— Lâcheuse ! J'ai eu droit à un cours magistral sur la mise bas des truies.

La note de reproche dans la voix de Marty la fit sourire.

Il annonça son intention de nettoyer le barbecue, mais les garçons le réclamèrent pour leur chasse aux insectes, et elle n'eut pas d'autre choix que d'accepter sa compagnie.

Ils avaient atteint le bout de la propriété, quand la voix de Carrie leur parvint depuis la terrasse.

— Glaces pour tout le monde ! J'attends les amateurs !

Les garçons partirent comme des flèches, et Emma se retrouva seule avec Marty.

— Tu es génial avec les gosses, dit-elle sans réfléchir. Pourquoi ne veux-tu pas fonder de famille ?

Il eut l'air tout à coup si sombre qu'elle regretta de l'avoir interrogé. Au bout d'un moment, il lui pressa l'épaule.

— J'ai pris cette décision il y a très longtemps, répondit-il d'un ton calme. C'est un problème d'hérédité banal, ou du moins ça pouvait le devenir. J'ai donc réglé la question une fois pour toutes.

La sagesse aurait voulu qu'elle se taise, mais Marty paraissait trop triste pour qu'elle en reste là. Elle effleura la main qui pesait toujours sur son épaule.

— Quand, au juste ? demanda-t-elle

Il eut un rire sans joie.

— Oh ! lala ! Il y a trop longtemps, ma belle dame…

Il se pencha vers elle et, à l'improviste, lui effleura les lèvres des siennes avec tendresse.

— Trop longtemps pour que je change d'avis, conclut-il d'un ton grave.

Quand il se détourna, elle le regarda partir, médusée. Son corps tout entier fourmillait après ce baiser d'une douceur incroyable.

Ce n'était pas un vrai baiser. Cet homme n'était pas pour elle et ne le serait jamais. Quand allait-elle enfin le comprendre ?

« Jamais » était définitivement le mot du jour. Que cela lui plaise ou non, elle devait l'accepter.

Marty se serait giflé.

Cette fois, il avait touché le fond de la bêtise. Quelle idée avait-il eue d'embrasser Emma ? Même s'ils n'avaient pas échangé un vrai baiser, il en était encore tout chose. Rien qu'à y penser, il brûlait de désir contenu.

Incapable d'affronter les autres, il longea la maison pour rejoindre la cour, monta dans son 4x4 et partit.

Il appellerait Carrie plus tard pour s'excuser. Il prétexterait un mal de tête. Elle ne le croirait sans doute pas, mais tant pis. Dans l'immédiat, l'essentiel était que personne ne l'ait vu embrasser Emma et s'enfuir comme un voleur.

Il gagna la base, où il effectua quelques vérifications techniques sur son hélicoptère. Le fait de mettre les mains dans le cambouis l'occupa suffisamment jusqu'à l'heure du dîner, et il finit par rentrer chez lui, toujours perturbé, mais convaincu d'avoir eu la bonne réaction en s'éclipsant de chez Carrie.

Jusqu'à ce que son téléphone ne sonne : Izzy.

— Dis donc, toi ! dit celle-ci d'un ton de reproche. Tu es parti bien vite, tout à l'heure.

Évidemment. Il aurait dû se douter que cette fine mouche se manifesterait avant la fin de la journée…

— Oui, et alors ? répliqua-t-il.

— C'est à cause d'Emma, ou plutôt à cause de ton entêtement à ne pas vouloir t'engager ! Franchement, je n'y comprends rien. J'ai toujours cru que tu étais le plus sensé de nous tous. Tu as été adopté petit, tu considères Hallie et Pop comme tes parents, tu as une excellente situation…

— Laisse tomber, Iz.

Parce que le respect de la vie privée était sacré dans la famille, sa sœur n'insista pas. Pourtant, elle revint à la charge de manière détournée.

— Que penses-tu de ce type ?

— Qui ça, Neil ? Il est sympa, mais un peu casse-pieds. Je me demande pourquoi Carrie l'a invité.

— Pour Emma, évidemment. Notre sœur a cru bien faire, mais elle ne devait pas bien le connaître ! Rends-toi compte, il a passé une demi-heure à m'expliquer les problèmes d'accouplement des sangliers, en précisant qu'ils avaient un pénis en forme de tire-bouchon !

À ces mots, il fut pris d'un fou rire incompressible.

— C'est bien beau de rire, mais moi, je ne pouvais plus m'en dépêtrer. Et Mac qui faisait semblant de nettoyer le barbecue ! Il n'en perdait pas une miette !

— Désolé, sœurette. Si j'avais été là, je serais intervenu.

— Mon œil, tu aurais rigolé aussi ! Emma, elle, a volé à mon secours avant de partir. Elle m'a demandé de la raccompagner à sa voiture, ce que je me suis empressée de faire. Remarque, on n'était pas trop de deux, car ses jumeaux ne tenaient pas en place. Je les ai trouvés plutôt remuants. Heureusement que Ned maîtrise la situation !

— Oui, il s'en occupe bien, mais je crois qu'Emma culpabilise un peu. Depuis qu'il habite avec elle et les enfants, il n'a plus de vie. Carrie les a invités pour qu'ils sortent de leur cocon, tous les deux.

— Elle fait ça pour eux, ou alors parce qu'elle a une idée derrière la tête ?

— Décidément, rien ne t'échappe !

Il était plus détendu à présent que la discussion avait roulé sur Ned et Carrie. Izzy avait changé de centre d'intérêt, et c'était très bien comme ça.

De tous ses frères et sœurs, elle était la plus intuitive en ce qui le concernait. De plus, elle habitait près de chez lui, et ils se voyaient souvent. Pourtant, malgré leur complicité, il ne lui avait jamais parlé de l'angoisse qui le rongeait.

Pop avait beau être son père adoré, le souvenir de son père biologique lui hantait la mémoire. Chaque fois qu'il y pensait, il éprouvait la même peur, et aussi la même rage.

Les gènes de cet homme étaient profondément ancrés en lui. Mieux valait les laisser dormir, même si cela impliquait qu'il doive rester seul jusqu'à la fin de ses jours.

La semaine aux urgences avait débuté de manière exceptionnellement calme. Emma commençait à 7 heures du matin. Elle avait réussi à rentrer à 15 heures le lundi, le mardi, et une nouvelle fois ce mercredi. Un triplé à marquer d'une pierre blanche !

— Va donc te balader, papa, suggéra-t-elle.

— Je sors déjà demain soir ! protesta-t-il. Rappelle-toi, je vais jouer au billard chez Peter, un ancien camarade d'école.

— C'est très bien, mais ça ne t'empêche pas de sortir aujourd'hui. Pourquoi n'irais-tu pas à la bibliothèque ? Tu y vas avec les garçons le mardi, pour « L'heure du conte », mais ce n'est pas la même chose. Tu adorais flâner dans les bibliothèques quand tu étais prof, et je suis sûre que tu ne connais pas bien celle-ci.

— Détrompe-toi, chérie. Mon amour des livres m'est venu tôt. Gamin déjà, j'étais un vrai rat de bibliothèque, ici, à Braxton. Mais tu as raison, j'ai envie de faire des recherches sur notre demeure, qui est l'une des plus anciennes de la ville.

Il partit sans se faire prier davantage.

Satisfaite, elle le regarda traverser le jardin à grandes enjambées.

Elle devait lui prouver qu'elle était désormais capable de mener de front sa carrière et sa vie de famille. Beaucoup de mères célibataires y arrivaient très bien. Pourquoi serait-elle différente des autres ?

Un bruit de pas provenant du porche la fit sursauter.

Son père avait-il changé d'avis ? Oublié de lui dire quelque chose ?

— Hou hou ! Il y a quelqu'un dans cette maison ?

La voix de Marty.

— Je… À la cuisine !

— Et nous, on fait plus dodo !

— On est réveillés !

Hamish s'était manifesté bruyamment depuis l'étage, imité par son frère.

Marty intervint depuis le couloir.

— Ne bouge pas, Emma, je vais les chercher.

Soulagée, elle courut vers l'évier.

Elle avait une minute pour laver ses mains pleines de pâte à sel colorée et remettre un peu d'ordre dans sa coiffure !

Quand Marty parut sur le seuil, un garçon sur chaque bras et Bébéchien à ses pieds, elle sentit son cœur manquer un battement.

Est-ce que cela faisait cet effet-là d'avoir un homme à la

maison — sans parler de son père ? N'était-ce pas l'image de la famille idéale ?

Force était de reconnaître que ce tableau y ressemblait beaucoup… À un gros détail près. Marty ne postulait pas au titre d'homme idéal.

De façon miraculeuse, les garçons s'assirent à table sans faire de comédie. Comme s'il vivait ici depuis toujours, Marty se mit alors en devoir de préparer le thé pendant qu'elle étalait sa pâte.

— Oh ! elle est verte, commenta Hamish.

— Presque fluo ! renchérit Marty, du rire dans la voix.

— On pourrait fabriquer des grenouilles ? suggéra Xavier avec enthousiasme.

— Après le goûter, et sous le porche, mes petits cœurs ! Je n'ai pas envie que vous en mettiez partout.

Elle leur servit un verre de lait, prit une boîte de biscuits dans le placard et s'installa en face de Marty pour boire son thé.

Fait inhabituel, le goûter fut englouti en moins de cinq minutes. Chaque garçonnet récupéra ensuite sa plaque de pâte à sel, puis ils coururent ensemble vers le porche.

Marty secoua la tête en souriant.

— Tes mains sont toutes vertes. Tu as mis trop de colorant alimentaire.

— J'en ai bien peur, répondit-elle en soupirant. Papa fait ça très bien, mais moi, je suis nulle. J'aimerais lui arriver à la cheville, ou en tout cas lui montrer que je peux gérer ma vie de mère célibataire… Mais, d'un autre côté, est-ce vraiment bien que les garçons grandissent sans père ? Je veux dire, à l'adolescence, ça risque de se compliquer.

Elle secoua la tête.

— J'ai vraiment besoin d'un homme !

À peine avait-elle prononcé ces mots qu'elle le regretta. Marty allait la trouver ridicule, pathétique. Qu'allait-il penser ? Pourvu qu'il ne s'imagine pas qu'elle lui faisait des avances !

Mais non, aucun risque. Ils savaient tous les deux à quoi s'en tenir. D'ailleurs, il n'avait pas l'air gêné ni ennuyé, plutôt intéressé par ce qu'elle venait de dire.

— Explique-moi, répondit-il gentiment.

— Eh bien… Si j'avais quelqu'un dans ma vie, papa se sentirait plus libre. Il n'aurait pas l'impression de m'abandonner en ayant une vie sociale ou sentimentale. J'y pensais déjà à Sydney, mais ici, à Braxton, c'est pire. Quand je le vois retrouver ses amis et ses anciennes activités, je mesure à quel point j'ai été égoïste. Il se sacrifie pour nous.

— À mon sens, il ne se « sacrifie » pas. Il l'a fait et le fait toujours de bon cœur. Il ne veut pas vous abandonner.

— C'est justement le problème.

Elle allait développer quand des cris en provenance du porche l'alertèrent. Elle se précipita, pour découvrir Xavier en pleurs et Bébéchien qui crachait de la bave vert fluo.

L'animal lui avait mangé sa pâte à sel !

Résignée, elle tamponna la gueule du chien avec un morceau d'essuie-tout, puis, sourde aux protestations de Hamish, divisa en deux la boule de pâte qui restait.

Marty parut sur ces entrefaites, leurs tasses à la main.

— On n'a qu'à s'installer ici, proposa-t-il. Comme ça, on pourra les surveiller.

Il déposa les mugs sur la table du porche, et s'installa dans un fauteuil en osier. Elle l'imita avec un sourire triste.

— Tu comprends pourquoi, certains jours, j'aimerais avoir un homme dans ma vie…

Marty observa attentivement la femme qui mettait depuis quelques jours son corps et son cœur à rude épreuve.

Il partageait l'avis d'Emma : elle avait besoin d'un homme. Sauf qu'il voyait la chose de manière purement égoïste.

Si elle se mariait, au moins, il arrêterait de penser à elle. Courir après les épouses des autres, très peu pour lui. Il était peut-être vieux jeu, mais c'était une question de principes.

— Tu penses qu'avoir un homme à la maison serait positif pour les enfants et pour la vie sociale de ton père. Mais toi, dans tout ça ? demanda-t-il. N'aimerais-tu pas rencontrer quelqu'un *pour toi* ?

Elle rougit comme une pivoine et se mordit la lèvre.

— Je sais que j'aurais des obligations envers cette personne, bafouilla-t-elle. Je ne suis pas complètement idiote. Je pense même… que je pourrais prendre plaisir à l'aspect physique d'une nouvelle relation.

— Et l'amour, dans tout ça ?

— Tu as un avis sur la question ? riposta-t-elle en le regardant droit dans les yeux.

Conscient de s'être piégé lui-même, il haussa les épaules.

Un silence pesant tomba.

Au bout d'un moment, Emma se pencha et lui pressa la main par-dessus la table.

— Excuse-moi, murmura-t-elle. Le mot « amour » me fait peur, mais tu ne pouvais pas savoir… Et je refuse de me quereller avec toi. Surtout pas ! Tu es mon seul ami ici.

Le dos de sa main le brûlait là où elle l'avait touché, il se trouvait en terrain dangereux. Il devait trouver une échappatoire, vite.

— Aucun problème, je suis le gars qu'on peut enguirlander à la demande, répliqua-t-il d'un ton détaché. Et merci pour le mot « ami ». Je le prends comme un compliment.

Sur ces mots, il se leva, prit les deux tasses vides et les emporta dans la cuisine.

Lorsqu'il regagna le porche, Emma était debout, occupée à surveiller ses garçons.

— Je me sauve, annonça-t-il. J'étais juste venu te proposer de vous conduire au bal samedi soir, Ned et toi.

On en a pour vingt minutes de route, alors je pourrais passer vers 18 h 30 ?

— Oui, je… Merci, ce sera parfait.

— Mettez un jean, une chemise à carreaux, un chapeau si vous voulez… Ah, j'allais oublier : on apporte tous notre pique-nique. Izzy, Mac et Carrie seront là. D'habitude, on met tout en commun. Carrie t'appellera pour voir qui prépare quoi.

— Ça marche. Je m'organiserai avec elle.

Emma avait répondu d'un ton calme, presque indifférent, comme si elle s'était renfermée dans sa coquille.

Lui avait-il fait de la peine en parlant d'amour ?

Cette simple idée lui noua l'estomac, il ressentit aux tréfonds de lui-même une douleur telle qu'il n'en avait jamais connue.

Et si c'était cela, l'amour ?

Non, impossible !

— Bon… J'y vais, marmonna-t-il. Salut, vous deux ! ajouta-t-il à l'intention des jumeaux.

— R'voir, Marty ! crièrent-ils en chœur.

Emma le raccompagna sur le perron.

— Un ami, c'est précieux, dit-elle doucement. Merci d'être là pour moi.

Contre toute attente, elle lui captura la main, se dressa sur la pointe des pieds et l'embrassa sur la joue.

Comme foudroyé, il descendit l'escalier en luttant contre l'impulsion de se retourner. À la dernière marche, ce fut plus fort que lui : il pivota vers Emma et lui adressa un petit signe.

Puis il effleura sa joue là où elle avait posé ses lèvres.

6

Emma voyait arriver le bal du samedi avec un mélange d'appréhension et d'excitation.

Elle n'avait pas revu Marty depuis sa visite du mercredi, pas même à l'hôpital. Deux patients avaient été transférés en chirurgie par hélicoptère, mais il ne s'était pas manifesté personnellement — ou alors il s'était bien gardé de venir aux urgences.

Avait-il voulu l'éviter ?

À plusieurs reprises, elle s'était traitée d'idiote pour avoir ce genre de pensées. Mais là encore, tandis qu'elle préparait une salade pour le pique-nique, elle avait l'estomac noué.

Peut-être vaudrait-il mieux qu'elle reste à la maison ?

Elle se chapitra en pensant à son père. Il allait revoir des camarades d'école, nouer d'autres contacts. Rien ne comptait davantage que le bien-être de son cher papa, et il ne comprendrait pas qu'elle ne soit pas de la partie.

Un peu plus tard, alors qu'elle était en train d'explorer sa garde-robe à la recherche de la tenue adéquate, l'intéressé se matérialisa sur le seuil de sa chambre.

— Ta-daa ! s'exclama-t-il.

Elle pivota… et éclata de rire. Il était affublé d'un chapeau noir minuscule d'où pendaient des queues de cochon.

— Oh non ! s'écria-t-elle, hilare. Ce n'est pas un bal costumé pour enfants !

Il s'esclaffa, retira le couvre-chef et le lui tendit.

— C'est pour toi, annonça-t-il. Je l'ai trouvé dans une friperie. Je l'ai désinfecté, mais à mon avis il n'a jamais été beaucoup porté. Essaie-le donc !

Elle s'exécuta pour lui faire plaisir : le chapeau lui allait parfaitement.

— Adjugé, vendu, déclara-t-il. Je vais me changer.

En se retrouvant dans la cuisine un peu plus tard, ils s'admirèrent mutuellement. Ils portaient chacun un jean, une chemise à carreaux, de grosses chaussures. Côté accessoires, son père s'était noué un bandana autour du cou. Il arborait aussi une casquette noire, avec deux tire-bouchons fixés au-dessus de la visière dans une poche spéciale.

— Entre mon couvre-chef et le tien, on fait la paire, commenta-t-il d'un ton joyeux.

— Oui, deux vrais péquenots ! Peux-tu sortir la glacière, s'il te plaît ? Marty ne va plus tarder.

Elle eut à peine le temps de mettre les garçons en pyjama que celui-ci arrivait. Molly et Mandy jaillirent du 4x4 et gravirent les marches du perron au pas de charge, visiblement pressées de s'occuper des jumeaux.

— Le dîner est dans le réfrigérateur, expliqua Emma après les salutations d'usage. Au moindre problème, n'hésitez pas à m'appeler, les filles.

— Tout se passera bien, assura Marty, qui avait suivi celles-ci à une allure plus modérée. Waouh, Emma, quel chapeau ! Rien que pour ça, la soirée est déjà réussie.

— *No comment*, s'il te plaît !

Ignorant les frissons qui la parcouraient, elle souhaita une bonne nuit aux garçons et leur fit promettre d'être sages.

Elle et son père s'installèrent à l'arrière du 4x4, Carrie occupant la place du passager à l'avant.

Bientôt, Marty s'engagea sur une route bordée de parcelles dévastées par les incendies. Mais, éternel optimiste, il leur montra quelques trouées vertes qui subsistaient de-ci, de-là.

— Vous avez raison, Marty, la végétation va reprendre,

commenta Ned. Autrefois, les aborigènes allumaient des feux de manière raisonnée pour que les terres se régénèrent.

Visiblement, tous deux étaient sur la même longueur d'onde.

Après avoir traversé une zone montagneuse, ils débouchèrent sur un plateau occupé par des cultures variées.

— On arrive, dit Carrie. Le refuge est au bout du chemin.

En effet, on apercevait dans des prairies des chevaux, des ânes et de nombreuses chèvres.

— C'est génial, commenta Emma. Les garçons adoreraient cet endroit ! Accueillent-ils des visiteurs ?

— Bien sûr, c'est comme ça qu'ils récoltent des fonds ! Moyennant un droit d'entrée modique, ils proposent des visites guidées pour les familles et les groupes scolaires. En ajoutant les dons, la vente de bétail et le bal country, ils arrivent à financer une année complète. Mais il y a pas mal de réparations à faire sur les bâtiments.

Ils approchaient à présent d'une vaste grange aux abords éclairés de lampions. Les notes d'une musique joyeuse se faisaient entendre.

Marty se gara sur un parking aménagé derrière la bâtisse.

— Waouh, c'est gigantesque ! s'exclama Emma alors qu'ils rejoignaient la foule à l'intérieur de la grange.

— Le propriétaire des lieux possédait plusieurs moissonneuses-batteuses et autres engins, expliqua Marty. Il travaillait pour les agriculteurs qui ne voulaient pas acheter du matériel aussi coûteux. Or, ce monsieur connaissait Meg, la responsable du centre. Il savait qu'elle avait besoin d'espace et, comme il n'avait pas d'enfant, il lui a légué à sa retraite le hangar et tous les terrains autour.

— Il a fait une bonne action ! déclara-t-elle. Je…

La suite mourut sur ses lèvres car elle venait d'apercevoir Neil au bar.

Comment faire pour l'éviter ?

— Désolée pour l'autre jour, dit Carrie, qui avait suivi

son regard. Je ne le connais pas bien, je l'avais juste croisé une fois au travail. Si j'avais su…

— Ce n'est pas grave, voyons, répondit-elle gentiment.

— Ne t'inquiète pas, je vais le tenir à distance, intervint son père. Il se trouve que, moi, l'agriculture m'intéresse ! Même si j'ai l'intention de danser, précisa-t-il en riant.

— Bien sûr, c'est un *must* ! approuva Marty.

Très vite, Emma se retrouva prise dans un tourbillon de musique et de rires. Le personnel de l'hôpital était venu en nombre, et elle se trouva sollicitée par un groupe puis par un autre pour s'élancer sur la piste.

Son père aussi s'amusait bien. Elle le voyait danser, et surtout discuter avec des personnes du même âge que lui, sans doute d'anciens camarades d'école. Rien ne pouvait lui faire plus plaisir que de le voir heureux !

— M'accorderez-vous cette danse, belle dame ?

Comment aurait-elle pu dire non à Marty, alors qu'elle attendait cette invitation depuis le début ?

Elle se glissa dans ses bras, consciente que ses joues étaient devenues pivoine. Elle aurait dû le tenir à distance, mais ce soir tout était si gai et agréable qu'elle n'avait pas envie de réfléchir.

— Je crois que Ned est content, fit-il observer.

— Et, moi, je suis contente pour lui. On a bien fait de venir.

Il resserra son étreinte.

— Tu m'aurais manqué, sinon, chuchota-t-il. Tu sais quoi ? J'ai bien envie de t'emmener quelque part derrière un ballot de foin…

Elle entra dans le jeu.

— Tu auras du mal à trouver un coin discret. Il y a du monde !

Tournant la tête, elle observa les ballots qui faisaient office de sièges improvisés et remarqua alors Izzy, qui s'était assise à l'écart et ne semblait pas en grande forme.

Quelque chose clochait. Son instinct d'urgentiste ne l'avait jamais trompée.

Elle chercha Mac du regard, le vit en train de danser à l'autre bout de la pièce et fronça les sourcils. Avec douceur, elle repoussa Marty qui essayait de l'attirer plus près.

— Allons voir Izzy, dit-elle.

Il voulut protester, mais elle l'entraîna par la main. Ils se frayèrent un passage au milieu des danseurs pour rejoindre Izzy, laquelle, vue de plus près, avait le visage très rouge.

— Coucou ! Ça va ? demanda Emma, s'efforçant de masquer son inquiétude.

— À peu près, bredouilla la future mère. Je viens juste d'avoir un étourdissement. Je n'aurais pas dû tournoyer autant sur la piste, c'est ma faute. Depuis, j'ai des vertiges.

Elle tremblait, ce qui n'était pas bon signe.

Agenouillée près d'elle, Emma procéda à un premier examen clinique. La sœur de Marty avait les pieds et les chevilles enflés, un symptôme banal dans son état. Ce qui l'était moins, en revanche, c'était le gonflement des mains : la jeune femme ne pouvait déjà plus faire glisser son alliance.

Elle constata sans surprise que le pouls était trop rapide. Sans hésiter, elle se releva et pivota vers Marty.

— Va chercher Mac, s'il te plaît, chuchota-t-elle. Dis-lui de venir ici, mais, avant, prends ses clés de voiture. Gare-la le plus près possible de l'entrée. Oh ! il faut aussi demander à papa de raccompagner Carrie avec ton 4x4. Nous, on fonce à Braxton. Izzy doit être hospitalisée d'urgence. Je crains qu'elle ne fasse une prééclampsie.

Cette brusque montée de tension pouvait être dangereuse, voire fatale pour la mère et le bébé. Elle était hélas bien placée pour le savoir…

Mais elle ne devait pas penser à sa propre expérience. Izzy avait besoin d'aide.

Restée seule avec elle, elle lui prit la main.

— Ça va aller, dit-elle d'un ton rassurant. Je te fais hospitaliser par précaution. Avec ton expérience professionnelle, tu sais comme moi que cela vaut mieux. On doit jouer la carte de la prudence.

Elle espérait très fort que sa voix n'avait pas tremblé. Comment pouvait-elle dire « ça va aller » alors qu'elle n'en savait rien ? Et pourquoi n'avait-elle pas emporté sa trousse d'urgence au lieu de cet horrible chapeau ? D'habitude, elle la prenait toujours, où qu'elle aille…

Mac arriva comme une tornade, le visage tendu.

— Prééclampsie ? murmura-t-il, en effleurant le visage d'Izzy avec une telle douceur qu'Emma eut envie de pleurer.

Elle lui pressa le bras.

— Peut-être, mais on va gérer. Marty conduira ta voiture. Tu t'installeras à l'avant, et moi à l'arrière à côté d'Izzy pour m'occuper d'elle.

— Je suis médecin, voyons !

— Peut-être, mais tu es son mari, et la situation est stressante. Et puis, Marty connaît ces routes sinueuses mieux que personne, ajouta-t-elle d'un ton persuasif.

Deux minutes plus tard, elle avisa ce dernier qui leur faisait signe. Mac souleva Izzy comme si celle-ci ne pesait pas plus lourd qu'une plume, et Emma suivit.

La musique s'était tue, tous les regards s'étaient tournés vers eux, des murmures consternés parcouraient l'assistance. Elle vit son père se frayer un chemin jusqu'à elle.

— Chérie, ça va ? demanda-t-il d'un ton inquiet.

Elle le serra brièvement contre elle.

— Très bien, papa. Marty t'a expliqué ?

— Oui, oui ! Je raccompagnerai Carrie avec le 4x4. Allez, foncez ! Et… bon courage. On pensera à vous.

— Merci. Je te donnerai des nouvelles dès que possible.

Le trajet vers Braxton lui sembla durer une éternité, mais ils atteignirent l'hôpital en un temps record. Mac ayant téléphoné pour annoncer leur arrivée, ils virent deux infirmières, deux brancardiers et le gynécologue d'Izzy qui attendaient sur le parking.

À partir de là, tout se passa très vite. On installa la future maman dans un box, où le spécialiste et l'équipe obstétrique de garde allaient procéder à un examen complet. Restés dans le couloir, Emma et Marty échangèrent un regard préoccupé.

— Je vais aller chercher Nikki, dit-il. Elle est chez mes parents.

— Bonne idée. Il te faudra… deux heures, je suppose ?

— Deux heures ? Tu plaisantes ! Je compte prendre l'hélicoptère. Je vais juste appeler Hallie avant de partir.

Il se frotta le menton, pensif.

— D'ailleurs, elle voudra sûrement nous accompagner, ajouta-t-il. Sa présence fera du bien à Izzy.

Elle le regarda sortir au pas de course, songeant qu'il était formidable. Il se démenait toujours pour les autres et semblait trouver une solution à chaque problème.

Elle se précipita vers la salle d'examen et se heurta presque à Mac qui en sortait, l'air hagard.

— Ils viennent de la descendre au bloc, Paul va faire une césarienne, annonça-t-il d'une voix tremblante. Elle n'est qu'à trente et une semaines de grossesse, mais il a détecté une souffrance fœtale. Le rythme cardiaque est trop lent et irrégulier, il faut intervenir. Ils ont perfusé un anticonvulsivant, plus des stéroïdes pour aider les poumons du bébé à se développer.

— Ce bout de chou va être trop petit pour qu'on puisse le garder à Braxton. Il ou elle…

— C'est un garçon. On a demandé le sexe à la dernière échographie, mais on voulait garder la surprise pour la famille. Et, oui, je pensais à la même chose que toi. Où vont-ils l'emmener ?

— Je ne connais pas bien le secteur, mais je crois qu'il y a un service de réanimation néonatale à Retford.

Mac eut un rire sans joie.

— Exact, on y envoie tous les grands prémas du coin. J'ai même déjà rendu visite à des patientes là-bas. Ça m'était complètement sorti de la tête. Je suis déboussolé...

— Tellement déboussolé que tu restes là à discuter au lieu de courir au bloc. Izzy doit être anesthésiée, maintenant. Tu devrais descendre.

— Oui, bien sûr, marmonna-t-il, d'une voix si rauque qu'elle eut de la peine pour lui.

— Ça va aller, ils sont entre de bonnes mains. Allez, fonce.

Elle le suivit plus lentement, avec l'impression qu'un poids énorme lui écrasait les épaules.

Jusqu'alors, elle avait réussi à occulter sa propre expérience, mais ce n'était plus possible. Elle se revoyait, assise dans un fauteuil roulant, poussée dans un couloir qui ressemblait à s'y méprendre à celui qu'elle était en train de longer. Mal en point, l'esprit embrumé, elle avait pensé à ce mari qu'elle venait de perdre, à la douleur qui l'écrasait.

Dans un brouillard, elle avait entendu le mot « prééclampsie ». Elle avait compris sans comprendre, ayant déjà perdu sa lucidité et ses forces...

Où pouvait-elle aller, maintenant ? Elle se sentait trop mal pour rester dans l'antichambre du bloc.

Finalement, elle choisit la cuisine du personnel, déserte car le service tournait avec un effectif minimum. Là, seule avec ses souvenirs, elle revécut le cauchemar qui avait hanté ses nuits pendant des années.

La plongée dans le coma. La perte de son bébé, trop petit pour survivre. Son père assis à son chevet, en larmes...

Elle éclata en sanglots sans pouvoir se retenir.

Mais elle ne voulait pas qu'on la voie dans cet état. Si quelqu'un entrait, il allait lui poser des questions auxquelles elle n'aurait aucune envie de répondre. Pour se calmer, elle devait s'occuper les mains et l'esprit...

Plutôt que de rester sans rien faire, elle allait préparer du thé. Il y aurait bien des amateurs à un moment ou un autre.

Elle était en train de brancher la bouilloire quand la porte s'ouvrit derrière elle. Elle sursauta, s'essuya les yeux et se retourna.

C'était Marty.

— Emma ! s'écria-t-il. Qu'est-il arrivé ? Izzy ? Le bébé ?

— Izzy est au bloc, balbutia-t-elle.

Jetant un coup d'œil derrière lui, elle s'aperçut que Hallie le suivait, flanquée d'une adolescente qui se tordait les mains.

Ignorant le regard inquisiteur de Marty, elle s'avança pour saluer la vieille dame et sa petite-fille.

— Tu dois être Nikki ? dit-elle d'un ton doux.

— Oui, c'est moi.

— Izzy m'avait prêté tes vêtements, l'autre jour. Je te les rendrai cette semaine.

— Ce n'est pas pressé ! Maman m'a acheté pas mal d'habits neufs…

La voix de l'adolescente se brisa sur ces derniers mots. Elle se mordit la lèvre.

— Maman… C'est très grave ? Et mon petit frère ?

— Tout va bien se passer, déclara Hallie, d'un ton si convaincu qu'Emma ne put s'empêcher de sourire.

Elle imaginait comment ce petit bout de femme avait dû élever sa tribu : avec calme, bonne humeur, et surtout beaucoup d'amour.

— Je vais les transférer tous les deux à Retford en hélicoptère, expliqua Marty. J'emmènerai aussi une infirmière réanimatrice, et bien sûr Mac.

— Parfait, approuva Hallie. Nous, on va aller dormir chez Carrie. Je prendrai la voiture de Mac. On ira à Retford demain matin.

Emma secoua la tête. Venant d'une personne âgée, un tel déploiement d'énergie à cette heure-là la stupéfiait.

— Quelle organisation ! commenta-t-elle.

Hallie s'esclaffa.

— Question d'habitude ! J'ai élevé jusqu'à huit enfants en même temps. Combien étiez-vous, Marty, à ton époque ?

— Hum, voyons voir... Il y avait Steve, Izzy, Lila, Liane et moi, énuméra-t-il en comptant sur ses doigts.

— Seulement cinq ? Avec votre père, on avait certains jours l'impression que vous étiez dix ! répliqua Hallie d'un ton faussement sévère.

C'était le dernier groupe qu'ils avaient accueilli, et sans doute gardaient-ils pour ces enfants-là une tendresse particulière. D'ailleurs, ceux-ci le leur rendaient bien : ils maintenaient le contact en permanence, beaucoup plus que dans certaines vraies familles biologiques. Ces gens-là s'aimaient. Ils avaient tout affronté ensemble, le meilleur comme le pire.

Emma fit une prière muette pour que le meilleur l'emporte ce soir-là.

Izzy et son bébé étaient sortis d'affaire.

L'obstétricien était venu annoncer que la césarienne s'était bien passée et que la maman et son petit bonhomme se trouvaient en salle de réveil. À présent, Marty devait jouer son rôle d'oncle, mais aussi et surtout de pilote pour les emmener à Retford.

Néanmoins, il rechignait à partir. Voir Emma en larmes lui avait fendu le cœur. Il ignorait quel était son problème, mais il aurait aimé pouvoir la prendre dans ses bras pour la réconforter.

Bien sûr, ce n'était pas possible pour l'instant. Non seulement ils n'étaient pas seuls, mais il avait une mission à accomplir.

— On y va, mesdames ? suggéra-t-il. Paul a dit que vous auriez le droit de faire un petit coucou à Izzy.

Il sortit le premier, espérant qu'Emma allait suivre et qu'il pourrait lui parler en aparté pendant que Hallie et Nikki admireraient le nourrisson. Mais un rapide coup d'œil en arrière mit un terme à cet espoir : elle n'était pas venue.

Il gagna la salle de réveil et contempla le charmant tableau qui s'offrait à lui.

Izzy se réveillait, pâle mais souriante. Mac ne quittait pas des yeux la couveuse où on avait installé le bébé, et ce dernier avait l'air étonnamment robuste pour un prématuré si petit.

— Prenez votre temps, Hallie et Nikki, dit-il. Je dois rejoindre la base et préparer l'hélico. Vous monterez dans l'ambulance. Je vais dire aux gars de prendre un gros fourgon pour que vous teniez tous dedans avec l'infirmière.

Après avoir embrassé sa sœur, il quitta la pièce.

Il aurait voulu retourner voir si Emma était encore là, mais il n'en avait pas le temps. Ce soir, sa priorité était sa famille, son bien le plus précieux au monde. Emma n'en ferait jamais partie. Peut-être ne saurait-il jamais pourquoi elle avait pleuré. D'ailleurs, cela ne le concernait en rien. Ils n'étaient pas des proches, et ils ne risquaient pas de le devenir.

Le lendemain matin, il faisait beau, et Emma ressentit le besoin impérieux de prendre l'air.

Elle proposa aux garçons de descendre au parc, où des gamins de tous âges se retrouvaient pour jouer le dimanche.

Ils accueillirent cette suggestion avec un enthousiasme débordant… jusqu'à ce qu'elle sorte la poussette double.

À leur âge, ils ne voulaient plus y monter.

— Ce n'est pas négociable, dit-elle d'un ton ferme. Vous serez contents, au retour, de ne pas avoir à gravir cette colline.

Elle les laissa gambader une bonne partie du chemin, puis, à l'arrivée, gara la poussette sur l'aire réservée pour cela.

Les garçons foncèrent vers une structure d'escalade en forme d'araignée, qu'ils avaient déjà essayée la semaine précédente et qu'ils avaient réclamée plusieurs fois.

Ils étaient en train de s'accrocher aux premières cordes quand Marty apparut.

— Salut, vous trois ! dit-il gaiement. J'arrive de chez vous, Ned m'a dit que vous étiez ici. J'étais venu vous donner des nouvelles d'Izzy et du bébé.

— Alors ? répondit Emma d'un ton pressant. J'allais appeler un peu plus tard, je n'osais pas déranger Mac.

— Ils vont bien. Le petit George est en pleine forme.

— George ? répéta-t-elle, stupéfaite.

Il éclata de rire.

— J'ai eu la même réaction que toi, mais il paraît que les vieux prénoms sont à la mode. Réjouissons-nous qu'ils ne l'aient pas appelé Alfred !

Elle se joignit à son hilarité.

— Remarque, on l'aurait surnommé Alfie.

— Sérieusement ? Arrête !

Elle allait répondre, quand elle vit Xavier perdre l'équilibre et tomber sur le sable placé sous la structure. Mais elle n'eut pas le temps de réagir : Marty s'était déjà précipité pour le relever.

— Ça va, mon grand ?

— Ouiii ! Je veux regrimper !

Un sourire indulgent aux lèvres, Marty l'aida à reprendre appui sur les cordes. Puis il s'écarta car un père de famille arrivait comme une tornade, voyant que son fils — un garçonnet d'environ sept ans — essayait de faire bouger sa petite sœur bloquée au-dessus de lui en la tirant par le pied.

La fillette chuta à l'instant où le père allait intervenir. Il attrapa alors son fils sans ménagement, lui donna une fessée, puis se mit à le disputer en criant si fort que les jumeaux descendirent de la structure.

Marty s'avança, les poings serrés. Quand elle le retint par le bras, il se dégagea brusquement pour aller s'asseoir sur un banc, le visage blême.

Pourquoi se mettait-il dans cet état ?

Elle donna leur ballon à Xavier et à Hamish, leur indiqua un coin de pelouse où ils pouvaient jouer, puis elle alla le rejoindre et s'assit près de lui sur le banc.

— J'aurais dû intervenir, dit-il.

— Qu'aurais-tu fait ? Tu aurais répondu à la violence par la violence, et frappé cet homme devant des enfants ?

Comme il ne répondait rien, elle lui pressa le genou.

— À mon avis, il a donné une fessée à son gamin par réflexe, parce qu'il avait eu peur. Je l'ai regardé, après : il les consolait tous les deux.

— Oui, sûrement, articula Marty d'un ton morne.

— Personne n'aime voir un gosse recevoir une fessée ou une claque. Mais, vu ta réaction, je crains qu'il n'y ait autre chose, ajouta-t-elle prudemment.

Elle se retint d'en dire plus. Sous ses dehors souriants, Marty était un homme secret.

Il resta silencieux si longtemps qu'elle faillit abandonner la partie.

— J'ai passé les cinq premières années de ma vie dans un environnement violent, murmura-t-il enfin, comme elle allait se lever. Mon père piquait des crises de rage pour trois fois rien. Dans ces moments-là, il ne se contrôlait plus.

Il se tourna vers elle, puis la fixa droit dans les yeux.

— C'est génétique, Emma. Sa violence est ancrée en moi.

— N'importe quoi ! protesta-t-elle.

Mais il s'était déjà mis debout.

— Quelqu'un voudrait manger une glace ? cria-t-il en direction des jumeaux.

Ceux-ci se précipitèrent vers lui.

Tandis qu'elle récupérait le ballon, il les prit par la main, un de chaque côté, et se dirigea vers le kiosque implanté au milieu du parc.

— Ne t'en fais pas, je te les ramène, dit-il.

— Oh ! mais je ne m'inquiète pas du tout ! Je sais à qui je les confie !

Elle les regarda s'éloigner en soupirant.

Pourquoi l'amitié était-elle si compliquée ? Ou, plutôt, pourquoi aurait-elle voulu qu'il y ait autre chose entre eux que de l'amitié ?

Inutile de se voiler la face : elle y pensait depuis le premier jour. Mais leurs chemins pouvaient-ils se croiser ?

Ils avaient connu chacun à leur manière l'expérience de la douleur et du chagrin. Seraient-ils capables de dépasser leurs peurs pour se relever ensemble ? Y avait-il un espoir ?

Elle n'ignorait pas que cette relation lui ferait courir un risque énorme. Mais, plus les jours passaient, plus elle se disait que le jeu en valait peut-être la chandelle.

7

Après ce week-end perturbant, Emma se réjouit presque de trouver les urgences bondées le lundi matin. Au moins, elle allait être occupée jusqu'à midi. Elle n'en demandait pas davantage.

— La moitié de ces gens devraient aller consulter leur généraliste, marmonna Helen, que les insomnies de fin de grossesse rendaient grincheuse.

— Et certains auraient dû venir ce week-end ! objecta-t-elle.

Elle venait d'hospitaliser une fillette de cinq ans qui souffrait de violents maux de tête et commençait à présenter une éruption suspecte. Consternée, elle avait découvert que la puce n'était pas vaccinée contre la méningite car les parents trouvaient les vaccins « inutiles et même dangereux ».

Aussitôt, elle avait prescrit une ponction lombaire et mis la patiente sous perfusion d'un antibiotique puissant à large spectre. Puis elle avait fait la leçon aux parents sur les bienfaits des vaccins.

Mais ils étaient restés sourds à son message. De toute évidence, ils aimaient leurs enfants — ils en avaient trois — et s'en occupaient bien. Néanmoins, ils avaient des idées bien arrêtées sur la vaccination et ne changeraient sans doute pas d'avis de sitôt.

Elle avait quitté la chambre folle de rage.

Elle devait se calmer avant d'aller voir un autre malade.

— Je vais boire un café, dit-elle à Helen. J'en ai pour cinq minutes. Sinon, je vais exploser.

La jeune femme se mit à rire.

— Pas de problème. Évite de nous faire un infarctus !

La salle de repos des urgences présentait un mobilier hétéroclite, assortiment de vieilles tables et chaises en plastique. La pièce n'avait qu'un seul fauteuil digne de ce nom, et en entrant elle fut contrariée de voir qu'il était déjà occupé… Par Marty, de surcroît !

Sous son regard furibond, il leva les deux mains en souriant.

— Bonjour ! Qu'est-ce que j'ai fait ?

— Bonjour…

L'eau de la bouilloire était encore chaude. Elle lui tourna le dos et se prépara un café instantané.

— Il faudrait quand même acheter une vraie cafetière un de ces jours, marmonna-t-elle.

— Quelqu'un serait capable de la voler, répliqua Marty, avec une bonne humeur qui l'énerva encore plus. C'est le café en poudre qui te contrarie, ou y a-t-il autre chose ?

Elle lui raconta l'histoire des vaccins et exprima son irritation face à l'attitude irresponsable des parents.

— Que veux-tu, les gens sont libres de leur choix, commenta-t-il, philosophe. On n'est pas en dictature.

Marty lui adressa le petit sourire qui la troublait tant. Agacée de voir qu'elle tombait si facilement sous le charme, elle résista à l'envie de lui lancer son café à la tête, inspira à fond et s'assit sur la chaise la moins usée.

— Pour certaines choses, on devrait !

Comme il la dévisageait en souriant, elle ajouta :

— Quel bon vent t'amène, au fait ?

— Je suis venu te donner des nouvelles de la petite famille. Izzy et George vont très bien.

— Ouf ! s'exclama-t-elle, soulagée.

Enfin un rayon de soleil ! Elle en avait besoin.

— Les autres généralistes de Wetherby ont proposé de gérer la patientèle de Mac. Donc, il peut rester à Retford aussi longtemps qu'il le souhaite. Hallie et Nikki vont y passer la semaine. Je les remmènerai à la maison en hélicoptère sur mon jour de repos.

Elle se détendit et lui sourit.

— Génial, tout s'arrange bien. Vont-ils transférer George chez nous à sa sortie de réanimation néonatale ?

— Hum, j'en doute. Ici ou là-bas, le bébé sera de toute manière à une heure de Wetherby. Ils le garderont sans doute en pédiatrie par la suite jusqu'à son retour à la maison.

Le silence retomba. Elle trempa un biscuit dans son mauvais café, mal à l'aise.

Tout allait bien. Marty était venu lui annoncer de bonnes nouvelles. Alors, pourquoi se sentait-elle si gênée tout à coup ? Et qu'avait-il à la fixer comme cela ?

Il se pencha en avant, l'air grave.

— As-tu perdu un bébé avant d'avoir les jumeaux ?

La question la surprit tellement qu'elle faillit tomber de sa chaise. Mais, bien sûr, il l'avait vue pleurer. Ce n'était pas difficile de tirer la conclusion qui s'imposait.

Elle faillit lui répondre de se mêler de ses affaires, mais elle se ravisa. Il la regardait avec compassion, comme s'il s'intéressait vraiment à elle, et cette pensée la libéra d'un poids. Soudain, elle avait *envie* d'en parler.

— Oui, confirma-t-elle d'un ton calme. Simon venait de mourir. J'étais stressée, malade de chagrin. J'ai fait une prééclampsie alors que j'étais enceinte de vingt et une semaines. Le bébé n'avait pratiquement aucune chance de survivre. C'était… une petite fille.

Marty avait voulu savoir. Maintenant, il savait.

Rester assis dans son fauteuil lui demanda un effort

surhumain. Il aurait voulu se lever, et serrer Emma contre lui pour la réconforter. Mais il savait intuitivement qu'elle avait encore des choses à dire.

— Je sais que tu m'as vue pleurer samedi, à l'hôpital, murmura-t-elle.

Il opina.

— J'ai eu l'impression que… que tout mon chagrin remontait d'un coup à la surface. Après la mort de Simon, j'étais en colère. Je me disais « pourquoi lui » ? Et puis j'ai perdu le bébé — *son* bébé —, et là il m'a semblé que mon univers déjà fragile s'écroulait complètement. J'ai sombré.

— Je comprends.

— En un sens, ça m'a fait du bien de pleurer, l'autre soir. J'ai libéré des émotions emprisonnées depuis longtemps au fond de moi. Il était temps qu'elles sortent.

Sur ces mots, Emma se leva pour aller rincer sa tasse dans l'évier.

Il comprit que l'heure des confidences était terminée, et qu'elle ne reviendrait peut-être jamais.

Comment rester insensible au courage extraordinaire de ce petit bout de femme ? Comment pourrait-il ne pas… l'aimer, elle qui avait su relever la tête et qui consacrait maintenant sa vie aux autres, à ses patients et à sa famille ?

Il était heureux et fier qu'elle le considère comme un ami. Quel dommage qu'il ne puisse pas être autre chose !

— Je vais y retourner, dit-elle. Mes patients m'attendent.

— Bon courage, répondit-il gentiment. À plus tard.

Il crut qu'elle allait sortir, mais elle s'arrêta sur le seuil.

— La prochaine fois, ce sera à toi de me raconter tes malheurs, déclara-t-elle.

— Mes malheurs ?

Emma eut un demi-sourire et opina.

— Tu as bien compris. Ton air innocent ne trompe personne, Marty Graham.

Emma retourna travailler dans un état d'esprit plus positif. Non seulement elle s'était calmée, mais elle avait partagé son secret avec un ami, chose qu'elle n'avait plus faite depuis longtemps.

Juste un ami ? souffla une petite voix insidieuse.

Oui, juste un ami. La cause était entendue.

Elle bascula en mode professionnel lorsque Joss et Helen admirent deux lycéens qui s'étaient battus pendant un cours de rugby.

Leur professeur semblait hors de lui.

— Ils saignent, mais ça ne doit pas être grand-chose, commenta-t-il. N'empêche que, par précaution, il fallait bien les conduire ici. Les idiots ! Bel esprit sportif !

Emma ne put s'empêcher de sourire.

— Au fait, je m'appelle Andy Richards, ajouta l'enseignant, comme s'il se rappelait soudain les bonnes manières. Je ne crois pas qu'on se connaisse ?

Sa poignée de main ferme plut aussitôt à Emma.

— Non, je viens d'arriver à Braxton. Dr Emma Crawford.

— Vous ne seriez pas la fille de Ned Crawford, par hasard ?

Elle le regarda, stupéfaite.

— Vous connaissez mon père ?

Andy Richards se mit à rire.

— Pas personnellement, mais j'ai beaucoup entendu parler de lui. Avec mon père, ils ont fait les quatre cents coups dans leur jeunesse. Papa n'est pas en forme en ce moment, il sort très peu. Sinon, il aurait entendu parler de vous. Ça lui ferait plaisir de connaître la fille de son grand copain Ned.

— Et sûrement très plaisir de revoir papa. Il a emménagé à Braxton avec moi. Je suis veuve, c'est lui qui s'occupe de mes enfants les jours où je travaille. En ce moment, il fait le tour de ses anciens amis pour renouer le contact, alors vous pourriez peut-être me laisser le numéro de votre père ?

— Mais bien sûr !

Andy extirpa de sa poche un petit carnet chiffonné, ainsi qu'un stylo. Il inscrivit un numéro sur un feuillet, le détacha et le lui tendit.

— C'est aussi le mien, précisa-t-il. J'habite avec mon père.

Elle enregistra l'information sans commentaire, consciente qu'il avait dit cela pour elle. Puis elle prit congé pour aller s'occuper des deux belligérants.

Le premier s'en tira avec des strips au front. Le second, en revanche, aurait besoin de trois points de suture à l'arcade sourcilière. Mais, avant cela, elle lui prescrivit un scanner du crâne, car son visage présentait plusieurs contusions.

Ses instructions données, elle gagna la salle d'attente où Andy Richards patientait en lisant un magazine. Elle lui expliqua la situation.

— Si vous devez repartir, on pourrait vous faire appeler au lycée ? suggéra-t-elle.

— Merci, c'est gentil, mais un collègue a pris le relais. Je dois faire mon devoir de prof jusqu'au bout !

— C'est votre jour de chance, plaisanta-t-elle.

Il se passa une heure avant que les résultats — très rassurants au demeurant — n'arrivent. Dans l'intervalle, elle examina plusieurs patients et s'arrêta à deux reprises pour échanger quelques mots avec Andy. Ce garçon était vraiment très sympathique. Et, d'après ce qu'elle avait compris, célibataire…

Oui, et alors ? Serait-elle en train de chercher quelqu'un à tout prix pour ne plus penser à un certain Marty Graham ?

Cette question lui trotta dans la tête longtemps après le départ du jeune professeur avec ses élèves. Elle y pensa même toute la journée !

Les jours suivants, une routine agréable s'instaura à l'hôpital.

Emma avait pris ses marques, elle trouvait agréable d'exercer dans cette petite structure où tout le monde se connaissait et où les différents services communiquaient en permanence. À Sydney, elle avait toujours eu du mal à obtenir des nouvelles des personnes transférées vers d'autres étages. Ici, elle pouvait facilement suivre l'évolution de ses patients. La seule chose qu'elle redoutait était le sauvetage en mer.

Jusqu'alors, on ne l'avait pas sollicitée, mais le vendredi midi elle comprit qu'elle n'y échapperait pas.

Un marin blessé sur le pont d'un cargo avait besoin d'un examen médical avant d'être hélitreuillé. Or, le médecin qui devait la relayer aux urgences était trop âgé pour ce type d'intervention. Même si sa garde se terminait bientôt, elle n'avait pas d'alternative !

Elle prit le téléphone que Joss lui tendait.

— A-t-on une idée de la gravité des blessures ? demanda-t-elle au responsable des gardes-côtes. Comment est-ce arrivé ?

— Les gars ont essuyé un gros grain au large de Wetherby. Le blessé vérifiait le chaînage des conteneurs sur le pont. Un gros caisson s'est détaché, et il s'est retrouvé pris en sandwich. Apparemment, il est blessé au thorax et aux jambes. Possibles lésions internes.

— OK, merci pour les infos. J'y vais.

Elle gagna rapidement l'héliport et courut vers l'hélicoptère dès son atterrissage. Mark lui tendit une main pour l'aider à se hisser à bord, puis il lui donna son équipement : une combinaison, un casque, ainsi que des bottes portant l'initiale « E ».

Elle avait une tenue complète à son nom !

Elle passa rapidement la combinaison par-dessus ses

vêtements et changea de chaussures. À peine s'était-elle assise que la voix de Marty s'éleva dans le casque.

— Tu te sens d'attaque ? demanda-t-il. T'es-tu déjà entraînée en mer ? Mark est sauveteur, il peut descendre sur le pont si tu n'es pas sûre de toi.

Vexée, elle fronça les sourcils

— Oui, je me sens d'attaque ! riposta-t-elle sèchement. Et oui, miracle, j'ai suivi plusieurs entraînements par force 6 sur de tout petits bateaux dans le port de Sydney. Descendre sur un cargo sera sûrement moins compliqué.

Elle marqua une pause, puis conclut :

— Et, même si je ne mets pas en doute les compétences de Mark qui est un excellent sauveteur, je pense qu'un gars qui vient de se faire écrabouiller par un conteneur a vraiment besoin d'un médecin.

Voyant Mark applaudir, elle rougit comme une pivoine.

Elle avait oublié d'appuyer sur le bouton « secret ». Tous les casques étaient branchés sur la conversation !

— Arrête, marmonna-t-elle.

— Mais non, au contraire, répondit-il en riant. Le boss a besoin qu'on le remette en place de temps en temps. C'est un vrai papa poule.

Elle ne doutait pas que Marty agisse pour la bonne cause. Donc, sa sollicitude n'avait rien de personnel : il se comportait ainsi avec tout le monde.

Déjà, ils se rapprochaient de la côte. À leur arrivée sur le site, ils aperçurent le cargo qui s'était mis en attente à quelques miles nautiques de Wetherby.

Tandis qu'elle se harnachait, Marty adapta sa vitesse pour rester au-dessus de la grande marque rouge, visiblement dessinée à la hâte sur le pont du bateau.

C'était là qu'elle devait poser les pieds…

Mark agrippa la sacoche d'urgence au filin, avant d'ouvrir la porte latérale.

Elle fit une prière muette aux dieux de l'océan, s'assit sur le seuil, puis inspira à fond et entama sa descente.

Le vent était moins fort qu'elle ne l'avait craint. Néanmoins, il soufflait en rafales, et elle se trouva ballottée plusieurs fois à droite et à gauche.

Parvenue à deux mètres du sol, elle entendit des cris d'encouragement fuser. Plusieurs hommes l'attendaient, et finalement elle sentit qu'on lui attrapait les jambes pour la guider au bon endroit.

Dès qu'elle eut touché le sol, elle détacha sa mallette et ôta son harnais. Elle fit ensuite remonter le câble pour que Mark envoie une civière-coque, car il était malheureusement évident qu'elle en aurait besoin.

Le blessé gisait un peu plus loin sur le pont, entre deux conteneurs dont l'un avait dû être écarté par les membres d'équipage. L'enquête déterminerait pourquoi cette énorme caisse avait bougé de son support, mais une chose était sûre : le marin avait subi une violente compression.

— Au début, il était conscient, mais plus maintenant, expliqua le capitaine.

— La douleur a dû lui faire perdre connaissance, répondit-elle doucement.

Quelque part, cela valait mieux car elle n'aurait pas à lui injecter de morphine. Mieux valait l'éviter si le patient devait être anesthésié. Or, ce serait probablement le cas…

L'homme semblait présenter des lésions sérieuses aux jambes, mais dans l'immédiat il y avait pire. Sa respiration était rapide et irrégulière. De plus, il avait les lèvres cyanosées et la trachée déviée légèrement vers la gauche. Il était en train de faire un pneumothorax. Sans doute avait-il eu le poumon perforé par une côte cassée !

Elle fourragea dans sa sacoche et s'empara d'une canule. Après une désinfection rapide du site, elle logea l'aiguille dans le deuxième espace intercostal. Elle aspira de l'air et retira l'aiguille avec précaution, laissant la canule en place. Elle apposa une compresse stérile, une bande adhésive, et se redressa.

Cette manœuvre urgente n'aurait qu'un effet provisoire. Les chirurgiens devraient intervenir de nouveau dès que le blessé arriverait au bloc… En espérant qu'il tienne le coup car sa tension était très basse.

Avec l'aide de trois hommes, elle l'installa le plus confortablement possible sur la civière, dont elle disposa les sangles pour un hélitreuillage horizontal.

— Impossible de le remonter à la verticale avec moi dans l'état où il est, expliqua-t-elle via le micro-casque. Ce sera plus long, mais on n'a pas le choix. Mark, pose-lui une perf dès que tu l'auras récupéré, s'il te plaît.

— Je prépare tout, ne t'inquiète pas, répondit l'intéressé.

L'ascension sembla durer une éternité, de même que la redescente du treuil. Elle s'attacha rapidement, remercia les membres d'équipage pour leur aide, puis indiqua à Dave qu'il pouvait la faire remonter.

À son arrivée à bord, elle vit Mark s'affairer autour de la civière, logée dans un espace spécial au fond de l'hélicoptère. Le temps qu'elle ôte son harnais, la perfusion était en place. Il avait également eu le temps de mettre le blessé sous oxygène.

— Excellent travail, commenta-t-elle.

— Braxton ou Retford ? demanda Marty depuis la cabine.

— Retford, répondit-elle sans hésiter.

Le patient aurait besoin d'une prise en charge rapide et pluridisciplinaire. Or, ce grand centre était mieux équipé que Braxton pour les polytraumatisés, et les chirurgiens spécialisés y étaient plus nombreux.

Aidée de Mark, elle retira les chaussures de sécurité du malheureux blessé. Elle lui découpa ensuite ses chaussettes, puis les lambeaux de pantalon qui lui collaient aux jambes.

Ils irriguèrent les plaies et en retirèrent les débris en utilisant des pinces à épiler pour les éclats logés plus profondément sous la peau. Cela fait, ils apposèrent des pansements stériles sur toute la surface des jambes.

— Heureusement qu'il est inconscient, commenta Mark.

— Oui, je confirme. Il a une fracture tibia-péroné des deux côtés. Dans son malheur, il a quand même eu un peu de chance, ajouta-t-elle en dessinant des guillemets en l'air. Les pieds et les chevilles sont intacts, et les cuisses n'ont pas grand-chose, hormis des contusions.

— Il y a eu un double choc, d'abord sur le bas des jambes, et ensuite au niveau du torse. Avec le tangage, le conteneur a dû basculer légèrement, d'où les côtes cassées quand il s'est retrouvé pris en sandwich.

— Hum. Sans doute, répondit-elle, préoccupée.

La tension demeurait anormalement basse. Il devait y avoir une grosse hémorragie interne, mais où ?

Lorsqu'elle eut l'hôpital de Retford en ligne, elle leur résuma la situation et insista sur ce point, puis elle se démena pour stabiliser son patient. Elle fut soulagée quand, au bout de vingt-cinq minutes, Marty annonça l'atterrissage.

Une équipe de réanimation au grand complet attendait sur le parking. Elle passa le relais aux urgentistes, qui foncèrent directement au bloc.

Mark et elle avaient tout donné pour sauver le patient. On n'avait plus besoin d'eux. Elle regagna donc l'hélicoptère et s'assit sur le bord de la porte pour rédiger son rapport d'intervention.

— Les gars sont partis boire un café. Je vais faire un petit coucou à George. Tu m'accompagnes ?

Levant la tête, elle croisa le regard chaleureux de Marty.

Sans doute ne s'attendait-il pas à un refus, mais pour des raisons personnelles elle détestait les services de réanimation néonatale. Même si elle admirait le travail des équipes soignantes, cela ne changeait rien.

— Non, merci, répondit-elle enfin, si longtemps après la question qu'il avait sans doute deviné à quoi elle pensait.

— Dans ce cas, va donc à la cafétéria, suggéra-t-il. On ne redécolle pas avant une demi-heure sauf urgence.

— Je… Oui, j'irai peut-être. À plus tard, dit-elle en plongeant le nez sur son rapport.

Lorsque celui-ci fut bouclé, elle regarda autour d'elle, désœuvrée.

Elle n'avait pas envie de rejoindre ses collègues, et malgré tout elle se sentait très seule. En réalité, ce n'était pas nouveau. Alors, pourquoi avait-elle de plus en plus de mal à le supporter ?

Marty fut le premier à rejoindre l'hélicoptère.

Dès qu'elle l'aperçut, elle sentit une vague d'émotions confuses la submerger.

Ce qu'elle éprouvait pour cet homme allait bien au-delà de l'attirance physique. Elle ne pouvait plus le nier, elle avait des *sentiments* pour lui. Curieusement, elle avait l'impression de le connaître depuis toujours. Il avait pris une place importante dans sa vie, au point qu'il lui manquait dès qu'il s'éloignait, comme un peu plus tôt sur le tarmac. Elle avait vraiment besoin de son amitié…

Idiote ! Son « amitié », elle l'avait déjà. Ils se voyaient tout le temps, ils étaient collègues et, si son père sortait avec Carrie, ils feraient bientôt partie de la même famille !

Perdue dans ses pensées, elle remarqua à peine qu'il était venu s'asseoir près d'elle.

— Emma… Tu es restée là tout le temps ?

Elle opina, la gorge nouée.

— Ça n'a pas l'air d'aller fort. S'il te plaît, parle-moi. Je te trouve un peu bizarre depuis la naissance de George.

— Disons que… Beaucoup de choses ont refait surface.

— Tu veux bien me parler de ton mari ?

Son regard tendre, sa voix douce l'émurent au plus profond. Comment aurait-elle pu refuser ?

— J'ai rencontré Simon pendant ma première année d'internat à Sydney, commença-t-elle. Lui venait d'être titularisé aux urgences. Je suis tombée sous le charme dès le premier jour. Non seulement j'admirais ses qualités professionnelles, mais je le trouvais gentil, humain, plein de bon sens…

Elle lança un coup d'œil hésitant à Marty. Comment allait-il réagir à ces propos ?

— Je vois, murmura-t-il. La comparaison sera difficile à soutenir pour l'homme qui voudra entrer dans ta vie un jour…

Irritée par cette remarque, elle fronça les sourcils.

— Tu n'as aucune raison de t'inquiéter, *toi* !

— Ah bon ? Pourquoi dis-tu ça ?

— Comme si tu l'ignorais ! La « comparaison » ne s'appliquera jamais à ta personne, puisque nos relations ne sont pas de cet ordre-là… Bon, tu veux connaître la suite, ou pas ?

— Oui, bien sûr. S'il te plaît.

À quoi ces confidences allaient-elles servir ? Probablement à rien. Mais, d'après son père, elle devait apprendre à parler de Simon, car les jumeaux lui poseraient des questions en grandissant.

— Je suis tombée amoureuse au premier regard, raconta-t-elle. Je ne pensais pas que la réciproque serait vraie, et pourtant, si. Nous sommes devenus inséparables. On s'est mariés. Deux ans plus tard, je suis tombée enceinte… Et peu de temps après Simon a commencé à avoir de violents maux de tête. Il ne m'a rien dit avant d'avoir vu un neurologue. Le diagnostic était sans appel : il lui restait six semaines à vivre.

À ce souvenir, son regard se brouilla de larmes.

— Tu imagines la suite, dit-elle d'une voix rauque.

La vie qui s'étiole, les « on fait comme si », l'impression que la terre s'arrête de tourner…

Marty lui entoura les épaules avec douceur.

— Et les garçons ? Tu avais perdu le bébé que tu portais…

Elle inspira à fond, réconfortée par cette étreinte solide.

— Se sachant condamné, Simon est allé voir Steve. Ils avaient fait leurs études ensemble, et il le tenait en haute estime. Il lui a expliqué la situation. Comme nous avions prévu d'avoir une famille nombreuse, il a fait un don de sperme, au cas où je voudrais donner un frère ou une sœur à notre enfant.

Plus elle parlait, mieux elle se sentait. Jamais elle n'aurait cru cela possible, elle qui gardait tout cela enfoui depuis des années !

— Le temps a passé, reprit-elle. Au début, j'avais tellement de chagrin pour Simon et pour le bébé que je n'imaginais pas recourir à une FIV. C'est papa qui a abordé le sujet au bout de trois ans. Il m'a conseillé de faire la démarche si je me sentais prête. Et il faut croire que je l'étais, car son idée m'a enthousiasmée. Tout à coup, ma vie a repris un sens. Je suis allée voir Steve… Et tu connais la suite. Comble du bonheur, j'ai eu deux enfants pour le prix d'un !

Marty resserra son étreinte autour d'Emma, bouleversé par son récit.

Quel courage elle avait eu d'évoquer ainsi les moments les plus sombres de sa vie ! Rien qu'à penser à ce qu'elle avait enduré, il éprouvait un immense chagrin.

Il comprenait mieux à présent pourquoi elle avait si peur de retomber amoureuse. Elle avait déjà beaucoup trop souffert. Elle ne voulait plus courir le moindre risque.

Il lui embrassa légèrement les cheveux, conscient qu'il ne pouvait pas — qu'il ne devait pas — aller plus loin.

Leur attirance mutuelle ne déboucherait sur rien, c'était impossible. Mais ils pouvaient au moins rester amis. Il se sentait privilégié d'avoir gagné la confiance d'une femme aussi merveilleuse.

8

Emma avait normalement terminé son service depuis plusieurs heures quand l'équipe rejoignit la base.

— Veux-tu que je te raccompagne ? proposa Mark, tandis qu'ils rangeaient leurs combinaisons dans le hangar.

— Ne t'embête pas, je passe devant chez elle, intervint Marty.

Pour qui se prenait-il ? Et si elle voulait partir avec Mark ? Allons, le moment était mal choisi pour faire des histoires. Elle sourit à Mark.

— Marty aime bien jouer au taxi, dans les airs ou sur la route, dit-elle. Et, comme ça, tu seras plus vite rentré chez toi. Mais c'est gentil de l'avoir proposé.

En chemin, elle songea qu'elle aurait dû refuser les deux propositions. Elle trouvait embarrassant d'être seule avec Marty dans le 4x4 après lui avoir fait toutes ces confidences. Comme toujours, sa présence la troublait, mais elle n'avait pas envie d'y penser. Elle voulait juste se retrouver chez elle.

— Où Mark habite-t-il ? demanda-t-elle, contrariée qu'il se soit imposé de la sorte.

— À l'autre bout de la ville. Sa femme et ses gosses doivent l'attendre. Les petits guettent l'hélicoptère, donc, en principe, ils savent à quelle heure il rentre.

— Si tu essaies de me mettre en garde de manière

subtile, tu perds ton temps. Je savais déjà qu'il était marié. Il m'a parlé de ses enfants l'autre jour.

Marty soupira puis, à sa grande surprise, il se gara sur le bas-côté et coupa le contact.

— Je ne peux pas continuer comme ça, dit-il sans la regarder.

— Comme quoi ?

Il pivota vers elle et tendit la main. Elle crut qu'il allait lui caresser les cheveux, mais il suspendit son geste.

— Comme *ça* ! J'ai toujours envie de te voir. Toutes les excuses sont bonnes pour passer du temps avec toi, même si je m'interdis de te toucher.

— Pourquoi ? répondit-elle d'un ton doux. Donne-moi une seule bonne raison.

Il secoua la tête et s'absorba dans la contemplation du paysage.

Le cœur battant, elle défit sa ceinture pour se rapprocher de lui au maximum. Puis, d'un doigt sous son menton, elle attira son visage à elle et l'embrassa sur les lèvres.

Pendant quelques instants qui lui parurent une éternité, Marty ne réagit pas.

Avait-elle fait l'erreur du siècle ? Leur amitié risquait de ne pas s'en relever…

Comme elle allait s'écarter, un bras puissant lui encercla la taille. Les lèvres de Marty s'animèrent sous les siennes, et la tempête se déchaîna soudain en un tourbillon frénétique et sensuel.

Quand Marty approfondit le baiser, elle s'offrit sans retenue à la délicieuse caresse de sa langue. Dans un brouillard, elle entendit un petit gémissement de plaisir. Venait-il d'elle ? Aucune importance, elle avait enfin trouvé sa place. Elle en rêvait depuis le premier jour, même si elle ne voulait pas l'admettre…

Tout à coup, un ronflement de moteur la fit sursauter.

Marty se redressa vivement sur son siège et se passa une main nerveuse dans les cheveux.

Après ce déferlement de passion, ils se mirent à regarder le pare-brise comme s'il était le plus bel objet du monde. Au bout d'un moment, Marty redémarra et s'engagea sur la route.

Elle rattacha sa ceinture sans oser prononcer un mot.

Un désir fou s'était emparé d'elle.

Marty et elle pourraient-ils s'octroyer une aventure sans conséquence ? Personne n'en saurait jamais rien…

Personne, sauf son père. Puisqu'elle lui demanderait de s'occuper des garçons, il serait forcément au courant.

— Je ne peux pas me permettre d'avoir une aventure, lança-t-elle tout à trac au moment où Marty se garait devant la maison. Papa commence tout juste à avoir une vie sociale. Ce ne serait pas sympa pour lui.

Marty esquissa un petit sourire.

— J'allais te dire la même chose…

Tendant la main, il lui effleura les lèvres du pouce.

— Je ne veux pas que tu deviennes une de mes « copines », comme disent les filles à l'hôpital, ajouta-t-il. Pour moi, tu représentes beaucoup, beaucoup plus que ça, crois-moi…

Il la considéra d'un air triste et secoua la tête.

— Donc, nous sommes dans une impasse, conclut-il.

Hélas, il avait bien résumé la situation. Mieux valait qu'ils en restent là. Car, elle le savait au fond d'elle-même, elle serait incapable de s'en tenir à une liaison. Sa vie de famille n'était que la partie visible de l'iceberg. Le vrai problème, c'était elle.

Avec Marty, l'histoire serait intense, passionnée, de celles qui vous emportent le cœur et l'âme… Et qui vous laissent inconsolable quand elles se terminent. Or, elle se terminerait inévitablement puisqu'il refusait de s'engager. Et ça, elle ne le supporterait pas !

Elle se pencha pour l'embrasser sur la joue.

— Merci de m'avoir raccompagnée, dit-elle. À bientôt.

Déterminée à ne plus penser à Marty ni à ce baiser incendiaire, Emma rentra chez elle avec un plan d'action en tête.

— Salut, toi ! dit son père lorsqu'elle le rejoignit dans la buanderie. Tu rentres plus tôt que prévu, finalement. Les garçons dorment encore.

— Génial, ils seront moins énervés…

Son père était en train de repasser les vêtements des petits, vision qui la conforta dans son idée.

— Je vais engager une gouvernante à mi-temps, déclara-t-elle. Avec cette grande maison et les enfants qui grandissent, cela devient indispensable. J'y pense depuis un moment.

— Mes services ne te conviennent pas ? répliqua Ned d'un ton taquin.

— Au contraire, j'aurai du mal à trouver quelqu'un qui t'arrive à la cheville. Voilà d'ailleurs pourquoi j'ai abusé de ta gentillesse pendant si longtemps : tu es parfait ! Mais ça ne peut plus durer, tu mérites mieux que ça.

— Emma…

Elle leva les deux mains pour couper court à ses protestations.

— Tu vas me dire que ce n'est pas une corvée, que tu adores les enfants, etc. N'empêche. Il faut qu'on trouve une solution.

Il plia soigneusement la petite chemise qu'il venait de repasser avant de relever la tête.

— Je vais te le dire parce que je le pense : ce *n'est pas* une corvée. Certes, on a eu des moments difficiles, mais, si c'était à refaire, je le referais !

Elle lui sourit, émue.

— J'en suis certaine, papa, et tu vas continuer. J'aurai toujours besoin de toi. J'aimerais juste te soulager un peu.

Il s'esclaffa.

— Toi, quand tu as une idée en tête ! Vas-y, fais comme tu veux. Mais attention, choisis bien !

— Ne t'inquiète pas, je vais demander conseil à Carrie.

Voulant battre le fer tant qu'il était chaud, elle gagna la cuisine pour se préparer un thé et un sandwich. Elle téléphona ensuite chez Carrie, mais Mandy lui annonça que sa mère était partie à la maternité.

Pas découragée pour si peu, elle appela Joss, laquelle lui donna le numéro de sa mère, qui connaissait beaucoup de monde en ville.

— J'ai quelqu'un à vous recommander, déclara Mme Carstairs lorsqu'elle lui eut exposé sa requête. Elle s'appelle Christine, elle a une quarantaine d'années. Elle est géniale avec les enfants, et elle a absolument besoin d'un travail. Elle a fait plusieurs remplacements à la crèche, mais figurez-vous que maintenant ils n'ont plus le droit de l'engager car elle n'a aucun diplôme. Toutes les aides maternelles doivent suivre une formation de six mois, c'est le nouveau règlement. Si cela pouvait leur donner du bon sens, ça se saurait.

Emma se mit à rire.

Ce propos ne manquait pas de vérité, même si les cursus dédiés à la petite enfance incluaient depuis longtemps des stages pratiques.

Au téléphone, ladite Christine se révéla charmante et très intéressée par sa proposition. Elles convinrent de se rencontrer une heure plus tard à la maison pour qu'elle puisse faire connaissance avec les enfants.

Si tout se passait bien, il s'agirait d'une affaire rondement menée ! Son père pourrait enfin jouer régulièrement au bridge et s'inscrire au club de pétanque. Quant à elle, elle pourrait peut-être s'octroyer quelques sorties ?

Andy Richards, le coach sportif du lycée, lui avait paru vraiment sympathique. Elle avait son numéro de téléphone. Il ne restait plus qu'à franchir le pas. Après tout, c'était la journée des bonnes résolutions…

Le vendredi soir, fidèle à sa promesse, Marty était allé chercher Hallie et Nikki pour les remmener à Wetherby. Il accepta sans se faire prier de rester dîner et dormir sur place.

Cela lui changerait les idées, la compagnie de Hallie et de Pop lui faisait toujours du bien…

Hélas, il se sentait toujours aussi bizarre en se réveillant le lendemain matin.

Décidément, quoi qu'il fasse, il aurait du mal à résoudre le « problème Emma ». Devait-il demander sa mutation sur une autre base aérienne pour avoir la paix ?

Non, impossible. Sa famille lui manquerait trop ! Le mieux serait de s'en tenir à de strictes relations de travail. Il allait aussi se remettre à sortir pour essayer de rencontrer une nouvelle petite amie. Il n'avait que trop attendu. L'urgence était de se sortir Emma de la tête.

Mais hélas, le sort s'acharnait contre lui. Il en eut la preuve ce samedi soir, au dîner d'anniversaire de Carrie.

Comme Mandy et Molly avaient organisé la fête, il avait pensé à juste titre qu'elles ne seraient pas disponibles pour garder les jumeaux. Il s'était également dit que Ned serait invité, et que, en toute logique, Emma resterait à la maison pour garder ses enfants.

Quelle ne fut pas sa surprise de la voir arriver au bras d'Andy Richards !

Il avait toujours apprécié Andy, un ancien camarade de lycée. Mais là, il y avait de quoi tomber à la renverse !

L'esprit confus, il enregistra vaguement les explications d'Emma : elle avait engagé une gouvernante la veille, et la dame en question s'était fait une joie de la dépanner. Elle avait eu de la chance…

Lui, beaucoup moins !

Dépité, il chercha un moyen de s'esquiver, mais en vain. Sauf appel urgent, comment aurait-il pu justifier son départ ?

Il se rappela alors sa bonne résolution et décida d'éviter Emma au maximum. Il avait une raison supplémentaire de se tenir à distance, puisqu'elle était venue en bonne compagnie !

Pour ne pas éveiller les soupçons, il proposa de servir l'apéritif. Il fit ensuite passer les plats d'amuse-gueule à la ronde, puis discuta avec Hallie, Pop, Ned et les amis de Carrie. Bref, avec tout le monde, sauf avec les personnes avec lesquelles, en d'autres circonstances, il aurait passé la soirée.

Considérant qu'il avait rempli ses devoirs sociaux, il se réfugia finalement sous le porche, où il trouva Mandy occupée à pianoter sur son portable.

À ce moment précis, le sien vibra dans sa poche.

Il s'en empara et ne put s'empêcher de sourire en ouvrant le SMS qu'il avait reçu : on avait besoin de lui.

— Désolé, ma puce, j'ai une mission urgente, dit-il à Mandy. Ta mère en est grande discussion, je ne vais pas la déranger. Tu lui feras un bisou pour moi. Dis-lui que je l'appelle demain.

Il avait presque atteint le portail quand il entendit un bruit de pas dans son dos.

— Marty ! Peux-tu m'emmener à la base, s'il te plaît ?

Emma ! Il aurait dû s'en douter.

— Il n'y a jamais d'autre médecin de garde la nuit ? marmonna-t-il.

— Très peu ! Tu vas être obligé de me supporter un certain temps. Paul est toujours sous chimio.

À ce rappel, il eut honte de s'être montré si puéril.

Paul Robbins, marié et père de quatre enfants, souffrait d'un lymphome. Même s'il présentait la forme la moins agressive de la maladie, il serait sous traitement pendant plusieurs mois, et bien sûr il ne pouvait plus exercer à l'hôpital.

— Qu'est-ce qu'on a ? demanda-t-il, résolu à se concentrer sur sa mission.

— Suspicion d'infarctus. Le central n'a pas compris grand-chose, l'appel venait d'une zone reculée où, apparemment, les ambulances n'ont pas accès. Le patient serait un homme très âgé, un « ermite », m'a dit la standardiste.

Il ouvrit les portières du 4x4, où ils s'installèrent rapidement. Il démarra et bifurqua vers la route principale.

— Je crois connaître notre patient, dit-il. Il n'y a qu'un ermite par ici. Il s'appelle Ken Irvine. C'est un vieux bûcheron qui a toujours vécu dans le bush.

Emma avait eu tort d'inviter un autre homme pour faire diversion à ce dîner d'anniversaire. Elle l'avait su à la minute où elle avait croisé le regard de Marty. Naturellement, elle avait donné le change. Elle l'avait juste observé du coin de l'œil durant la soirée. Pourtant, elle avait compris une chose essentielle : rien ni personne ne pourrait lui faire oublier leur baiser dévastateur.

— Sais-tu où vit ce monsieur, précisément ? s'enquit-elle comme le silence devenait pesant.

— Je suis allé quelquefois le voir avec Pop quand j'étais gamin. De la route, il y avait huit kilomètres de marche pour arriver chez lui. Au retour, il nous remmenait en bas en voiture à cheval. Il s'en servait aussi pour livrer le bois qu'il coupait. Les axes ont été améliorés depuis. Un chemin forestier passe à trois kilomètres de sa cabane. Je crois qu'il n'a plus de cheval, ceci dit…

— Mais alors comment fait-il pour vivre, faire ses courses ?

— Les dames de l'aide sociale vont le voir régulièrement. Et, quand il a besoin de quelque chose, il téléphone à une épicerie de quartier où il a toujours eu ses habitudes. Ils lui livrent un stock de provisions conséquent.

— La zone est-elle accessible en hélicoptère ?

— Oui, on y a aménagé une mini-piste d'atterrissage l'an dernier. Les autorités ont pensé que ça pourrait être utile en cas d'accident ou d'incendie, car c'est un secteur très isolé.

Tout en parlant, ils étaient arrivés à la base. Dave les attendait sur place, avec une mallette d'urgence qu'il était allé quérir à l'hôpital pour gagner du temps.

— On ne sait pas trop ce qui se passe, mais il faudra probablement hospitaliser le patient, expliqua-t-il après avoir confirmé qu'il s'agissait bien de Ken Irvine. D'ailleurs, on devrait lui trouver une place en maison de retraite. À quatre-vingt-onze ans, il ne doit plus vivre là-haut tout seul...

— Pourriez-vous vous passer de moi ? ajouta-t-il après une pause. Mon aînée surveille ses frère et sœur, mais le bébé a de la fièvre. Puisque Emma est là, je me disais...

— Moi, ça ne me gêne pas, déclara-t-elle.

— Non, aucun problème, renchérit Marty.

Quelque chose dans sa voix laissait penser que, au contraire, il n'aimait pas l'idée de rester seul avec elle. Mais tant pis, il devrait faire avec. Elle non plus, elle n'avait pas le choix !

Heureusement, le vol fut de courte durée.

À l'arrivée, Marty la guida vers la cabane dont elle avait aperçu les lumières en contrebas avant l'atterrissage.

Il leur fallut à peine dix minutes de marche pour toucher au but. Elle suivit Marty à l'intérieur de la masure, éclairée par la lumière vacillante d'une lampe à pétrole.

Le vieux Ken avait réussi à décrocher le téléphone

— seul objet « moderne » des lieux — pour contacter les secours. Il avait dû perdre connaissance depuis, car ils le découvrirent allongé au pied de la table sur le sol grossièrement dallé.

Elle se laissa tomber à genoux près de lui, tandis que Marty rapprochait la lampe.

— On ne voit presque rien, murmura-t-il. Je vais en chercher une autre dans l'hélicoptère.

Mais, pour elle, il n'y avait pas besoin d'éclairage supplémentaire. Le pouls filant et la respiration saccadée de Ken ne laissaient aucun doute sur le diagnostic : c'était un infarctus foudroyant.

Une main étonnamment ferme se referma sur son poignet.

— Ne… m'emmenez pas, chuchota Ken. Je refuse… la réanimation. Laissez-moi mourir dans mon lit.

Elle le fixa, la gorge nouée.

— Vous… vous êtes sûr ?

— Sûr et certain, mon petit.

En d'autres circonstances, elle aurait essayé de raisonner la personne, mais là elle s'abstint.

L'infarctus de Ken Irvine était probablement massif. À son âge, il avait peu de chances d'en réchapper, même avec une hospitalisation. Mais, bien sûr, elle devrait confirmer ce prédiagnostic par un examen.

Quand Marty reparut, elle lui fit signe d'approcher.

— Peux-tu m'aider à mettre M. Irvine au lit, s'il te plaît ?

— Mais… j'ai préparé la civière. Il faut…

Elle lui lança un regard éloquent et secoua la tête.

— Emma, Ken a appelé les secours !

— Oui, mais pas pour qu'on l'emmène. Je vais lui soulever les jambes, ajouta-t-elle sans lui laisser le temps d'argumenter. On va vous porter, monsieur Irvine. Ça ne fera pas mal, précisa-t-elle d'un ton doux.

Elle crut que Marty allait protester. Mais finalement, il s'accroupit et prit le vieil homme dans ses bras. Puis il le porta jusqu'au lit installé dans un coin de la pièce, l'allongea délicatement et rabattit sur lui la couverture en patchwork.

L'auscultation et la prise de tension confirmèrent ses craintes : Ken était sur sa fin. Le médicament qu'elle lui injecta n'y changerait rien.

— C'est joli, chez vous, murmura-t-elle.

Ken eut un faible sourire.

— L'ai construite... moi-même, répondit-il, avec une indéniable fierté dans sa voix chevrotante. Ai découvert... cette clairière un jour en coupant du bois. Ai tout de suite su... que ce serait chez moi.

Il parlait avec effort, mais elle devinait combien il était important pour lui de s'exprimer.

— J'ai aimé cet endroit, ajouta-t-il dans un souffle. J'y ai été heureux... Vous... ne me laisserez pas, dites ?

— Bien sûr que non ! protesta-t-elle, les larmes aux yeux.

— N'aurais jamais cru... mourir avec une si belle fille à mon chevet.

— C'est que vous le méritez, déclara Marty d'une voix rauque d'émotion en s'asseyant près du lit.

Il se mit à évoquer le bon vieux temps. Au détour d'une phrase, Ken ajoutait un commentaire sur sa vie dans les bois, sur les animaux qui avaient été ses compagnons de route. Mais sa voix faiblissait, et bientôt il commença à faire des apnées respiratoires. Peu après, il tomba dans le coma.

Marty rapprochait son tabouret de celui d'Emma. Quand il lui entoura la taille, elle posa la tête sur son épaule et resta immobile, perdue dans ses pensées.

— J'aimerais savoir, dit-elle au bout d'un moment. Pourquoi tiens-tu tellement à rester seul, toi qui es si gentil, si adorable avec tout le monde, surtout avec les enfants ?

Il ne répondit pas tout de suite. Finalement, il relâcha son étreinte et recula légèrement son siège pour lui faire face.

— Mon père a tué ma mère, chuchota-t-il. Il lui a donné un coup de poing, elle est tombée… Sa tête a heurté un coin de table. Elle tenait ma petite sœur de trois mois dans les bras. Elle est… Elle est morte, elle aussi. Mon père a quitté la maison en hurlant. Je me suis réveillé à l'hôpital… On m'a dit qu'il était mort dans un accident de voiture.

Elle lui pressa la main.

— Quel âge avais-tu ?

— Cinq ans. Mais je revois son bras levé comme si c'était hier. Alors, tu vois, quand je te dis que la violence est génétique… Je sais que j'en ai hérité. Parfois, quand je m'énerve, j'ai envie de tout envoyer valser. Je refuse de faire subir ça à quelqu'un. Jamais.

— Pop est ton père, bien plus que ton père biologique, objecta-t-elle. C'est lui qui t'a élevé. Tu as bénéficié de son influence positive pendant trente ans.

— Sauf que l'agressivité est toujours dans mes gènes… Enfin, bref, tu voulais savoir. Maintenant, tu sais.

Elle aurait voulu le serrer contre elle, lui dire qu'elle le croyait incapable de faire du mal à une mouche, mais il ne la croirait pas. D'autres, comme Hallie et Pop, avaient dû essayer de le convaincre sans succès. Pourtant, elle ne voulait pas renoncer définitivement. Elle lui en reparlerait dès qu'elle trouverait un moment propice. Car Marty était spécial. Faute de pouvoir l'aimer, elle avait envie de l'aider.

9

Ken s'éteignit paisiblement à 3 heures du matin.

Malgré sa tristesse, Emma s'efforça d'aider Marty du mieux qu'elle put. Ensemble, ils installèrent le corps sur la civière, l'enveloppèrent dans la couverture. Ils le portèrent ensuite jusqu'à l'hélicoptère. Pendant tout ce temps, elle eut l'impression d'agir sous pilote automatique.

Pourtant, leur mission sur place n'était pas finie. Ils devaient essayer de trouver des papiers pour localiser d'éventuels membres de la famille. Avant de partir, il faudrait également ôter les denrées périssables du garde-manger, éteindre la lanterne et trouver un cadenas pour fermer la porte par respect pour Ken…

Soudain, mus par le même élan, ils pivotèrent l'un vers l'autre et s'étreignirent avec fièvre. Ils échangèrent un baiser ardent, témoin de leur fatigue, de leur peine, mais aussi de tous les non-dits qui subsistaient entre eux.

— Plus tard, chuchota Marty.

— Oui, plus tard…

Une immense nostalgie s'était emparée d'elle. Elle pensait à Ken, qui avait vécu seul et avait failli mourir seul au fond des bois. Et puis, les confidences de Marty au sujet de son passé la hantaient.

Elle savait maintenant qu'il avait une peur viscérale de blesser un être cher. Et, même si cette angoisse ne reposait sur aucune base scientifique, elle était difficile à combattre.

L'amour de ses parents adoptifs et de ses frères et sœurs n'avait pas suffi…

Le cœur lourd, elle rassembla les papiers de Ken qu'elle avait découverts bien rangés au fond d'un tiroir, pendant que Marty remplissait une poubelle avec les aliments périssables. Quand ils eurent terminé, elle balaya le sol par respect pour l'occupant des lieux qui avait tant aimé sa petite maison en rondins.

— Il faut partir, chuchota Marty.

— Oui, d'accord, répondit-elle d'un ton triste.

Mais, au lieu de sortir derrière lui, elle s'arrêta sur le seuil et jeta un dernier regard autour de l'unique pièce, avec l'impression étrange qu'elle oubliait quelque chose.

Un petit cadre au-dessus du lit retint son attention. Sans réfléchir, elle courut le décrocher.

Elle le glissa dans sa sacoche au milieu des papiers, après quoi elle éteignit la lampe à pétrole. Puis elle sortit et s'engagea sur le chemin du retour, non sans avoir verrouillé la porte à l'aide du cadenas que Marty avait trouvé dans l'hélicoptère.

La clé serait confiée à la mairie ou aux membres de la famille de Ken, s'il en avait une.

Sitôt assise derrière Marty dans l'hélicoptère, elle étudia la photographie de plus près.

Il s'agissait d'un portrait de femme. Une très belle jeune femme dont le regard triste lui serra le cœur. Pourquoi ce sourire figé et ce désespoir sous-jacent ? Que s'était-il passé à l'époque ?

Elle tourna le cadre, mais l'arrière du cliché ne révélait aucune indication d'identité ni de date. Pourtant, ce visage lui disait quelque chose, elle en était presque sûre…

Une légère secousse lui signala qu'ils venaient d'atterrir. Marty était demeuré silencieux pendant tout le trajet. Elle s'était tue également, trop triste pour parler et absorbée par sa découverte.

Dès qu'ils descendirent sur le tarmac, deux ambulanciers vinrent chercher la dépouille de Ken pour la conduire à la morgue de l'hôpital. Elle regarda Marty donner ses informations de vol au technicien de permanence puis, sans un mot, elle le suivit jusqu'à son 4x4.

— On va chez moi ? murmura-t-il en lui ouvrant sa portière.

Elle aurait probablement refusé si elle n'avait pas croisé son regard à ce moment. Mais, là, elle sut qu'elle ne pouvait pas se dérober : il avait besoin d'elle comme elle avait besoin de lui.

Incapable de répondre, elle opina et monta en voiture.

Le trajet se déroula dans un silence absolu, et au bout de quelques minutes Marty se gara devant un pavillon coquet entouré d'un jardin foisonnant. À la lueur des réverbères, elle distingua de magnifiques parterres dont les couleurs devaient être éclatantes au grand jour.

— C'est Hallie qui fait mon jardin, dit Marty en l'aidant à descendre du 4x4.

Il avait parlé d'une voix rauque, sa main tremblait dans la sienne. Soudain, il l'entraîna vers la maison avec une telle fougue qu'elle eut l'impression de décoller du sol.

À peine avaient-ils franchi le seuil qu'ils s'embrassèrent frénétiquement. Ivre de désir, elle se livra à l'étreinte brûlante de l'homme qui hantait ses rêves depuis le premier jour.

Marty ne savait plus où il en était.

Emma était trop belle, trop douce. Il n'aurait jamais dû s'approcher d'elle. Son corps épousait le sien à la perfection, comme s'ils étaient destinés l'un à l'autre depuis toujours. Leurs bouches impatientes se cherchaient, se dévoraient à l'infini. Comment aurait-il pu s'en détacher ? Il n'en avait ni la force ni l'envie.

Fou de désir, il la repoussa vers le mur, et ils commencèrent à se déshabiller mutuellement. Leurs vêtements valsèrent dans l'entrée, et bientôt ils furent nus l'un contre l'autre.

Au contact des seins d'Emma, si ronds et si chauds, il faillit perdre le contrôle. Puis il sentit une main douce se refermer sur son sexe et oscilla au bord du vertige.

Quand il souleva Emma, elle lui noua ses jambes autour de la taille et s'arc-bouta contre lui. Il se glissa en elle, et aussitôt ils entamèrent une danse frénétique comme si leur vie en dépendait.

Dans ce corps à corps passionné, il n'était pas question de prendre son temps. Ils avaient tous les deux besoin de cette pulsion vitale pour balayer le désespoir de la nuit.

Soudain, Emma poussa un cri rauque. Il jouit à son tour, et elle s'abandonna, la tête sur son épaule, haletante.

Il la tint serrée contre lui jusqu'à ce que sa respiration s'apaise. Puis, très doucement, il lui effleura le visage et les cheveux. Il aurait dû s'en abstenir, mais c'était plus fort que lui. Il avait envie de l'étreindre, de la cajoler…

Il l'aimait ! Le doute n'était plus permis, à présent. D'ailleurs, il n'avait jamais eu de doute. Il avait juste refusé de l'admettre tant cela lui faisait peur.

Sous le choc, il secoua la tête.

Alors, comme si son geste avait ramené Emma à la réalité, elle se détacha de lui.

Elle se mit en quête de ses vêtements, puis se rhabilla sans un mot. Il fit de même, les mains tremblantes, bouleversé.

— Je sais que ça ne signifiait rien, dit-elle d'un ton neutre. C'était… C'était l'impulsion du moment, voilà tout.

La douleur qu'il lut dans son regard lui fit mal.

Non, ce qu'il venait de se passer n'était pas « rien » pour lui. C'était même le contraire, mais pouvait-il lui avouer ses sentiments ? Serait-elle prête à entendre ce genre de choses ?

Elle avait perdu un être cher, et maintenant elle appréhendait de retomber amoureuse. S'il s'ouvrait à elle, il risquait de la braquer définitivement.

— On y va ? demanda-t-elle.

Elle gagna la porte sans attendre sa réponse.

Il la regarda sortir, désespéré.

Tout était dit.

Emma avait l'impression que ce trajet de retour n'en finirait jamais, tant elle trouvait insupportable d'être assise en voiture près de Marty.

Leur étreinte sauvage lui laissait un goût d'inachevé. Elle aurait voulu qu'ils refassent l'amour lentement, en prenant le temps de se découvrir. Qu'ils passent une nuit entière à s'aimer pour prolonger le moment merveilleux mais trop court qu'ils venaient de partager…

Allons, elle déraisonnait. La fatigue lui faisait perdre la tête. Elle savait bien que cet épisode ne se reproduirait pas !

Pour s'occuper l'esprit, elle sortit de la mallette d'urgence la photographie qu'elle avait prise chez le vieux Ken. À la lumière de l'éclairage extérieur, le regard de l'inconnue lui sembla encore plus triste, et elle scruta son visage, perplexe.

Ken avait-il aimé cette femme ? L'avait-elle aimé aussi ? Leur relation avait-elle été vouée à l'échec, comme la sienne avec Marty ?

Quand il s'arrêta à un feu rouge, il pivota vers elle, l'air intrigué.

— Qu'est-ce que c'est ?

— J'ai trouvé cette photo dans la cabane, répondit-elle en la lui tendant.

— Hum. Très jolie dame.

Le feu repassa au vert. Il lui rendit le cadre.

— C'était peut-être sa mère, conclut-il.

Elle n'épilogua pas, mais elle était certaine que ce n'était pas le cas. Le style des vêtements ne correspondait pas à une époque aussi ancienne. Et puis, elle était sûre d'avoir vu une robe de ce genre sur une autre photo, sans doute à la maison. Avec son père, ils avaient trouvé plusieurs boîtes remplies de vieux clichés ainsi que des albums dans le grenier…

Absorbée par ses réflexions, elle sursauta lorsque Marty freina devant chez elle. Elle mit une main sur la poignée de la porte, puis se tourna vers lui et le fixa, éperdue, incapable de trouver ses mots.

— Ne dis rien, chuchota-t-il. C'est mieux comme ça.

— Merci… de m'avoir raccompagnée.

Elle descendit sans lui laisser le temps de réagir, déverrouilla la grille et monta les marches du perron en courant.

Pourvu que les garçons aient la bonne idée de dormir plus tard que d'habitude ! Elle espérait grappiller une ou deux heures de sommeil avant qu'ils ne se manifestent…

En attendant, le comité d'accueil était là, sous le porche, incarné par un Bébéchien tout heureux de la voir. *Bébéchien !* Ils allaient devoir trouver un autre nom à cet animal qui, bien sûr, était adopté définitivement. Il n'y avait eu qu'elle pour en douter !

Attendrie, elle le caressa et lui chuchota quelques paroles amicales avant de le renvoyer « au panier », un ordre qu'il comprenait très bien. Puis elle gagna sa chambre sur la pointe des pieds, en regrettant que celle des garçons soit contiguë à la salle de bains. Elle ne voulait pas risquer de les réveiller en prenant une douche.

Elle se déshabilla, s'allongea sur son lit… et se figea.

Le tableau sur le mur !

Elle avait trouvé ce portrait de femme si joli qu'elle ne l'avait pas retiré en prenant possession des lieux…

Malgré sa fatigue, elle se leva, s'approcha de la toile et, incrédule, porta une main à ses lèvres.

L'artiste avait réussi à faire sourire son modèle, une très belle jeune femme. L'expression du visage était différente, mais c'était la même personne que sur la photo de Ken Irvine. Et elle portait la même robe !

Elle connaissait donc l'identité de cette dame : il s'agissait de sa grand-tante, l'ancienne propriétaire de la maison, une personne âgée qui ne s'était apparemment jamais mariée et n'avait pas eu de descendance.

Pour quelle raison, d'ailleurs ? Séduisante comme elle l'était, elle n'aurait pas dû rester seule !

À moins qu'elle n'ait connu une histoire d'amour malheureuse ? À moins que sa riche famille n'ait désapprouvé son union avec Ken Irvine, un bûcheron sans fortune ?

Elle eut un petit rire.

Quelle imagination débordante ! Encore un peu et elle allait abandonner la médecine pour écrire des romans.

Mais, quelque part, elle était certaine d'avoir vu juste. L'image de cette femme avait déclenché un curieux écho en elle. Il lui semblait la comprendre instinctivement parce que, d'une certaine façon, elle vivait la même chose. Elle aussi était malheureuse.

Et amoureuse ?

Non, certainement pas. Du moins, elle n'en savait rien. Ou plutôt elle ne voulait pas savoir.

La meilleure des choses à faire était de dormir pour ne plus penser à tout ça. Elle était trop fatiguée, elle avait trop de peine.

10

Ce dimanche-là, le hasard du planning faisait que Marty était de repos. Pourtant, fait exceptionnel, il n'éprouvait aucun plaisir à se retrouver dans sa jolie maison blanche au sommet de la colline.

Depuis l'âge de seize ans — depuis son premier job d'été au club de surf —, il avait économisé la majeure partie de ses revenus pour s'offrir le cottage de ses rêves. Il avait réalisé la plupart des travaux, choisi le mobilier avec soin, créant un nid douillet où il s'était toujours senti heureux.

Mais, pour la première fois, il trouvait la maison trop calme et trop vide. Ce curieux sentiment de solitude s'était emparé de lui le matin alors qu'il entrait dans la cuisine, et il avait pensé au vieux Ken, qui avait vécu dans cette cabane isolée au fond des bois.

Lui-même était entouré de voisins. Il avait une famille, des amis. Mais, s'il n'y prenait garde, il risquait de finir tout aussi seul…

Allons donc ! Il avait de drôles d'idées, ce matin. La faim, sans doute !

Il se prépara un copieux petit déjeuner et s'installa dans sa cuisine inondée de soleil pour réfléchir posément.

Tout allait très bien dans sa vie jusqu'à l'arrivée d'une certaine Emma Crawford. Mais en quelques semaines ses repères avaient volé en éclats. Il était devenu accro à elle, et après cette nuit c'était pire. Il brûlait de lui refaire l'amour — et pas juste de coucher avec elle.

Il rêvait de la découvrir, de l'aimer, de la câliner des nuits entières…

Mieux vaudrait que cette obsession lui passe, et vite. Car, sur le fond, rien n'avait changé. Emma avait beau dire que la violence n'était pas génétique et qu'elle lui faisait confiance, il doutait toujours de lui-même.

Par deux fois, la colère l'avait mis en fâcheuse posture. Il y avait eu l'épisode de la fête foraine avec sa petite amie. Et, avant cela, un incident au lycée lorsqu'il avait voulu défendre Liane, sa sœur adoptive, qu'un élève plus grand importunait.

L'autre s'en était tiré avec un coquard, et lui avec quinze jours d'exclusion temporaire.

Pendant ces deux semaines, il était allé travailler avec Pop. Son père adoptif ne lui avait jamais fait la morale. Ils avaient parlé de tout, de rien, des paysages et de l'histoire locale, mais jamais du sujet qui avait couvert Marty de honte.

Hallie avait observé la même attitude. Puis, à la fin de la quinzaine, elle lui avait préparé sa boîte à sandwichs comme si de rien n'était, et il était reparti à l'école.

Leur absence de réaction l'avait laissé perplexe. Néanmoins, il avait attendu plusieurs années avant de les questionner :

— Pourquoi ne m'avez-vous pas passé un savon à l'époque ?

— Qu'aurions-nous pu dire ? avait répliqué Hallie. Tu étais assez grand pour comprendre par toi-même. Tu avais l'air si malheureux qu'on n'a pas voulu en rajouter. On était sûrs que tu avais compris la leçon.

Compris, oui, mais pas vraiment retenu. Il avait fallu ce second épisode dû au dépit amoureux pour qu'il prenne conscience de son impulsivité. Ce jour-là, il s'était maîtrisé à grand-peine, et après cela il n'avait plus jamais levé la main sur quiconque.

Dix-sept ans s'étaient écoulés. Il y avait prescription. Mais de là à dire qu'il ne recommencerait jamais… Une chose était certaine : il ne voulait plus penser à tout cela. Il allait se rendre à l'hôpital pour s'occuper l'esprit. Là-bas, il rencontrerait bien quelqu'un avec qui discuter !

Emma se réveilla à midi et se frotta les yeux, surprise de n'avoir pas reçu la visite matinale des garçons.

Arrivée dans la cuisine, elle comprit mieux pourquoi la maison était si calme.

Son père lui avait laissé un mot, bien en évidence sur la table :

Nous partons pour Wetherby. Hallie et Pop débarrassent leur grenier, ils ont trouvé des jouets à donner aux enfants. Je ramène du poisson frais pour le dîner. Bisous !

Bien qu'elle soit contente pour eux trois — ils allaient passer une bonne journée —, elle se sentit curieusement déçue. Elle n'avait pas envie de rester seule. Et puis, elle aurait voulu parler à son père de la photo qu'elle avait trouvée chez Ken, et du portrait dans sa chambre. Mais elle devrait patienter jusqu'au soir…

Patienter comment, au juste ? Elle refusait de tourner en boucle et de se poser mille questions au sujet de Marty. Tout avait été dit. Les choses étaient on ne peut plus claires.

Travailler…

Oui, elle allait travailler, c'était la meilleure solution.

N'étant pas de garde, elle n'avait rien à faire à l'hôpital, mais elle trouverait bien un moyen de se rendre utile. Et, si le service était calme, elle pourrait toujours liquider la paperasse qui s'amoncelait sur son bureau.

La dernière chose qu'elle avait prévue était de tomber nez à nez avec Marty en arrivant aux urgences.

— Qu'est-ce que tu fabriques ici ? demanda-t-elle, stupéfaite.

Elle avait parlé sèchement, en le fusillant du regard. Dans sa colère, elle n'avait même pas vu qu'il était accompagné d'un groupe de jeunes gens qui la dévisageaient avec une curiosité non dissimulée.

Quelle idiote ! Elle était en train de se donner en spectacle, ce qu'elle détestait par-dessus tout.

— Emma, tu tombes bien ! répondit-il d'un ton enjoué. J'ai croisé ces demoiselles et messieurs à l'accueil. Ils sont étudiants en médecine à l'université de Retford, qui nous envoie des stagiaires tous les ans. Ils viennent se documenter sur le fonctionnement d'une petite structure, avec notre organisation si particulière des secours terrestres et aériens.

Elle sourit poliment à ses futurs consœurs et confrères. Qu'allaient-ils penser d'elle ? Ils avaient dû la prendre pour une furie…

— Le Dr Crawford, ici présente, participe aux missions en hélicoptère, ajouta Marty.

— A-t-elle suivi le même entraînement que vous ? demanda une étudiante, avec un sourire si aguicheur qu'Emma eut envie de l'assommer.

À moins qu'elle ne les frappe tous les deux ? Quel besoin Marty avait-il de faire du charme à cette pimbêche ?

— Bien sûr, répondit-il. J'ai organisé un exercice d'hélitreuillage la semaine dernière. Les membres de l'équipe doivent se remettre à niveau tous les six mois.

— Pourquoi n'avez-vous pas de médecin permanent au service de secours aérien ? demanda un jeune homme. Ce serait plus efficace, non ?

Il prit conscience de sa gaffe et rougit.

— Désolé, docteur, je me suis mal exprimé.

Marty haussa les sourcils, le regard pétillant de malice. Il avait l'air de beaucoup s'amuser.

— Même si l'État et plusieurs entreprises nous subventionnent, cette structure est trop petite pour payer le salaire d'un médecin. Nous couvrons un large territoire, mais avec un minimum de personnel. D'où le recours aux urgentistes, et même aux généralistes du secteur.

— Donc, tous les médecins peuvent être mis à contribution ? demanda l'étudiant d'un ton incrédule.

— Tous ceux qui sont formés, oui, répondit patiemment Emma. J'ai été embauchée ici en raison de mes compétences spéciales : hélitreuillage, sauvetage sous-marin, etc. Si vous aimez les sensations fortes, je vous conseille les interventions en mer sur cible mouvante, comme les bateaux.

Le jeune homme lui lança un regard admiratif.

— Waouh, ça a l'air super ! commenta-t-il. J'aimerais bien suivre un de vos entraînements. C'est une manière très sympa d'exercer notre métier, je trouve.

Emma retint un soupir et surprit l'expression lasse de Marty.

Sans doute pensait-il la même chose qu'elle : « sympa » n'était pas le qualificatif qui venait à l'esprit lorsqu'on avait passé la nuit dans une cabane au fond des bois au chevet d'un vieil homme mourant…

Soudain, une immense lassitude l'envahit. Elle aurait mieux fait de rester chez elle. D'ailleurs, elle allait repartir, et pas plus tard que tout de suite.

— Veux-tu déjeuner avec nous ? Puisque je suis là, on va prolonger la discussion à la cantine. Ensuite, on prendra un minibus pour aller visiter la base.

Elle aurait voulu dire non, mais la voix de Marty contenait une prière à laquelle il était difficile de résister. Sans doute ne se sentait-il pas en forme lui non plus.

— Je… D'accord, répondit-elle.

Au réfectoire, le jeune homme qui l'avait questionnée, prénommé Alex, joua des coudes pour s'installer près d'elle. Elle observa son manège avec amusement, tout en suivant du coin de l'œil les manœuvres des étudiantes pour s'asseoir à côté de Marty.

Aucun doute, il attirait les femmes comme un aimant. Elle plaignait celle qui tomberait amoureuse de lui, car la pauvre aurait des raisons d'être jalouse.

Heureusement, ce n'était pas son cas. Elle n'était pas amoureuse de lui…

Alors, pourquoi éprouvait-elle de furieuses envies de meurtre ?

11

Sourde aux prières des étudiants — et d'Alex en particulier —, Emma refusa d'accompagner le groupe à la base aérienne. Elle avait assez vu Marty et ses admiratrices. D'ailleurs, elle aurait dû refuser ce déjeuner stupide !

Elle n'eut même pas besoin de se chercher d'excuses : les urgences débordaient, on avait besoin d'elle.

— Heureusement que tu es venue travailler ! s'exclama Sylvie. J'ai une ado de quinze ans, qui se plaint de violents maux de ventre, salle 4. Elle s'appelle Ebony Challoner.

Arrivée sur place, Emma constata que la jeune fille présentait une forte surcharge pondérale. Elle était assise sur le lit et pleurait à chaudes larmes tandis que Jackie, une des infirmières, essayait en vain d'obtenir des réponses à ses questions.

— Si tu as d'autres patients à voir, vas-y, lui chuchota Emma.

Jackie lui lança un regard soulagé.

— Merci beaucoup, répondit-elle. Surtout, sonne si tu as besoin de moi.

Restée seule avec l'adolescente, Emma se présenta. Elle lui adressa un sourire compatissant, la rassura, puis la fit allonger sur la table d'examen.

Elle fut alors presque sûre d'avoir identifié le problème. Ebony avait une forte corpulence, mais tout de même… Pour ne pas l'affoler, elle s'abstint de tout commentaire.

Elle contrôla sa tension, qui, heureusement, était bonne. Elle lui fit ensuite une prise de sang, car il y avait fort à parier qu'on aurait besoin de connaître son groupe sanguin dans les heures à venir.

Alors qu'elle lui palpait l'abdomen, Ebony crispa tout à coup les mains sur le drap.

— Aïe ! J'ai très mal ! cria-t-elle.

Emma lui prit la main et la serra.

— Ebony… Savais-tu que tu étais enceinte ? demanda-t-elle d'un ton doux.

La jeune fille pâlit de manière inquiétante.

— Oh ! non… Non ! Mon père va me tuer !

— As-tu un petit ami ?

— Plus maintenant. Je le trouvais gentil, mais en fait il était comme tout le monde. Il a commencé à m'appeler « la grosse », et j'ai arrêté de le voir.

— Mais vous avez eu des rapports sexuels ?

— Seulement deux fois !

Ayant dit cela, Ebony recommença à pleurer.

Emma lui tapota la main pour la rassurer.

— Ne t'inquiète pas, on va bien s'occuper de toi.

Elle rappela Jackie, et entre deux contractions elles aidèrent la patiente à se déshabiller. Elles l'installèrent ensuite le plus confortablement possible afin de pratiquer l'examen gynécologique.

Il fut bref, et pour cause : le travail avait déjà commencé.

— Le bébé arrive, dit Emma doucement. Aimerais-tu avoir quelqu'un près de toi ? Ta maman, peut-être ?

— Vous croyez qu'elle voudra venir ? Je pense qu'elle va être très en colère, alors je ne sais pas…

— Je pourrais lui téléphoner pour lui expliquer la situation ? Cela m'est déjà arrivé, tu sais.

Une palette d'émotions confuses défila sur le visage d'Ebony : la peur, le doute, mais aussi le besoin de se raccrocher à quelqu'un.

— Je… D'accord, balbutia-t-elle.

Emma nota les coordonnées sur son calepin, puis sortit pour téléphoner, laissant Ebony aux bons soins de Jackie.

— Elle est enceinte ? demanda Sylvie lorsqu'elle la rejoignit au poste des infirmières.

— Oui, et déjà en travail. Pourrais-tu appeler la maternité, s'il te plaît ? Je dois prévenir sa mère. Cette dame devait bien avoir des doutes, quand même !

Au bout du fil, Mme Challoner lui confirma qu'elle s'était effectivement posé des questions. Mais, comme sa fille était de forte corpulence, elle avait attribué la prise de poids à de mauvaises habitudes alimentaires…

— Je voulais lui parler de régime, expliqua-t-elle. Quant au reste, je n'y ai pas fait allusion pour ne pas la vexer. Avec tous les cours d'éducation sexuelle qu'ils ont maintenant, je me suis dit qu'elle devait savoir ce qu'elle faisait. Et que, si elle croyait être enceinte, elle m'en parlerait.

— Je suis désolée, répondit Emma. Je ne suis pas certaine qu'elle s'en soit rendu compte. Cela arrive plus souvent qu'on ne croit chez les adolescentes, surtout si elles ont des règles irrégulières.

— Ce qui a toujours été le cas d'Ebony. Et, même si elle y a pensé, elle a dû avoir tellement peur qu'elle n'a rien dit…

L'idée que sa fille n'ait pas osé se confier à elle bouleversait apparemment Mme Challoner. C'était cela qui semblait la chagriner, plus que la grossesse.

— J'arrive tout de suite, reprit-elle. Où est Ebony ?

— Aux urgences, pour l'instant. Nous allons la transférer en maternité, mais cela peut attendre un moment. Elle serait sans doute plus rassurée d'y aller avec vous.

— Dieu vous garde, docteur ! Merci beaucoup.

Emma sourit en raccrochant le téléphone.

« Dieu vous garde. »

Plus grand monde ne disait cela, mais c'était une jolie

formule. D'autant que ces quelques mots reflétaient, à eux seuls, l'état d'esprit de la maman. Cette dame paraissait chaleureuse, aimante, compréhensive. Elle et son mari allaient sans doute élever leur petit-enfant. Au fond, Ebony avait de la chance.

Pour sa part, Emma aurait bien voulu pouvoir compter sur sa mère à certains moments de sa vie. Mais elle n'en avait plus aucune nouvelle depuis bientôt trente ans.

Non qu'elle ait à se plaindre : son père avait joué son rôle de parent isolé à la perfection. Elle aurait juste aimé connaître l'amour maternel…

Qu'en serait-il de Xavier et de Hamish, plus tard ? Lui reprocheraient-ils de les avoir élevés seule ? Et pourquoi pensait-elle à cela ?

C'était la faute de Marty. Elle ne voyait pas d'autre explication.

Après avoir montré la base aux étudiants en médecine, Marty était allé faire le ménage dans la cabane de Ken Irvine.

Il avait tout nettoyé de fond en comble, autant par respect pour le vieil homme que pour s'occuper l'esprit. Puis il était descendu s'asseoir au bord de la rivière, comme il l'avait souvent fait dans sa jeunesse avec Ken et Pop.

À leur contact, il avait découvert une certaine philosophie de la vie. Il s'était attaché à des valeurs simples mais essentielles qu'il était fier de porter.

Que diraient-ils ce soir s'il leur demandait conseil ?

Il avait beau réfléchir, il ne trouvait aucune réponse. Rien n'aurait pu justifier qu'il ait fait l'amour sans protection avec la femme qu'il chérissait par-dessus tout !

Sans en avoir jamais parlé avec elle — et pour cause —, il était sûr qu'Emma ne prenait pas la pilule. Pourquoi l'aurait-elle fait, puisqu'elle n'avait personne dans sa vie ?

Elle était du genre traditionnel, à vouloir un mari, des enfants… Lui, dans ce scénario, il n'était qu'un accident de parcours.

Un accident qui pouvait s'avérer lourd de conséquences…

De retour à la base, il fit le plein de son hélicoptère, qu'il briqua ensuite comme un sou neuf. Il aurait volontiers nettoyé toute la base plutôt que de rentrer chez lui.

— Eh ! s'exclama Dave. Toi, on dirait que tu t'ennuies ! Si tu n'es pas pressé, aide-moi donc à faire l'inventaire des stocks. Ensuite, tu pourrais aller chercher ce qui nous manque à l'hôpital ? Ça me ferait gagner du temps.

Retourner à l'hôpital ? Jamais de la vie ! faillit-il répondre.

Mais, tout bien considéré, Emma devait être partie depuis longtemps. Il ne risquait pas de la croiser. Et au moins, en rendant service à son collègue, il serait occupé jusqu'au soir.

Emma avait supervisé le transfert d'Ebony en maternité. Elle avait ensuite recousu le front d'un garçonnet qui avait chuté de son skate-board, puis ôté une perle du nez d'une fillette de trois ans.

Pour quelqu'un qui n'était pas de garde, elle avait déjà beaucoup travaillé. Elle méritait bien une pause.

Seule dans la tisanerie, elle s'affala sur une chaise et se prit la tête à deux mains.

Il avait fallu qu'elle accueille une ado enceinte pour se rendre compte qu'elle avait fait l'amour sans aucun moyen de contraception ! Que ferait-elle si jamais…

Quand Marty fit irruption dans la pièce sans crier gare, sa vision se brouilla. Elle le fixa, éperdue.

— Encore là ! s'exclama-t-il. Tu devrais être partie.

Son intonation revêche la tira de sa torpeur.

— Et, toi, tu n'as rien à faire ici ! contra-t-elle.

Avant qu'elle n'ait pu réagir, il s'assit à côté d'elle.

— Oh ! Em…, chuchota-t-il.

Ce diminutif lui provoqua un délicieux frisson. Elle secoua la tête.

— Je suis vraiment désolé, reprit-il. Je ne t'ai pas demandé… Je n'ai pas réfléchi. Et si tu…

Elle lui tapota le genou.

— Je suis aussi responsable que toi, répondit-elle d'un ton calme. J'aurais dû y penser. Mais il est peu probable qu'il y ait des… des conséquences, il ne faut pas t'inquiéter.

— Ne pas m'inquiéter ?

Comme il avait élevé la voix, elle lui mit l'index sur les lèvres. Mais elle n'avait pas prévu qu'il allait lui lécher le bout du doigt, avec une sensualité à couper le souffle…

Au prix d'un énorme effort, elle retira sa main.

— On ne peut pas, dit-elle tristement. Tu le sais.

Il soupira, se leva. Puis il se pencha vers elle et lui caressa la joue.

— Si tu es enceinte, il faut me le dire, Emma.

— Je… Oui, d'accord.

Le ferait-elle ? Rien n'était moins sûr. D'ailleurs, il n'y avait pas lieu d'y penser pour l'instant. Demain était un autre jour.

12

Emma eut rapidement la certitude qu'elle n'était pas enceinte.

Cette nouvelle aurait dû la soulager, mais au contraire elle se sentait mal. Elle pensait constamment à Marty, et le fait qu'il débarque à l'hôpital pour un oui, pour un non n'arrangeait rien.

Ces derniers temps, il s'était mis à escorter les patients lui-même jusqu'aux urgences. D'habitude, c'était le rôle de Mark ou de Dave, mais il trouvait toujours une bonne raison de les remplacer !

Trois semaines s'écoulèrent ainsi jusqu'à ce que, un midi, elle entende de nouveau l'hélicoptère voler au-dessus de l'hôpital. En passant devant le poste des infirmières, elle apprit qu'une route venait de s'affaisser, en raison d'un glissement de terrain dû aux précipitations abondantes des derniers jours.

À sa grande surprise, Mark arriva aux urgences peu de temps après. Il venait chercher des fournitures pour la base.

— Tu n'es pas sur la mission ? demanda-t-elle.

— Non, c'est Matt qui pilote. Marty veut descendre. Dave l'hélitreuillera sur place.

— Il… veut descendre ? répéta-t-elle, parcourue d'un frisson glacé. Pourquoi ?

— Parce que c'est un secouriste génial ! Quand il est arrivé, on s'est rendu compte que c'était aussi un excellent pilote. Du coup, il n'a pas eu le choix : il a dû laisser tomber la partie médicale. Mais, crois-moi, il est super.

Elle n'en avait jamais douté, mais pourquoi voulait-il aller sur le terrain ?

Cette mission devait être périlleuse. Ne voulant pas mettre en danger Matt, un père de famille, il y allait lui-même…

— Où est-ce ? demanda-t-elle d'une voix rauque.

— À vingt minutes d'ici en voiture, sur une ancienne route de bûcherons, à mi-pente. Un jeune couple vient d'y acheter une ancienne ferme pour en faire une colonie de vacances sur le thème des animaux. Pop était en train de leur amener des vaches — il travaille encore un peu, sur des petites livraisons —, quand la route s'est ouverte devant son fourgon de transport. Apparemment, il est coincé. C'est le poids du bétail à l'arrière qui l'empêche de tomber dans la faille.

Mark parlait toujours, mais l'esprit d'Emma s'était bloqué sur « Pop ».

Elle savait maintenant pourquoi Marty avait tenu à effectuer le sauvetage. Elle devait absolument le rejoindre !

Laissant Mark à ses fournitures, elle consulta sa montre. Elle terminait dans une heure. Les urgences étaient calmes, mais elle ne pouvait pas abandonner le service.

Elle appela son collègue de l'équipe suivante, lequel, par chance, habitait près de l'hôpital. Le temps d'arriver, il promit de prendre le relais d'ici dix minutes maximum. C'était l'avantage des petites bourgades !

En l'attendant, elle se renseigna sur la localisation exacte du glissement de terrain. Puis, dès que son collègue arriva, elle lui confia ses dossiers et quitta l'hôpital en courant comme si sa vie en dépendait.

De retour chez elle, elle fut soulagée de voir la voiture familiale garée devant la maison. Elle griffonna un mot pour son père, qui avait dû descendre au parc avec les enfants. Elle troqua sa tenue de ville contre un jean, une chemise épaisse et des bottes, et partit rapidement.

En toute logique, elle aurait dû s'abstenir d'aller sur place. Il y avait sans doute assez de curieux comme cela. Mais comment aurait-elle pu rester à Braxton quand l'homme de sa vie et Pop étaient en danger ?

L'homme de sa vie.

Elle aimait Marty Graham depuis le début. Il avait fallu ces circonstances extrêmes pour qu'elle se l'avoue enfin !

Un véhicule de police bloquait l'accès au secteur dangereux.

Elle descendit sa vitre.

— Je suis médecin à l'hôpital de Braxton, dit-elle. Je viens en renfort.

— Garez votre voiture ici, docteur, répondit le policier de faction. Ensuite, il faut emprunter ce petit chemin sur la droite pour rejoindre la route. Il y a un bon kilomètre à pied, et ça grimpe.

Comme si ce détail avait la moindre importance ! Elle en aurait parcouru dix fois plus.

Sa sacoche en bandoulière, elle s'engagea dans le bush. Un brouhaha au-dessus d'elle lui fit comprendre qu'elle était presque arrivée. Et puis, soudain, elle découvrit la route au-dessus d'elle et faillit pousser un cri d'horreur.

Le fourgon de Pop était suspendu au bord du bitume affaissé. Dans la remorque découverte, les vaches meuglaient et s'agitaient, faisant tanguer le camion. Impossible toutefois de leur ouvrir la barrière de sécurité pour les faire descendre : sans contrepoids, le véhicule aurait basculé dans le vide.

Cinq ou six voitures de police étaient garées un peu plus loin. On avait aussi fait venir une grue. Le conducteur n'avait pas pu s'approcher davantage de la zone instable, mais plusieurs hommes s'affairaient à dérouler un câble épais, sans doute pour l'accrocher à l'arrière du fourgon.

Mais ce qui la terrifia le plus fut de voir Marty suspendu dans les airs en combinaison de vol. Il se tenait à la hauteur de Pop, près de la portière conducteur du camion. Pourquoi n'arrivait-il pas à sortir son père de la cabine ? Celui-ci était-il coincé, blessé ?

Un grondement derrière elle la fit sursauter.

Les chauffeurs des voitures et le grutier firent soudain marche arrière. La route allait céder complètement. C'était une question de minutes.

Se faire hélitreuiller jusqu'au camion avait été un jeu d'enfant pour Marty. Mais à présent il désespérait de pouvoir secourir Pop.

Après avoir cassé la vitre, il avait pu lui déboucler sa ceinture. Mais le pauvre était à demi inconscient sous l'effet du choc, et la portière ne s'ouvrait plus.

Pouvait-il le sangler, le relier à son propre harnais, puis l'extraire de l'habitacle par le carreau ?

Non, trop dangereux. Si le fourgon basculait, leurs deux poids conjugués à celui du véhicule risquaient de faire crasher l'hélicoptère au sol.

Mais alors, comment procéder ?

De rage et de frustration, il donna un grand coup de pied dans la portière.

Alors, à son immense stupéfaction, celle-ci s'ouvrit en grand. Il eut juste le temps de retenir Pop avant qu'il ne soit éjecté.

Posté à l'hélitreuillage, Dave n'avait pas perdu une miette de la scène : il fit descendre le câble plus bas.

Après avoir attaché son père, Marty lui enroula un bras autour de la taille et un autre autour des jambes pour le sortir du fourgon. Le malheureux, toujours groggy, ne pouvait pas se tenir, mais il parvint finalement à le stabiliser contre lui.

— C'est bon, annonça-t-il dans le casque. Vas-y, Dave.

L'ascension démarra très lentement. Le câble se tordait un peu sous l'effet du double poids et du vent, et en regardant en bas il crut reconnaître la silhouette d'Emma près d'une voiture de police.

Non, c'était impossible.

Il se concentra exclusivement sur Pop pour empêcher sa tête de dodeliner.

Agenouillé contre la porte de l'hélicoptère, Dave les attira à l'intérieur avec son habileté coutumière.

Sûr que son père était entre de bonnes mains, Marty jeta un nouveau coup d'œil en bas.

Le fourgon avait finalement été tiré vers l'arrière par la grue, et plusieurs hommes en avaient sorti les vaches. Ils venaient juste de détourner non sans mal les bêtes vers une pâture, quand un grondement sinistre, plus fort que le bruit de l'hélicoptère, se fit entendre.

La terre s'ouvrit sous la chaussée. La portion de route disparut complètement, et avec elle le fourgon.

Il sentit ses mains trembler sous l'effet d'une peur rétrospective.

Il avait sauvé Pop, mais ç'avait été moins une !

Ce dernier était en train de recouvrer ses esprits, allongé sur une civière. À l'entendre bougonner que tout allait bien et qu'on ne devait pas faire tant d'embarras, Marty se sentit rassuré.

Après l'avoir ausculté lui-même, il s'installa sur le siège voisin du brancard et réfléchit à ce qu'il avait vu d'en haut.

Avait-il réellement aperçu Emma, ou était-il obnubilé par elle au point de la voir partout ? Avec son père en danger de mort, avait-il soudain pensé à la personne qui, sa famille exceptée, était devenue la plus chère à son cœur ?

Ce n'était pas impossible.

Emma vérifia qu'il n'y avait aucun blessé sur la zone de l'affaissement. Rassurée sur ce point, elle courut vers sa voiture. Puis, une fois au volant, elle roula aussi vite que le lui permettaient les routes sinueuses. Devait-elle se rendre à la base ou à l'hôpital ?

Elle était presque sûre que Pop n'était pas grièvement blessé et que Marty voudrait l'examiner lui-même. Ce serait donc la base, au moins dans un premier temps.

Arrivée sur place, elle vit des techniciens s'affairer autour de l'hélicoptère. Marty devait se trouver avec Pop à l'intérieur du hangar, mais elle n'irait pas les rejoindre. Ce n'était pas sa place. D'ailleurs, s'il y avait eu besoin d'un médecin, Pop aurait déjà été transféré à l'hôpital.

En théorie, elle n'avait donc rien à faire là. Pourtant, c'était plus fort qu'elle. Elle avait besoin de voir Marty pour vérifier qu'il allait bien.

Quand il ressortit avec Pop, elle vit son air étonné lorsqu'il la repéra. Il dit quelques mots au vieil homme, puis se dirigea vers elle.

Alors, une vive colère la submergea soudain, et elle sortit de sa voiture comme une furie.

— Emma ! Je…

— Qu'est-ce qui t'a pris ? hurla-t-elle. Tu aurais pu être tué, et Pop avec ! Finalement, ils ont treuillé le fourgon pour le tirer vers l'arrière. Tu n'aurais pas pu attendre ? Tu m'as fait une peur bleue !

— La route risquait de céder à tout moment, répondit-il d'un ton calme. Je ne pouvais pas attendre.

Il lui pressa l'épaule, et ce simple contact l'apaisa instantanément. Elle se sentait si faible tout à coup qu'elle faillit s'abandonner contre lui. Alors, comme si Marty avait senti son désarroi, il l'entoura de ses bras et lui déposa une multitude de petits baisers sur les cheveux.

— Je suis désolé de t'avoir fait peur, murmura-t-il. Mais…

Il s'écarta légèrement et lui releva le menton d'un doigt.

— Comment pourrais-je espérer devenir un père pour tes enfants, si j'étais incapable de sauver le mien ?

Le regard bleu de Marty reflétait une lueur sur laquelle elle n'osait pas encore mettre de nom. Elle était toujours énervée, mais un chant d'espoir monta en elle.

Sidérée, elle le repoussa.

— Qu'est-ce que tu racontes ? demanda-t-elle.

Il eut un sourire las.

— Je te demande de m'épouser, si tu veux encore de moi. Je t'aime, Emma, depuis le premier jour. Mais j'étais tellement obsédé par mon enfance et par mon père biologique que j'ai lutté de toutes mes forces. Maintenant, je sais que tu avais raison : Pop est mon *vrai* père. Il restera toujours mon guide, mon modèle. Il a fallu que je risque de le perdre pour m'en rendre compte. Alors, je me suis dit : « Si je le perds, vais-je aussi perdre Emma ? Ou alors, si elle m'épouse, acceptera-t-elle uniquement par pitié ? » Les pensées se bousculaient dans ma tête. Et, à chaque fois, c'était le mot « amour » qui revenait.

Il marqua une pause, puis, presque timidement, conclut :

— Veux-tu m'épouser ?

Sous le coup de l'émotion, elle se sentit prise de vertige.

Elle ne pouvait pas y croire, c'était inespéré...

Elle secoua la tête en souriant.

Marty la considéra d'un air navré.

— Tu... tu ne veux pas ? balbutia-t-il.

Elle lui noua ses bras autour du cou.

— Bien sûr que si, chuchota-t-elle. Je suis juste... tellement surprise. Jamais je n'aurais cru possible que tu partages mes sentiments.

— Tu...

— Oui, je t'aime, et depuis le début. Mais je ne voulais pas l'admettre. J'avais trop peur.

— Peur de souffrir à nouveau ?

— Exactement. Mais je n'ai pas pu résister.

Ils échangèrent un baiser ardent, jusqu'à ce qu'un bruit de pas derrière eux les pousse à s'écarter l'un de l'autre.

— Dites donc, vous deux, j'aimerais bien rentrer à la maison avant demain ! Hallie va s'inquiéter, dit Pop d'une voix grincheuse.

Main dans la main, ils pivotèrent vers lui.

— Tu n'y penses pas ! protesta Marty. On va t'emmener à l'hôpital pour un check-up.

— C'est non négociable, ajouta Emma.

— Mouais…, marmonna Pop.

Il regarda un moment leurs mains jointes, un sourire éclairant son visage buriné.

— Hallie était sûre que ça arriverait, mais moi pas. Marty est tellement têtu qu'il aurait pu passer à côté de la perle rare. En tout cas, ma fille, s'il fait des siennes, venez me voir. J'ai bientôt trente ans de pratique avec lui, alors je saurai le remettre dans le droit chemin !

Ils s'esclaffèrent en chœur, et elle étreignit l'homme qui allait devenir son beau-père.

Rien n'aurait pu lui faire plus plaisir que d'entrer dans cette famille atypique, chaleureuse et unie.

Comme l'heure tournait, ils partirent pour l'hôpital. Elle y déposa Marty et Pop, sans s'attarder car elle avait hâte de rentrer chez elle pour annoncer la bonne nouvelle à son père !

La réaction de celui-ci fut aussi enthousiaste et émue qu'elle l'avait imaginé. Ils s'installèrent sous le porche pour bavarder tout en surveillant les enfants du coin de l'œil.

Tout à coup, elle se rappela la photo trouvée dans la cabane du vieux Ken. Elle courut la chercher.

— C'est bien ta grand-tante, la femme dont j'ai hérité la maison, confirma son père.

— Connais-tu son histoire ? Il me semble qu'elle ne s'est jamais mariée ?

— Non, en effet. Je me souviens d'avoir entendu parler d'un homme qui voulait l'épouser, mais qui ne se trouvait pas assez bien pour elle. D'ailleurs, la famille n'était pas d'accord…

— Je comprends pourquoi elle a l'air si triste sur cette photo, murmura-t-elle. Cet homme, c'était Ken.

— Ça alors…

Ils en discutèrent un moment, jusqu'à ce que Marty vienne les rejoindre pour faire sa demande en mariage en bonne et due forme.

Après les effusions d'usage, son père s'éclipsa pour donner leur bain aux garçons. Restée seule avec Marty, elle montra à celui-ci le portrait dans sa chambre et lui raconta l'histoire de son aïeule.

— Dire que ça aurait pu m'arriver ! s'exclama-t-il. Si je n'étais pas devenu raisonnable, j'aurais fini tout seul à me morfondre.

Elle éclata de rire.

— Jamais de la vie ! Penses-tu que j'aurais lâché l'affaire ? Tu m'as dit un jour que je devais penser à moi, et j'ai suivi ton conseil. Après avoir trouvé l'homme idéal, je n'allais pas le lâcher si facilement. C'était toi que je voulais, Marty Graham, et je suis du genre têtu.

— Je ne vais pas m'en plaindre, ma chérie…

Ils échangèrent un baiser plein de tendresse et de passion, sûrs d'avoir trouvé ensemble le chemin de l'amour.

Épilogue

Par la fenêtre ouverte, Emma entendait des bruits de conversations joyeuses monter depuis les pelouses. Encore quelques minutes, et elle deviendrait Mme Marty Graham. Jamais elle n'aurait cru connaître de nouveau un bonheur aussi parfait !

Tous les enfants adoptifs de Hallie et de Pop avaient été conviés au mariage. Personne ne manquait à l'appel, sauf Liane, évidemment. Mais la mère biologique de Nikki, décédée très jeune après une existence chaotique, demeurait présente dans tous les cœurs. Le reste de la famille était réuni dans le jardin de Hallie et de Pop : Lila et Tariq étaient arrivés en avion, chargés de cadeaux pour toute la tribu. Steve et Fran avaient fait le voyage de Sydney avec leur petite Chloe. Et bien sûr, venus de plus près, Carrie et les filles, ainsi qu'Izzy, Mac et Nikki — laquelle portait fièrement son frère George —, n'auraient manqué l'événement pour rien au monde.

Planté derrière Emma, son père bataillait pour lui fixer au cou le ravissant collier de perles qu'il lui avait offert. Quand il eut terminé, elle contempla son reflet dans le miroir.

Elle portait une robe d'été vert d'eau dont les reflets chatoyants mettaient en valeur sa peau bronzée. Un chignon déstructuré, une légère touche d'eye-liner, une autre de blush, elle avait tenu à rester naturelle pour plaire à Marty.

— Tu es magnifique, ma chérie, dit son père d'une voix enrouée. Si tu savais comme je suis content pour toi !

Sous le coup de l'émotion, elle sentit son regard s'embuer.

— Tu es le meilleur papa du monde, je t'aime !

Ils s'étreignirent longuement, puis son père l'entraîna vers la porte.

— Allons-y ! dit-il d'un ton gai. Ce serait dommage de faire couler ton mascara.

Quand ils sortirent dans le jardin, elle vit qu'une haie d'honneur s'était formée depuis le porche. Debout sous une tonnelle fleurie, avec Steve pour témoin, Marty attendait, suprêmement élégant en costume gris et chemise bleue.

Emma sentit son sourire s'élargir lorsqu'elle repéra Hallie, qui tenait un garçon de chaque main. Xavier et Hamish étaient fiers de porter « de beaux habits » et, coup de chance, ils étaient encore propres !

Bébéchien lui-même s'était mis au diapason. Sagement assis à côté de Pop, il n'avait pas arraché les fleurs de son collier avec la patte. C'était le jour des miracles !

Ou presque…

— Maman ! s'écrièrent les jumeaux au moment où s'élevaient les premières notes de la marche nuptiale.

Pour faire bonne mesure, le chien se mit à aboyer et bondit vers elle, déclenchant l'hilarité générale.

— Il fallait s'en douter, chuchota Marty lorsqu'elle arriva à sa hauteur.

— On aurait été déçus, sinon, répondit-elle en riant.

Ils reprirent leur sérieux pour écouter le prêtre et prononcer leurs vœux d'époux. Puis, après le traditionnel baiser, Marty se pencha et souleva les garçons, un dans chaque bras. Ils échangèrent un nouveau baiser par-dessus la tête des enfants.

D'ici quelques mois, un autre bout de chou viendrait agrandir la tribu, mais pour l'instant c'était leur secret.

La vie était décidément parfaite.

EMILY FORBES

Des jumeaux pour le Dr Jefferson

Traduction française de

L. BOULANGER-BEAUQUEL

HARLEQUIN

Titre original :
WANTED: A FATHER FOR HER TWINS

Ce roman a déjà été publié en 2009.

1

Assise sur le sable doré de Bondi Beach — la plus vaste plage de Sydney —, le regard perdu sur les eaux bleues du Pacifique, Rosie réalisa tout à coup non sans surprise qu'elle vivait un instant « parfait ».

Une minute plus tôt, elle en était encore à méditer sur les événements survenus deux mois auparavant et qui avaient bouleversé sa vie : la perte tragique de son frère adoré et de sa belle-sœur, son nouveau statut de tutrice de ses neveu et nièce âgés de huit ans, la rupture de sa relation avec Philip, son départ de Canberra et son retour à Sydney où elle s'était installée dans la maison du couple décédé. Depuis lors, elle avait vécu en état de choc, accablée de chagrin, hantée par l'idée qu'elle ne parviendrait jamais à maîtriser sa nouvelle existence.

Et voilà qu'en ce premier moment de tranquillité après une semaine difficile, dans cet environnement paradisiaque et sous la douce caresse du soleil matinal, il lui semblait entrevoir une petite lueur au bout du tunnel. Peut-être les choses finiraient-elles par s'arranger, après tout.

Elle prit une poignée de sable qu'elle laissa couler entre ses doigts. Une nouvelle magnifique journée d'été débutait. Bientôt, la plage serait noire de monde, mais, pour l'instant, peu de gens y lézardaient et il ne lui fallut pas longtemps pour localiser sa nièce en train d'aider ses petits camarades du Junior Surf Lifesaving Club à ranger leur matériel.

Rosie se leva et secoua le sable de sa robe avant de se diriger vers le groupe. Toujours aussi débordante d'énergie, Lucy courut à sa rencontre.

— Alors, comment t'es-tu débrouillée ce matin, ma puce ?

— J'ai fait le meilleur temps à la course sur la plage. Tu m'as vue ?

Rosie passa un bras autour des épaules de la fillette.

— Je regardais, mais tu allais si vite que je n'ai vu qu'une tornade blanche !

Lucy papota tout le long du chemin jusqu'au Marie's Milk-Bar, ne s'arrêtant pour reprendre haleine que lorsque la serveuse lui tendit le milk-shake qui ponctuait traditionnellement sa séance d'entraînement du dimanche.

Comme elles ressortaient de l'établissement, passant entre leurs jambes et manquant les faire tomber, un teckel en déboula, suivi de près par un gamin de sept ou huit ans qui lui criait de revenir. En vain. Déjà l'animal traversait le trottoir et galopait dans la rue en corniche qui longeait la baie.

Rosie entrevit le drame qui risquait de se produire.

— Arrête-toi ! cria-t-elle au garçon. C'est dangereux !

L'enfant poursuivit sa course sans lui prêter la moindre attention et, l'instant d'après, une voiture qui fit une embardée pour éviter le chien le percuta.

En raison de l'étroitesse de la chaussée, la petite Honda ne roulait pas vite, mais elle le heurta avec suffisamment de force pour le projeter en l'air avant qu'il ne retombe sur le sol.

La circulation s'arrêta net et le bourdonnement de dizaines de conversations s'interrompit. Il y eut quelques secondes de silence horrifié puis les témoins de l'accident envahirent la rue.

Recommandant à Lucy de l'attendre, Rosie se fraya un chemin à travers la foule.

— Je suis médecin. Laissez-moi passer !

La conductrice de la Honda descendit de son véhicule, pâle et tremblante.

— Je l'ai vu trop tard ! Je n'ai rien pu faire..., bredouilla-t-elle.

— Que quelqu'un appelle les secours et fasse asseoir cette dame ! ordonna Rosie de son ton le plus professionnel.

La jeune femme devait être choquée, certainement, mais sans doute pas blessée. Et dans le cas contraire, ses blessures devraient attendre. L'enfant était la priorité des priorités.

Il gisait sur le bitume et du sang coulait d'une blessure à la tête. Rosie s'agenouilla près de lui. Il respirait, mais avait les yeux fermés. Etait-il conscient ? Doucement, elle lui toucha l'épaule en lui demandant s'il l'entendait. Il ne répondit pas.

— Puis-je vous aider ? Je suis médecin.

Rosie sentit plus qu'elle ne vit un homme s'accroupir à côté d'elle tandis qu'elle examinait l'enfant. Un Néo-Zélandais, à en juger par son accent nasal et la manière dont il raccourcissait les voyelles.

— Merci.

Elle n'avait nul besoin de le regarder pour savoir qu'il était plus grand qu'elle, ce qui, ajouté à la tranquille assurance de sa voix, rendait sa présence d'autant plus apaisante.

— Il respire, mais il est inconscient.

— Y avait-il quelqu'un avec lui ? Quelqu'un connaît-il son nom ? demanda-t-il à la cantonade.

A cet instant, Lucy s'approcha d'eux, le teckel dans les bras.

— Rosie, c'est Matt. Un copain d'école. Tu veux que j'aille chercher sa maman ?

Rosie n'osait imaginer comment sa nièce s'y était prise pour attraper le petit chien fugueur.

— Elle est ici ?

— Je ne crois pas, mais je sais où ils habitent.

Envoyer Lucy seule en mission était hors de question.

— Peut-être peut-on lui téléphoner ?

— Je vais m'en charger, proposa Marie, la gérante du milk-bar, qui venait de les rejoindre.

Rosie acquiesça d'un signe de tête.

— Merci. Accompagne Marie, Lucy, et reste avec elle, d'accord ?

— L'ambulance va arriver, annonça quelqu'un.

— Matt, tu m'entends ? Matt ? disait son collègue.

Reportant son attention sur l'enfant, Rosie s'aperçut avec soulagement qu'il ouvrait les yeux.

— Salut, moussaillon. Ne bouge pas, tu as eu un petit accrochage avec une voiture. Je m'appelle Nick. Je suis médecin, et je vais vérifier quelques petites choses. Et voici…

Consciente qu'il attendait sa réponse, Rosie le regarda vraiment pour la première fois. Et tandis que leurs regards se croisaient, elle ressentit pour lui une attirance quasi magnétique qui lui coupa le souffle.

— Rosie, balbutia-t-elle.

— Rosie est médecin, elle aussi, ajouta son collègue à l'adresse de Matt.

Se forçant à se concentrer sur leur patient, Rosie utilisa une serviette de plage propre tirée de son sac pour presser sur l'entaille qu'il avait à la tête afin de ralentir le saignement. De sa main libre, elle vérifia son pouls.

— Où as-tu mal ? demanda Nick.

— Au bras… et à la jambe.

Une jambe ensanglantée dont le genou commençait déjà à enfler.

— Peux-tu remuer les orteils ?

Matt y parvint, mais bouger le pied parut le faire souffrir. Rosie regarda Nick palper doucement la jambe de l'enfant de ses grandes mains. Il présentait probablement une fracture du péroné, et peut-être même du tibia, mais comme il ne semblait y avoir aucun déplacement, ce n'était pas trop grave, devina-t-elle. Pendant que Nick poursuivait son examen, elle ne put s'empêcher de l'observer du coin de l'œil.

Il avait un visage viril aux joues ombrées d'une barbe de deux jours, un nez et une bouche aux proportions parfaites, des cheveux sombres épais et ondulés, un corps athlétique… Elle se félicita de n'avoir qu'à maintenir la pression sur la blessure, ce qui lui laissait tout loisir de le regarder.

Ce n'était pas qu'il l'intéressait, loin de là. Quand bien même elle le voudrait, où trouverait-elle le temps de rencontrer un autre homme ? Mais il faudrait qu'une fille soit comateuse pour ne pas apprécier la beauté masculine lorsqu'elle l'avait sous les yeux.

— Et tes doigts, Matt ? demanda-t-il.

Tout en maintenant son bras droit de la main gauche, le garçon réussit à agiter ses doigts.

— Peux-tu me dire quel jour nous sommes ?

— Vendredi ? répondit Matt d'une voix hésitante.

De toute évidence, il avait subi une commotion cérébrale.

— Tu as le bras droit et la jambe droite cassés, moussaillon. Il faut que tu continues à rester aussi immobile que possible, lui recommanda Nick.

Rosie entendit résonner au loin une sirène d'ambulance. Comme elle relevait la tête pour tendre l'oreille et s'assurer que les secouristes venaient bien dans leur direction, elle vit Marie et, Lucy qui tenait le teckel auquel une ficelle faisait maintenant office de laisse. Marie leva un poing, pouce en l'air.

Soulagée, et évitant avec soin de croiser le regard de son

voisin pour le cas où elle perdrait de nouveau le souffle, Rosie riva les yeux sur le petit blessé.

— Ta maman est en route, lui annonça-t-elle en pressant sa main valide. Je vais rester avec toi jusqu'à l'arrivée de l'ambulance qui vous emmènera tous les deux à l'hôpital.

Une larme unique roula le long de la joue du garçon.

— Tout ira bien, Matt. Tu es très courageux.

Nick se redressa alors et Rosie ne put s'empêcher de lui lancer un coup d'œil. Il portait un T-shirt blanc et un bermuda beige dévoilant des jambes musclées et bronzées. Où était-il lors de l'accident ? Revenait-il d'un bain matinal dans l'océan ? Elle releva le regard. Ses cheveux étaient secs, signe qu'il était peut-être en route pour la plage. Au même moment, il repoussa d'une main quelques mèches de son front. C'était vraiment un homme d'une séduction époustouflante.

Sirène hurlante et gyrophare allumé, l'ambulance arriva, suivie de près par la mère de Matt. Rosie se chargea de la réconforter et de lui expliquer la situation tandis que Nick informait les auxiliaires médicaux.

Ceux-ci vérifièrent les fonctions vitales du petit blessé, ajustèrent un collier cervical autour de son cou, puis posèrent des attelles à son bras et à sa jambe avant de l'installer sur le brancard. Quelques minutes plus tard, l'enfant et sa mère roulaient vers l'hôpital.

La vie reprit vite son cours normal. La foule se dispersa et la circulation s'écoula de nouveau librement. La Honda qui avait percuté Matt avait été poussée sur le côté, et sa conductrice était en train de parler avec un policier. Sur le trottoir ne restaient plus que Lucy, avec le chien tranquillement assis à ses pieds, Nick et Rosie. Bien que médecin, elle ne s'était encore jamais trouvée sur le lieu d'un accident. Que devait-elle faire, maintenant ? Remercier Nick pour son concours, ou simplement prendre congé ?

Elle considérait chacune des options quand Lucy commença à la bombarder de questions.

Au lieu de tourner les talons comme elle s'y attendait, Nick resta là, à écouter la petite bavarde si différente de son jumeau. Peut-être était-il aussi ignorant qu'elle des us et coutumes en pareille circonstance, songea Rosie.

— Merci pour votre aide, Nick, lui dit-elle avec un sourire. Ne nous laissez pas vous retenir.

Hochant la tête, il lui adressa en retour un sourire qui lui alla droit au cœur. Avec son visage illuminé et ses yeux gris-bleu pétillants, il passait de séduisant à quasiment… irrésistible.

— Tout ce qui m'attend, c'est un reste de café qui doit être froid, maintenant. Joignez-vous à moi pour en boire un autre, ajouta-t-il en écartant les mains pour les inclure toutes les deux dans l'invitation.

Aussitôt, Lucy se rapprocha de lui. A l'évidence son charme agissait toutes générations confondues.

Bien qu'elle soit tentée d'accepter, Rosie se vit contrainte de refuser.

— Merci, c'est très gentil, mais nous devons vraiment rentrer à la maison. Nous sommes déjà en retard, répondit-elle, la mort dans l'âme.

Elle n'avait pas à feindre des regrets polis, tant sa déception était réelle.

Il opina avant d'incliner la tête sur le côté, montrant par là qu'il était désolé qu'elles ne puissent rester.

Tirant alors sur la main de Nick, Lucy l'incita à se pencher vers elle et, tandis qu'elle se lançait avec lui dans Dieu seul savait quelle conversation, Rosie réfléchit à ce qui venait de lui arriver.

Si elle l'avait pu, elle serait allée n'importe où avec cet homme. Alors que la spontanéité n'était pas son fort et qu'elle avait toujours tout planifié avec soin et méthode, elle aurait accompagné un parfait inconnu sans lui poser la moindre question ! Or, une tutrice responsable du bien-être de deux enfants ne pouvait se permettre le luxe d'être impulsive, même si cela avait été dans ses habitudes.

Par-dessus la tête blonde de Lucy, elle contempla le profil de Nick. Il rit de ce que lui disait la petite puis se redressa et, ce faisant, la surprit en train de le regarder.

— Merci encore pour votre aide, bredouilla-t-elle. J'ai vraiment apprécié de ne pas avoir à gérer ça toute seule.

— Il n'y a pas de quoi. Peut-être nous rencontrerons-nous une autre fois dans de meilleures circonstances, répondit-il sans paraître remarquer son embarras.

Rosie serra la main qu'il lui tendait. Elle était chaude et ferme, son étreinte ni trop douce ni trop forte. Et, ainsi qu'elle s'y attendait, il se produisit entre eux une sorte de connexion électrique qui se diffusa à travers tout son corps. Son cerveau se déconnecta, son pouls s'accéléra, sa respiration s'altéra, une sensation étrange lui envahit l'estomac, comme si des centaines de papillons y tournoyaient, en quête d'une introuvable issue.

Peut-être serait-elle restée là indéfiniment, sa main dans celle de Nick, incapable de bouger, si la voix de Lucy ne l'avait tirée de sa torpeur.

— Viens, Rosie. Il faut qu'on dépose le chien de Matt chez lui en passant.

— Oui, bien sûr, ma puce. Au revoir, Nick.

— Au revoir, Rosie.

Nick libéra sa main. Alors seulement Rosie put obliger ses jambes à fonctionner. Ignorant la petite voix intérieure qui lui criait de rester, elle suivit sa nièce.

Avec quel regret elle s'éloigna de lui ! Un homme incroyablement séduisant, qui semblait de surcroît gentil et respectable, l'avait invitée à boire un café et elle le plantait là ?

Complètement déstabilisée, elle regarda Lucy qui avançait avec le teckel en sautillant d'un pied sur l'autre tout en commentant sa matinée. Elle adorait ces deux enfants et était heureuse de prendre soin d'eux, mais elle n'avait pas eu une minute à elle ces dernières semaines. En fait, tout venait de là ! Il n'y avait pas d'autre explication à son envie de partir n'importe où avec un parfait inconnu. Si sa vie avait été parfaitement équilibrée, elle aurait remarqué que Nick était séduisant, et ça n'aurait pas été plus loin.

Il n'empêche qu'en dépit de cette explication rationnelle, elle avait du mal à poursuivre son chemin.

— Il faut qu'on descende cette rue, annonça Lucy comme elles atteignaient le carrefour.

Rosie pila à l'angle du pâté de maisons. Si elle s'engageait dans la rue transversale, perdrait-elle Nick pour toujours ? Elle hésita. Rien ne les obligeait à rentrer directement à la maison. Elles pouvaient rebrousser chemin. Lucy avait semblé apprécier Nick, elle aussi. Elle se réjouirait autant que sa tante de passer quelques minutes de plus en sa compagnie. Donc, ce n'était pas seulement son propre désir — en totale opposition avec sa nature — qui la poussait à s'attarder ici !

Dans ce cas… Si Nick les suivait des yeux, elle irait boire un café avec lui, décida-t-elle. Sinon, elle continuerait sa route.

Se retournant, elle le vit qui parlait avec le policier. Sans doute lui donnait-il sa version des événements. Absorbé dans la conversation, il ne regardait pas dans sa direction. Nul doute qu'il ne pensait déjà plus à elle.

Rosie tourna le coin, envahie d'une immense déception.

S'agissait-il d'une occasion unique qu'elle venait de perdre, ou seulement d'une sorte de coup de fouet du destin pour l'inciter à mieux organiser sa nouvelle vie ?

Avec un soupir, elle ébouriffa les cheveux humides de Lucy. Il l'avait invitée à boire un café, rien de plus.

Peu importait, de toute manière. Elle avait pris la bonne décision. En résistant à son attirance pour Nick, elle avait agi au mieux pour les enfants. Leur bien-être constituait sa seule et unique préoccupation, et il n'était pas question qu'elle se laisse distraire de son engagement envers eux.

Ce café avec Nick lui aurait fourni bien trop de distractions…

Nick détourna les yeux du policier en uniforme juste comme Rosie disparaissait au coin de la rue. Des jolies blondes grandes et minces, il y en avait des centaines sur les plages de Sydney. Toutefois, si physiquement elle leur ressemblait, il y avait en elle quelque chose de différent.

Etait-ce parce qu'elle ne semblait pas dans son élément à Bondi ? Au lieu de se fondre dans la foule, elle paraissait se tenir à l'écart des gens.

Et qui était la fillette qui l'accompagnait ? L'enfant l'avait appelée par son prénom et non « maman ». Serait-elle la compagne du père de la fillette ? Probablement. Dommage ! Il aurait aimé boire un café avec elle. Pour tout dire, c'est avec l'espoir qu'elle avait changé d'avis et revenait vers lui qu'il avait regardé dans sa direction.

— Une dernière chose…

L'agent de police avait fini d'écrire dans son carnet et Nick dut reporter son attention sur lui.

Peut-être croiserait-il Rosie tôt ou tard si elle habitait dans les parages, se dit-il, fataliste, tandis que, sa déposition terminée, il se dirigeait vers la plage. De toute manière, démarrer une relation avec une femme ne figurait pas sur sa liste de choses à faire dans l'immédiat, même si elle avait été la première à piquer son intérêt depuis fort longtemps. Par ailleurs, il doutait que le fait de prendre un café avec elle aurait suffi à atténuer cet intérêt-là.

Il y avait un temps pour tout dans la vie. Un jour viendrait où il pourrait de nouveau inclure une femme dans son existence, il en était certain. Mais ce jour n'était pas encore venu.

Alors comment expliquer cette impression persistante que cette rencontre inopinée aurait pu se révéler déterminante pour lui ?

Allons, c'était idiot, se reprit-il. Il avait temporairement perdu l'esprit sous l'effet… du stress ? Oui. Il était trop stressé, voilà tout. Alors, naturellement, son corps réclamait quelque distraction féminine — pile au plus mauvais moment, quand il était tout près d'atteindre enfin ses objectifs.

Il entra dans les vagues et commença sa rituelle séance de natation du dimanche par un crawl en direction du large. L'eau bleue glissait sur sa peau, fraîche, stimulante.

S'il poussait plus fort sur ses bras, s'il accélérait l'allure, peut-être réussirait-il à chasser de son esprit l'image d'une certaine jolie blonde.

Quelle que soit la forme sous laquelle elle se présentait, toute tentation était à écarter. Et il ne s'agissait que de cela : une tentation.

Ce serait folie que d'y céder.

2

Tandis que Lucy, pressée de lui apprendre les dernières nouvelles, courait rejoindre son frère, Rosie gagna la cuisine où sa mère finissait de ranger la vaisselle du petit déjeuner.

— Rosie ! s'exclama celle-ci. Tu es blessée ?

Rosie baissa les yeux sur sa robe blanche maculée de sang et de poussière.

— Non, non. Rassure-toi, ce n'est pas mon sang. Il y a eu un accident. Un copain d'école de Lucy s'est fait renverser par une voiture, expliqua-t-elle en se laissant tomber sur l'un des tabourets du comptoir.

— Il n'est pas trop mal en point ?

— Il présente plusieurs fractures, mais il va s'en remettre. J'avoue que ça a tout de même été assez stressant.

— Tu as l'air d'avoir besoin d'un thé. Je t'en sers un.

Le remède universel ! On avait beau ironiser là-dessus, l'effet était garanti. Peut-être parce que boire un thé vous obligeait à faire une pause.

Sa mère eut tôt fait de déposer une tasse devant elle.

— Ally a appelé tout à l'heure. Elle a parlé d'une sortie, ce soir. Veux-tu que je vienne garder les enfants ?

— Merci, mais non. Je n'ai pas l'intention de sortir.

— Tu es sûre ? Ça te ferait du bien.

— Que suis-je censée comprendre ?

— Combien de fois es-tu sortie, depuis ton retour ? Si j'ai bonne mémoire, tu es allée deux fois boire un café avec Ally et c'est tout. Tu as besoin de voir tes amies, Rosie. Passer tout ton temps avec les enfants n'est bon ni pour toi ni pour eux.

— Je veux qu'ils sachent que je suis là pour eux. Qu'ils ne sont pas seuls.

— Ils le savent, voyons !

— Crois-tu ? Je sais qu'ils s'inquiètent quand je prends la voiture sans eux. N'oublie pas que la dernière fois qu'ils ont vu leurs parents, c'était lorsqu'ils sont partis pour leur week-end en amoureux. Ils ne disent rien, mais je vois dans leurs yeux qu'ils y pensent.

— Je comprends ton point de vue. Il n'empêche que tu ne dois pas te croire obligée de vivre en ermite.

— Les jumeaux ont besoin de temps. Charlie, en particulier. Nous avons réussi à empêcher son mutisme d'empirer puisqu'au moins il continue à nous parler, mais s'il commence à douter d'être en sécurité avec moi, que se passera-t-il ? Et moi aussi, j'ai besoin de temps — et d'espace — pour essayer de faire coexister mon ancienne et ma nouvelle vie.

— L'espace est une chose. Exclure ses amis en est une autre.

— Maman, je ne fais pas ça intentionnellement ! Ça peut paraître pathétique, mais pour tout dire, je n'ai pas l'énergie de m'habiller ni de papoter pendant des heures.

De quoi parlerait-elle, d'ailleurs ? Ses amies n'avaient pas d'enfants et, pour l'instant, elle n'avait pas d'autre sujet de conversation. Le soir, elle s'endormait sans même avoir la force d'ouvrir un livre ou de regarder la télévision.

En dépit du fait qu'elle s'activait toute la journée, il restait mille tâches à terminer, preuves de sa difficulté à maîtriser la situation. Et la nouvelle poussée d'amygdalite qui avait obligé Charlie à rester à la maison au cours des derniers jours n'avait rien arrangé, évidemment. Plutôt que de sorties, ce dont elle avait besoin, c'était une meilleure organisation — à défaut de disposer de deux mains supplémentaires…

— Ma chérie, il faut que je me sauve, maintenant, mais appelle-moi si tu changes d'avis, d'accord ?

Rosie savait déjà que ça n'arriverait pas. Qui pourrait passer une soirée en société quand il y avait tant de choses à faire ici et rien à raconter ? Dans l'immédiat, décida-t-elle tandis que sa mère s'en allait, si elle permettait aux jumeaux de regarder leur DVD favori, elle disposerait d'une heure précieuse pour attaquer la montagne de linge sec à plier.

Quand l'heure s'acheva, elle se rendit compte qu'elle n'avait pas cessé de penser à un certain confrère en bermuda beige. Depuis son départ de Canberra, c'était la première fois qu'elle passait un aussi long moment sans s'inquiéter pour les enfants.

Le mardi matin, après avoir déposé Lucy devant l'école avec dix minutes d'avance — un exploit qui lui fit espérer que ses efforts pour améliorer sa gestion du temps portaient enfin leurs fruits —, elle emmena Charlie chez l'oto-rhino-laryngologiste qui leur faisait la faveur de les recevoir entre deux rendez-vous.

— As-tu réfléchi à la possibilité qu'on retire tes amygdales ? lui demanda-t-elle en chemin. Le Dr Masters pourrait suggérer ça aujourd'hui.

— Je ne veux pas qu'on me les enlève.

Seulement, compte tenu de l'amygdalite dont il souffrait, l'intervention s'imposerait inévitablement un jour ou l'autre. Rosie était convaincue que ces infections à répétition amplifiaient son mutisme.

— Tu n'aurais plus mal à la gorge et tu ne manquerais plus aucune séance d'entraînement du Junior Surf Lifesaving Club. Tu sais, on m'a ôté les amygdales quand j'avais ton âge et je me rappelle encore à quel point je me suis sentie mieux après l'opération.

— Peut-être, mais je n'aime pas la gelée.

— Quel rapport… ?

— Tu m'as dit qu'on nous donnait de la gelée et de la glace, à l'hôpital. Je n'aime pas la gelée.

Qui aurait cru que ces douceurs apparaîtraient comme un inconvénient plutôt que comme un avantage ?

— Personne ne te forcera à en manger, Charlie, affirma Rosie avec l'espoir de réduire cette objection à néant. On va voir ce que dira le Dr Masters, ajouta-t-elle tandis qu'elle se garait sur le parking du centre médical pédiatrique.

A l'inverse de Charlie, c'était la première fois qu'elle venait dans cet endroit ultramoderne qui, outre le cabinet d'oto-rhino-laryngologie, abritait une unité de physiothérapie assortie d'une piscine d'hydrothérapie, un cabinet d'orthophonie, un autre d'ergothérapie, un pôle de médecine générale et un de psychologie, découvrit-elle bientôt.

Au troisième étage, la réceptionniste du cabinet d'ORL les introduisit dans une salle d'attente déjà à demi remplie, qui offrait une vue panoramique sur la fameuse plage de Bondi. Sans hésiter, Charlie alla se lover dans un fauteuil poire installé devant la vaste baie vitrée afin d'observer les surfeurs. Après avoir feuilleté quelques magazines, cédant à l'attrait du soleil jouant sur les flots, Rosie choisit un autre siège d'où elle pourrait elle aussi contempler le panorama.

Soudain, un mouvement sur sa gauche attira son attention. Se tournant, elle vit une famille dans le corridor. Une maman, sa fille et… Nick !

Bien qu'elle ait envisagé la possibilité qu'il soit marié, une vive déception s'empara d'elle, ce qui ne l'empêcha cependant pas de profiter de l'anonymat de la salle pour l'observer. En pantalon gris sombre impeccablement repassé et chemise immaculée aux manches roulées jusqu'aux coudes, il était l'élégance et la séduction faites homme.

Un soupir lui échappa. Elle pouvait dire adieu à ses rêves de passer du temps avec lui…

Il s'arrêta devant la porte ouverte tandis que la femme et l'enfant poursuivaient leur chemin tout en le remerciant. Ce n'est qu'à l'instant où elle le vit balayer la salle d'attente des yeux que Rosie comprit qu'il n'était pas le père de la fillette. Il devait travailler ici. L'idée de partir avec lui, n'importe où, jaillit de nouveau dans son esprit.

Quand leurs regards se croisèrent, il leva une main pour la saluer et un grand sourire fleurit sur ses lèvres pleines tandis que ses yeux pétillaient de plaisir. En réponse, une vague brûlante la balaya et, le rouge aux joues, elle lui sourit en retour, le regard rivé au sien… jusqu'à ce qu'il rompe le contact visuel pour reporter son attention sur les personnes présentes dans la pièce.

— Charlie Jefferson ? demanda-t-il.

Rosie ne retint qu'à grand-peine une exclamation de surprise.

Nick n'était pas seulement médecin ; il était le Dr Masters, l'ORL de Charlie !

Surgissant des profondeurs de son fauteuil, celui-ci saisit la main de Rosie et la tira à sa suite à travers la salle d'attente.

— Salut, Charlie. Je suis content de te revoir, dit Nick.

Charlie répondit à son salut par un sourire timide — mais sans un mot.

— Rosie ! reprit Nick en lui serrant brièvement la main. J'ai cru un instant que vous étiez venue réclamer ce café que je vous ai offert l'autre matin.

— J'ignorais que vous étiez l'oto-rhino de Charlie, bredouilla-t-elle.

— Nous n'avons pas eu de temps pour des présentations en règle ; c'était une matinée bien remplie, répondit-il tout en les entraînant dans le corridor. Mais pour moi, les choses commencent à se mettre en place. Lucy est la jumelle de Charlie et vous êtes leur tante. C'est bien ça ?

Elle acquiesça d'un signe de tête.

— Le généraliste de Charlie m'a dit ce qui est arrivé.

Tant mieux, songea Rosie. Au moins, elle n'aurait pas à le faire.

Dans son cabinet, au lieu de s'asseoir derrière son bureau, Nick tira une chaise et s'installa à côté de son petit patient.

— Tu ne te sens pas très bien, hein, Charlie ? D'après Doc Hawkins, il s'agit de ta troisième poussée d'amygdalite en quelques mois. Tu n'as jamais pensé à partager ça avec ta sœur ?

Charlie sourit et secoua la tête.

— Bon, je vais regarder ta gorge. Tu connais la procédure.

Dès qu'il eut saisi son laryngoscope, Charlie ouvrit grand la bouche.

— Il est sous amoxicilline ?

— Oui, mais ça ne suffit pas à empêcher de nouveaux épisodes et ça m'inquiète de le voir manquer l'école aussi souvent, précisa Rosie, captant le regard de Nick afin de lui envoyer un message silencieux.

Message qu'il parut comprendre puisqu'il hocha la tête.

— Charlie, je n'ai presque plus d'abaisse-langue, reprit-il en soulevant le bâtonnet plat qu'il avait utilisé. Si j'appelle le bureau de la réception pour en demander d'autres, je parie que tu iras les chercher bien plus vite que je ne pourrais le faire. Qu'en penses-tu ?

Bien sûr Charlie approuva d'un hochement de tête. Nick fit alors sa requête par téléphone avant d'ajouter que Charlie était autorisé à choisir une poignée de bonbons dans le bocal à sucreries.

— Merci, moussaillon, enchaîna-t-il à l'adresse de Charlie. Je te donne un tuyau : quand on cache des bonbons dans sa poche, la réceptionniste ne s'en aperçoit jamais, ajouta-t-il avec un clin d'œil. Je le fais tout le temps.

Dès que Charlie eut disparu, Nick se tourna vers Rosie. Ses yeux gris-bleu retenant les siens, elle s'efforça d'ignorer le trouble qui l'envahissait de nouveau. Pour réagir ainsi à la proximité d'un homme séduisant, elle devait être beaucoup plus affectée qu'elle ne l'aurait cru par le tournant qu'avait pris sa vie. Trop de temps passé en immersion totale dans un univers de trajets scolaires, de devoirs, de paniers-repas et de montagnes de linge devait avoir des répercussions sur le cerveau d'une femme !

— Vous vous inquiétez des nombreuses absences de Charlie à l'école ?

— Pas d'un point de vue scolaire, mais il a des difficultés relationnelles même dans ses meilleurs moments…

— Et manquer l'école lui donne le sentiment d'être encore moins dans le coup, finit Nick pour elle.

Un apollon chaleureux qui, en plus, l'écoutait *vraiment* ! Rosie se sentait littéralement fondre.

Peut-être était-elle d'autant plus sensible à sa qualité d'écoute que Philip en était totalement dépourvu — sauf envers les riches et les puissants. Nick, avec qui elle avait probablement passé moins de trente minutes en tout, l'avait sans doute davantage écoutée que Philip durant toute leur relation.

— J'en déduis que son mutisme sélectif ne s'est pas amélioré.

— Non. En fait, depuis quatre ans que ce trouble a été diagnostiqué, il n'a pas élargi le cercle des gens à qui il parle. Après la mort de ses parents, il l'a même un peu rétréci.

— A combien de personnes parle-t-il ?

— Cinq. Mes parents, sa sœur, son meilleur copain depuis le jardin d'enfants, et moi.

— Il est entré en contact visuel avec moi. Le fait-il aussi avec d'autres ?

— Ça lui arrive avec les personnes qu'il connaît bien. Toutefois, il lui est impossible de leur parler.

Nick hocha pensivement la tête.

— Le contact visuel, c'est un début, mais ce n'est pas très encourageant s'il ne fait pas d'autres progrès. Croyez-vous que ses fréquentes poussées d'amygdalite soient authentiques ? N'oubliez pas qu'il a vu son généraliste, et non moi, pour certaines d'entre elles. Pensez-vous qu'il aille à l'école avec plaisir ?

— Je ne m'occupe des jumeaux que depuis deux mois, mais dans ce laps de temps, il a présenté deux épisodes inflammatoires qui m'ont semblé bien réels.

— Croyez-vous que la mort de ses parents ait contribué à les provoquer ?

— Il est possible qu'il y ait un aspect psychologique, comme pour son mutisme sélectif, mais ce n'est pas certain. D'après son psychologue, il gère bien la situation. C'est tout de même l'une des raisons pour lesquelles je tiens à ce que son train-train quotidien ne change pas trop. Je crains que son mutisme n'empire s'il manque régulièrement l'école à cause de cette amygdalite.

— En conclusion, même si l'amygdalectomie impliquerait une nouvelle absence de quelques jours, vous pensez qu'elle lui serait bénéfique à long terme.

— En effet. C'est aussi l'avis de son psy. A condition que vous jugiez l'intervention nécessaire, bien entendu.

— Après ce que j'ai vu aujourd'hui, il me semble judicieux, tant au plan médical que social, de la pratiquer.

A cet instant, Charlie revint, en train de sucer un bonbon, un paquet d'abaisse-langue dans la main droite, tandis que la main gauche maintenait fermée la poche pleine à craquer de son bermuda.

Nick prit la poignée de bâtonnets sans paraître rien remarquer.

— Fantastique ! Merci, Charlie. Assieds-toi. Il y a quelque chose dont je voudrais discuter avec toi.

Rosie retint un sourire devant les contorsions que fit

son neveu pour poser les fesses sur sa chaise sans perdre la moindre friandise.

— Tes amygdales sont toutes rouges et enflées. Ta gorge doit te faire mal et je devine que c'est difficile pour toi de parler à Rosie — même sans bonbon dans la bouche. Ai-je raison ?

Charlie fit oui de la tête, après quoi il glissa prestement un berlingot rayé rouge et vert entre ses dents.

— Ce sont mes préférés, tu sais. Tu as bon goût. Si je retire tes amygdales, poursuivit Nick comme s'il n'avait pas momentanément changé de sujet, ta gorge sera douloureuse pendant quelques jours — mais pas plus qu'en ce moment. Par la suite, même si tu attrapes un rhume de temps en temps, tu n'auras plus aussi mal. Alors, est-ce que ça te paraît une bonne idée ?

Charlie lança un regard explicite à Rosie.

— Charlie ne sera pas obligé de manger de la gelée, n'est-ce pas ? J'ai dû le faire quand j'ai été opérée et lui, il n'aime pas ça.

— Quand Rosie était petite — il y a très, très longtemps, précisa Nick avec un clin d'œil à Charlie — les infirmières étaient strictes et tout le monde devait manger de la gelée. Heureusement, les choses ont changé. Maintenant, si je leur dis de ne pas t'en donner, tu n'en auras pas.

Rosie n'en doutait pas. Ses ordres ne devaient guère être contestés par la gent féminine.

— Alors, marché conclu ?

Le regard de Charlie alla de Nick à Rosie et vice versa, puis il inclina solennellement la tête. Le visage empreint de la même gravité, Nick scella leur accord d'une virile poignée de main.

— Je regarderai mon planning d'interventions et je vous appellerai pour vous dire quand je pourrai opérer Charlie. Mais, en tout état de cause, il n'y aura pas de gelée pour toi, jeune homme, ordre de ton médecin !

Charlie le remercia d'un sourire jusqu'aux oreilles et ne se déroba pas lorsque Nick posa une main sur son épaule tandis qu'ils quittaient la pièce. Ils étaient déjà dans le corridor quand, faisant volte-face, Charlie retourna en courant dans le cabinet de Nick, laissant Rosie et Nick interloqués.

Avait-il oublié quelque chose ? Elle n'eut pas le temps de se perdre en conjectures. Déjà il revenait, toujours en courant, un sourire à la fois mystérieux et ravi aux lèvres.

Ravie, Rosie l'était aussi en quittant le centre médical pédiatrique parce que, quoi qu'il arrive, elle était certaine d'avoir très bientôt une autre occasion de parler avec Nick.

Son patient suivant n'était pas là et aucune explication ne leur était parvenue, apprit Nick non sans irritation après avoir accompagné Rosie et Charlie jusqu'à l'entrée.

— Ça vous laisse le temps d'étudier ça, précisa la réceptionniste, philosophe, en lui tendant une épaisse enveloppe portant le tampon « confidentiel ».

— L'accord de partenariat revu et corrigé ?

— Mmm… Par la même occasion, si vous pouviez vous occuper de ces courriers et de ces comptes rendus urgents…, ajouta la brave dame en lui fourrant une liasse de papiers entre les mains.

Après l'avoir qualifiée gentiment d'esclavagiste, Nick regagna son cabinet en admettant que ce n'était pas le rendez-vous manqué qui l'irritait, mais le fait qu'il aurait pu bavarder plus longtemps avec Rosie et Charlie s'il l'avait su.

Charlie l'intriguait, et il était bien déterminé à l'inciter à parler. Quant à sa tante, elle piquait sa curiosité, elle aussi. Ensemble, ils formaient une paire fort intéressante.

Comme il posait tous ses documents sur son bureau, son regard fut attiré par un bonbon en forme de tétraèdre, à rayures rouges et vertes, placé avec soin au centre de son bloc-notes. En dessous, il était écrit :

Moi aussi, je préfère ceux-là.

— Excellent ! murmura Nick tout en fourrant le berlingot dans sa bouche. Il me parle.

Il était 8 heures du soir. Les enfants couchés, Rosie se retrouva seule dans la salle de séjour. Horriblement seule. Dans son autre vie, elle serait allée au cinéma avec une amie ou plus probablement dîner avec Philip et l'un ou l'autre de ses acolytes politiciens. A présent, enfoncée dans les coussins du canapé, elle songeait à préparer des paniers-repas et à emplir la machine à laver. Décidant qu'elle était trop fatiguée pour ça, elle jeta un œil à la collection de CD, en quête d'un moyen de rompre le silence de la grande maison. Mais les disques appartenaient à David et Anna et, ce soir, elle préférait éviter de ranimer son chagrin.

Ses propres CD, comme toutes ses affaires, se trouvaient toujours dans l'appartement qu'elle avait partagé avec Philip à Canberra. Et si elle profitait de cette soirée de répit pour en organiser le rapatriement ?

Saisissant son téléphone portable, elle appela son ex-compagnon sur le sien.

— Rosie ! Comment vas-tu ?

A question purement rhétorique, réponse standard.

— Bien. As-tu une minute ? J'ai besoin de discuter avec toi des affaires que j'aimerais récupérer.

— Je m'apprête à sortir, nous parlerons de ça samedi lorsque j'irai à Sydney. Pour la réception. Avec le Premier ministre néo-zélandais, tu te souviens ?

— Oui, répondit Rosie bien que cet événement lui soit complètement sorti de l'esprit. Mais tu es sûr…

— Tu as promis de m'accompagner, Rosie, et il est

important que tu sois vue avec moi. J'atterris à 6 heures. La limousine passera directement te prendre. Robe de soirée.

A quoi servirait d'ergoter ? Il avait raison : elle lui avait bel et bien promis de l'escorter et elle tenait toujours ses promesses. Même celles faites à un ex.

— Très bien.

— On parlera à ce moment-là. Bonsoir.

Comme toujours, il n'avait été question que des besoins de Monsieur. Il ne lui avait même pas proposé d'apporter quelques-uns de ses effets personnels ! Pourtant, les membres du Parlement n'avaient pas les mêmes contraintes que les simples mortels en matière de bagages. Toutes ses tenues de soirée étant à Canberra, Rosie envisagea de le mettre à contribution, puis se ravisa. Il ne refuserait pas, mais au lieu de lui apporter la robe et les chaussures qu'elle lui indiquerait, il choisirait d'autorité dans sa garde-robe ce qu'il jugerait préférable.

Abandonnant son téléphone à côté d'elle sur le canapé, elle ferma les yeux. En faisant le vide dans son esprit pendant quelques minutes, peut-être trouverait-elle l'énergie de se lever pour finir les corvées de la journée.

Deux secondes plus tard, la sonnerie de l'appareil la fit sursauter. Bien entendu, au bout du fil, ce n'était pas Philip qui la rappelait pour savoir ce qu'il pouvait lui apporter !

— Rosie ? C'est Nick Masters.

Une douce chaleur se répandit en elle.

— Bonsoir, Nick.

— Je viens de vérifier mon planning d'interventions pour la prochaine quinzaine. Je sais qu'il est tard, mais je sors tout juste du bloc et j'ai le sentiment que, comme moi, vous aimez avoir toutes les cartes en main et que vous préférez être informée le plus tôt possible.

— Merci, murmura Rosie, stupéfaite de sa clairvoyance.

— Je peux opérer Charlie lundi en huit. J'exerce au St Catherine's, ce jour-là, ça ne sera pas loin pour vous.

— C'est absolument parfait. Et vous avez raison, j'aime être bien renseignée. Les choses sont moins stressantes quand on peut les appréhender sans avoir à anticiper divers scénarios. Non que j'aie paniqué au sujet de l'intervention, ajouta-t-elle en hâte, embarrassée.

Nick rit comme s'il s'était agi d'une plaisanterie.

— Je suis heureux d'entendre ça. Beaucoup de gens sont terrifiés à l'idée que leur enfant passe sur le billard. Je vous ferai envoyer les formulaires, mais Charlie devra être admis à 7 heures du matin. Ce sera possible ?

Cela signifierait bousculer Lucy, mais ça n'était pas le problème de Nick.

— Oui. Je me débrouillerai.

— Et en ce qui concerne votre travail, ça ne posera pas de problème ?

— J'ai pris un congé sans solde pour m'occuper des enfants.

— L'intervention de Charlie aidera peut-être les choses à se stabiliser, commenta Nick après un instant de silence.

Rosie eut le sentiment que ce n'était pas ce qu'il voulait dire, mais elle ne le connaissait pas assez pour creuser la question.

— Je l'espère. Au moins, ce sera un début.

— S'il y a quoi que ce soit que je puisse faire, n'hésitez pas à m'en parler.

— Merci, Nick. Mais je doute que vous ayez le temps de vous soucier de la manière dont les mamans de vos patients organisent leur vie.

— C'est vrai, mais la plupart des mamans de mes patients privés peuvent se reposer sur un compagnon ou une nounou et, dans les hôpitaux publics, il existe des services d'aide aux familles. Cela ne posera aucun problème de programmer l'opération un jour qui vous conviendra mieux. Il vous suffit de me le dire.

— Je vous remercie, mais ça ira. A lundi en huit, donc.

Au cas où j'aurais un empêchement, je me rappellerai votre proposition. C'est vraiment très gentil à vous, Nick.

Après qu'il eut pris congé, Rosie coupa la communication tout en se demandant ce qu'il s'était retenu de dire lorsqu'elle avait évoqué son congé sans solde. Finalement, elle haussa les épaules. Sans doute ne le saurait-elle jamais et peu importait, après tout. Fallait-il qu'elle soit devenue égocentrique pour cogiter sur les choses qu'un quasi-étranger ne lui avait pas dites au cours d'une banale conversation téléphonique !

Dans un registre plus positif, ce coup de fil lui avait fait plus de bien que Nick n'aurait pu l'imaginer. S'entendre demander comment elle s'en sortait, si quelque chose lui convenait *à elle*, faisait toute la différence. Probablement ne s'en sortait-elle pas si bien que ça, à en juger par l'intérêt croissant qu'elle portait à l'ORL de son neveu. Un homme dont l'appel avait été purement professionnel et qui avait peu de chances de s'intéresser à une tatie débordée et en deuil. En dépit de ces évidences, il avait instillé en elle la sensation d'être... protégée. D'être moins seule, également, juste au moment où elle avait eu besoin de ce réconfort, aussi éphémère soit-il.

Il y avait un contraste frappant entre son coup de fil et celui qu'elle avait passé à Philip. Ce dernier ne lui avait même pas demandé de nouvelles des enfants, ne serait-ce que par simple politesse à défaut de sollicitude.

Retourner vivre à Canberra avec ses neveux constituait l'une des options qui s'offraient à elle. Toutefois, après sa conversation avec son ex, la perspective lui paraissait bien peu encourageante. Qu'y avait-il là-bas pour elle, et pour les jumeaux, si sa rupture avec Philip devenait permanente ?

Ou peut-être, se demanda-t-elle au souvenir de la réaction de son corps lorsqu'elle avait vu Nick ce matin, qu'y avait-il jamais eu là-bas pour elle — même *avec* Philip ?

3

Ah ! ce fichu nœud papillon !

Pour le nouer correctement, il aurait fallu que Nick se concentre un peu sur sa tâche, mais il était trop excité pour ça. Hier, il avait signé l'accord de partenariat qui faisait de lui l'un des associés du cabinet d'ORL. Certes, il avait dû s'endetter lourdement pour acheter ses parts, mais il s'agissait cette fois de dettes constructives, à l'inverse de celles qu'il était enfin parvenu à solder ces derniers mois.

Maintenant qu'il ne traînait plus ce boulet, il entrait dans une phase productive de sa vie. Tout allait bien pour lui. Le nombre de ses patients ne cessait de croître et il se sentait plus sûr de lui qu'il ne l'avait jamais été.

Une dernière fois, il arrangea les « ailes » du papillon noir. Voilà, il était présentable. Se réjouissant à l'avance de cette soirée, il prit sa veste de smoking, sortit de chez lui et se mit au volant de sa voiture — sa vieille Holden Commodore, preuve tangible qu'il n'était pas complètement sorti du trou que son ex-femme avait creusé pour lui. Sans doute serait-il le seul invité à se rendre au prestigieux Opéra de Sydney dans un véhicule aussi défraîchi, songea-t-il avec un brin d'autodérision, mais ses finances ne lui permettaient pas d'en acquérir un neuf. De toute manière, sa fidèle Molly, comme il l'appelait affectueusement, faisait très bien l'affaire et il avait l'habitude de s'accommoder de ce qu'il avait.

Parfois, il lui semblait qu'il n'avait fait que ça durant des années : « faire avec ». Se débrouiller avec les moyens du bord pendant qu'il travaillait sans relâche, bien déterminé à atteindre les buts qu'il poursuivait depuis son adolescence : la stabilité, la sécurité, la respectabilité.

Après une suite de mésaventures, ces trois objectifs étaient enfin en vue.

Alors ce soir, pour fêter ça, il se mêlerait à la foule et il danserait. Il savourerait le prestige qui accompagnait son titre de médecin spécialiste associé dans un cabinet médical prospère.

Répondant au coup de sonnette, Rosie découvrit Philip en personne — et toujours aussi impeccable — sur le seuil. Comme d'habitude, il paraissait fait pour son smoking, sans doute parce que celui-ci avait été taillé pour lui et qu'il le portait avec la certitude de le mériter.

Comment saluait-on son ex lorsqu'on le revoyait pour la première fois après la séparation ? Déjà il inclinait la tête vers la sienne avec l'intention évidente de lui donner un baiser sur les lèvres, mais elle se surprit à lui tendre la joue. Un premier geste de rébellion contre ses volontés ? En fait, non. Il s'agissait du second. Assumer la tutelle des jumeaux et quitter Canberra avait constitué le premier.

— As-tu fait bon voyage, Philip ?

— Oui. Tu es superbe en jaune. Ça te va bien.

Il la regardait de la tête aux pieds, les sourcils légèrement froncés. Trouvait-il que le tissu fluide de sa robe bustier soulignait un peu trop ses formes ?

— J'ai acheté cette tenue hier, en profitant des derniers soldes d'été. Tu entres saluer ma mère et les enfants ?

Philip consulta sa montre. Il cherchait une excuse et s'attendait à ce qu'elle le tire d'affaire, comme elle en avait l'habitude. Ce soir, cependant, une étonnante envie de bravade la titillait. Elle lui faisait une faveur en l'accompagnant à cette soirée. Pour une fois, ne pouvait-il faire quelque chose pour elle ?

— Il faut que j'aille chercher mon sac, de toute manière, ajouta-t-elle et, pivotant sur ses talons, elle traversa le hall sans vraiment se préoccuper de ce qu'il allait faire.

Quelques minutes plus tard, en le retrouvant dans la salle de séjour, elle regretta de l'avoir invité à entrer. S'il entretenait une conversation guindée avec sa mère et si Lucy le forçait, par son exubérance habituelle, à lui prêter un minimum d'attention, il ignorait totalement Charlie. Certes, au cours de leurs nombreuses rencontres, jamais Charlie ne lui avait dit un seul mot, mais tout de même ! Un homme adulte ne pourrait-il trouver quelques questions auxquelles un petit garçon pourrait répondre d'un signe de tête ?

Exaspérée, Rosie embrassa ses proches et mit fin à la gêne de tout le monde en entraînant Philip vers la porte. Une fois de plus, elle se dit qu'elle avait eu raison de ne pas emmener les enfants vivre à Canberra tout de suite après la mort de leurs parents.

Durant le trajet jusqu'à l'Opéra, Philip mit à profit le fait que la vitre les séparant du chauffeur était fermée pour préciser à Rosie à qui il avait l'intention de la présenter, avec qui il voulait qu'elle papote et pendant combien de temps. Comme elle fermait les yeux un instant, il posa brièvement la main sur son bras.

— Je sais que tout ça peut paraître assommant, dit-il comme s'il avait lu dans ses pensées. Mais tu t'en es toujours tellement bien sortie !

— Philip, je t'ai promis de venir. N'aie crainte, je ferai ce que tu attends de moi — avec mon plus charmant sourire, affirma-t-elle.

En dépit de l'effort que ça ne manquerait pas de lui coûter, songea-t-elle en retenant un soupir.

— As-tu parfois songé à revenir à la maison ?

— Je ne sais pas encore ce que je vais faire. Les enfants doivent rester dans leur environnement familier, pour l'instant.

Philip soupira.

— Rosie, tu ne sembles pas en train ; tu as l'air épuisée. Et ton travail doit te manquer. Du reste, tu n'as demandé qu'un congé sans solde, tu vas bientôt devoir prendre une décision.

Rosie renonça à objecter.

— J'admets que l'adaptation a été difficile, mais ça ne signifie pas que c'était une erreur de venir ici. Je suis où j'ai besoin d'être et où je veux être. Mon travail me manque, tu as raison, mais je le reprendrai un jour, le moment venu. J'admets aussi que je suis fatiguée et si je ne resplendis pas de bonheur, c'est parce que je pleure mon frère et sa femme, vois-tu. Ce sont des choses que je dois gérer. Il n'est pas question que j'abandonne les enfants.

— Tu sembles abandonner Canberra assez facilement, remarqua Philip d'un ton amer.

— Ça n'a pas été facile pour moi de rompre avec toi. Sincèrement, j'ai été triste. Mais maintenant que j'ai eu le temps de réfléchir, je suis sûre que notre relation était parvenue à son terme. J'ai dit qu'il valait mieux en rester là parce que je ne voulais pas faire de promesse que je ne pourrais tenir, et je pense que j'ai eu raison. Et tu as bien insisté sur le fait que tu ne pouvais pas m'accompagner. Par conséquent, il n'y avait pas d'autre option.

Pour toute réponse, il acquiesça d'un bref signe de tête.

— Je sais que mon départ t'a blessé, reprit Rosie, lui effleurant le bras. Mais pour nous permettre de sauvegarder notre amitié, peux-tu accepter l'idée que je devais m'en aller ?

— Je ne sais pas y faire avec les enfants, marmonna Philip.

Cela expliquait-il pourquoi il n'avait pas pu envisager de la suivre à Sydney ni de lui proposer de maintenir entre eux une relation « longue distance » ?

Rosie n'eut pas le loisir de réfléchir à la question. Leur limousine s'arrêtait au pied du grand escalier garni d'un tapis rouge de l'Opéra, l'édifice emblématique de Sydney dont les toits en forme de voiles blanches rappellent celles des bateaux qui sillonnent la baie. Un homme en livrée ouvrit la portière arrière et Philip sortit le premier du véhicule afin d'aider Rosie à en descendre. Malgré les griefs qu'il avait contre elle, il tenait à préserver les apparences !

Comme d'habitude, il tint aussi à faire avec elle une entrée remarquée dans la salle de réception. Grands tous les deux — un mètre quatre-vingts pour elle, quatre-vingt-cinq pour lui —, ils ne passaient pas inaperçus, de toute manière. Un avantage certain, en politique, pour qui voulait parvenir au sommet.

Rosie savait qu'elle représentait un atout dans son jeu. Ça ne l'avait jamais vraiment ennuyée jusque-là parce que le monde fonctionnait ainsi, avait-elle cru. Mais peut-être avait-elle été trop immergée dans cet univers pour se rendre compte que le reste du monde ne fonctionnait pas d'une manière aussi superficielle ?

Balayant des yeux la salle déjà bondée, elle s'aperçut que tout n'était tout de même pas qu'artifice dans ce genre de manifestation. Parmi les nombreuses personnes qu'elle reconnaissait, elle en avait toujours retrouvé certaines avec plaisir. Ce soir, toutefois, elle aurait préféré être ailleurs… Elle avait promis à Philip de remplir son rôle, mais de quoi allait-elle bien pouvoir parler avec tous ces gens ?

Pour l'instant elle attendait patiemment avec lui de saluer le Premier ministre australien et son homologue néo-zélandais. Par chance, le premier se rappela l'avoir rencontrée, ce qui ravit visiblement Philip. Peut-être cela lui conférerait-il un bonus qui lui permettrait d'échapper un peu plus tôt à ses devoirs « officiels », songea Rosie. On avait le droit de rêver…

Après l'avoir présentée au ministre de l'Education et à son épouse, Philip s'excusa et s'éclipsa, la laissant endurer à sa place la compagnie de ce couple ennuyeux. Dès qu'elle le put, elle s'excusa à son tour et, saisissant au passage un verre de vin blanc, rejoignit le ministre de la Santé. Un autre membre du gouvernement avec lequel Philip voulait qu'elle s'entretienne, mais au moins s'agissait-il de quelqu'un d'intéressant. Dans la mesure où il avait été médecin avant d'entrer en politique, ils devraient pouvoir trouver un sujet de conversation.

Elle était là !

Nick l'avait remarquée à l'instant où elle avait franchi le seuil, éblouissante dans une robe jaune canari, au bras d'un homme qui ne passait pas inaperçu lui non plus — plus grand, plus jeune et plus séduisant que la plupart des autres hommes de l'assemblée. Bizarrement, ce type ne cadrait pas avec l'image qu'il s'était faite de Rosie, celle d'une jeune femme seule aux prises avec une situation difficile. Se serait-il trompé ?

A présent elle s'entretenait avec le ministre de la Santé. Il ne voyait plus l'homme qui l'avait escortée et c'était très bien ainsi. Ce que perdait l'un, un autre le gagnait, disait la sagesse populaire. Lui, en l'occurrence ?

L'attirance qu'il avait ressentie pour elle ne risquait pas de faiblir maintenant, alors que la robe bustier qu'elle portait ne laissait rien à l'imagination. Il s'était autorisé à se divertir, ce soir, à s'amuser sans s'investir d'une quelconque manière. Et s'il pouvait se divertir avec Rosie… eh bien ça n'en serait que mieux.

Une petite voix lui souffla qu'il risquait de se brûler les ailes ; il l'ignora. Elle ne lui donnait pas l'impression d'être une flirteuse confirmée — lui non plus ne l'était pas —, mais ce magnétisme, entre eux, existait bel et bien. Si d'aventure elle avait besoin d'oublier ses responsabilités le temps d'une soirée, ma foi…

La voyant quitter le ministre, il louvoya aussi vite qu'il le put entre les groupes afin de l'intercepter avant qu'elle n'entame une nouvelle conversation.

Deux Premiers ministres et deux ministres à son actif en une demi-heure, c'était un bon début ! Il était temps qu'elle s'offre une petite pause avant le dîner officiel, songea Rosie avant de fendre la foule, saluant d'un signe de tête par-ci, d'un sourire par-là, avec l'air d'avoir un but précis de sorte que personne n'ose l'arrêter pour lui parler.

Or, elle n'avait pas fait dix pas que son plan échouait.

— Rosie Jefferson. Quelle heureuse coïncidence ! dit une voix masculine derrière elle.

Elle se retourna et ses lèvres sourirent d'elles-mêmes.

— Nick !

Déjà une onde chaude l'envahissait en même temps que le désir de partir avec lui au bout du monde. C'était insensé !

— Que faites-vous là ? ajouta-t-elle avec effort.

Il eut un sourire à damner une sainte.

— Vous trouvez qu'un simple médecin n'est pas digne de côtoyer toutes ces personnalités ?

Si le smoking allait bien à Philip, Nick, dans le sien, semblait sorti tout droit d'un défilé de mode — même s'il était évident qu'il n'avait pas consacré autant d'argent à sa tenue. Peut-être avait-il profité, lui aussi, des derniers soldes d'été.

— Pas du tout. Mais est-ce réellement votre divertissement habituel du samedi soir ? Je ne vous aurais pas imaginé ici.

— Ça se voit tant que ça ? demanda-t-il d'un air

faussement déconfit. Vous avez raison, je suis un imposteur. J'ai seulement été invité pour la forme, en tant que Néo-Zélandais. J'étais l'un des meilleurs qu'ils aient pu dénicher, les autres travaillant dans des bars quand ils ne surfent pas. Cela dit, qu'est-ce qui m'a trahi ?

— Votre smoking paraît aussi neuf que ma robe.

Il fit mine d'examiner attentivement cette dernière, en évitant de se concentrer sur son décolleté. Un bon point pour lui, constata Rosie. Toutefois, sous son exploration visuelle appuyée, un petit frisson la parcourut. Il y avait longtemps qu'elle n'avait éprouvé sensation aussi agréable. Sa mère avait raison : elle devrait sortir davantage.

— Il l'est. L'ancien est resté en Nouvelle-Zélande et il n'avait guère été porté en dix ans. Quant à votre robe, vous n'aviez nul besoin de me dire qu'elle est neuve.

Il regarda par-dessus son épaule avant d'ajouter :

— Vous avez laissé l'étiquette.

L'étiquette de prix ! Horrifiée, Rosie se tâtait le dos aussi discrètement qu'elle le pouvait quand elle s'aperçut que Nick se retenait de rire.

— Il n'y a pas d'étiquette, n'est-ce pas ?

— Non, je l'avoue. Je n'ai pas pu résister à la tentation. Mais pourquoi une robe neuve ? Tenez-vous à impressionner quelqu'un, ou êtes-vous une *fashion victim* ?

— Ni l'un ni l'autre. Toutes mes affaires sont à Canberra.

Explication qui parut le déconcerter. Tant mieux. Elle allait profiter de l'occasion pour le taquiner à son tour.

— Vous savez, la ville construite tout exprès pour les politiciens, la capitale de l'Australie ?

— Ah oui ! Et aussi l'endroit logique où avoir sa garde-robe quand on habite Sydney.

— Il y a moins de mites, là-bas. Elles n'aiment pas le froid.

Il arqua un sourcil.

— Ce n'est pas gentil de vous moquer de moi alors

que je suis un malheureux immigré. La nouvelle politique d'immigration du gouvernement n'était-elle pas censée reposer sur des idéaux plus tolérants ? Etre sympa avec les étrangers, ne pas se moquer d'eux…

— Il y a une clause d'exemption pour les Néo-Zélandais, répondit Rosie du tac au tac.

Nick éclata de rire.

— Vous marquez un point. Pour en revenir à Canberra, quel est le fin mot de l'histoire ?

Tout en reprenant son sérieux, Rosie s'aperçut qu'elle avait adoré leur joute verbale.

— Je me suis installée ici pour m'occuper des jumeaux et n'ai pas encore eu le temps de retourner à Canberra m'occuper de mes affaires.

— Le généraliste de Charlie ne m'a pas parlé de ça.

— Sans doute a-t-il pensé que ça n'avait aucun rapport avec la santé de son petit patient.

Une nouvelle fois, Rosie eut le sentiment que Nick voulait en savoir plus. Il se contenta néanmoins de hocher la tête.

— Vous ne m'avez toujours pas dit à quel titre vous avez été invitée ce soir. Seriez-vous le médecin du Premier ministre ou de quelque autre célébrité ?

— Non. Je suis une simple généraliste. Mais mon ex-compagnon fait de la politique et je lui avais promis de l'accompagner ; c'est pourquoi je suis ici. Et vous, d'où vous vient au juste votre invitation ? Ne me dites pas que quelqu'un a sillonné la ville en quête de quelques « Kiwis » respectables.

— Bien sûr que si ! plaisanta Nick. Et mon excellent ami Tim est le conseiller en communication de notre Premier ministre, ce qui a peut-être ajouté un plus.

— Ouah ! Votre cercle d'amis est impressionnant.

— Ce qui me rend moi-même impressionnant ?

Impressionnant, oui, il l'était. Par son physique, sa chaleur, son sens de l'humour, sa gentillesse…

— Probablement.

— Parfait. Puisqu'il est établi que je suis impressionnant, puis-je vous enlever pendant quelques minutes ? A moins que vous ne soyez obligée de bavarder avec d'autres assommants politiciens ?

— Ce n'est pas votre cas ?

— Comme je vous l'ai dit, ma présence ici est purement symbolique. Considérez-moi comme l'équivalent d'une élégante hôtesse qu'on aurait mise là pour compléter le tableau. Ce qui signifie que je n'ai rien à faire, sinon essayer de me divertir. Maintenant que je vous ai trouvé, je pense que mes chances d'y parvenir ont considérablement augmenté.

Le sourire qui ponctua cette déclaration chassa de l'esprit de Rosie les noms des gens à qui elle était supposée parler.

— Je suis sûre que ces messieurs pourront se débrouiller sans moi, répondit Rosie. Je suis toute à vous.

Nick la débarrassa de son verre vide, lui en tendit un plein, choisit de l'eau pour lui et l'entraîna vers les immenses baies vitrées d'où ils contemplèrent le majestueux Harbour Bridge qui enjambe la baie de Sydney, le va-et-vient des ferries, les immeubles illuminés de la rive nord.

— Vous êtes-vous bien acclimatée à Sydney ?

— Je suis d'ici, mais je cherche encore trop mes marques dans mon nouveau métier de parent pour m'être vraiment rendu compte de l'endroit où je suis, s'entendit-elle avouer.

— Ça ne m'étonne pas. Votre vie a été complètement chamboulée. Savez-vous si vous resterez ici ?

— Je suis la tutrice légale de Charlie et Lucy et n'ai pas voulu les perturber davantage en les emmenant à Canberra. Comme Philip, mon ex-compagnon, ne pouvait pas quitter la capitale nous avons jugé plus simple de nous séparer, expliqua Rosie, évitant avec soin de répondre à la question.

— Où en êtes-vous exactement dans votre vie ?

— Franchement, je n'en sais rien. Les enfants m'occupent

à plein temps ; je n'ai pas le loisir de réfléchir à mes désirs ou mes besoins.

— J'imagine. Mais pourquoi Philip ne pouvait-il faire la navette entre Canberra et ici, si vous me permettez cette nouvelle question personnelle ? C'est assez fréquent pour les hommes politiques.

— Pour ceux qui sont bien établis, peut-être, mais Philip en est encore à ses débuts et comme il a de grandes ambitions, il sait qu'il lui faut impressionner les bonnes personnes. C'est d'ailleurs la raison pour laquelle je suis ici ce soir.

— Vous voulez impressionner les bonnes personnes ? plaisanta Nick dont le sourire s'était toutefois un peu crispé.

— Juste l'aider à le faire. Nous avons été ensemble plus de deux ans. Le changement a été rude pour lui, et j'ai promis de lui apporter mon soutien ce soir de sorte qu'il n'ait pas à expliquer mon absence.

— Il a de la chance que vous soyez aussi compréhensive.

— J'ai mauvaise conscience d'être partie.

— Faites-vous beaucoup de choses par culpabilité ?

— Pardon ?

— Il faut être d'une extrême gentillesse pour chambouler sa vie comme vous l'avez fait et ensuite vous sentir coupable envers votre ex alors que les circonstances échappaient à votre contrôle. Je soupçonne que seul l'altruisme peut pousser quelqu'un dans votre situation actuelle à affronter une soirée comme celle-là. A moins que ce ne soient les boissons à volonté, ajouta-t-il avec un clin d'œil.

Elle rit, soulagée qu'il lui ait offert une échappatoire.

— Cette largesse cause toujours ma perte.

A peine avait-elle fini sa phrase qu'une annonce demandant à tous les hôtes de rejoindre leurs tables interrompit leur conversation.

— Est-ce que danser figure parmi vos projets, ce soir ? s'enquit néanmoins Nick tandis que la foule commençait à se diriger vers la salle à manger. Mon carnet de bal est totalement vide.

— Oui, ce sera agréable de danser, répondit Rosie sans même prendre le temps de réfléchir.

Elle aurait accepté n'importe quelle suggestion venant de lui. Quand il lui prit le coude pour l'escorter vers la salle à manger, le contact de sa main fit jaillir en elle mille étincelles qui embrasèrent chaque cellule de son corps.

Pouvait-elle vraiment prétendre qu'il ne produisait sur elle un tel effet que parce qu'elle vivait en ermite depuis deux mois ? Danser avec lui plus tard n'était peut-être pas une si bonne idée. Pour lui, ce serait juste une danse, mais pour elle… Elle pressentait qu'avec lui ça ne pourrait jamais être une simple succession de mouvements rythmés.

Rien ne pouvait être ordinaire avec Nick Masters.

Or, pour le bien de deux enfants vulnérables, sa vie devait rester aussi « ordinaire » que possible.

Pour une fois, Rosie se réjouissait que les discours n'en finissent pas car ils empêchaient les invités de converser.

Au moins, Philip — qui avait été mécontent d'apprendre qu'elle avait passé beaucoup de temps en compagnie de l'ORL de Charlie au lieu de s'entretenir avec qui de droit — ne pouvait pas lui demander pourquoi elle l'avait « trahi ». Question qui l'aurait fort embarrassée, car elle ne se voyait pas lui avouer son attirance pour Nick…

Lorsque l'ultime laïus s'acheva, jetant machinalement un œil par-dessus son épaule, elle croisa le regard admiratif de l'homme qui occupait ses pensées. Assis deux tables plus loin, il leva légèrement son verre en un toast discret. Durant tout le dîner il avait dû avoir son dos nu en perspective. L'avait-il regardé ? A son sourire, elle devina que oui. Aussitôt, elle se plut à imaginer qu'il avait délibérément choisi une place d'où il pouvait la voir.

L'excitation la gagna. De délicieux petits frissons se mirent à courir dans son dos. Dire qu'elle tenait à éviter tout ce qui sortait de la banalité quotidienne ! Un regard de Nick Masters, et elle se sentait prête à faire tout ce qu'il voudrait. Lui adressant un rapide sourire en retour, elle reporta son attention sur Philip. Loin d'inspirer des rêveries éveillées, celui-ci vous faisait entrevoir une vie sérieuse, respectable, ponctuée de cocktails et de galas de bienfaisance.

Etait-ce ce qu'il fallait envisager pour les jumeaux ? Une vie avec des émotions tièdes et stables, sans rien de spontané ni d'imprévisible ? Rien d'excitant ni de dangereux… et surtout rien qui suscite des images chassant toute pensée sensée de l'esprit.

Elle savait qu'elle devrait prendre la décision la plus raisonnable et refuser de danser avec Nick. Refuser tout ce qu'il pourrait lui proposer. Encore que ça ne ferait aucune différence, dans la mesure où il ne cesserait de l'obséder jour et nuit…, songeait-elle quand un collègue de Philip s'approcha d'elle.

— On a besoin d'un médecin, lui dit-il d'un ton pressant.

Elle se leva sans hésiter, consciente que ses projets pour la suite de la soirée risquaient fort d'être compromis.

4

Nick vit un homme s'approcher de Rosie et lui parler en aparté. L'idée que cet individu puisse être en train de s'octroyer la première danse le hérissa.

C'est alors qu'une main se posa sur son épaule, détournant son attention. Il découvrit Tim, son meilleur ami, debout derrière lui.

— Nick ! On a besoin d'un médecin.

Il bondit sur ses pieds.

— Que se passe-t-il ? s'enquit-il en reportant les yeux sur Rosie qui traversait à présent la salle à la suite de l'individu.

Avait-on fait appel à elle aussi ?

— Howard Hoffmann, le chef de cabinet du Premier ministre, s'est effondré et a du mal à respirer, expliqua Tim tout en le conduisant jusqu'à une table derrière laquelle un quinquagénaire ventripotent était affaissé sur une chaise, le visage écarlate et la respiration sifflante. Déjà arrivée, Rosie lui dénouait sa cravate.

— Quelqu'un a-t-il appelé une ambulance ? demanda Nick à Tim.

— Je pense que oui, pendant que j'allais te chercher.

— Vérifie. Par mesure de sécurité.

— J'y vais tout de suite.

Tandis que Tim s'éloignait, Nick rejoignit Rosie. Elle l'accueillit d'un bref sourire avant d'annoncer au chef de cabinet qu'ils étaient tous deux médecins. Celui-ci posa sur eux un regard vitreux, seul signe d'intérêt qu'il manifesta.

— Pouvez-vous nous dire si ce genre de malaise vous est déjà arrivé ? ajouta Rosie tout en vérifiant son pouls.

Comme il acquiesçait d'un léger signe de tête, Nick lui remonta la manche, découvrant un bracelet médical portant l'inscription « allergie aux noix ».

— Monsieur Hoffmann, avez-vous un stylo auto-injecteur d'adrénaline ? s'enquit-il.

De nouveau, il inclina la tête.

— Où est-il ?

— Ma femme, répondit-il avec difficulté. Aux toilettes.

Ses lèvres avaient commencé à enfler. Bientôt il ne serait plus en mesure de parler et de l'urticaire commençait à se développer sur son visage devenu écarlate.

— Pouls erratique, murmura Rosie.

— Que quelqu'un aille chercher Mme Hoffmann ! ordonna Nick d'une voix forte qui fit immédiatement cesser le bruit ambiant. Vous, ajouta-t-il en dardant son regard sur l'une des dames qui regardaient la scène. Trouvez-la. Nous avons besoin de ce stylo.

Comme Nick se chargeait d'organiser les choses, Rosie resta concentrée sur Howard Hoffmann. En attendant de lui injecter la dose d'adrénaline qu'il lui fallait, elle pouvait faire quelque chose pour lui : le calmer.

— Votre femme va arriver, monsieur Hoffmann. Pouvez-vous continuer à respirer par le nez ? dit-elle en retenant son regard afin d'éviter qu'il disperse son attention.

Garder ses voies aériennes dégagées constituait une priorité, dans la mesure où sa respiration devenait plus laborieuse de seconde en seconde.

— Quelqu'un a-t-il un inhalateur de Ventoline ?

Par chance, on lui en passa un rapidement.

— Ça va vous aider à respirer. Avez-vous déjà utilisé ce genre de chose ?

Il opina. Tenant le petit appareil pour lui, Rosie en pressa l'extrémité à quatre reprises afin de lui délivrer quatre bouffées de salbutamol.

Enfin, Mme Hoffmann arriva en courant, le stylo d'adrénaline dans une main, son sac dans l'autre. Ses mains tremblaient tellement que Rosie saisit le stylo.

— Je suis médecin, je vais me charger de l'injection.

Ce qu'elle fit tandis que la brave dame se laissait tomber sur la chaise que Nick avait tirée pour elle.

— Vous vous retrouvez au milieu d'une urgence médicale partout où vous allez ? murmura celui-ci après s'être accroupi à côté d'elle. D'abord l'accident près de la plage, maintenant ça…

— J'allais vous poser la même question, répondit Rosie sans détourner les yeux de leur patient, qui respirait déjà mieux. En dehors de mon cabinet, le problème le plus grave que j'aie rencontré était un magistral coup de soleil. Peut-être est-ce notre karma.

— Vous n'avez pas de formation en médecine d'urgence ?

— Non. Je suis une simple généraliste intéressée par la pédiatrie.

— Peut-être…

Rosie ne sut jamais ce que Nick voulait dire car quelqu'un l'interrompit en annonçant l'arrivée des secours. Comme les curieux s'écartaient pour laisser passer les auxiliaires médicaux, ils se relevèrent simultanément.

— Rosie ?

Elle sursauta au son de la voix de Philip. Se retournant, elle lui fit signe d'attendre et ce ne fut qu'après avoir mis les secouristes au courant de la situation du patient qu'elle le rejoignit, laissant Nick leur prêter main-forte en cas de besoin.

— Bien joué, avec Howard ! Tu as évité toute mauvaise

publicité, merci, dit Philip, plus soucieux de l'impact négatif que l'incident aurait pu avoir sur la couverture médiatique de la soirée que de la santé du chef de cabinet. Maintenant, il y a quelques autres personnes que je voudrais te présenter.

Rosie se dit que, puisqu'elle avait promis de lui apporter son soutien, elle pouvait difficilement le laisser choir pour aller danser avec Nick. Cependant, après toutes les mondanités qu'elle avait déjà dû supporter et cet à-côté médical en prime, il ne fallait tout de même pas exagérer…

— Je vais rentrer chez moi, Philip. Cela me suffit pour une seule soirée.

— Je comprends. Je vais demander à mon chauffeur de te raccompagner.

Quelle attitude chevaleresque ! Hélas ! ce n'était pas du tout ce qu'elle voulait. Elle voulait un homme aux réactions moins policées et plus viriles. Un homme… comme Nick.

— C'est inutile. Je prendrai un taxi.

— Tu es sûre ? J'apprécie beaucoup que tu sois venue ce soir ; ce n'était pas le moment idéal pour annoncer notre séparation.

Il inclina légèrement la tête, dans une attitude qui le caractérisait, pour ajouter :

— C'est bien que nous soyons toujours amis, toi et moi, toujours courtois.

Rosie ne put retenir un petit rire.

— C'est notre principal point commun, Philip : la courtoisie coûte que coûte. Il est peu probable qu'il disparaisse du jour au lendemain.

Il déposa un baiser sur sa joue.

— Préviens-moi quand tu voudras venir à Canberra chercher tes affaires.

— Entendu.

Donc, tout était vraiment fini entre eux. Quand Philip s'éloigna, Rosie s'attendit à éprouver un petit pincement de regret. Il ne se passa rien, preuve s'il en était besoin que leur relation était déjà vouée à l'échec bien avant que son statut de tutrice des jumeaux ne la force à y mettre un terme.

Discussions politiques, relations mondaines, tenues de soirée… cela lui paraissait à des années-lumière. Quant à son ancien statut de compagne de Philip, il lui semblait à présent totalement inadapté à sa personnalité.

Lui avait-il d'ailleurs jamais convenu ?

Maintenant, la question la plus importante était de savoir ce qu'elle serait désormais. Pour le moment, elle était une femme célibataire, tutrice de deux enfants, médecin en disponibilité et c'était très bien ainsi.

Mais plus tard ?

Plein d'humour, attentif, intelligent, grand, séduisant, gentil, sécurisant…

Alors qu'elle cherchait des mots destinés à la décrire elle, son esprit lui en avait fourni un flux concernant Nick. Elle se força à y mettre un terme. Il n'y avait pas de place dans son avenir pour cela, se rappela-t-elle.

Puis elle s'imagina tirant sur les ailes du nœud papillon de Nick jusqu'à ce que celui-ci se dénoue, glisse de son cou, et s'abandonna un instant à une délectable rêverie totalement déplacée dans un lieu public.

Après le départ pour l'hôpital du couple Hoffmann, Nick était resté en arrière. Maintenant que Philip avait quitté Rosie, il était heureux de la voir balayer la foule des yeux — à sa recherche, espérait-il. Quand il s'approcha d'elle, il devina à son sourire qu'il ne s'était pas trompé.

— Vous avez été parfaite avec Hoffmann, dit-il en effleurant son bras. Et maintenant, est-ce que le devoir vous appelle ou allons-nous pouvoir danser, du moins si aucune nouvelle urgence médicale ne survient ?

— Je dois m'en aller. Philip voulait me présenter à

d'autres personnes et j'ai prétendu être fatiguée pour échapper à la corvée. De plus, il faut que j'aille libérer ma mère pour qu'elle puisse rentrer chez elle ; elle garde les enfants en mon absence.

— Je suis déçu, mais je comprends. Je vous reconduis chez vous, si vous n'avez pas de voiture. Mes devoirs en tant que potiche néo-zélandaise sont terminés.

Elle marqua une hésitation avant d'acquiescer de la tête — ce qui remit en marche le cœur de Nick qui s'était arrêté pendant qu'il attendait sa réponse — et de lui indiquer son adresse. Précision inutile, car il la connaissait. Il savait qu'ils vivaient à quelques rues l'un de l'autre, à proximité de l'hôpital où il avait choisi d'opérer Charlie pour lui faciliter les choses.

— Je vais faire prendre congé et je vous retrouve à l'entrée. Ça vous convient ?

— Tout à fait.

Peu après ils gagnaient le parking tout en bavardant avec une agréable aisance.

— Si j'avais su que je vous raccompagnerais, j'aurais pris ma Rolls, plaisanta-t-il lorsqu'ils rejoignirent son vieux tacot après avoir contourné un somptueux coupé Mercedes noir.

— Je suis contente que vous ne l'ayez pas fait, répondit Rosie, une lueur amusée dansant dans ses yeux verts. J'ai les Rolls en horreur.

— Dans ce cas, vous aimerez ma Molly. Elle en est l'exact opposé !

Il lui ouvrit la portière passager et l'aida galamment à s'installer sur le siège.

— Maintenant, bouchez-vous les oreilles. Je dois claquer cette portière pour la fermer.

Comme elle le regardait en souriant, les mains plaquées sur les oreilles, il resta un instant immobile à la contempler, belle, élégante, gracieuse, et si peu à sa place dans sa vieille guimbarde. Peu à sa place… dans son propre univers ? Les VIP avec lesquels ils venaient de passer la soirée faisaient partie de son monde à elle, pas du sien.

Dix minutes plus tard, la question le titillait toujours et il se demandait pourquoi. Compte tenu des circonstances, il n'envisageait pas de nouer de relation, ni même de simplement sortir avec une femme, avant un an ou deux. Pourtant, tandis qu'ils papotaient gaiement, rebondissant chacun aux anecdotes de l'autre, il se surprit à imaginer Rosie en passagère régulière de sa fidèle Molly.

— Comment avez-vous rencontré Philip ? s'enquit-il, poussé par la curiosité.

— A une inauguration dans un hôpital, il y a une éternité. Je crois qu'il était invité en tant que membre local du Parlement.

— Vous *croyez* ?

— Je ne me souviens pas exactement. Est-ce important ?

— Bien sûr que oui.

— Pourquoi ?

— « Intéressant » est peut-être plus approprié que « important ». J'aime l'idée que deux personnes âgées, en couple depuis des lustres, se rappellent leur première rencontre. Je trouve ça romantique.

— Moi aussi, admit pensivement Rosie. Mais ça ne nous concerne pas, Philip et moi, puisqu'il est maintenant mon ex-compagnon.

— Sauf que, lorsque vous avez commencé à le fréquenter, vous ignoriez qu'un jour il deviendrait votre ex.

— Vous vous rappelez toutes vos ex et l'endroit où vous les avez rencontrées ?

Il rit.

— A part peut-être une ou deux parmi les plus anciennes, oui. Je peux même vous dire où je vous ai vue pour la première fois, ajouta-t-il malgré lui.

Heureusement, Rosie ne prit pas la remarque au sérieux.

— Ce n'est pas bien difficile ! souligna-t-elle en riant. Ça ne remonte qu'au week-end dernier, et les circonstances étaient assez inhabituelles.

— Et je peux vous dire quand je vous ai vue pour la deuxième fois.

— Il y a trois jours de ça !

— Quatre. Et je me souviens de ce que vous portiez.

— Vraiment ?

— Un top vague en tissu imprimé d'un vert assorti à la nuance de vos yeux…

Jetant un regard dans sa direction, il eut la joie de constater qu'elle le regardait, le visage légèrement empourpré et la respiration un brin accélérée.

— … Et un pantalon blanc, avec une tache au niveau du genou gauche.

— On avait mangé des crêpes au petit déjeuner et j'avais renversé du sirop d'érable. Mais je croyais l'avoir enlevée, cette tache !

— Pas complètement.

— Donc, soit vous avez démontré que votre mémoire est meilleure que la mienne pour les petits riens, soit vous portez un intérêt particulier à la lessive.

— Ni l'un ni l'autre. Ça prouve que je m'intéresse plus à vous que vous ne vous intéressiez à Philip, lâcha-t-il trop vite encore une fois.

Ça lui ressemblait si peu que c'en était presque risible.

— Oh ! dit Rosie dans un murmure rauque qui fit crépiter en lui le feu du désir.

Le désir. Voilà qui expliquait son étrange comportement. Heureusement, le désir, il pouvait en rester maître ; ce n'était pas un problème. Ce soir, pour la première fois, il avait eu la sensation que le nœud coulant qui lui enserrait le cou s'était relâché. Alors il pouvait relâcher aussi sa discipline, non ? Pas beaucoup. Juste assez pour se détendre un peu en compagnie d'une femme attirante et intéressante.

Elle l'observait en silence. Se demandait-elle comment interpréter ce qu'il venait de dire ? Reportant les yeux devant lui, il s'engagea dans sa rue et ralentit pour regarder les numéros.

— Ce n'est peut-être pas ce que vous vous attendiez à m'entendre dire, commença-t-il, mais voilà : j'aimerais passer un peu de temps avec vous. Sans aucune pression ni aucune attente.

Parvenu à destination, il arrêta sa voiture à l'entrée du chemin d'accès à la maison.

— Ce serait avec plaisir, Nick. Moi aussi, j'aimerais passer du temps avec vous, en tant qu'ami, mais mon temps ne m'appartient pas en ce moment.

Aurait-elle dit non si elle n'avait pas eu la charge des jumeaux ? Il y avait toutefois un moyen de passer du temps ensemble…, songea Nick. Un moyen préférable, en fait, à tous égards.

— Demain matin, comme tous les dimanches, dit-il, j'irai boire un café au Campbell Parade vers 10 heures, ensuite probablement me balader le long de la plage. Pourquoi ne pas vous joindre à moi avec les enfants ? Ainsi vous n'aurez pas à choisir entre eux et moi et on sera tous contents.

Il la vit réfléchir, indécise, circonspecte.

— Comme je l'ai dit, sans aucune pression, précisa-t-il. Nous sommes tous les deux nouveaux, ici. Ce sera agréable d'avoir de la compagnie.

— L'entraînement des enfants se termine à 10 heures. Donc, à moins d'une autre urgence, nous irons chercher leurs milk-shakes chez Marie juste après. On pourra se voir à ce moment-là.

Il se contenterait de ça. Du moins pour l'instant.

— Parfait !

— Rendez-vous est pris, alors. Sauf que ça n'est pas un rendez-vous galant. Juste en amis, n'est-ce pas ?

— Oui. Juste en amis, promit-il.

Il se croyait sincère, mais ça ne l'empêcha pas d'être submergé par un impérieux désir de détacher sa ceinture pour la serrer dans ses bras et l'embrasser fougueusement, encore et encore.

Or, il avait dit « juste en amis » et il était un homme de parole.

Il descendit donc de voiture, contourna le capot et tendit la main à Rosie qui se retrouva bientôt debout à quelques centimètres de lui, sa main toujours prisonnière de la sienne. Aurait-il voulu se donner l'opportunité de rompre sa promesse qu'il ne s'y serait pas pris autrement.

Dans la lumière du réverbère, il lui sembla que la rougeur de son visage s'accentuait et il aurait presque pu jurer qu'il voyait son sang pulser dans ses carotides. Une chose était sûre : elle avait une conscience aussi aiguë que lui de l'alchimie qui s'opérait entre eux.

Le vrombissement d'un moteur, non loin, brisa l'intensité du moment. Baissant les yeux et libérant sa main, Rosie sortit sa clé de son sac.

— Merci de m'avoir ramenée, Nick. Inutile de m'accompagner jusqu'à la maison. A demain ?

— A demain, Rosie. Bonne nuit.

Quelques secondes plus tard, elle ouvrait la porte et, sur un petit signe de la main, disparaissait à l'intérieur, le laissant en pleine interrogation. Venait-il de manquer une occasion en or ou l'avait-il échappé belle ?

Adossée à la porte refermée, Rosie s'efforça de mettre un peu d'ordre dans ses pensées. Elle avait vraiment cru que Nick allait l'embrasser. Pourquoi s'était-il abstenu ?

N'avait-il pas eu autant envie de l'embrasser qu'elle d'être embrassée par lui ?

Elle devrait être soulagée qu'il ne l'ait pas fait. Il n'y

avait aucune place dans sa vie pour une nouvelle relation. Non qu'il le lui ait proposé ! Elle était sûre de n'avoir perçu derrière son invitation que la fugitive suggestion d'une aventure, ce qui n'avait rien à voir avec une relation. Une suggestion qu'elle pourrait prendre en compte ? Elle pensa à toutes les choses qu'elle avait à faire, aux responsabilités chaque jour croissantes qui pesaient sur elle et secoua la tête.

Si elle manquait de temps pour mener à bien toutes ses tâches, elle en manquait aussi pour une aventure.

La logique même.

Seulement, une aventure avec Nick, ce ne serait pas n'importe quelle aventure…

Ce serait une expérience unique.

Et pour cette expérience-là, songea-t-elle tandis qu'une image des lèvres pleines de Nick s'imposait à son esprit, elle trouverait le temps.

5

Nick respira à pleins poumons l'air marin.

Maintenant qu'il avait vérifié que tout allait bien pour ses patients hospitalisés, il pouvait se détendre devant un café — ce qu'il faisait généralement après son bain plutôt qu'avant, mais il pourrait toujours nager plus tard. Tout dépendrait de ce qui se passerait avec Rosie et les jumeaux.

Il entra au Campbell Parade commander son habituel café-crème et acheter le tout aussi habituel journal du dimanche puis alla s'installer à une table en terrasse. Ainsi, Rosie pourrait facilement le voir puisque le Marie's Milk Bar se trouvait à deux pas. En plus, de là, il avait une belle vue de la plage. Il remarqua que, leur entraînement terminé, les enfants du Surf Lifesaving Club étaient en train de ranger leur matériel. Aussi, comme la serveuse lui apportait sa tasse, commanda-t-il un autre café-crème pour Rosie avant de parcourir le journal.

La plupart du temps, les sports et le programme télé mis à part, il n'y trouvait pas grand-chose d'intéressant, mais un article, en page cinq, attira son regard.

Il finissait de le lire quand, relevant les yeux, il vit arriver Rosie et ses neveux. Naturelle. Fraîche. Rayonnante… Plus détendue, en fait, qu'il ne l'avait jamais vue. Peut-être le bord de mer était-il l'endroit où elle se sentait le mieux. Dans sa simple tenue de plage, elle lui parut aussi ravissante et désirable qu'elle l'était la veille dans sa robe de soirée jaune soleil. Cette robe presque moulante qui avait figuré en bonne place dans ses rêves… avec elle dedans, ou non, selon le stade du rêve.

Repoussant ces souvenirs, il se leva pour les accueillir. Lucy tendit aussitôt sa main pour serrer la sienne comme s'ils étaient de vieux copains. Quant à Charlie, même s'il se rapprocha légèrement de Rosie, il le salua d'un grand sourire. Ravi, Nick lui répondit par un clin d'œil avant de déposer un baiser sur la joue de Rosie.

Comme elle tournait légèrement la tête pour lui permettre d'embrasser son autre joue, ses cheveux lui effleurèrent le cou. Ses entrailles se contractèrent tandis qu'un autre rêve à demi effacé resurgissait dans sa tête. Rosie. Nue dans son lit. Ses cheveux épars déployés sur son torse…

Il ferma brièvement les yeux afin d'effacer cette image qui démentait ses déclarations de « pure amitié ». Rosie avait seulement accepté qu'ils passent du temps ensemble en tant qu'amis. Il n'était pas certain qu'elle serait ravie de savoir qu'elle avait hanté la plus grande partie de sa nuit.

— Bonjour, Nick.

Elle avait retrouvé sa voix la première. Par chance, intéressés par les bandes dessinées du journal qu'il avait laissé sur la table, les jumeaux n'avaient pas pris conscience du silence tendu entre les adultes.

C'est alors qu'il remarqua les tongs que portait Rosie : vert cru, avec une énorme fleur en plastique jaune fixée à la lanière séparant les orteils. Un éclat de rire lui échappa, qui restaura l'agréable aisance qui avait existé entre eux avant qu'il ne la gâche avec sa proposition à peine voilée.

— Je vois que vous êtes impressionné par ce que Lucy a choisi pour mes pieds, dit-elle en souriant.

Voyant la fillette lever les yeux du journal à la mention de son nom, Nick se composa un visage sérieux.

— Très seyant. Excellent choix, Lucy, dit-il.

Comme celle-ci se rapprochait de lui, un grand sourire aux lèvres, il désigna les chaises autour de la table.

— Voulez-vous vous joindre à moi, tous les trois ?

— Ce sera la fin de votre tranquillité, souligna Rosie, mais seulement pour la forme lui sembla-t-il.

— La tranquillité, je peux la trouver n'importe quand, mais pas la compagnie de trois aussi merveilleuses personnes. En plus, je vous ai commandé un café.

— Quel genre de café ? s'inquiéta Lucy. Rosie est très difficile pour ça.

— Ah ! J'ai commandé un café-crème. Est-ce que ça ira ? demanda-t-il à la fillette en faisant mine de partager son inquiétude.

— Oui ! Tu es tombé juste !

— C'est vrai que je suis pointilleuse pour le café, ajouta Rosie. Mais après une nuit aussi courte, je crois que je pourrais même croquer directement les grains.

Là-dessus elle sourit et le soleil pâlit en comparaison.

— Allez tous les deux chercher vos milk-shakes chez Marie et revenez les boire ici, d'accord ? ajouta-t-elle en donnant de l'argent à Lucy.

Les jumeaux détalèrent, ravis d'être traités comme des grands et Rosie s'assit à la table.

— Avez-vous parcouru la gazette ? s'enquit Nick tout en reprenant place sur sa chaise.

— Pas depuis deux mois ! Pourquoi ?

— On y parle de vous.

— *Quoi ?*

Nick ouvrit le journal à la page cinq, le plia afin qu'il n'occupe pas toute la table et le tendit à son invitée.

— Tenez, voyez vous-même.

Elle s'exécuta en silence avant de lire à voix haute une phrase attribuée à Philip Garrett, selon l'auteur de l'article :

— « C'est une chance pour le chef de cabinet de M. le Premier ministre que ma compagne, le Dr Jefferson, ait été présente. Elle lui a sauvé la vie. » Pas seulement pour Howard Hoffmann ! C'est une chance pour Philip aussi, ironisa-t-elle.

— Comment ça ?

— C'est une occasion d'avoir son nom dans le journal.

— Ça ne vous ennuie pas qu'il ait utilisé votre geste à des fins personnelles ?

— Non. Ça fait partie du job. Il m'a même remerciée, hier soir, d'avoir évité une mauvaise publicité. Encore que, pour lui, il n'y ait pas vraiment de « mauvaise presse ». Il préfère que son nom figure dans les journaux pour n'importe quelle raison plutôt que d'être oublié. Je ne dis pas cela méchamment. Philip n'est pas le seul à être ainsi. C'est la politique qui veut ça, j'imagine.

— Et le fait qu'il prétende être votre compagnon ?

Elle haussa les épaules.

— Il l'a dit pour donner plus de poids à son commentaire. En même temps, ça lui a permis d'être cité à propos d'un événement dans lequel il n'était pas impliqué. Vraiment très malin !

— Vous trouvez ça « malin » ?

— Bien sûr ! Si vous avez autant besoin de publicité que d'air pour vivre, il faut soit avoir du talent pour la susciter, soit apprendre à saisir la moindre opportunité. Philip possède ce talent, c'est évident. Pour ma part, je détesterais mener ce genre d'existence, je m'en suis encore rendu compte hier soir. Même si je l'ai soutenu quand on vivait ensemble, je n'apprécie pas ce « tricotage » de réseaux. Mais c'était important pour lui et j'en comprenais la nécessité.

— C'est pourquoi vous lui avez apporté votre concours hier soir ?

— Exactement. J'ai fait mon devoir et maintenant, je suis ravie de ne plus avoir à appartenir à ce monde, conclut Rosie d'un ton léger tout en feuilletant le journal.

Les jumeaux revinrent, buvant bruyamment leurs milk-shakes à la paille.

— Ça vous ennuie si j'enlève cette partie ? reprit Rosie après avoir isolé les feuillets consacrés au sport.

Comme il répondait « bien sûr que non », elle replia le reste du périodique et passa les pages en question à Charlie qui se précipita sur la rubrique « cricket ».

— Tu aimes le cricket, Charlie ?

Relevant les yeux vers Nick, il opina du bonnet.

— Les séries du tournoi Tri-Nations vont bientôt débuter. Je suis originaire de Nouvelle-Zélande. Tu crois que nous pouvons battre les Australiens, cette année ?

Devant la vigueur avec laquelle Charlie secoua la tête, Nick ne put retenir un sourire.

— Tu as probablement raison, mais on fera de notre mieux.

— Hé ! Vous vivez ici maintenant. Ne devriez-vous pas soutenir l'équipe australienne ? plaisanta Rosie.

— Je ne suis pas encore citoyen australien. Je prendrai parti pour les Kangourous quand ils joueront contre n'importe qui d'autre, mais pas contre les Kiwis. Ma famille me déshériterait.

— Vous allez voir des matchs de cricket ?

— Je prévois toujours d'y aller, mais je n'en trouve jamais le temps, avoua Nick.

A cet instant, un sonore bruit d'aspiration — d'air autant que de liquide — interrompit leur conversation.

— Lucy ! protesta Rosie.

— Désolée, répondit la fillette sans paraître l'être le moins du monde. C'était le meilleur des milk-shakes, je ne voulais pas en laisser une goutte. Tu as fini ton café-crème ? Tu te rappelles, tu as dit qu'on irait au Smiggle acheter un cadeau pour Emma.

— Qu'est-ce que c'est, le Smiggle ? s'informa Nick.

— Une papeterie, répondit Rosie.

— Il y a des trucs très cool, précisa Lucy.

Charlie leva les yeux au ciel. Rosie le rassura en lui promettant qu'ils n'en auraient pas pour longtemps.

— Où se trouve cette boutique ? s'enquit Nick.

— Par là, précisa Rosie avec un geste du bras en direction du nord.

— C'est ma direction, mentit-il. Je vais vous accompagner.

Rosie hésita, sans savoir pourquoi, avant d'approuver finalement de la tête. Passer un peu plus de temps avec lui, elle ne demandait que cela, après tout. Et il parut sincèrement heureux de sa décision, ce qui lui fit plaisir. Comme elle avançait la main afin de rassembler les pages « sports » éparses sur la table, les doigts de Nick — sans doute avait-il eu la même idée qu'elle — atterrirent sur les siens. Elle se figea. Son cœur manqua un battement, sa respiration s'arrêta, et elle oublia instantanément ce qu'elle avait eu l'intention de faire.

Après une rapide caresse du pouce sur le dos de sa main, Nick retira la sienne, laissant une traînée de feu sur sa peau. Toute la scène s'était passée si vite qu'elle aurait pu n'être que le fruit de son imagination, songea Rosie, comme ce moment, hier soir, où elle avait cru qu'il s'apprêtait à l'embrasser. Un coup d'œil en direction des jumeaux confirma qu'ils n'avaient rien remarqué d'inhabituel, même Charlie, pourtant particulièrement observateur. Le souffle court, elle reposa sa main sur ses genoux tandis que Nick repliait le journal.

Puis, prise d'un soudain besoin de bouger, elle repoussa sa chaise et se leva.

— Allons-y. On va longer la corniche, dit-elle d'un ton qui parut paniqué même à ses propres oreilles.

Tranquillement, Nick se mit à marcher à côté d'elle, les

mains dans les poches, tandis que les jumeaux s'élançaient devant eux en se poursuivant l'un l'autre.

— Vous semblez aller bien tous les trois, remarqua-t-il. Ce sont des enfants adorables.

— Nous avons des hauts et des bas — surtout moi, il me semble. Etre tutrice à temps plein n'a rien à voir avec le fait de s'occuper d'eux de temps à autre. Souvent, j'ai l'impression d'être coupée en deux. A part leur entraînement du dimanche matin, ils n'ont pas les mêmes activités extrascolaires. Ils ont des intérêts différents et je n'arrive pas à les contenter tous les deux en même temps.

— Est-ce seulement possible ?

— Je n'en sais rien. Aucune de mes amies n'a d'enfants... Elles sont toutes concentrées sur leur carrière, si bien que je navigue à l'aveuglette la plupart du temps.

— J'ai douze neveux et nièces. Je suis sûr qu'à eux tous ils ont déjà fait tout ce qui était possible et imaginable. Alors si vous avez besoin de n'importe quelle information, il vous suffit de demander.

— Je crois que notre situation sort un peu de l'ordinaire... Les enfants doivent gérer la perte de leurs parents et il y a le mutisme de Charlie, par-dessus le marché.

— C'est une lourde charge, il n'y a aucun doute là-dessus, mais n'oubliez pas que je suis votre nouvel ami à Sydney. Si je peux vous aider, je le ferai avec plaisir. A propos, et c'est le médecin qui parle là, depuis la dernière consultation de Charlie, j'ai contacté la grande spécialiste américaine du mutisme sélectif. Elle m'a affirmé que le fait que Charlie vous parle est un facteur hautement positif. Tant qu'il a quelqu'un à qui parler — et n'oubliez pas qu'il parle aussi à Lucy et à vos parents — il dispose d'un moyen d'exprimer ses sentiments. Il ne les refoule pas en raison de son mutisme ; alors ne lui attribuez pas plus de problèmes que vous n'en attribueriez à Lucy, conclut-il en refermant sa main autour de la sienne pour la presser légèrement avant de la libérer.

C'était un geste de réconfort tout naturel entre amis, se dit Rosie. Il n'avait pas à savoir que le contact de sa peau lui provoquait des palpitations… et des pensées indignes d'une tutrice responsable de deux jeunes enfants.

— En outre, je pense que nous avons eu un mini-moment de progrès lors de la dernière consultation, reprit Nick.

Il lui parla du berlingot-cadeau et du petit mot écrit sur son bloc-notes.

— Il me semble donc que vous vous débrouillez plutôt bien, Rosie. Vous savez que Charlie peut parler, il choisit juste de ne pas le faire. Ça viendra avec le temps. Simplement, faites attention à ne pas lui donner de prétextes ou de raisons de garder le silence. Ne laissez pas l'accident mortel de ses parents devenir une excuse pour son mutisme. Traitez-le de la même façon que vous traitez Lucy.

— Merci, Nick. J'essaierai de suivre vos conseils. Dois-je les considérer comme une consultation ?

Il rit.

— Comme un cadeau entre amis. D'ailleurs, en tant qu'amis, on pourrait se tutoyer, non ?

— Volontiers, acquiesça Rosie comme ils rejoignaient les enfants.

Lucy s'amusait gaiement sur la balançoire de l'aire de jeux tandis que, assis sur le muret surplombant la plage, Charlie regardait un match de beach-cricket.

— Tu vois, la boutique est juste là, ajouta-t-elle en désignant la papeterie, de l'autre côté de la rue.

— Charlie, tu serais d'accord pour que toi et moi, nous allions voir s'ils ont besoin d'un peu plus de joueurs ? proposa Nick. Ce serait mieux que le shopping, non ?

Sans hésiter, Charlie hocha vigoureusement la tête et quêta du regard l'approbation que Rosie lui donna naturellement de bon cœur. Puis elle les regarda descendre sur la plage.

— On sera très bien, tous les deux, à faire des trucs de garçons. Venez nous retrouver quand vous serez prêtes, les filles. Et ne vous pressez pas ! lui cria Nick par-dessus son épaule, Charlie trottinant à côté de lui comme s'il faisait ça tous les dimanches, sans même un regard en arrière.

Pour avoir insufflé en lui autant de confiance en aussi peu de temps, cet homme était-il un magicien ? se demanda Rosie.

Malgré tout le temps qu'avait mis Lucy à choisir le cadeau de son amie, la partie de beach-cricket battait encore son plein lorsque Rosie et Lucy avaient rejoint la plage. Aussi, attentives à ne pas déranger Charlie dans ses activités viriles, s'étaient-elles assises sur le sable à quelque distance. Et tandis que Lucy admirait ses achats et écrivait la carte d'anniversaire d'Emma, Rosie regardait les joueurs. Surtout le plus grand, le plus musclé…

A présent, c'était au tour de Charlie de lancer la balle. Si son premier tir se révéla… disons un peu raté, le second fut bien meilleur et le batteur intercepta la balle, l'envoyant voler dans les airs. Nick partit alors comme une flèche, plongea sur sa droite et attrapa ladite balle quelques centimètres à peine au-dessus du sable. Puis il bondit sur ses pieds, une main levée au-dessus de la tête en signe de triomphe, avant de courir vers Charlie, lequel topa dans sa paume sans paraître embarrassé d'être devenu le centre d'intérêt. En fait, il arborait le plus grand sourire que Rosie lui ait vu depuis très longtemps.

Comme elle applaudissait avec enthousiasme, ils prirent conscience de sa présence et la rejoignirent après que Nick se fut excusé auprès des joueurs. Elle se releva pour les accueillir et les féliciter.

— On fait une bonne équipe, n'est-ce pas ?

— Excellente ! Mais je crains que ce soit tout pour

aujourd'hui, Charlie. Nous devons emmener Lucy chez Emma.

— J'ai passé un très bon moment, merci, Charlie. On recommencera, conclut Nick.

Il serra la main de Charlie et, une fois encore, celui-ci soutint son regard. Le neveu semblait aussi sensible au charme de Nick que la tante ! Rosie fit signe à Lucy et ils prirent le chemin du retour, les deux enfants courant de nouveau devant eux.

— Ça te dirait qu'on se retrouve au cours de la semaine, rien que nous deux, pour voir un film ou manger un morceau ? Tu vois ce que je veux dire, une sortie entre amis.

Le cœur de Rosie tressauta dans sa poitrine. Cette fois, elle ne mit pas son instinct en doute. Même si Nick avait insisté sur leur « amitié », l'expression de son regard donnait à ses paroles une tout autre signification et elle était prête à parier qu'elle l'attirait autant qu'il l'attirait.

Hélas…

— J'en serais ravie, mais je sors mardi soir avec une amie et je ne veux pas solliciter maman plus d'une fois par semaine.

Ce serait la première fois depuis son retour qu'elle verrait Alison pour davantage qu'un bref café. La première fois qu'elle sortirait vraiment, en fait — la soirée de la veille mise à part. C'était bien sa chance !

— Peut-on remettre ça à une autre fois ?

— Aucun problème. Préviens-moi lorsque tu seras libre.

— Je… Charlie !

Voyant son neveu tomber de tout son long, Rosie se mit à courir aussi vite qu'elle le put, mais ses tongs ne se prêtaient guère à l'exercice. Lorsqu'elle arriva près de lui, Nick l'avait déjà aidé à s'asseoir et Charlie regardait le sang perler à ses genoux et à ses paumes, Lucy accroupie à côté de lui. Même s'il essayait de se montrer courageux, ses yeux s'emplissaient de larmes.

S'agenouillant près de lui, Rosie l'enveloppa de ses bras et le serra contre elle.

— Ça va aller, mon chou. Je sais que tu as mal.

Des sanglots silencieux le secouaient à présent et ses larmes débordaient.

— Tu dois chanter pour lui, conseilla Lucy. Tu dois chanter la chanson que maman lui chante toujours quand il a mal.

Seigneur ! songea Rosie en réalisant que Lucy parlait de sa maman au présent et qu'elle-même ignorait de quelle chanson il était question. Devant la confusion que devait exprimer son visage, Lucy précisa qu'il s'agissait de la berceuse « qui parle du rossignol ».

Par bonheur, Rosie la connaissait. Elle commença donc à chanter, consciente de la présence de Nick auprès de sa petite famille. Quand sa mémoire flancha, Lucy se joignit à elle de sa petite voix flûtée.

Tandis qu'elles chantaient à l'unisson, les sanglots de Charlie s'apaisèrent. Rosie lui sécha tendrement les joues, l'embrassa, puis l'aida à se relever.

— Crois-tu pouvoir marcher, Charlie ? On va rentrer directement à la maison pour soigner tes égratignures.

Charlie hocha la tête.

— Tu pourras te débrouiller avec eux ? s'inquiéta Nick.

— Bien sûr.

Il posa une main sur son bras nu.

— Tu es sûre ? insista-t-il avec un sourire qui plissa le coin de ses yeux d'une manière qu'elle adorait déjà.

Le contact de sa main sur sa peau la rendant muette, elle répondit comme Charlie, d'un hochement de tête.

Un délicieux instant, elle crut qu'il allait lui donner un baiser d'adieu mais, se penchant soudain vers les enfants, il leur dit cordialement au revoir avant de lui adresser un petit salut.

— Je pense que je dois te prévenir : j'ai un faible pour

les filles qui savent chanter, murmura-t-il, clin d'œil à l'appui, tout en tournant les talons.

La taquinait-il ou flirtait-il ? Rosie l'ignorait. Elle ne savait qu'une chose : tout son corps s'était mis à vibrer.

Et la délicieuse sensation perdura toute la journée.

6

Aller seule à un vernissage n'enchantait pas tellement Rosie. Toutefois, dès qu'elle poussa la porte de la galerie d'art, Alison chassa ses appréhensions en lui sautant au cou avec son exubérance habituelle.

— Merci d'être venue. Les autres filles ne sont pas encore arrivées. Prends un verre et tiens-moi compagnie pendant que je sacrifie à mes devoirs d'hôtesse, d'accord ?

Une flûte de champagne à la main, Rosie feuilleta le catalogue de la manifestation tandis que son amie alternait papotage avec elle et formules de bienvenue à l'adresse des nouveaux arrivants.

— Il s'agit d'une expo collective d'artistes émergents australiens et néo-zélandais, précisa Ally lorsqu'elles eurent un moment de tranquillité. Il y a des œuvres époustouflantes. Si tu es maligne, tu pourrais faire quelques investissements juteux.

— Qui me recommanderais-tu ?

— Par exemple le jeune Aborigène dont les toiles sont accrochées au mur du fond. Et juste à côté, il y a de fantastiques sculptures sur bois d'une artiste néo-zélandaise. Sa biographie est en page quinze.

Baissant de nouveau les yeux sur le catalogue, Rosie chercha l'article en question. Elle ne l'avait pas encore trouvé qu'Alison la poussait discrètement du coude.

— Jette un œil à celui qui vient d'entrer ! S'il est libre, n'oublie pas que je l'ai vu la première.

Rosie n'eut aucune peine à localiser l'homme qui avait éveillé l'intérêt de son amie.

— Prépare-toi, Ally, je vais te le présenter.

— Quoi ! Tu le connais ? Tu caches bien ton jeu, dis donc ! As-tu refusé mes invitations parce que vous vous faisiez secrètement des mamours, ce type superbe et toi ?

— Oui, je le connais, et non, il n'y a pas eu de « mamours ».

— Mais tu le voudrais bien, je me trompe ? Si ce n'est pas le cas, puis-je me placer en tête de ligne ?

— Chut…, murmurait Rosie quand Nick l'aperçut.

— Rosie ! s'exclama-t-il en s'avançant vers elle avec ce sourire qui mettait ses sens en émoi et la faisait fondre. Ainsi, voilà la mystérieuse sortie dont tu parlais.

Posant la main sur son bras, il l'embrassa sur la joue, exactement comme elle avait imaginé qu'il le ferait avant de la quitter, l'autre matin, et comme elle n'avait cessé de se représenter cet instant depuis lors.

C'était juste un léger effleurement de ses lèvres, mais il mit sa peau en feu. Si un chaste bisou provoquait cet effet sur elle, quelle magie créerait un vrai baiser ?

Elle avait très envie de le découvrir.

Et très vite.

Un toussotement d'Alison la ramenant à la réalité, Rosie s'aperçut qu'elle avait instinctivement appuyé sa main sur l'épaule de Nick tandis qu'il l'embrassait. Elle dissimula sa surprise en lui donnant une petite tape, comme si tel avait été son seul but, avant de retirer sa main pour désigner Ally.

— Nick, voici mon amie Alison. Elle gère cette galerie.

— Alison, c'est un endroit superbe, dit-il en serrant la main d'Ally.

Il semblait calme, détendu. Comme Rosie aurait voulu le troubler autant qu'il la troublait !

L'expression admirative, dans le regard de son amie

posé sur Nick, lui donna une petite pointe de satisfaction. Elle savait qu'Ally enregistrait chaque détail et que son œil d'artiste n'en oublierait aucun.

Il le méritait.

En fait, avec ses cheveux légèrement en bataille et sa chemise bleu pâle portée sur un jean noir, il ressemblait davantage à un peintre ou un sculpteur qu'à l'un des invités triés sur le volet qu'il devait être.

— Je suis ravie de vous rencontrer, Nick, répondit Ally. Si vous voulez bien m'excuser, j'ai encore quelques mondanités qui m'attendent. Vous prendrez soin de Rosie pendant que je m'acquitte de ma tâche ?

— Avec plaisir.

Ally s'en alla, non sans lever le pouce droit derrière le dos de Nick — signe de félicitations que Rosie feignit de ne pas voir.

— Que fais-tu ici ? s'étonna-t-elle.

— Je crois comprendre que ce n'est pas un endroit où tu t'attendais à me trouver.

— C'est vrai. Je ne t'aurais pas imaginé en amateur d'art. Je te vois bien sur une plage, un terrain de cricket ou en train de sauver des vies. Mais à un vernissage ? Pas vraiment.

— Je sais apprécier les belles choses…

Il marqua une pause tandis qu'il promenait un regard brûlant sur son visage.

— … tout autant que n'importe quel aficionado culturel.

Même si elle se sentit rougir, Rosie s'en tint à l'interprétation littérale de son commentaire. De toute manière, elle ne savait pas comment répondre aux messages subliminaux.

— Donc, tu vas voir beaucoup d'expositions ?

— Non, répondit-il en riant. Tu as raison, ce n'est pas mon truc. Un de mes vieux copains néo-zélandais est en ville pour son travail, c'est sa seule soirée libre et il voulait venir ici ; alors c'est ici qu'on a rendez-vous. Il travaille à Perth, maintenant, si bien qu'on ne se voit plus beaucoup.

— Tient-il à voir quelque chose en particulier ?

L'air un peu mal à l'aise, Nick s'éclaircit la gorge.

— Il y a des œuvres de quelqu'un que nous connaissons et comme le temps de James est compté, nous avons décidé de commencer la soirée ici.

Il balaya la salle des yeux avant d'ajouter :

— Il ne devrait plus tarder.

Cherchait-il à détourner la conversation ? Rosie en était certaine. Mais pourquoi, mystère.

— On fait un petit tour ?

Nick prit sa main et, une fois encore, la sensation de sa peau contre la sienne mit ses sens en émoi et la priva de la faculté de parler. Aussi fit-elle « oui » de la tête.

Ils flânèrent parmi les œuvres exposées et s'arrêtèrent devant les toiles hautes en couleur du peintre aborigène mentionné par Alison. Ce furent cependant les sculptures voisines qui attirèrent le regard de Rosie — deux sirènes, d'environ trente centimètres chacune, sculptées dans un bois brillant, marron foncé, allongées sur un présentoir, leurs queues incrustées de nacre luisant dans la lumière.

Nick était toujours intensément concentré sur les toiles. Trop intensément, sembla-t-il à Rosie. Une fois encore, elle se demanda pourquoi. Lâchant sa main, elle s'écarta de trois pas afin d'admirer les sirènes de plus près. C'est alors qu'une statue — un homme nu, grandeur nature — détourna son attention.

Celle-ci était sculptée dans un bois blond qui ajoutait à son réalisme. La « chair » de l'homme semblait si vivante qu'elle avança le bras avec l'intention de la caresser quand, s'avisant de ce qu'elle s'apprêtait à faire, elle interrompit son geste et jeta un coup d'œil furtif autour d'elle. En général, les artistes n'aimaient guère retrouver des traces de doigts sur leurs œuvres !

Comme son regard se posait sur Nick, elle s'aperçut qu'il regardait dans sa direction. L'avait-il vue sur le point de toucher le personnage ? se demanda-t-elle. Puis elle se rendit compte que c'était la statue qu'il fixait, non elle, d'un air quelque peu ahuri. Doutait-il de son goût en matière d'art parce qu'elle admirait un homme nu ?

Tandis qu'il se tournait de nouveau vers les peintures, elle vérifia le nom de l'artiste avant de chercher des précisions dans le catalogue. Précisions qu'elle trouva à la page quinze, comme elle s'y attendait. Elle lisait la biographie du sculpteur quand une voix masculine lui fit relever la tête.

— Nicolai !

Nicolai ? A l'irritation qui passa brièvement sur le visage de Nick, Rosie devina qu'il ne s'agissait pas de son véritable prénom.

Un homme blond et mince s'avançait vers eux. Nick ne paraissait pas ravi de le voir, ce qui n'empêcha pas l'inconnu de l'embrasser sur les deux joues, un bras passé autour de ses épaules.

— Paulo, dit Nick en guise de salut.

— Quelle surprise de te voir ! Ça nous ramène des années en arrière, non ? Miriam sera étonnée d'apprendre que tu étais ici.

Rosie reporta les yeux sur le catalogue. Miriam Te Rito. Le sculpteur. Une grande femme éblouissante dont le teint mat et les abondants cheveux noirs cascadant sur ses épaules trahissaient l'ascendance maori, à en juger par la photo qui accompagnait la biographie. Une femme satisfaite d'elle-même, de toute évidence, et exsudant la sensualité.

Il était tout aussi évident que Miriam Te Rito était l'artiste que Nick et le copain qu'il attendait connaissaient.

Après avoir débité une série d'inanités auxquelles Nick, raide comme un piquet et manifestement mal à l'aise, ne répondit que par monosyllabes, le dénommé Paulo parut enfin remarquer Rosie. Se détachant de Nick, il s'approcha d'elle.

— Vous aimez le travail de Miriam ?

Derrière sa cordialité de façade, Rosie devina un désir calculé de créer des problèmes.

— Elle a beaucoup de talent. Cette sculpture, en particulier, est fabuleuse, répondit-elle.

Et, afin de couper court, elle reporta son attention sur la statue de l'homme nu, allongé sur le flanc face au mur, un bras replié sous la tête, l'autre placé devant le visage comme pour le protéger du soleil.

— C'est l'une de ses meilleures œuvres, commenta l'importun d'un ton suffisant qui laissait présager quelque pique.

Aucune ne vint, cependant. Avait-il obtenu ce qu'il voulait de leur bref échange ? Se tournant de nouveau vers Nick, il lui parla à voix basse de sorte que Rosie ne puisse entendre.

Eh bien, puisqu'il ne la regardait plus… Incapable de résister davantage à la tentation, Rosie passa une main le long de la hanche de la statue, remonta jusqu'à la taille où elle laissa ses doigts s'attarder. Le bois était agréablement satiné et chaud au toucher.

— Vous pouvez constater qu'elle avait un modèle idéal.

De nouveau, Paulo avait pivoté vers elle.

— Nicolai, ajouta-t-il, tu serais un amour de te mettre de profil afin que ton amie puisse voir la similitude.

Retirant brusquement sa main, Rosie dévisagea Nick.

— C'est *toi* ?

L'air de plus en plus embarrassé, il inclina la tête tandis que Paulo jubilait, un sourire narquois aux lèvres.

— Ressemblant, n'est-ce pas ? Il m'a fallu du temps pour convaincre Miriam de s'en séparer. Ça ne devrait pas te surprendre, Nicolai, compte tenu de ce que vous avez partagé, les tourtereaux. Mais elle n'a pas pu résister plus longtemps à l'attrait de ce que cette pièce lui rapportera.

Un millier de questions se bousculaient dans la tête de Rosie, mais avant qu'elle ait pu en poser une seule, un petit homme efféminé se précipita vers eux.

— Paulo chéri, viens vite ! Quelqu'un veut te parler, dit-il avant d'entraîner Paulo par le bras à travers la galerie.

Restés seuls, Rosie et Nick gardèrent le silence une bonne minute puis Nick siffla entre ses dents.

— Je crois que c'est l'un des moments les plus gênants de toute ma vie…

Il avait réussi à alléger l'atmosphère. Même si elle aurait voulu pouvoir disparaître dans un trou de souris, Rosie se força à le regarder.

— Au moins, tu savais que c'était toi. Tu n'es pas resté planté devant cette statue comme un imbécile, à l'admirer ouvertement. Dois-je m'excuser de l'avoir touchée ?

— Touchée ? Je pense que « caressée voluptueusement » serait une description plus exacte, corrigea Nick avec un petit sourire en coin.

Visiblement, il s'était ressaisi bien plus rapidement qu'elle.

— Ecoute, reprit-il tandis qu'elle demeurait muette d'embarras, cette situation n'est agréable ni pour toi ni pour moi. Allons-nous-en. J'avertirai James que je le retrouverai un peu plus tard. Dans l'intervalle, je pense avoir quelques explications à fournir… En outre, ajouta-t-il, son sourire malicieux s'élargissant, j'ai besoin de partir d'ici. Je n'ai pas l'habitude de voir mes fesses nues exposées en public.

Rosie ne put retenir un petit rire. Elle commençait à se détendre à la perspective de s'en aller, loin de Paulo et loin de la plastique parfaite de Nick, ou du moins de la représentation qu'une autre femme en avait faite.

Après avoir pris congé d'Ally, elle retrouva Nick à la porte et ils quittèrent la galerie pour s'éloigner dans la nuit tiède où flottait l'odeur suave des fleurs de plumerias.

— Où allons-nous ? s'enquit Rosie comme ils se dirigeaient vers l'entrée du port.

— Au phare de Macquarie. Je te promets qu'il n'y aura là-bas ni ancienne connaissance ni statue dénudée.

Dans l'enclos du phare dont les bâtiments blancs se détachaient sur le ciel sombre parsemé de myriades d'étoiles, ils s'assirent sur un banc de bois.

— Pour que les choses soient claires, j'ignorais que Paulo serait là ce soir, dit alors Nick. Je savais par James que Miriam ne viendrait pas, mais bien qu'il soit son agent depuis des années, il ne m'était pas venu à l'idée que Paulo se déplacerait pour le vernissage. J'ignorais aussi qu'elle avait toujours le… enfin, la…

— Sculpture, finit Rosie pour lui comme il semblait chercher ses mots.

— C'est ça.

— Oui, le fameux nu. Quand as-tu posé pour elle ?

— Il y a des années. Avant qu'on se marie.

Le sang de Rosie reflua de ses veines. Quelque chose qui ressemblait à de la jalousie lui déchira le cœur.

— Tu es… *marié* ?

— Plus maintenant. Il y a deux ans qu'on a divorcé.

— Mais elle a gardé cette statue de toi ?

Pour une raison ou une autre, cette œuvre était au cœur de ce qui la préoccupait.

— On dirait bien. Mais ce que tu veux vraiment savoir, c'est pourquoi, n'est-ce pas ?

— C'est vrai.

— Tu as paru apprécier ce nu. Peut-être l'appréciait-elle, elle aussi.

Rosie eut du mal à se retenir de lui envoyer son poing dans les côtes.

— Excuse-moi, je ne devrais pas te taquiner. J'essaie juste de dédramatiser les choses.

Elle repoussa ses cheveux de son visage, feignant une insouciance qu'elle était loin de ressentir.

— Aucun problème. Je suis juste un peu embarrassée d'avoir… euh… laissé courir mes doigts sur toi. Sans le savoir. Et cela, devant toi.

— Il ne faut pas que tu te sentes gênée, je suis flatté. Ce n'est pas tous les jours que j'ai l'occasion de regarder une jolie femme en train de caresser mon…

— Ne le dis pas ! s'exclama-t-elle sans le laisser finir. J'ai encore du mal à supporter cette idée.

C'était vrai, mais l'embarras ne constituait qu'une partie de ce qui la rongeait.

En vérité, ce qu'elle ne supportait pas, c'était que la statue ait été réalisée à l'époque où Nick et Miriam étaient ensemble.

Pourquoi ? Sans doute parce que c'était la preuve que Miriam l'avait conquis comme elle rêvait elle-même de le conquérir, dut s'avouer Rosie. Elle ne croyait pas un instant qu'il nourrisse des regrets et des espoirs de réconciliation avec son ex-femme. Le hic n'était pas là. Il était dans le fait qu'apprendre que Nick avait vécu une histoire sérieuse auparavant avait fait voler en éclats ses faux-semblants amicaux. A présent, elle ne pouvait plus nier qu'elle avait des vues sur lui.

Le démon de la jalousie ne l'avait pas seulement mordue, il était en train de la dévorer !

Elle voulait être importante pour Nick.

Et qu'avait-elle eu ? Un simple bécot sur la joue.

Jusqu'ici, elle s'était félicitée de jouer la sécurité, mais ça ne lui suffisait plus. Elle avait eu sous les yeux la preuve qu'il avait partagé bien davantage avec quelqu'un.

Elle voulait être ce quelqu'un.

Pour la première fois, l'habit de tutrice pesait lourd sur ses épaules. Elle avait caressé l'idée de partir avec lui n'importe où, mais elle savait que ce n'était qu'une illusion, une chimère. Un rêve éveillé qui ne se réaliserait jamais. Et maintenant ? Elle ne regretterait jamais d'avoir changé de vie pour s'occuper des jumeaux, mais elle voulait aussi Nick. A quoi servirait de le nier ? Ses rêveries ne suffisaient pas à satisfaire les désirs qu'il avait éveillés en elle.

Toute sa vie, elle avait fait passer les besoins des autres avant les siens. Quelqu'un demandait-il de l'aide, elle était la première à se précipiter. Pour une fois, ne pourrait-elle chercher à obtenir ce qu'elle voulait pour elle-même ?

Etait-elle capable de faire bouger les choses, entre Nick et elle, ou allait-elle privilégier la sécurité à jamais ?

La solution serait une aventure. Une simple liaison qui ne saperait pas son engagement envers les jumeaux.

Entre la sécurité et la satisfaction de ses désirs, entre remplir sagement ses devoirs et tenter ce qui pourrait être une expérience prodigieuse, qu'allait-elle choisir ?

Tout se ramenait à une seule et unique question : se sentait-elle prête à risquer d'essuyer un refus ?

7

Face à l'éventail d'émotions que reflétait le visage de Rosie, le sang de Nick se précipita dans ses veines. Il ne s'était pas trompé ! L'attirance, entre eux, était bel et bien réciproque.

Et, une fois encore, il brûlait d'envie de l'embrasser.

Le subtil parfum de rose qui émanait d'elle, en parfaite harmonie avec son prénom, chatouillait ses narines. Elle était si belle, si désirable…

Un baiser pourrait-il être juste un baiser ?

Pouvait-il l'embrasser et rester concentré sur ses projets ?

Voyons, un baiser n'était pas une déclaration. Son avenir ne serait pas mis en péril. Un baiser ne pouvait pas réduire à néant tout ce qu'il avait fait pour reconstruire sa vie. Un baiser n'avait pas cette sorte de pouvoir, raisonna-t-il.

Et puis leurs regards se rivèrent l'un à l'autre et il se rendit compte de la bêtise de ses réflexions.

Les baisers de Rosie auraient tous les pouvoirs.

Après son expérience désastreuse, il s'était promis de ne plus jamais se laisser détourner de ses objectifs, quelles que soient les circonstances. Par conséquent, dans la mesure où les baisers de Rosie risquaient de l'écarter de la route qu'il s'était tracée, il devait les éviter.

Pour leur bien à tous les deux.

Cette fois, Rosie en était certaine, Nick s'apprêtait à l'embrasser. Elle s'inclina très légèrement vers lui. Il fallait qu'elle connaisse le goût de ses lèvres, la sensation de sa bouche sur la sienne. Un baiser pouvait être sans conséquence. Elle en mourait d'envie ; elle voulait ce baiser. Juste pour se faire plaisir à elle-même.

Or, il se recula imperceptiblement et le charme fut rompu.

— Je voudrais m'expliquer au sujet de Miriam, dit-il.

Elle s'attendait à tout, sauf à ça.

— Tu n'as pas à t'expliquer, ce ne sont pas mes affaires.

— Non. Sauf que si les choses avaient été différentes, pour toi et moi, je serais en train de t'embrasser. Mais j'ai beau le vouloir, je ne peux pas. Ma vie est compliquée, depuis quelque temps.

— Et tu crois que j'ajouterais aux complications ?

— J'en suis sûr... De plus, ce n'est pas le bon moment, ajouta-t-il après un silence. Ce ne serait pas juste pour toi.

— Que veux-tu dire ?

— Sur le plan professionnel, il se passe des choses qui requièrent toute mon attention. Et ta propre vie est assez difficile ; je ne veux pas aggraver les choses.

— Est-ce qu'un baiser serait vraiment une catastrophe ?

— Parfois, ce qu'on veut n'est pas ce qu'il nous faut. Laisse-moi t'expliquer... Miriam est entrée dans ma vie, ou plutôt je suis entré dans un bar où elle était. Huit semaines plus tard, on était mariés.

Rosie ne put s'empêcher de compter les jours écoulés sans qu'il l'ait embrassée. Miriam, elle, avait reçu une demande en mariage en moins de deux mois.

— Elle devait être irrésistible.

Compte tenu des circonstances, c'était la remarque la plus charitable qu'elle puisse faire.

— Et surtout très différente de tous les gens que je connaissais. En plus d'être belle et charismatique, elle semblait avoir un esprit libre. Je ne suis pas sûr que j'aurais pu lui résister, même si j'avais essayé. Parfois, les contraires s'attirent, dit-on. C'était le cas.

Cette fois, Rosie s'abstint de tout commentaire.

— On était tous les deux sans le sou, mais elle savait s'amuser et après tant d'années d'études intensives, j'avais envie de décompresser. Hélas ! j'ai cru pouvoir m'accrocher à la vie qu'elle offrait si on se mariait. L'histoire classique du gars de la campagne aveuglé par une fille de la ville… Encore que je n'étais plus vraiment un paysan naïf, vu que je vivais en ville depuis mon entrée en fac de médecine. J'avais travaillé dur sans me laisser distraire, ensuite j'ai tout gâché.

— Qu'est-il arrivé à votre mariage ?

— Vivre au jour le jour m'a assez vite pesé. J'ai tenu le coup quelque temps, mais ce rythme endiablé de fêtes n'était pas compatible avec mon travail. Le travail l'a emporté.

— Et tout a été fini entre vous ?

— Pas aussi vite que tu pourrais le penser. Ça a été compliqué, comme souvent dans ces circonstances. Pour résumer, je devais effectuer des gardes de nuit et elle, elle passait ses nuits dehors, à s'amuser. Si elle partageait allègrement mon salaire, elle refusait de partager la moindre responsabilité. Chaque fois que j'évoquais la possibilité qu'elle prenne un job rémunéré, à côté de son art qui ne lui rapportait rien du tout à l'époque, elle m'accusait d'essayer d'étouffer sa créativité. Comme notre appartement était toujours envahi d'amis artistes, je me suis mis à dormir à l'hôpital. C'était le seul endroit où je pouvais me reposer. On a continué comme ça plus longtemps qu'on aurait dû, et j'ai fini par financer un atelier-galerie pour elle parce que c'était plus facile que de combattre ses incessantes demandes. Il a toujours tourné à perte. J'étais trop occupé pour rompre avec elle officiellement et elle n'avait pas l'intention de se passer de mon salaire — j'étais praticien hospitalier, à l'époque. Alors on a vécu des vies séparées et un jour je suis parti, avec une montagne de dettes.

Nick soupira avant d'ajouter :

— J'ai découvert plus tard qu'elle avait enchaîné les liaisons, principalement avec des hommes susceptibles de donner un coup de pouce à sa carrière. Elle n'a aucun scrupule à joncher son ascension de laissés-pour-compte. Pour elle, sa conduite, quoi qu'elle fasse, est le pur produit de son génie créatif. J'étais jeune et naïf, et le réveil a été brutal.

Il haussa une épaule.

— J'ai dépassé ça, maintenant, mais financièrement, je commence seulement à sortir la tête de l'eau. Je suis venu ici pour repartir de zéro et me concentrer de nouveau sur ma carrière. Et c'est ce que j'ai fait. Sans faiblir. Il m'a fallu deux ans pour me débarrasser des dettes qui entravaient mon installation en tant qu'ORL libéral.

Rosie rassembla tout son courage.

— Et en ce qui concerne les aspects autres que financiers ? Si tu ne penses plus à ton ex-femme, pourquoi ne peux-tu pas avoir de relation avec quelqu'un d'autre ?

— Pour la simple raison que je ne suis pas encore en mesure de pouvoir m'engager dans une relation personnelle, répondit Nick d'un ton neutre.

Rosie eut l'impression de recevoir un coup de poing dans l'estomac.

— Mon seul but, depuis deux ans, a été de régler mes dettes et de rattraper ce que j'ai perdu, aussi bien en matière de temps que d'argent. C'est seulement maintenant que je me trouve en position de pouvoir commencer à construire au lieu de combler le déficit. Je me suis juré de ne pas m'écarter de cette ligne de conduite. Si je le faisais, je ne serais plus capable de rattraper de nouveau mon retard ni de saisir les opportunités qui se présenteraient. Je ne peux pas m'investir émotionnellement. Je ne peux pas te donner ce dont tu aurais besoin. Ni aux enfants.

Incapable d'en entendre davantage, Rosie se leva.

— Il faut que je rentre.

— Rosie…

Nick se leva lui aussi et fit un pas vers elle, mais, feignant de ne pas s'en apercevoir, Rosie reprit le chemin de la galerie.

— Je n'ai pas bien réussi à m'expliquer, reprit-il tout en lui emboîtant le pas. C'est précisément parce que j'ai conscience de l'attirance qu'il y a entre nous que je ne peux pas m'investir. Ça ne paraît pas logique, mais c'est ainsi. J'espère que ça n'affectera pas les choses entre nous. Nous nous verrons lundi pour l'opération de Charlie. Je ne voudrais pas que nous éprouvions de l'embarras l'un vis-à-vis de l'autre.

— Nous sommes des adultes matures, dit Rosie entre ses mâchoires serrées. Je suis sûre que nous pouvons faire passer le bien-être de Charlie avant tout le reste.

Là-dessus, elle accéléra le pas.

Il la laissa le distancer, ce qui ne la surprit pas vraiment. Par contre, elle ne s'attendait pas à souffrir autant de son « rejet ».

Nick laissa Rosie partir. Que pouvait-il faire d'autre ? Tandis qu'il la regardait s'éloigner, le dos raide et la tête haute, son téléphone vibra dans sa poche. Lorsqu'il eut lu le texto de James, elle avait disparu de sa vue. Une partie de lui aurait voulu courir derrière elle, mais cela n'aurait rien résolu. Il savait d'expérience qu'il ne pouvait pas tout avoir.

En retrouvant James devant la galerie où il l'attendait, une partie de sa morosité s'envola. Il aurait presque pu se croire au temps béni de leurs études, à Auckland.

— Salut, vieux frère ! dit James en lui donnant une tape dans le dos. Tu as l'air tout tourneboulé. Tu n'entres pas ?

— J'en ai assez vu. En ce qui concerne l'art de Miriam et Paulo, en tout cas.

— C'est à ce point ? Moi aussi, j'en ai vu assez. Allons boire une bière.

Dix minutes plus tard, ils étaient attablés dans un pub du port et James avait appris les dernières nouvelles à Nick.

— A toi, maintenant. Où en es-tu, professionnellement ? Et où en est ton vœu de célibat ?

— Je n'ai jamais fait ce vœu, et tu le sais très bien, grommela Nick. Je t'ai dit que je n'allais pas m'engager dans une relation, pas que je vivrais comme un moine.

— Très bien, détends-toi. Alors, qui est-ce ?

— Qui est qui ?

— Celle qui te met dans tous tes états.

Cherchant à gagner du temps avant de répondre, Nick finit sa bière et croqua une poignée de chips.

— Personne ne me met dans tous mes états. J'ai bien assez à faire en ce moment ; je ne peux pas me permettre la moindre distraction. Surtout après ce qui est arrivé au travail aujourd'hui.

— Que se passe-t-il ? Je croyais que tu avais fait l'impossible pour te débarrasser de toutes tes dettes.

— C'est le cas. Je suis enfin libre de me diriger dans la bonne direction. Je viens d'acheter une maison ici et aussi des parts dans le cabinet.

— O.K. Donc de nouvelles dettes, mais cette fois pour ta carrière et un toit. C'est génial ! Alors, quel est le problème ?

— L'un des associés s'est désengagé aujourd'hui, avec effet immédiat, pour raisons de santé. Je comprends la situation et il a toute ma sympathie, mais ça signifie que mes collègues et moi, nous devons lui racheter ses parts. Or, mon budget est déjà grevé jusqu'à la limite. Si j'avais pu prévoir ça, je n'aurais pas acheté la maison. Ça me ramène à mon point de départ, encore une fois !

— Tu es en train de me dire que tu ne t'en sors pas mieux maintenant que lorsque Miriam a eu fini de te dépouiller ?

— C'est l'impression que j'ai. Je sais que ce sera positif, à terme, mais pour la première fois je me sentais enfin à l'aise dans mes baskets. Avec cette nouvelle tuile, je vais devoir élargir encore ma clientèle si je veux pouvoir rembourser ces prêts. Le souvenir de ce qui s'est passé avec Miriam ajouté à ce problème de rachat de parts a anéanti la tentation que j'aurais pu avoir de m'investir dans une relation.

— Donc, tu y songeais bien ! Comment est-elle ?

L'image de Rosie s'insinua dans l'esprit de Nick.

— Compliquée.

— Vous faites la paire, tous les deux. Elle est mariée ?

Nick secoua la tête.

— Divorcée ?

— Non. Elle est la tutrice de l'un de mes patients.

— Ah, je vois. Une femme avec un enfant.

— Deux enfants.

— Deux ! Et cependant elle te plaît ? Ouah ! Il faut que je voie ça.

Nick se renfrogna tandis que James pouffait de rire.

— Maintenant je sais pourquoi tu ne m'as pas manqué depuis notre dernière rencontre, grommela-t-il avant de rire en retour. Tu es toujours aussi casse-pieds !

— Et toi, mon ami, tu es dépassé, répondit James en soulevant sa chope à demi vide. A la rupture de quelques vœux entre aujourd'hui et ma prochaine visite. N'hésite pas à me tenir informé par mail.

— Il n'y aura pas de mail et il n'y aura aucune rupture de vœux, même imaginaires, affirma Nick.

Il savait cependant que Rosie n'avait pas fini de hanter ses rêves…

Ils étaient déjà en retard et, accroupi sur le parking, Charlie ramassait une à une les pièces de l'engin compliqué qu'il avait réalisé en Lego la veille au soir et qui, lui échappant des mains alors qu'il descendait de voiture, s'était éparpillé sur le bitume.

Rosie s'impatienta.

— Mettons tout dans mon sac, suggéra-t-elle en s'asseyant sur ses talons à côté de lui. Nous allons probablement devoir attendre ; tu auras le temps de le refaire.

Une fois tous les petits bouts de plastique rassemblés dans son sac, elle prit la main de son neveu et ils entrèrent au centre médical pédiatrique pour leur rendez-vous avec l'anesthésiste.

L'idée qu'elle pourrait tomber sur Nick l'avait empêchée de dormir une bonne partie de la nuit et rendue irritable. Elle se sentait horriblement mal depuis mardi soir. On était jeudi à présent ; elle devait encore tenir aujourd'hui, lundi prochain et lors de la visite postopératoire. Ensuite, avec un peu de chance, elle n'aurait plus aucune raison d'amener Charlie consulter Nick.

Plus aucune occasion de le revoir ?

Bien que la journée ait mal commencé et qu'ils soient en retard sur l'horaire fixé, ils furent rapidement introduits dans le cabinet du Dr Faulding. Moins de dix minutes plus tard, ils en ressortaient. Sans avoir aperçu Nick.

Rosie ramena Charlie dans la salle d'attente et pendant qu'il s'affairait à reconstituer son engin en Lego, elle alla à la réception régler par avance les divers honoraires relatifs à son intervention.

— Rosie, dit soudain derrière elle une voix qu'elle aurait reconnue entre mille. J'espérais te cueillir au vol. As-tu une minute ?

Elle hésita. Dans la mesure où elle avait dit à Charlie qu'il aurait le loisir de refaire son engin, elle ne pouvait pas l'emmener immédiatement sans provoquer une scène. N'ayant pas le choix, elle acquiesça.

— Peut-on aller dans mon cabinet ? s'enquit Nick.

Rosie inclina de nouveau la tête, puis demanda à Charlie s'il préférait l'accompagner ou rester dans la salle d'attente. Pour toute réponse il lui désigna ses petits éléments en plastique.

— O.K. Je ne serai pas longue.

Nick la conduisit alors à son bureau.

— Je voulais te parler, mais pas par téléphone, commença-t-il.

Craignant de l'entendre lui répéter ses paroles de l'autre soir, elle leva la main pour l'empêcher d'en dire plus.

— Ce n'est pas nécessaire.

— Si, répondit-il.

La prenant gentiment par le bras, il la fit asseoir sur une chaise avant de se percher sur le bord du bureau.

— Il me semble que notre conversation s'est terminée sur une fausse note. Tu as pu croire que je te rejetais, mais j'essayais juste de t'expliquer pourquoi je ne pouvais pas nouer de relation. J'aimerais toujours qu'on soit amis.

Rosie était fatiguée de tourner autour du pot, fatiguée de prétendre qu'elle voulait qu'ils soient amis.

— Tu veux ignorer l'éléphant rose nommé désir ?

— En quelque sorte.

— Nous ferions seulement semblant.

— Nous sommes adultes, et nous sommes tous les deux plus ou moins nouveaux ici. J'étais sérieux quand j'ai dit que ce serait bien d'avoir un ami.

Pouvait-elle faire ça ? Pouvait-elle continuer à le voir tout en sachant qu'elle ne l'aurait jamais tout à elle ?

Elle réfléchissait quand Charlie entra après avoir frappé un léger coup à la porte. Il tenait à la main le modèle réduit reconstitué.

— Coucou ! dit-elle, ravie de la diversion. Tu as fini ?

Hochant la tête, il s'approcha d'elle.

— Est-ce que Nick jouera encore avec moi au cricket ? murmura-t-il à son oreille.

Rosie resta bouche bée. Il lui avait parlé devant Nick !

— Tu peux lui demander ? insista Charlie en tirant sur sa manche pour la pousser à agir.

— Nick, Charlie aimerait savoir si vous pourrez faire une autre partie de cricket tous les deux.

Nick se redressa.

— On peut faire mieux que ça, Charlie. Si ta tatie est libre, on pourra aller voir le match Australie-Nouvelle-Zélande ce week-end. J'ai plusieurs billets, ajouta-t-il à l'adresse de Rosie. Suffisamment pour toi, les enfants et moi.

Un grand sourire illuminait le visage de Charlie. Pouvait-elle le priver de ce plaisir, même si elle avait l'impression d'être manipulée ? Soudain, elle se rappela…

— Samedi, nous fêtons l'anniversaire de mon père…

— Le match a lieu dimanche.

— Dimanche ?

A côté d'elle, Charlie hochait la tête. Une fois encore, l'aisance avec laquelle il communiquait avec Nick la stupéfia. Si Nick avait voulu nouer une relation avec elle, les jumeaux n'auraient sans doute pas constitué un problème. Hélas ! il n'y aurait ni relation ni même le moindre petit flirt. En revanche, il semblait qu'ils soient destinés à être amis, au moins jusqu'à ce que l'intervention de Charlie soit terminée.

Elle aurait préféré éviter de passer plus de temps avec lui, mais Charlie tira de nouveau sur sa manche et elle n'eut pas le cœur de refuser.

— Entendu alors.

Le dimanche finit par arriver et Nick passa les prendre, ponctuel, souriant, cordial. L'ami parfait.

Rosie se força à jouer elle aussi l'amie parfaite, gaie, détendue — ce qu'elle était à mille lieues d'être.

— Comment as-tu fait pour avoir des billets ? s'enquit-elle lorsqu'ils furent tous à bord de sa fidèle Molly. Charlie m'a dit qu'ils avaient tous été vendus depuis longtemps.

— Un ancien copain est le médecin de l'équipe des Kiwis.

— Je commence à penser que tu connais plus de célébrités que moi ici. Des Premiers ministres, des joueurs de cricket...

— Je ne connais que des gens dans l'ombre des célébrités. Du reste, Andrew n'est que de passage. Mais c'est vrai qu'il n'y avait plus de billets ; on a eu de la chance qu'il soit là et qu'il ait pu s'en procurer.

— A quelle heure commence le match ? demanda Lucy depuis la banquette arrière.

— 1 heure.

— Où on sera assis ?

— On a des places voisines de la balustrade dans la section officielle, donc vous devriez pouvoir obtenir des autographes. Si tu regardes dans le sac posé sur la banquette, Lucy, tu trouveras des albums à signatures et des stylos.

— Quel sac ?

Tandis qu'il attendait à un feu rouge, Nick jeta un regard à l'arrière.

— Zut ! Je l'ai oublié chez moi. C'est à un jet de pierre, on va y passer.

Contournant le pâté de maisons, il s'engagea dans une rue voisine pour se garer bientôt dans le chemin d'accès d'une grande et solide demeure de caractère. Un magnifique plumeria ombrageait le jardin, une balançoire suspendue à l'une de ses branches, deux vieux fauteuils de bois abrités sous ses frondaisons. L'ensemble paraissait avoir été chéri autrefois et n'avoir besoin que de quelques soins affectueux et d'une nouvelle famille pour reprendre vie. C'était bien trop grand pour une seule personne.

Nick revint quelques secondes plus tard avec un sac qu'il tendit à Lucy.

— Cool ! Merci, dit-elle. Tu crois qu'on pourra faire la connaissance des joueurs ?

— T'es folle, ils seront trop occupés ! lui répondit Charlie.

Rosie eut du mal à en croire ses oreilles. *Jamais* il n'avait parlé à voix haute à Lucy devant un étranger à la famille. Elle lança un regard à Nick qui inclina légèrement la tête, signe qu'il avait noté, lui aussi, l'importance de la chose.

— Mais Nick connaît le docteur, souligna Lucy le plus naturellement du monde, comme si rien d'étonnant ne venait de se produire. Nick, tu crois qu'on pourra parler aux joueurs ?

— Je ne sais pas, Lucy. On verra quand on sera là-bas. Si les Néo-Zélandais jouent bien, il y aura plus de chances, alors il faudra les acclamer.

— Pas question ! protesta-t-elle.

Rosie attendit, l'oreille tendue, mais Charlie garda le silence.

— C'est déjà arrivé auparavant ? s'enquit Nick lorsque les enfants furent trop occupés à essayer de collecter des autographes chaque fois qu'un joueur australien passait à proximité pour faire attention à eux.

Rosie comprit immédiatement de quoi il parlait.

— Non, c'était une première. Charlie parle ouvertement à mes parents, à sa sœur, à son meilleur copain et à moi, mais jamais devant quelqu'un d'autre. Jeudi, quand il m'a murmuré deux phrases devant toi, j'ai trouvé que c'était un énorme progrès. Aujourd'hui, il a fait un pas de plus. Je me demande s'il n'aurait pas oublié que c'était toi qui conduisais.

— C'est possible. Parlait-il beaucoup, quand il était petit ?

— Pas vraiment. Il parlait surtout à Lucy, en fait.

C'est seulement lors de leur entrée en maternelle qu'on a remarqué qu'il ne s'adressait pas aux inconnus. Lucy bavardant pour deux, tout le monde pensait qu'il était timide. A la fin de la première année, comme il ne parlait toujours qu'à sa famille, David et Anna l'ont emmené chez une orthophoniste. Il a été diagnostiqué atteint de mutisme sélectif. Tu connais la suite.

— Un début de déblocage a pu se produire aujourd'hui.

— Un moyen de l'encourager à parler serait peut-être d'introduire des gens dans le cercle familial, un à la fois pour qu'il ne se sente pas menacé. La théorie de l'orthophoniste est qu'une fois qu'il serait à l'aise en compagnie d'une personne étrangère à sa famille, il n'y prêterait plus attention et deviendrait apte à parler à ses proches en sa présence. Finalement, cela pourrait l'amener à parler à de nouvelles personnes. Peut-être a-t-elle raison.

— Ce serait un soulagement pour toi. Et pour lui, répondit Nick alors qu'elle voulait l'entendre dire : « Dans ce cas, pourquoi ne pas tenter l'expérience avec moi ? »

A cet instant, des acclamations fusèrent, interrompant leur conversation.

Rosie mit à profit la brève pause dans le match pour réajuster son masque de parfaite amie qui venait de glisser quelque peu tant elle était déçue que Nick soit capable de poursuivre mieux qu'elle la comédie de l'amitié. Mais peut-être n'était-ce pas une comédie pour lui. Peut-être n'avait-il aucun mal à se comporter en copain parce qu'il ne voyait qu'une copine en elle…

Pour s'occuper, elle s'affaira ensuite à rafraîchir les enfants, les réenduire de crème solaire, remettre leurs chapeaux en place jusqu'à ce que, excédés, ils lui échappent pour s'approcher de nouveau de la balustrade.

— L'anniversaire de ton papa s'est bien passé ? reprit Nick quand les jumeaux furent de nouveau absorbés par le jeu.

— Ça a été assez pénible, en fait. L'absence de David et Anna pesait lourd.

— Heureusement, il avait ses petits-enfants avec lui.

— Oui, ils l'ont distrait. Sauf que Charlie est la copie conforme de Dave.

— Tu envisages de rester à Sydney pour être proche de tes parents ?

— Je ne sais pas encore. Le patron du cabinet où je travaille m'a octroyé un autre mois de congé sans solde, si bien que j'ai encore un peu de temps pour me décider.

— Je peux t'obtenir un job ici, si tu en as besoin.

— Merci, mais mon patron est d'accord pour rendre mes horaires flexibles de sorte que je puisse m'occuper des jumeaux. Je pense que c'est la raison majeure qui me fait hésiter.

— En tout cas, l'offre tient toujours.

Rosie fut reconnaissante à Nick de ne pas épiloguer sur le sujet. Sans trop savoir pourquoi, elle ne se sentait pas encore prête à reprendre le travail.

Le reste de la journée se passa dans un agréable tourbillon de hot dogs, de glaces et de conversations à bâtons rompus. Lorsque Nick les ramena chez eux, vers 9 heures, les enfants étaient épuisés mais ravis de leur après-midi.

Rosie avait envoyé les enfants se mettre au lit. Nick lui tenait compagnie dans la cuisine tandis qu'elle vidait leurs sacs à dos quand un Charlie en pyjama apparut sur le seuil.

— Est-ce que Nick peut monter dans ma chambre ? Je veux lui montrer quelque chose.

— Bien sûr, répondit Rosie.

Tout en suivant le petit garçon dans l'escalier puis dans sa chambre, Nick se demanda s'il lui parlerait ou s'ils allaient avoir une autre conversation à sens unique. Peu importait, finalement. Cette invitation constituait déjà à elle seule un nouveau progrès.

— Regarde ça !

Debout devant sa fenêtre, Charlie gardait les yeux fixés sur le ciel. Mais il *s'adressait à lui* !

Nick le rejoignit.

— Tu vois la mairie ? reprit Charlie en lui désignant la plage, par-delà les toits des maisons en contrebas.

Difficile de la manquer : c'était l'un des deux bâtiments les plus imposants et les mieux illuminés de la corniche.

— Oui.

— Regarde au-dessus de la tour de l'horloge. Tu vois cette étoile brillante ?

— Oui, je la vois.

— C'est papa. Quand papa et maman sont morts, Lucy et moi, on a vu ces étoiles monter au ciel. La plus petite, juste à côté de papa, c'est maman. Ils sont toujours ensemble. Il me voit quand je dors. Il reste éveillé toute la nuit pour me regarder. Je laisse mes rideaux ouverts, comme ça, si je me réveille pendant la nuit, je le vois aussi.

Charlie se tut et ils restèrent debout côte à côte à regarder le ciel en silence. Nick aurait voulu le serrer dans ses bras pour lui témoigner sa sympathie, mais il n'osa pas envahir son espace vital.

Au bout d'un moment, l'enfant désigna de nouveau les étoiles.

— Regarde ! Papa cligne de l'œil, dit-il d'une voix ravie.

De fait, la lumière des astres clignotait, ce qui pouvait faire penser qu'ils leur adressaient des clins d'œil.

— En effet. Qu'est-ce que ça signifie, à ton avis ?

— Il fait ça quand il est heureux. Il est heureux ce soir parce que Lucy et moi, on a passé une super journée.

Dans sa vision périphérique, Nick vit Charlie tourner les yeux vers lui pour ajouter :

— Papa t'aime bien.

— Charlie, c'est la chose la plus gentille qu'on m'ait dite depuis très longtemps, répondit-il, très ému. Je suis content que ton papa m'aime bien et je suis content d'apprendre que tu as passé un bon moment. On recommencera ?

Charlie inclina la tête. Il regardait de nouveau le ciel.

— Oui. Demain ?

— Il n'y a pas de match demain, mais dès que ce sera possible, nous retournerons là-bas, promit Nick. Et en attendant, on se revoit demain matin.

Pour son amygdalectomie, ce qu'il se garda de préciser. Résistant à l'envie de lui ébouriffer les cheveux, il lui toucha brièvement l'épaule.

— Et si tu te couchais, maintenant, Charlie ? Je dirai à Rosie de venir te faire ton câlin du soir.

Comme il regrettait de ne pas être celui que Rosie allait câliner !

Mais une promesse était une promesse.

Ainsi qu'il l'avait pensé la première fois qu'il l'avait vue, il y avait un temps pour tout. Et pour eux, celui de nouer une relation n'était pas encore venu.

8

En quittant Lucy pour aller embrasser son frère, Rosie ne s'était pas attendue à entendre celui-ci parler à Nick. Encore moins partager avec lui quelque chose d'aussi personnel.

Son cœur se gonfla d'allégresse. C'était merveilleux ! Au-delà de ses plus folles espérances.

Au moment où Nick prit congé de Charlie, elle s'engouffra dans la salle de bains. Ecouter aux portes était une chose, être surprise en flagrant délit en était une autre ! Quand la voie fut libre, elle rejoignit son neveu avec l'intention de lui donner son baiser du soir, mais il s'était déjà endormi. Dans la lumière provenant de la rue, elle voyait son visage tourné vers le ciel étoilé. Depuis la mort de ses parents, il suçait son pouce en dormant. Ce soir, ses petites mains jointes étaient glissées sous son menton, sa respiration lente et paisible, et un sourire étirait le coin de ses lèvres. Un tableau qui l'émut plus encore que les confidences qu'il avait faites à Nick. Pour la première fois depuis qu'elle s'était installée ici, il dormait comme un enfant qui se sentait en sécurité. Un enfant qui n'avait pas encore été affecté par les vicissitudes de la vie.

Elle déposa un baiser sur son front et, quittant la chambre sur la pointe des pieds, s'engagea dans l'escalier, le cœur plus léger qu'il ne l'avait été depuis la mort de son frère.

Nick l'attendait dans la cuisine, appuyé au comptoir.

— Ils dorment ? Tout va bien ?

— Mieux que bien !

— J'en déduis que tu as entendu notre conversation.

Un sourire qui reflétait sa propre exaltation aux lèvres, il s'approcha d'elle et, la soulevant de terre, la fit tournoyer autour de lui.

— Fantastique ! ajouta-t-il en la remettant sur ses pieds.

Les mains de Rosie étaient toujours autour de son cou où elle les avait instinctivement nouées et ils se tenaient tout près l'un de l'autre, encore enlacés. Elle le regarda dans les yeux, intensément consciente de la proximité de leurs bouches.

La tentation était grande d'abolir les quelques centimètres qui les séparaient, mais lui offrir ses lèvres pour ne recevoir qu'une rebuffade, il n'y fallait pas songer !

— Oui, c'est incroyable, dit-elle en se détachant de lui et en reculant d'un pas tandis qu'elle concentrait son attention sur l'événement le plus important de la journée. As-tu conscience qu'il était hautement improbable que ça arrive ? A son âge, être capable de surmonter ses peurs pour exprimer ses pensées…

Restées sur ses avant-bras, les mains de Nick ne lui facilitaient pas les choses. Troublée par la sensation de ses doigts sur sa peau, elle était de nouveau tentée de franchir la ligne rouge. Avalant sa salive, elle se força à se ressaisir.

— … Cela tient du miracle.

— C'est vrai. J'ai toujours dit que le cricket était *le* sport par excellence.

— Considère-moi convertie. Comment puis-je obtenir une licence pour la saison ? plaisanta-t-elle.

Elle s'écarta davantage afin qu'il soit obligé de laisser retomber ses mains. S'il continuait à la toucher, elle ne serait plus responsable de ses actes.

— Licence est un terme de football. Tu as encore un long chemin à parcourir avant qu'on te confie une batte, répondit Nick avec un petit rire.

Comme il s'approchait de nouveau d'elle, l'espoir qu'il rompe leur promesse fit bondir le cœur de Rosie dans sa poitrine. Nick se contenta de lui effleurer l'épaule.

— On en reparlera demain, si tu veux. Maintenant il faut que je m'en aille. J'ai un patient très important sur ma liste d'interventions de demain. J'espère qu'il passera une bonne nuit pour être en forme.

L'amygdalectomie de Charlie ! se souvint brusquement Rosie. Elle se frappa le front en gémissant.

— Il va être épuisé. Je suis en dessous de tout !

En riant, Nick l'entraîna par la main jusqu'à la porte d'entrée.

— Si tu l'avais couché plus tôt, les étoiles n'auraient pas été visibles…

— Et nous n'aurions pas eu notre miracle, finit-elle.

Après quoi elle fit une petite prière pour obtenir un second miracle. Un vrai baiser. Un baiser qui ne pourrait pas être confondu avec un bécot entre amis.

Hélas ! Nick l'embrassa sur la joue. Une intense et douloureuse mélancolie s'abattit sur elle et, tandis que la porte se refermait derrière lui, elle comprit pourquoi. Quelque part entre leur première rencontre et maintenant, elle était tombée amoureuse de lui.

Quelle idiotie d'avoir accepté d'être juste une amie pour lui !

Non seulement Charlie allait bien après son opération, mais il semblait se délecter de l'attention que sa sœur et ses grands-parents lui manifestaient, remarqua Rosie. Peut-être ce comportement inhabituel chez lui était-il un signe de plus des progrès accomplis la veille ?

Cette chambre privée, qui lui permettait de papoter avec sa famille sans aucune réserve, était idéale pour lui. Dans la mesure où d'ordinaire seuls les patients ayant subi une intervention lourde bénéficiaient de ce type de pièce, Rosie avait le sentiment que Nick n'était pas étranger au fait qu'elle lui ait été attribuée.

Un mouvement, sur le seuil, lui fit relever la tête et elle le vit, comme si le fait de penser à lui avait suffi pour qu'il se matérialise. Son cœur fit un triple salto.

Elle n'était pas seulement tombée amoureuse, réalisa Rosie. Elle s'était éprise de lui.

Dans un élégant costume gris ardoise qui sublimait la couleur de ses yeux, il semblait la séduction faite homme. Et il semblait aussi être sur le point de quitter l'hôpital. A 19 heures passées, cela n'avait rien d'étonnant, mais elle éprouva un désagréable pincement à la pensée qu'il allait quelque part. Sans elle.

A son entrée, ses parents s'étaient tournés vers lui. Il les salua d'un signe de tête avant de la regarder d'un air interrogateur. Se rappelant ses bonnes manières, Rosie abandonna sa chaise.

— Maman, papa, je vous présente le Dr Nick Masters, l'oto-rhino-laryngologiste de Charlie. Nick, voici mes parents, Jane et Bill Jefferson.

— Enchanté de faire votre connaissance, dit-il en s'avançant vers eux, souriant, pour leur serrer la main.

Puis il parcourut le dossier médical de Charlie.

— Comment te sens-tu, Charlie ?

— Ma gorge est toute râpeuse, répondit-il d'une voix rauque.

Devant les regards ahuris que ses parents tournaient vers elle, Rosie hocha brièvement la tête pour leur faire comprendre qu'elle leur expliquerait plus tard.

— Désolé, moussaillon. Voilà ce qui arrive quand je fais bien mon job. Maintenant, la question vraiment importante : as-tu été obligé de manger de la gelée ?

Il sourit à Charlie, lequel lui fit en retour un sourire de connivence sous le regard approbateur de Jane.

— Non.

— Parfait. Tes amygdales sont parties sans protester. Très bientôt tu te sentiras comme neuf, affirma Nick.

Tout en parlant, il avait tiré un petit flacon transparent de sa poche.

— Qu'est-ce que c'est ?

— Ça, répondit-il tout en passant le flacon à Charlie, ce sont tes amygdales. Tout le monde n'a pas assez de cran pour ça, mais j'ai pensé que tu étais le genre de garçon à vouloir savoir à quoi elles ressemblent.

Charlie examina attentivement le contenu du flacon.

— Cool !

— Je peux voir ? demanda Lucy.

Jetant un bref coup d'œil aux deux petits organes en forme d'amande, elle eut un frisson théâtral et grimaça.

— C'est dégoûtant !

— Je peux les garder ? s'informa Charlie.

— Absolument. Du moins si tu penses que ça n'ennuiera pas Rosie de les voir tous les jours sur ton étagère.

— Non. Elle est cool.

Nick regarda Rosie, un sourire amusé mais impersonnel aux lèvres. Elle rit de la réflexion de son neveu, mais son rire sonna faux. Il se comportait avec elle comme s'ils s'étaient vus pour la première fois le matin même ! C'était totalement déprimant…

Déclarant alors qu'il était grand temps que Lucy dîne, Jane donna le signal du départ.

Après qu'ils eurent embrassé tendrement Charlie et serré la main de Nick, Rosie accompagna ses parents et sa nièce à la porte. Lorsqu'elle revint vers le lit, Nick examinait la gorge de Charlie.

— Comment ça se présente ? s'enquit-elle d'un ton qu'elle s'efforça de rendre neutre et détaché en dépit du fait qu'elle avait toutes les peines du monde à masquer les sentiments qu'il lui inspirait.

— Bien, répondit-il sans relever les yeux. Il y a une légère rougeur, mais ça n'a rien d'anormal.

Il donna une tape amicale sur l'épaule de Charlie.

— Je te verrai demain matin. Si tu prends un petit déjeuner consistant, des toasts par exemple, et que ta gorge va bien, tu pourras rentrer chez toi.

— Des toasts ? Ça ne me fera pas mal ?

— Le secret, c'est de croquer de toutes petites bouchées et de boire en même temps. En fait, mastiquer fera du bien aux muscles de ta gorge. Parfois il arrive que celle-ci devienne un peu plus irritée quelques jours après l'opération, alors ce sera peut-être inconfortable durant le week-end.

— Je pourrai aller à mon entraînement, dimanche ?

— Ce n'est pas sûr. Tu auras probablement besoin de te ménager jusqu'à la semaine prochaine.

Voyant la figure de Charlie s'allonger, Rosie expliqua que la séance serait uniquement consacrée à la remise à niveau annuelle des enfants en matière de premiers secours.

— Il n'y aura ni course ni natation.

— Dans ce cas, ce sera sans doute possible.

— Tu peux venir aussi si tu veux, Nick, s'empressa de suggérer Charlie. Ils ont toujours besoin de bénévoles.

— Qu'en penses-tu, Rosie ?

— Plus on est de fous, plus on rit ! dit-elle en haussant les épaules avec une indifférence feinte. Tu seras le bienvenu dès lors que tu n'as pas perdu la main.

— Je verrai ce que je peux faire.

Nick marqua une pause tandis qu'une infirmière entrait.

— Je te tiendrai au courant.

Soudain il semblait pressé de partir. Il prit congé, topa dans la paume de Charlie, rappela à l'infirmière que la gelée était interdite dans cette chambre et s'éclipsa.

— Voulez-vous que j'installe un lit d'appoint ? s'enquit l'infirmière après avoir vérifié les constantes de Charlie.

Celui-ci lui faisant signe que non, Rosie déclina l'offre.

— Ce n'est pas la peine que tu restes, lui expliqua Charlie quand ils furent de nouveau seuls. Regarde, il fait nuit maintenant et je vois les étoiles d'ici.

De fait, cette pièce semblait avoir la même orientation que sa chambre. De son lit, il pouvait contempler les deux étoiles qui lui étaient si chères, constata Rosie. Elle eut alors la certitude que Nick avait joué un rôle dans son installation ici. N'était-il pas en tout point parfait ?

— Dans ce cas, je vais te laisser dormir.

Rosie lui mit son chien en peluche préféré entre les bras et remonta la barrière du lit.

— Dors bien, mon poussin. Je serai là à la première heure demain matin, ajouta-t-elle en caressant ses cheveux avant de l'embrasser avec toute la tendresse qu'elle lui portait.

Passer la nuit seul ici ne semblait pas le perturber le moins du monde, et c'était grâce à Nick.

Tout en s'en allant, Rosie songea que Charlie n'était pas le seul sur qui Nick avait fait pleuvoir ses bienfaits. Il l'avait soulagée d'une grande partie du fardeau qui pesait sur elle en se chargeant de l'intervention de son neveu, et que dire du rôle qu'il avait joué dans le déblocage de son mutisme !

Comment pourrait-elle ne pas l'aimer follement ?

En le voyant en costume, Rosie avait pensé qu'il sortait ce soir, Nick en aurait mis sa main au feu. Comme il aurait aimé que ce soit vrai ! En fait, c'était avec son comptable qu'il avait rendez-vous et il savait que s'il voulait s'accrocher à son partenariat au sein du cabinet, de grands sacrifices l'attendaient.

Comme prévu, il sortit de l'entretien endetté jusqu'au cou et plus que jamais convaincu qu'une issue favorable avec Rosie était impossible. La petite célébration qu'il s'était autorisée pour être parvenu à atteindre certains de ses buts professionnels et financiers paraissait bien prématurée, à présent. Quant à s'investir de nouveau dans une relation, ce serait grotesque d'y songer. Rosie méritait quelqu'un qui prenne soin d'elle, et des jumeaux. Elle méritait quelqu'un qui l'adore et veille sur elle. Lui allait désormais avoir du mal à conserver un toit au-dessus de sa propre tête. Qu'aurait-il à offrir à la petite famille vulnérable de Rosie ? Rien.

Rien qu'une montagne de dettes, une vieille voiture cabossée et une maison hypothéquée.

Loin derrière les jumeaux, Nick et Rosie descendaient l'escalier menant à la plage quand Rosie s'arrêta pour glisser ses pieds hors des ahurissantes tongs vertes à fleur jaune qu'elle portait de nouveau. Comparé à elles, le reste de sa tenue était sobre : une simple tunique de plage blanche à longues manches qui ne laissait découvertes que ses interminables jambes. Comme elle se penchait pour ramasser les fameux nu-pieds, sa tunique remonta, dénudant un peu plus ses cuisses bronzées. Nick retint un gémissement.

Pourquoi n'avait-il pas prétendu avoir du travail lorsque Charlie avait réitéré son invitation ? Cela n'aurait pas été un mensonge, puisqu'une montagne de paperasse l'attendait. En plus de ça, être avec Rosie sans pouvoir laisser libre cours à l'attirance qu'elle lui inspirait était une véritable torture. Et ils n'avaient encore passé que vingt minutes ensemble…

Etait-ce le stress qui obscurcissait son jugement ou juste Rosie ? Comment pourrait-il expliquer autrement sa présence ici en ce dimanche matin ? Le troisième qu'il passait en partie avec elle et les jumeaux. Pourquoi était-il incapable de rester à l'écart ?

Ils se dirigèrent vers la tente dévolue aux inscriptions

dressée à côté du poste de secours central afin d'y recevoir les instructions de Douggie, le coordinateur du club.

— Rosie, le Dr Masters et toi, vous pourrez vous charger de l'un des postes de réanimation ?

— Nous devrons enseigner les techniques de RCP ? demanda Nick.

— Non, non. Les auxiliaires médicaux se chargent de les leur remettre à la mémoire. Vous regarderez simplement les enfants vous en faire la démonstration et vous leur poserez une série de questions dont ils doivent connaître les réponses. Vous voyez, c'est simple.

— OK ! Pas de problème, déclara Nick

Ce que confirma Rosie d'un signe de tête.

— Parfait. Tenez, enfilez ces T-shirts qui vous identifieront comme professionnels, reprit Douggie en leur donnant à chacun un maillot en coton bleu marine portant au dos le sigle du club en grosses lettres blanches.

Au beau milieu de la tente, sans une seconde d'hésitation, Rosie ôta prestement sa tunique blanche, révélant un haut de maillot de bain blanc, un minishort assorti et de nombreux centimètres carrés de peau lisse et bronzée.

Une bouffée de désir monta en Nick, si brûlante, si intense qu'il resta sans voix et quasiment hypnotisé par son corps aux courbes gracieuses, ses seins ronds, sa taille mince et ses longues jambes.

Tandis qu'elle enfilait le T-shirt du club, il n'aurait pas été surpris d'entendre un soupir de regret s'échapper de la bouche de tous les hommes présents dans la tente, lesquels avaient manifestement apprécié le spectacle autant que lui.

Cette constatation l'irrita et il s'efforça de se convaincre que son agacement n'avait pas lieu d'être. Après tout, Rosie n'était pas sa petite amie et ne pouvait pas l'être. Frustré, furieux contre lui-même et les circonstances, il s'apprêtait à détourner le regard quand, pivotant vers lui, elle le surprit en train de la contempler. Leurs regards se rencontrèrent et, dans les iris verts qui s'étaient rivés aux siens, Nick vit qu'elle avait conscience de sa réaction et que celle-ci était loin de lui déplaire.

Un demi-sourire aux lèvres, elle lui tendit un paquet de masques faciaux.

— Peux-tu t'en charger ?

Puis elle le détailla de la tête aux pieds avant d'ajouter :

— Quand tu seras prêt.

Elle le provoquait !

Malheureusement, il ne pouvait pas relever le défi. Il devait continuer à prétendre qu'ils étaient amis. Simplement amis. C'était tout ce qu'il pouvait offrir. Entre cela ou ne plus la voir du tout, son choix était vite fait.

— Je te retrouve au poste de RCP dans quelques minutes. Je vais juste aller nager un peu pour me rafraîchir.

Là-dessus il quitta la tente et défit sa chemise tout en traversant la plage. Peut-être l'eau fraîche lui remettrait-elle les idées en place. Faute de mieux, cet intermède lui laisserait au moins le temps de retrouver son sang-froid.

Il devait se focaliser sur sa carrière. Sa vie privée, il s'en occuperait plus tard. Beaucoup plus tard.

Dieu merci, la routine s'était vite installée.

A force de répéter les mêmes questions et d'entendre pratiquement les mêmes réponses, Nick pouvait presque remplir son rôle d'examinateur sans se concentrer — une bonne chose, vu qu'il avait un mal de chien à se concentrer sur quoi que ce soit depuis qu'il avait vu Rosie dans son maillot deux pièces. Voilà ce qui s'appelait se focaliser sur sa carrière !

— C'est parfait pour les questions. Maintenant montre-moi ce que tu ferais pour obtenir une réponse de la victime. Ensuite, nous pratiquerons une RCP, dit-il tout en changeant le masque facial du mannequin.

Il regarda le garçon secouer l'épaule de celui-ci, dégager ses voies aériennes puis basculer prudemment sa tête en arrière en lui soulevant le menton, mais Rosie occupait toujours son esprit.

Rosie qui coulait de temps à autre des regards dans sa direction tout en officiant de l'autre côté du vaste chapiteau.

Quelque chose avait changé entre eux, ce matin.

Quelque chose qu'il allait avoir beaucoup de mal à ne pas prendre en compte.

Nick aussi coulait des regards dans sa direction, Rosie en était certaine.

Tout comme elle était certaine qu'il avait aimé ce qu'il avait vu lorsqu'elle s'était changée devant lui. Rien n'avait été prémédité, cependant. Elle passait tant de temps sur la plage avec les jumeaux que se mettre en maillot de bain, pour elle, n'avait rien que de très banal. Toutefois, elle ne pouvait nier qu'elle s'était réjouie de voir qu'elle le troublait, et ce d'autant plus qu'elle avait eu conscience de fort mal dissimuler son propre désir.

Désir qu'il avait encore attisé au moment où il était revenu après son bain.

Torse nu, sa peau mouillée luisant au soleil, il lui avait aussitôt rappelé l'œuvre de Miriam. Une fois sur le sable, il avait secoué l'eau de ses cheveux et s'était séché à l'aide de sa chemise. Sa peau avait alors eu la même nuance de brun que le bois de la sculpture, le même aspect lisse, satiné et brillant. Comme elle aurait aimé promener ses doigts sur le modèle ainsi qu'elle l'avait fait sur la statue qu'il avait inspirée !

Qu'il ait ensuite enfilé le T-shirt du club n'avait en rien atténué son désir de poser ses mains sur lui et elle avait toutes les peines du monde à rester concentrée sur la tâche qui lui avait été assignée.

— Rosie ! Rosie ! C'est notre tour, maintenant !

Se tournant au son de la voix tout excitée de Lucy, elle vit ses neveux bondir vers elle avec leur inépuisable énergie. Au lieu de ralentir le rythme de Charlie, son opération semblait lui avoir donné un regain de vigueur et d'enthousiasme.

Le cœur gonflé d'amour, elle les regarda s'asseoir sur le sable côte à côte.

— Vous avez tous les deux l'intention de faire votre démonstration avec moi ? Et si l'un de vous allait voir Nick ?

— Non, je veux la faire avec toi. On ne t'a pas vue de toute la matinée, répondit Lucy.

— Entendu. Et toi, Charlie ?

Celui-ci secoua la tête sans un mot. A l'évidence, il n'était pas prêt à parler à Nick s'il existait un risque que quelqu'un entende leur conversation.

— Très bien. Qui veut commencer ?

Bien entendu, Lucy se porta volontaire. Depuis toujours, elle était la meneuse et son frère la suivait. Rosie nourrissait l'espoir qu'un jour Charlie prenne suffisamment confiance en lui pour s'imposer.

Une heure et demie plus tard, la session de remise à niveau était enfin terminée et les jumeaux débordaient toujours autant d'énergie. Ils sautaient autour de Rosie et Nick tandis qu'ils remballaient les équipements.

Tout à coup, Lucy tira sur la manche de Rosie.

— Nick peut venir dîner ce soir ?

— Si ça lui fait plaisir, répondit Rosie, prise par surprise, en tournant les yeux vers Nick.

— J'en serais ravi…

— Ouais !

— … Mais je ne peux pas, finit Nick sans la regarder.

— Demain soir, alors ? On pourrait faire un barbecue. On est pas obligés de manger de la salade, juste des saucisses, c'est facile à faire, insista Lucy.

— Vraiment ? dit Rosie, riant de voir sa nièce organiser leur vie sociale.

— Lucy, j'aimerais beaucoup, mais ça ne sera pas possible, dit Nick.

Comme Lucy commençait à bouder, Rosie lui lança un regard d'avertissement puis elle envoya les deux enfants patauger une dernière fois dans la mer.

— Je suis désolée, Nick, reprit-elle, horriblement gênée. Je ne voulais pas que tu te sentes harcelé.

— Non, ce serait génial, Rosie, mais ce n'est pas le bon moment. Il y a des changements au cabinet, et je n'ai vraiment pas le temps.

— Tout le monde doit se nourrir.

— J'aimerais que les choses soient différentes, mais je ne vois pas comment ça pourrait arriver.

— Et si nous ne pensions pas au « comment » ?

Il secoua la tête puis il se passa une main sur le visage.

— C'est compliqué. S'il te plaît, Rosie, ne me rends pas la tâche plus difficile. Si seulement tu savais…

S'interrompant, il marqua une hésitation.

— Je ne peux pas m'engager et on sait tous les deux qu'une aventure est hors de question. Les enfants ont besoin de sécurité, et toi aussi.

— Je ne cherche pas un engagement à vie.

— Peut-être. Mais c'est ce que vous méritez, toi et les enfants.

— Personne ne démarre une relation avec la certitude qu'elle sera éternelle. Pourquoi ne pouvons-nous…

— Parce que je ne sais pas si je serai jamais en mesure de prendre cette sorte d'engagement.

— Donc, à cause d'événements qui se produiront peut-être — ou peut-être pas — à l'avenir, tu refuses de prendre un risque concernant quelque chose qui existe ici et maintenant ?

— Ça ne peut pas marcher, affirma Nick.

Le sang de Rosie ne fit qu'un tour. Jusqu'alors elle avait évité son regard, mais là, elle le regarda droit dans les yeux.

— J'ignore si tu as raison à propos du fait que je mérite un engagement à vie. Ce que je sais, par contre, c'est que je ne dois pas perdre davantage de temps à penser à quelqu'un qui n'a aucune intention d'explorer ce que nous éprouvons tous les deux. Tu n'es pas juste un ami, pour moi, et je ne peux pas continuer à feindre. Puisque tu ne veux pas cesser cette mascarade, c'est donc moi qui y mets un terme, déclara-t-elle d'une traite.

Là-dessus, elle ramassa son gros sac de plage et, avec toute la dignité dont elle était capable en marchant pieds nus sur le sable brûlant, elle se dirigea vers l'écume des vagues d'où les enfants lui faisaient signe de les rejoindre.

C'était eux, son avenir.

Ils étaient tout ce dont elle avait besoin.

Un jour viendrait où elle le croirait de nouveau.

9

Voilà ! C'était fait ! Il venait de signer les papiers qui lui octroyaient officiellement davantage de parts du cabinet médical… et le faisaient ployer sous les dettes. Il n'avait pas encore assimilé l'idée que Rosie était sortie de sa vie, mais au moins ses soucis financiers l'aidaient-ils à penser à autre chose.

Debout à côté de sa voiture, Nick se demanda ce qu'il allait faire maintenant. Où aller ? On était mercredi soir et il devrait s'atteler enfin à la mise à jour de ses paperasses, ou encore vérifier son emploi du temps pour le reste de la semaine, mais il se sentait trop épuisé pour songer au travail. Quant à rentrer chez lui… la perspective de se retrouver seul dans sa grande maison vide ne l'enchantait absolument pas.

La sonnerie de son téléphone portable le tira fort à propos de son dilemme.

Au bout du fil, il eut sa mère qui, après son habituel préambule chaleureux, lui avoua ses inquiétudes concernant la santé de son père.

— Ça fait un moment qu'il est essoufflé — on avait mis ça sur le compte de l'âge et du fait qu'il travaille encore sur la ferme —, mais, dernièrement, il a ressenti des douleurs dans la poitrine. Il a cru qu'il s'était froissé un muscle en réparant les clôtures des parcs. Seulement c'est autre chose. Sa tension est un peu trop élevée et le médecin a demandé un bilan cardiaque.

Pas une seule fois ses parents n'avaient mentionné ces symptômes. Qui, de ses quatre frères et sœurs, était au courant ? se demanda Nick. Aucun, vraisemblablement.

— Quels examens a-t-il passés ?

— Un ECG la semaine dernière. Et le cardiologue veut lui faire faire un test d'effort. Qu'est-ce que c'est, au juste ?

— A-t-il parlé aussi d'un échocardiogramme, qu'il a pu appeler échographie du cœur ?

— Il me semble que oui.

— Ce qu'ils vont faire, c'est d'abord obtenir une image du cœur de papa pendant qu'il est au repos — comme pour les échographies que Claire a passées pendant sa grossesse. Ensuite ils placeront papa sur un tapis roulant et ils le feront marcher afin de voir comment son cœur réagit à l'effort. C'est juste un outil de diagnostic, mais il permet de déceler quatre-vingt-cinq pour cent des problèmes cardiaques. Qui est son cardiologue ?

— Le Dr Ahrens.

— Je ne le connais pas, mais je me renseignerai sur lui. Peux-tu lui demander de me téléphoner quand il aura les résultats ?

— Bien sûr.

— Et si quoi que ce soit t'inquiète, appelle-moi, maman, d'accord ?

— Tu n'envisages pas de venir bientôt nous voir ?

— Pas vraiment. Les choses sont compliquées au cabinet, en ce moment. Mais si tu as besoin de moi, tu n'as qu'à le dire, tu le sais.

— Nick, un de ces jours tu te rendras compte que la vie n'attend pas. Parfois, on doit faire de la place pour certaines choses même si elles ne s'ajustent pas parfaitement.

— De quoi parle-t-on là ? S'il te semble qu'il faut que

je vienne à la maison quand on aura les résultats de papa, je viendrai.

— Il n'est pas seulement question de ton père, mais de ton travail et de toi. Quand vas-tu cesser de faire du surplace ?

— Tu veux dire trouver une femme et me marier ?

— En gros, oui, répondit sa mère en riant.

Comme il se taisait, ruminant la question qui lui avait trotté dans la tête ces derniers jours, elle reprit :

— Tu ne me dis pas, comme d'habitude, que je serai la première à le savoir quand ça arrivera ? Dois-je en conclure que c'est arrivé et que je ne suis pas la première au courant ?

— Maman, crois-moi, si j'envisageais de me passer la corde au cou, tu le saurais avant moi. Mais, oui, il y a quelqu'un et non, il ne s'est rien passé entre elle et moi.

— Quel est le problème ?

— Le timing est mauvais. Je suis endetté jusqu'au cou et ce n'est pas la situation idéale pour démarrer une relation, loin de là. Ecoute, maman, je suis un peu pressé…

— Et tu dois partir. Je comprends. Mais laisse-moi tout de même te donner ma leçon de sagesse du jour. Plus tard, lorsque tu regarderas en arrière, voudras-tu te rendre compte que tu as perdu cette personne parce que tu attendais que tout soit parfait ? Ne te cherche pas de prétextes parce que tu n'oses pas prendre le risque d'aimer de nouveau. La vie n'est pas parfaite ; alors si tu attends le moment idéal, je peux te dire qu'il n'arrivera pas.

— Je commence à m'en douter… Maman, je t'appellerai un de ces jours, mais n'hésite pas à me passer un coup de fil s'il y a du nouveau en ce qui concerne papa ou si quoi que ce soit t'inquiète, d'accord ?

Après avoir mis fin à la conversation, Nick repensa aux paroles de sa mère. Avait-elle raison ? Commettait-il une erreur en attendant le moment idéal ?

Allez savoir…

Elle l'avait accusé de chercher des prétextes pour ne pas s'investir. Rosie aussi, implicitement. Elles étaient toutes les deux dans le vrai : il avait avancé des arguments dans le but de prouver à Rosie qu'ils ne pouvaient pas nouer de relation sans même envisager une seconde qu'il puisse exister une très bonne raison susceptible de le pousser à les ignorer.

Commettait-il une erreur en présumant qu'il savait ce dont Rosie avait besoin ?

Finalement, son esprit s'éclaircit et la solution lui parut des plus simples.

Au diable, la prétendue amitié entre Rosie et lui !

— Lucy, peux-tu m'apporter un plat pour les hamburgers, s'il te plaît ? demanda Rosie.

Elle regarda sa turbulente nièce se ruer dans la maison — tout en criant à Charlie de venir dîner — avant de reporter les yeux sur le barbecue.

Elle retournait prestement les steaks hachés lorsque Lucy revint, aussi tendit-elle une main tout en terminant sa tâche.

— Merci, ma puce.

— A ton service, mon chou.

Au son de la voix de Nick, elle sursauta. Son cerveau lui jouait-il des tours ? Se retournant, elle constata que non. Nick était bien là, en costume sombre et chemise blanche au col ouvert. Il avait de grands cernes mauves sous les yeux et les traits tirés.

— J'ai soudoyé Lucy et Charlie à l'aide de *Perky Nanas* pour pouvoir apporter le plat. Ce sont des friandises néo-zélandaises qui contiennent un jouet à monter.

— Eh bien, c'est du beau ! dit-elle, encore abasourdie par sa brusque apparition.

Se rappelant soudain ce qu'elle était en train de faire,

elle se mit en devoir d'empiler les hamburgers sur le plat qu'il lui avait tendu.

— Je ne t'attendais pas, ajouta-t-elle, plus courageuse maintenant qu'elle lui tournait le dos.

— Je sais que j'ai dit que je ne pouvais pas venir…

— Pas seulement pour un barbecue, il me semble.

— C'est vrai. Et je croyais être sincère.

Ayant rassemblé tous les steaks, elle éteignit le barbecue et pivota pour lui faire face.

— Je croyais être sincère, répéta Nick. Mais je me suis rendu compte que c'était totalement faux.

Les jambes soudain en coton, Rosie reposa le plat sur le bord du barbecue. Nick la dévisageait intensément, une expression sérieuse sur son visage altéré par la fatigue. Que s'était-il passé pour qu'il semble aussi épuisé ?

— Tu veux bien m'écouter jusqu'au bout ?

Elle n'hésita qu'une seconde avant d'acquiescer. Sa présence ici tenait autant du miracle que le progrès qu'avait fait Charlie.

— Les derniers jours ont été démentiels, Rosie. Ou plutôt, si je suis honnête, les dernières semaines… depuis notre rencontre. J'ai l'impression de ressortir tout déboussolé du wagon d'un grand huit. Il y a eu des rebondissements inattendus au cabinet qui réclamaient toute mon attention, mais j'avais toutes les peines du monde à me concentrer. Je veux passer du temps avec toi et les enfants ; je suis attiré par toi d'une manière que je ne peux pas expliquer. Pourtant, j'ai essayé de garder mes distances.

— Pourquoi ?

— Parce que je me disais que je ne pouvais pas me permettre d'être distrait. Après mon divorce, j'ai repris en ligne de mire mes anciens buts dont je m'étais tellement éloigné et quand j'ai fait ta connaissance, j'étais en bonne voie pour les atteindre. J'étais devenu associé au cabinet et je me sentais enfin stable, sûr d'avancer dans la bonne direction. Le soir où je t'ai rencontrée à la galerie d'art, un problème inattendu venait de surgir. L'un des associés principaux avait pris la décision soudaine de se retirer de la société, ce qui m'a mis sous pression financièrement. Je me suis dit que je devais régler ça avant de pouvoir m'engager sérieusement.

— Et maintenant ?

— La situation en elle-même est résolue. Les autres associés et moi avons racheté ses parts, mais me voilà encore plus éloigné de mes buts. Ce que j'ai compris aujourd'hui c'est qu'à cause de cette situation, je faisais des suppositions te concernant et prenais des décisions pour toi que je n'avais pas le droit de prendre.

— Comme vouloir qu'on soit « juste amis » ?

— Oui. Je ne veux pas être le type qui croit savoir ce qui est mieux pour quelqu'un d'autre.

Se rapprochant de Rosie, il posa la main sur son épaule.

— J'ai essayé de me convaincre que tu étais juste une amie parce que je pensais n'avoir rien à offrir.

— Tu n'avais pas besoin de m'offrir quoi que ce soit ; je ne voulais que toi, souligna Rosie.

— Ce n'est jamais aussi simple, dit-il tout en faisant glisser ses doigts le long de son bras jusqu'à son poignet autour duquel il les referma. Ça ne l'est toujours pas pour moi, mais j'admets que je ne peux pas tout contrôler. Même si mon timing n'est pas idéal, même si ma vie n'est pas idéale, je voudrais faire partie de la tienne. Et pas en tant qu'« ami ». J'ai besoin de savoir : y a-t-il une place pour moi auprès de toi ? Tu as deux enfants qui ont besoin de stabilité et qui requièrent ton attention… Alors s'il n'y a de place que pour une nuit ou deux, je le comprendrai. C'est à toi de prendre la décision, je m'en rends compte maintenant. Pas à moi de la prendre en ton nom.

Abandonnant son poignet, il étreignit sa main.

— C'est une manière un peu longue de dire que je suis

en train de tomber amoureux de toi, Rosie, ajouta-t-il, son regard caressant son visage et s'attardant sur ses lèvres avant de se fondre de nouveau dans le sien. J'espère que tu ressens la même chose.

Rosie osait à peine respirer, de crainte que la magie de l'instant se dissipe. Elle acquiesça d'un hochement de tête.

— Bien que je ne sois pas tout à fait certain de la direction dans laquelle nous allons, je suis sûr de vouloir la prendre avec toi.

— Moi aussi, balbutia Rosie. Pendant un moment, j'ai pensé que je ne te laissais pas indifférent, mais je n'avais aucune certitude. Ensuite tu as paru si déterminé à ce qu'on soit juste amis…

— C'était une idée vouée à l'échec.

Déjà il lui soulevait le visage de sa main libre, inclinait la tête. Instinctivement, Rosie ferma les yeux, lui offrit ses lèvres. Elle sentit son souffle sur sa bouche…

Le grincement de la porte de derrière rompit l'intimité du moment. Nick laissa retomber ses mains et Rosie recula d'un pas au moment précis où les jumeaux déboulaient sur la terrasse.

— Rosie, on meurt de faim ! annoncèrent-ils en chœur.

Puis Charlie saisit le plat de hamburgers et le déposa sur la table tandis que Lucy prenait Nick par la main.

— Tu as quelques jours de retard, mais je savais que tu viendrais.

Comme Rosie aurait voulu avoir été aussi confiante que sa nièce ! Cela lui aurait évité trois nuits blanches.

Le dîner fut détendu, animé et gai, la conversation rebondissant tout naturellement entre eux tous. Cependant, l'esprit de Rosie ne cessait de s'évader. Comment aurait-elle pu s'empêcher de penser que Nick avait failli l'embrasser ?

Le repas terminé, les jumeaux débarrassèrent la table puis disparurent, comme à leur habitude, en quête de quelque tâche de dernière minute destinée à retarder le moment d'aller se coucher. Les débusquant rapidement, Rosie leur demanda de dire bonsoir à Nick. Ainsi, ils ne pourraient utiliser ce prétexte pour redescendre.

Lucy se jeta dans les bras de Nick, l'étreignit et planta un baiser sonore sur sa joue avant d'administrer le même traitement à Rosie. Charlie, lui, s'approcha de Nick plus lentement, resta un instant immobile à le regarder, ses yeux presque au niveau des siens puisque Nick était toujours assis à table, puis se pencha rapidement pour lui donner une brève accolade tout en lui murmurant quelque chose à l'oreille. Ensuite, il tourna les talons et rentra dans la maison derrière sa sœur.

— Qu'a-t-il dit ? s'enquit Rosie.

— Il m'a dit que je ne suis pas seulement son docteur, mais son ami aussi.

Submergée par l'émotion, Rosie s'assit. Si elle ne précipitait rien, si les enfants avaient le temps de s'habituer à l'idée, peut-être pourrait-il y avoir un avenir pour Nick et elle ?

— Tu es génial, Nick Masters !

— Je suis heureux d'entendre ça, parce que je suis venu ce soir conscient que j'avais probablement perdu toutes mes chances avec toi. D'ailleurs, je crois que c'est là où nous en étions de notre conversation lorsque les jumeaux nous ont interrompus…

Le cœur battant la chamade, Rosie se releva et contourna la table. Son courage dopé par l'intensité du désir qu'elle lisait dans les yeux de Nick qui ne la quittaient pas, elle se glissa sur ses genoux, saisit ses mains et les plaça en coupe autour de son propre visage avant de le rapprocher du sien.

— Voilà où nous en étions, me semble-t-il, dit-elle dans un souffle.

A l'instant où les lèvres de Nick se posèrent sur les siennes, elle perdit toute conscience de ce qui l'entourait. Elle ne savait même plus si elle était debout ou assise. Plus rien n'existait hormis ce baiser tant attendu. Hormis la bouche de Nick qui goûtait la sienne, la caressait, l'explorait et qu'elle embrassait en retour avec une fièvre similaire.

Bientôt, abandonnant sa joue, l'une des grandes mains douces de Nick descendit le long de son bras puis, avec une voluptueuse lenteur, se faufila sous son T-shirt pour se promener sur sa peau nue. Rosie n'était plus sur terre. Chacune de ses terminaisons nerveuses semblait électrisée par ses caresses ; le désir pulsait à travers tout son corps.

Un cri, soudain, troua la bulle de volupté qui les isolait du reste du monde. Comme si elle avait reçu un jet d'eau glacée, Rosie se détacha de Nick et bondit sur ses pieds. Désorientée, il lui fallut quelques secondes pour comprendre que le cri avait été poussé par Charlie.

Il se tenait debout près d'eux, la poitrine palpitante, le visage décomposé, les yeux brillants de larmes de rage.

— Qu'est-ce que tu fais ? gronda-t-il d'une voix méconnaissable.

Jamais elle ne l'avait vu vraiment en colère. A présent, il était hors de lui et c'était effrayant. S'il ne semblait même pas voir Nick, il regardait fixement Rosie sans ciller et en serrant les poings.

Lorsqu'elle fit un pas vers lui, il recula. Au même instant, Lucy s'encadra dans la porte, son regard balayant la scène. Sans un mot, elle se précipita vers son frère dont elle entoura les épaules d'un bras protecteur puis, dardant sur Rosie un regard noir, elle le fit pivoter et l'entraîna dans la maison sans se retourner.

Rosie s'effondra sur une chaise, la gorge serrée dans un étau d'acier, les yeux rivés à l'encadrement vide de la porte.

— Qu'est-ce que j'ai fait ? balbutia-t-elle. Qu'est-ce que j'ai fait ?

En quelques secondes l'instant de pure magie s'était transformé en cauchemar.

Nick se sentait responsable d'avoir profondément perturbé un petit garçon à qui il était censé faire du bien. N'était-il pas son *médecin*, nom d'un chien ?

Il avait embrassé Rosie. Ce faisant, il s'était laissé si totalement absorber par l'incroyable certitude qu'il était en train d'embrasser l'*amour de sa vie* qu'il n'avait prêté attention à rien d'autre.

Comme s'il n'aurait pas pu s'en rendre compte plus tôt ! Non mais quel idiot !

Et maintenant ils allaient le payer. Pire, les enfants allaient payer pour son inconscience et celle de Rosie.

Hors de question. Il ne pouvait pas les laisser souffrir. Il fallait qu'il répare le mal qu'il avait fait.

— Rosie, dit-il en lui touchant l'épaule. Je vais aller les voir.

— Non ! s'exclama-t-elle d'un ton sans réplique. C'est moi qui dois y aller.

Elle se remit debout, pâle, crispée.

— Je ne peux pas croire que je leur aie fait ça. J'ai tout oublié. Pendant un moment, j'ai tout oublié sauf moi. Moi…

Elle tourna vers lui des yeux angoissés.

— … et toi. Qu'est-ce que j'ai fait ? Ô mon Dieu, qu'est-ce que j'ai fait ?

Se relevant prestement, il la maintint fermement devant lui et se plaça dans le champ de son regard.

— Rosie, ne détourne pas les yeux. Regarde-moi ! Tu n'as rien fait de mal. Notre timing aurait pu être meilleur, mais nous n'avons rien fait que nous ne puissions réparer. Charlie est bouleversé, c'est tout. Il a vécu pas mal d'épreuves et tout est ressorti en bloc. Il ne réagissait pas contre toi et moi ; il réagissait au stress engendré par tout ce qui lui est arrivé.

— Nous n'en savons rien.

— Mais c'est logique, souligna Nick, autant pour s'en convaincre lui-même que pour essayer de convaincre Rosie.

Elle hocha la tête.

— Va les voir, maintenant. Je t'attendrai, si tu veux, ou bien je m'en irai. Mais même si je m'en vais, tu sais que tu peux m'appeler. A n'importe quelle heure. Tu m'appelles et j'arrive dans les minutes qui suivent.

L'ombre d'un sourire passa sur les lèvres de Rosie.

— Merci, mais ne m'attends pas. C'est quelque chose que je dois faire seule. Même si Charlie n'a pas réagi contre toi et moi, nous faisons tout de même partie du problème.

— Dans quelle mesure ?

— Je ne sais pas exactement, mais il me regardait comme si je l'avais trahi.

L'attirant contre lui, il l'enveloppa de ses bras. Elle posa alors la tête sur son épaule et l'étreignit comme si cette étreinte était la dernière et qu'elle voulait mémoriser la parfaite imbrication de leurs corps.

Tout finissait-il ici ce soir ?

Quand elle s'écarta de lui, elle caressa lentement son visage du bout des doigts. Elle semblait triste, stressée.

— Je te parlerai plus tard, dit-elle.

Puis elle lui pressa la main un instant et disparut dans la maison.

La chambre de sa nièce était vide. Rosie dut frapper plusieurs fois à la porte de celle de Charlie avant d'être introduite dans la pièce par une Lucy glaciale et visiblement réticente. Quant à Charlie, il était allongé sur son lit, le dos tourné.

Tandis qu'elle s'asseyait sur la chaise du bureau de Charlie, Lucy prit place sur le lit, à côté de son frère, une main posée sur le dos de celui-ci.

— Lucy, peux-tu me dire ce qui ne va pas ? Pourquoi êtes-vous tous les deux aussi bouleversés ?

— Tu embrassais Nick !

— Oui.

— Pourquoi ?

— Je l'aime bien. Il est mon ami. Et il est le vôtre aussi.

Lucy secoua la tête. De même que Charlie.

— Il le faisait croire. Mais s'il était notre ami, il ne t'embrasserait pas.

— Mais voyons, il peut être notre ami à tous les trois.

— Non ! répliqua Lucy d'un ton catégorique. Il te voudra toi, pas nous. Maman et papa sont partis en voyage et ne sont jamais revenus. Maman et papa s'embrassaient comme toi et Nick. Ils sont partis en week-end et *ils ne sont pas revenus.*

La voix de Lucy s'étrangla. Néanmoins, fidèle à sa nature déterminée, elle retint les larmes qui emplissaient ses yeux.

Rosie dut ciller pour éclaircir sa propre vision. Le tableau évoqué par les paroles de Lucy lui déchirait le cœur.

Oh ! Seigneur… Non seulement elle avait fait du tort aux enfants en ne les introduisant pas dans sa toute nouvelle relation avec Nick, mais elle avait réveillé — et amplifié — leurs craintes de la perdre elle aussi. Exactement comme ils avaient perdu leurs parents trois mois plus tôt.

— Lucy…

Se relevant, Rosie rejoignit sa nièce, mais celle-ci eut un mouvement de recul.

— On est tous les deux. Ça nous suffit, dit-elle.

L'expression de son visage glaça le sang de Rosie.

— Rien ne me fera jamais vous quitter, Lucy.

La petite détourna la tête et s'allongea à côté de son frère.

— On ne te croit pas, répondit-elle d'une voix enrouée en serrant Charlie contre elle.

Rosie les regarda, tétanisée, tout en se demandant comment elle avait pu détruire l'amour que les jumeaux lui portaient depuis toujours. L'amour et la confiance.

Dans le brouillard qui enveloppait sa vie à présent, une seule chose lui semblait claire : tant qu'elle n'aurait pas regagné leur confiance, il n'y aurait aucun avenir pour elle avec un homme, quel qu'il soit.

Le cœur au bord des lèvres, Rosie conduisait Charlie au cabinet de Nick pour sa visite de contrôle. On était vendredi après-midi. Depuis mercredi soir, le petit garçon ne lui avait pas dit un mot ni ne l'avait regardée une seule fois et Lucy ne lui avait parlé que lorsqu'elle n'avait pas pu faire autrement et en évitant de croiser son regard.

Comme elle aurait préféré qu'ils pestent contre elle et claquent des portes !

Tout en roulant, avec la radio en fond sonore afin de masquer le silence tendu, elle songea aux deux jours écoulés. Elle s'était brièvement entretenue avec Nick pendant les heures de classe des enfants ; elle avait examiné et réexaminé la situation avec sa mère ; elle avait appelé le psy de Charlie, lequel était absent et ne pourrait le voir qu'à son retour, au milieu de la semaine prochaine. En attendant, ce qu'elles avaient trouvé de mieux à faire était de consacrer du temps aux jumeaux et de continuer à les rassurer.

Et, à moins qu'un miracle survienne aujourd'hui lorsque Charlie verrait Nick, elle avait pris sa décision : elle devait renoncer à lui.

Ils n'eurent pas à patienter longtemps dans la salle d'attente du cabinet d'ORL. L'air aussi épuisé qu'elle-même, Nick vint bientôt les chercher.

Au regard interrogateur qu'il lui adressa par-dessus la tête de Charlie, Rosie répondit d'un signe négatif de la tête. Non, les choses ne se présentaient pas bien.

Et il n'y eut aucune amélioration. Si Charlie se laissa examiner la gorge, il resta totalement passif et se mura dans un silence glacial.

— Appelle-moi ce soir, glissa Nick à l'oreille de Rosie lorsqu'il les raccompagna dans le corridor.

Elle opina du chef. Ce serait la dernière fois qu'ils se parleraient en privé.

Jamais elle n'aurait dû s'écarter de sa voie de tutrice responsable.

— Pourquoi parles-tu aussi bas ?

— Je ne veux pas réveiller les jumeaux.

— Il est 11 heures du soir !

Rosie était bien placée pour le savoir, qui avait repoussé son appel autant que possible afin de retarder l'inévitable. A présent, le moment était venu…

— On ne pourra plus se voir.

— Il faut juste du temps…

— Non, Nick, je ne crois pas. Il ne s'agit pas d'entêtement de la part des jumeaux. Ils sont sérieusement affectés. Je ne connais même pas encore toute l'étendue du mal que j'ai…

— Arrête, Rosie ! coupa Nick d'une voix irritée. Tu as déjà dit ça trop de fois. Il y a une chose que tu dois te mettre dans la tête : tu n'as rien fait de mal. Même si notre timing s'est révélé désastreux, tu n'es pas coupable parce que, pour une fois, tu as satisfait tes propres besoins. Tu crois que ce qui est arrivé est une punition pour ton égoïsme, je me trompe ?

— Peu importe ce que je crois, les faits sont là : deux enfants ont récemment été affligés par le plus horrible des deuils. Et maintenant, ils revivent leur douleur et ils craignent qu'il m'arrive la même chose qu'à leurs parents.

— Pourquoi ne te parlent-ils pas, s'ils redoutent de te perdre ?

— Sans doute parce qu'ils ne me font pas confiance. Ils essaient de se protéger et ils m'en veulent. Ils pensent que je vais les laisser, comme David et Anna l'ont fait. Dans leur esprit, si toi et moi nous sommes ensemble, nous partirons et nous ne reviendrons pas.

— Mais nous ne les laisserons pas ! protesta Nick. Je ne vais nulle part, bon sang ! Je t'aime, Rosie.

— Tu m'aimes ? répéta-t-elle dans un souffle.

Elle ignorait que ses sentiments pour elle étaient aussi profonds. L'apprendre maintenant, alors que plus rien n'était possible entre eux, était cruel.

— Oui, je t'aime. Je veux construire quelque chose avec toi. Maintenant tu me dis que tout est fini entre nous ?

— Que puis-je faire d'autre ?

— Je n'en sais rien, Rosie, et ça me tue de ne pas savoir. Mais tu ne peux pas renoncer à notre relation. Je t'aime.

— Je ne sais pas quoi faire d'autre. Je ne peux pas te faire de promesses que je ne suis pas certaine de pouvoir tenir. J'ai promis aux jumeaux de vivre avec eux pour veiller sur eux. Maintenant, ils ne me croient plus fiable. Si je dois passer les dix prochaines années à regagner leur confiance et à faire en sorte qu'ils se sentent en sécurité, je le ferai. Quel qu'en soit le prix.

— Dans ce cas, il ne me reste plus rien à dire, conclut Nick.

Puis il raccrocha. A l'instant précis où le déclic résonna à son oreille, le cœur de Rosie vola en éclats.

C'était fini. Elle avait tout perdu.

10

Pour la cinquième fois de la semaine, Nick quitta son cabinet à la nuit tombée après une bonne dizaine d'heures de travail quasi ininterrompu. Le seul point positif était que, pendant ce temps, il pensait moins à Rosie et aux enfants. Il était épuisé, physiquement et émotionnellement.

Incroyable ce qu'il pouvait se passer en aussi peu de temps ! songea-t-il en se dirigeant vers le parking du centre médical. En l'espace de dix jours, il avait perdu la seule femme qu'il ait jamais vraiment aimée, doublé sa charge de travail déjà énorme et contribué à traumatiser deux jeunes enfants qui à présent le détestaient.

De plus, son nouveau « meilleur ami » à Sydney — outre ses collègues-associés aussi pauvres que lui — était son banquier, ajouta-t-il tristement à son inventaire. Et celui-ci ne l'aimait que pour ses dettes.

Une fois monté dans sa voiture, il alluma son portable qui sonna aussitôt.

— Nick ?

— Maman, qu'est-ce qui se passe ? s'enquit-il, alarmé. C'est papa ?

— Ton père va bien, maintenant. Mais toi, est-ce que ça va ? Tu n'as pas l'air en train.

— Si tu veux le savoir, je ne me suis jamais senti aussi peu en train, avoua-t-il avant de faire à sa mère un récit succinct des dix derniers jours.

— Pourquoi ne m'as-tu pas dit ça quand je t'ai appelé au sujet des résultats de ton père ?

— J'espérais que j'allais me réveiller et découvrir que ce n'était qu'un mauvais rêve.

— Et maintenant ?

— Maintenant, c'est fini.

— L'Australie ne te vaut rien, on dirait, reprit sa mère après un silence. Le fils que j'ai élevé n'aurait jamais renoncé à la femme de sa vie. Jamais tu n'as été du genre à abandonner, Nicholas Masters ! Jamais. Pas même quand tu aurais peut-être dû l'être…

— Tu m'as aussi inculqué que « non » signifie « non », répondit Nick qui sourit pour la première fois depuis dix jours. Il faudrait accorder tes violons, maman.

Elle émit un petit bruit désapprobateur.

— Epargne-moi ta logique de scientifique, tu veux ? Dans ta situation, il n'y a qu'une seule chose à faire. Tu me donneras des nouvelles quand tu auras trouvé laquelle.

— Tu ne vas pas éclairer ma lanterne ?

— Je ne suis pas une mère qui interfère dans les relations sentimentales de son fils. Mais juste pour information : quatre places vous attendront pour le déjeuner de Noël, au cas où tu aurais envie de nous surprendre.

Visiblement soucieuse d'avoir le dernier mot, elle ponctua sa déclaration d'un baiser avant de raccrocher.

Appuyant l'occiput à son repose-tête, Nick retourna son dilemme dans son esprit. Quelques-uns des adages préférés de sa mère résonnèrent alors à ses oreilles : « Tout problème a une solution », « Dans notre famille, on ne baisse pas les bras », « On ne sait qui on est vraiment que dans l'adversité », « Il ne faut jamais tourner le dos à quelqu'un dans le besoin »…

Des clichés, se dit-il. Mais les clichés ne reposent-ils pas sur des vérités ? Il réfléchit à ce qu'il pourrait en tirer.

On ne lui avait pas appris à se comporter en lâche.

Or, il avait été si soucieux de respecter la décision de Rosie de mettre un terme à leur histoire qu'il avait négligé de considérer ce qui était le mieux pour elle, et pour eux tous. Et « le mieux », ce n'était pas…

Se redressant sur son siège, il démarra et quitta le parking.

Révolu, le temps de l'inaction !

Le moment était venu d'agir.

Avec toutes ses fenêtres éclairées, la maison de Rosie resplendissait comme un arbre de Noël, remarqua-t-il dès qu'il s'engagea dans la rue. Ce ne fut qu'en s'approchant qu'il vit la voiture de police garée devant.

Quelques secondes plus tard il sonnait à la porte, la gorge nouée. Il était venu avec un plan pour reconquérir Rosie, mais au milieu de quel problème tombait-il ? Que se passait-il ?

Il sonna de nouveau, tambourina. Lorsqu'on lui ouvrit enfin, le flux d'adrénaline qui l'avait éperonné se tarit instantanément. Face à lui se trouvait Philip, l'ex-compagnon de Rosie. A moins qu'il ne soit plus « l'ex »… ce qui expliquerait sa présence ici.

Malgré son envie de le frapper, il lui tendit la main.

— Nick Masters.

Philip serra sa main tendue. A la réflexion, il n'affichait pas une mine victorieuse ; il semblait plutôt abattu.

— Vous êtes l'ami de Rosie. Le médecin ORL de Charlie…

Voilà qui résumait parfaitement ce qu'il était pour Rosie, songea Nick avec amertume.

— Est-ce que tout va bien ?

— Il vaut mieux que vous parliez à Rosie, répondit Philip en l'invitant à entrer.

Il le conduisit dans le vaste salon situé à l'arrière de la maison. A la vue du visage exsangue de Rosie — elle était assise sur le canapé, deux policiers occupant les fauteuils face à elle — un froid glacial l'envahit.

— Rosie, qu'est-il arrivé ?

Dès qu'elle le vit, elle bondit sur ses pieds, le rejoignit et, posant les paumes sur son torse, leva vers lui un regard accablé de douleur. Instinctivement, il referma les bras autour d'elle.

— Les jumeaux sont partis ! Tu n'as pas eu de nouvelles d'eux, Nick ? demanda-t-elle dans un sanglot.

Il fit un signe négatif de la tête. Devinant visiblement qu'il n'avait aucune information, les deux agents se levèrent.

— Nous vous tiendrons au courant, dit la femme en uniforme en tendant un papier à Rosie. Voici mon numéro de portable. Appelez-moi s'ils reviennent.

Tandis que Philip raccompagnait les policiers, Nick desserra son étreinte et recula légèrement de manière à scruter le visage de Rosie.

— Depuis quand ont-ils disparu ?

Rosie s'enveloppa de ses bras. Elle avait les joues barbouillées de pleurs, les yeux rougis.

— Je ne sais pas exactement. Philip est arrivé vers 6 heures. Les jumeaux étaient en train de dîner. Il voulait me parler, et les enfants ont assez vite manifesté le désir d'aller se coucher.

Nick entendit la porte d'entrée se refermer, les pas de Philip se rapprocher.

— Je suis montée les embrasser vers 7 heures moins le quart. Ils ont dit qu'ils ne voulaient pas écouter d'histoire, juste lire un peu chacun dans leur lit. Je les savais très fatigués, alors ça ne m'a pas étonnée.

Comme Philip revenait dans la pièce, Rosie retourna s'asseoir sur le canapé. Nick brûlait de prendre place près d'elle, de la réconforter, mais dans la mesure où il ne savait toujours pas ce que Philip faisait là, il s'installa dans l'un des fauteuils. Philip se laissa tomber dans l'autre. Ils faisaient à présent tous les deux face à Rosie. Nick repoussa l'idée qu'ils étaient des rivaux qui se disputaient son amour. Ce n'était vraiment pas le moment d'être jaloux.

— Environ une demi-heure plus tard, je suis remontée voir s'ils dormaient, poursuivit Rosie. Ils n'étaient plus là et ils avaient emporté leurs sacs à dos. Je crois qu'ils ont pris de la nourriture.

— Tu ne les as pas entendus descendre l'escalier ?

— Non. Nous étions dans le petit salon qui donne sur la rue.

La partie la plus privée de la maison, lui semblait-il. De quoi discutaient-ils pour avoir besoin d'autant d'intimité ?

— Donc, il y a environ une heure et demie qu'ils ont disparu. Et tu n'as aucune idée de l'endroit où ils ont pu aller ?

— Aucune. J'ai essayé de t'appeler pour savoir s'ils t'avaient parlé. Je savais que c'était peu probable, mais la police nous a demandé de contacter tous nos proches, ce qu'on a fait.

Philip confirma d'un signe de tête.

— La réceptionniste du cabinet médical n'était plus là, ta ligne privée était occupée, et sur ton portable, je suis tombée sur ta messagerie.

Réprimant un juron, Nick tira l'appareil de sa poche. Il l'avait éteint après avoir parlé à sa mère sans penser à regarder s'il avait des messages. Seule la perspective de retrouver Rosie lui occupait alors l'esprit.

— Tes parents ne les ont pas vus ? lâcha-t-il avant de se rendre compte de sa bêtise.

Elle s'était forcément adressée à eux en premier.

— Papa patrouille dans le secteur en voiture, de même que des parents d'élèves de leur classe, et maman est à la maison, à attendre, comme nous ici, qu'ils reviennent.

Le sang de Nick se figea quand il entendit Rosie dire « nous » en parlant de Philip et elle. Pourquoi était-il ici ? L'avait-elle appelé ? Si oui, dans quel but ? Mais ces questions devraient attendre. Une seule chose importait à présent : retrouver les jumeaux.

— Tu n'as pas une petite idée de la raison qui les a poussés à partir ?

L'air gêné, Rosie lança un regard à Philip avant de secouer la tête.

— Pas vraiment.

Il se passait quelque chose et cela impliquait manifestement Philip. Nick attendit quelques explications, mais elle garda le silence.

— Que veux-tu que je fasse ?

Déjà il était debout. Même s'il avait conscience qu'il ne pouvait pas rester, une partie de lui espérait qu'elle le lui demanderait — et qu'elle enverrait Philip à la recherche des enfants.

— Patrouiller dans les rues, peut-être ? suggéra-t-elle, visiblement embarrassée, sans croiser son regard.

— O.K. Inutile de me raccompagner, je connais le chemin. Préviens-moi…

— Je le ferai, dit-elle sans le laisser finir.

— On va les retrouver, Rosie. Tout ira bien pour eux, répondit-il gentiment.

La lèvre inférieure de Rosie trembla, une larme roula sur sa joue. Il dut faire appel à toute sa volonté pour la laisser là, avec Philip, mais le plus urgent était de retrouver les jumeaux. Et de les retrouver sains et saufs.

Trois heures plus tard, Nick sillonnait toujours les rues au volant de sa voiture. Par deux fois il était passé brièvement chez lui, juste au cas où, mais n'avait vu aucun signe des enfants. Il n'était pas loin de minuit. Les rues de Bondi n'étaient pas un endroit pour des petits de huit ans. Les imaginer parmi la foule des noctambules éméchés le rendait malade d'angoisse. Où étaient-ils ? Son téléphone mobile, posé sur le siège passager, restait désespérément muet.

Il continuerait ses recherches toute la nuit s'il le fallait. Il se refusait à imaginer ce qui arriverait s'ils ne les retrouvaient avant le jour. Même penser à ce que Philip pouvait être en train de faire avec Rosie était préférable, mais il ne voulait pas penser à ça non plus. Il roulait, scrutant les ruelles, les impasses, les entrées d'immeubles, se tournant automatiquement s'il percevait un mouvement du coin de l'œil, mais il ne voyait rien d'autre que des adultes en goguette.

Juste après minuit, son téléphone sonna. Sur le petit écran, il vit qu'il s'agissait d'un numéro privé.

— Oui ?

— C'est Rosie.

— Où es-tu ? Ton nom n'est pas apparu. Sais-tu quelque chose ?

— Non. Je suis à la maison. J'utilise le téléphone de Philip pour ne pas encombrer ma ligne. Tu n'as rien vu ?

— Non.

Dieu sait quels tourments elle devait endurer en ce moment ! songea-t-il. Un avant-goût de l'enfer, à n'en pas douter.

— Je t'appellerai si je les retrouve.

— Je sais, mais il fallait que je vérifie. Il faut que je fasse quelque chose.

A l'arrière-plan il entendit Philip lui parler et se rendit compte qu'elle posait la main sur l'appareil pour lui répondre.

— As-tu tout révélé à la police ? demanda-t-il, piqué au vif.

— Précise ta pensée…

Il l'avait offensée. Tant pis. La question devait être posée.

— Je ne te demande pas de m'expliquer quoi que ce soit, mais as-tu tout expliqué à la police ? As-tu dit aux deux agents tout ce qui s'est passé juste avant la disparition des enfants ?

Il ne pouvait se résoudre à l'interroger sur la présence de Philip, ni sur l'objet de la conversation qu'ils avaient eue dans le petit salon. Il savait qu'il l'apprendrait plus tard et ne pouvait qu'espérer que l'information ne lui serait pas trop difficile à gérer.

— Je leur ai dit tout ce dont je me souvenais, même ce qui me paraissait dénué de la moindre importance. Je ne leur cache rien.

Peut-être…

Quoi qu'il en soit, ce n'était pas le moment d'épiloguer là-dessus.

— Ecoute, je te laisse. Je veux continuer à chercher.

— Merci, Nick, de m'apporter ton aide en dépit de tout, répondit Rosie avant de couper la communication.

En dépit de tout. Qu'entendait-elle exactement par là ? Combien d'affronts couvrait la formule ? Il aurait donné cher pour le savoir.

S'arrêtant une fois de plus au drive-in d'un fast-food, il acheta son troisième café insipide de la nuit qu'il but d'un trait. Il n'était pas très loin de chez lui. Autant y faire encore un saut, se dit-il.

Juste au cas où.

Non, il n'avait pas la berlue ! Cette fois, il avait vu une lueur dans son jardin de derrière.

Sans bruit, il descendit de voiture, s'engagea silencieusement dans son allée d'accès puis longea le mur latéral de la maison en le rasant de manière à éviter de déclencher le détecteur de mouvement. A l'angle, il s'immobilisa afin de se fondre dans l'ombre de la bâtisse. Dès que ses yeux se furent habitués à la pénombre, il scruta le jardin. Dans l'obscurité, celui-ci semblait différent de ce qu'il était au grand jour. Il sentit toutefois que quelque chose n'était pas à sa place habituelle.

Son regard balaya lentement la cabane, puis les quelques vieux arbres fruitiers plantés tout au fond, avant de revenir à la cabane. Il y avait là quelque chose d'anormal, mais quoi ? Il en examina minutieusement la façade, une fois, deux fois, et vit enfin ce qui clochait. Sous la fenêtre, il y avait un gros morceau de bois de chauffage, dressé sur la tranche comme pour servir de siège. Ou de billot. Cette bûche ne se trouvait pas là auparavant. Ses yeux remontèrent vers la fenêtre de type « à jalousie ». La plupart des lames de verre orientables avaient été retirées. Quelqu'un s'était-il introduit dans la cabane verrouillée ? Et ce quelqu'un y était-il encore ? Se pouvait-il qu'il s'agisse des jumeaux ?

Adossé à la maison, Nick réfléchissait à ce qu'il devait faire lorsqu'un éternuement troua le silence.

— Ne fais pas de bruit ! dit une voix d'enfant.

Une petite voix voilée qu'il ne risquait pas de confondre avec une autre : celle de Charlie.

Envahi d'un immense soulagement, il traversa la pelouse en quelques enjambées.

— Lucy, Charlie, n'ayez pas peur ! C'est Nick. Tout va bien.

Un sanglot s'éleva à l'intérieur puis le silence retomba. Nick continua à parler aux enfants tout en tirant ses clés de sa poche et tâtonna dans l'obscurité pour introduire celle de la cabane dans la serrure. Enfin, le pêne coulissa et il tira à lui le battant de bois.

Il s'était attendu à devoir tirer les fugitifs de leur cachette. Au lieu de cela, une silhouette s'élança vers la porte ouverte. Pensant qu'ils voulaient de nouveau s'enfuir, il se courba, prêt à les intercepter au passage, mais l'enfant se précipita droit dans ses bras. De petits bras se nouèrent autour de son cou et le sanglot de tout à l'heure se mua en torrent de larmes qui inondèrent sa chemise. Lucy. Une petite Lucy terrorisée.

S'asseyant sur ses talons et l'étreignant étroitement, il la berça comme on berce un tout-petit, lui murmura des paroles apaisantes, tout en observant attentivement Charlie tapi dans l'ombre. L'angoisse lui tordait les entrailles. Qu'est-ce qui avait bien pu les faire fuir ? Et, surtout, quelles épreuves avaient-ils traversées depuis leur fuite de la maison familiale ?

Le temps lui parut long, mais un petit Charlie au visage livide finit par s'avancer. Nick lui ouvrit un bras et, comme Lucy, Charlie s'abattit contre lui. Un sanglot s'échappa de ses lèvres et puis vint la délivrance des larmes, son petit corps secoué de spasmes si violents que Nick peina à le maintenir contre lui.

Finalement, ses sanglots s'apaisèrent et il retrouva sa voix.

— Ne la laisse pas nous quitter. Ne nous quitte pas, Rosie. On sera gentils… Fais-la rester. Fais-les revenir. Maman. Papa… Rosie. Maman. Papa…, bredouilla-t-il en un flot quasi hystérique entrecoupé de grandes inspirations qui glaça Nick d'effroi. Maman. Maman. Maman…

Dieu du ciel, que s'était-il passé ?

11

Nick l'avait appelée bien après minuit.

Rosie ne se rappelait pas ce qu'il lui avait dit d'autre que : « Je les ai retrouvés. Je les ramène chez toi. Ils vont bien ». Ni comment elle avait passé le temps en attendant qu'il se gare devant la maison et qu'elle coure serrer ses petits trésors dans ses bras.

Dès qu'il avait raccroché, elle avait convaincu Philip de regagner l'hôtel où il descendait habituellement lors de ses déplacements professionnels. Elle aurait aimé qu'il parte bien avant, mais à quoi aurait-il servi de l'envoyer patrouiller dans Bondi ? Il ne connaissait pas les lieux et si les enfants étaient tombés sur lui, qui sait ce qui se serait passé !

Ils s'étaient enfuis à cause de Philip. Même si elle ne connaissait pas les raisons exactes, elle savait qu'il était responsable. Tout comme elle. Elle avait de nouveau blessé Lucy et Charlie, plus cruellement cette fois puisqu'ils avaient fui la maison qu'ils aimaient pour partir, seuls, dans la nuit.

Dire qu'elle avait rompu avec Nick en croyant agir pour le bien des enfants et qu'elle avait réussi à rendre les choses mille fois pires en y mêlant Philip, un homme qu'elle n'aimait pas !

Nick, l'homme sur qui elle savait pouvoir compter dans les coups durs, l'homme à qui elle avait fait le plus confiance pour retrouver Charlie et Lucy, était aussi celui qu'elle aurait voulu avoir auprès d'elle durant la longue et éprouvante attente. Hélas ! il ne pouvait être partout à la fois. Et maintenant que la crise était terminée, elle s'inquiétait de savoir à quoi il pouvait bien attribuer le fait qu'elle lui avait demandé de partir alors que Philip restait.

Elle supposait que plusieurs heures s'étaient écoulées depuis le retour des enfants. La nuit devait toucher à sa fin.

Malgré son épuisement, Lucy avait été incapable de s'endormir. De son côté, Charlie n'avait pas voulu la laisser le toucher ; seul Nick avait eu ce droit. Quelle ironie, alors que c'était le baiser qu'ils avaient échangé qui avait été le déclencheur de toute cette suite d'événements !

Finalement, elle avait dû appeler le généraliste pour qu'il administre un calmant aux enfants tant ils étaient surexcités à la fois de soulagement, de colère et d'épuisement. Elle les avait couchés dans son propre lit puis était restée assise près d'eux jusqu'à ce qu'ils s'endorment.

Elle savait que les policiers avaient interrogé Nick — le Dr Hawkins lui avait dit qu'ils étaient là lorsque Nick l'avait fait entrer. Elle ne les avait pas vus, et ça lui était égal. Les jumeaux étaient à la maison. Sains et saufs. C'était tout ce qui importait.

La seule chose qui importait !

Toutefois, ce fut avec le vibrant espoir que Nick soit encore là qu'elle descendit au rez-de-chaussée afin de verrouiller la maison. Espoir fou étant donné ce qu'il devait penser… Toutefois, maintenant que les jumeaux étaient de retour, elle ne pouvait se cacher plus longtemps qu'elle le voulait tout à elle.

Lorsqu'elle entra dans la cuisine, il se leva. Il était là !

Mais était-il là pour elle ?

Il n'avait pas été facile de reconstituer les faits et gestes des enfants depuis qu'ils s'étaient enfuis, mais il semblait qu'ils avaient eu de la chance. Effrayés par ce qu'ils avaient vu dans les rues de Bondi, ils s'étaient assez vite réfugiés chez lui et rien de fâcheux ne leur était arrivé.

Nick avait porté Charlie, toujours accroché à lui, à l'étage. Il l'avait mis en pyjama et couché dans le lit de Rosie à côté de Lucy, le tout sans échanger un mot avec la jeune femme.

Ensuite, il avait attendu dans la cuisine pendant que son confrère Hawkins les sédatait.

Il avait attendu pendant que Rosie leur tenait compagnie le temps qu'ils s'endorment.

Pendant qu'il attendait, il avait fait entrer les agents de police puis les avait raccompagnés après leur avoir patiemment donné sa déposition.

Il avait déployé des trésors de patience qu'il ne savait même pas posséder.

Mais maintenant, fini d'attendre !

Rosie descendait l'escalier. Au moment où elle entra dans la cuisine, il se leva. Elle s'avança vers lui, sa lèvre inférieure agitée de tremblements, les joues mouillées de larmes, et se jeta dans ses bras. Il n'avait pas eu l'intention de l'étreindre — il voulait des explications —, mais comment aurait-il pu s'en empêcher ?

Du moins pour l'instant.

Tandis qu'elle s'accrochait à lui, il la pressa contre son torse, caressa ses cheveux. Elle tremblait et, par moments, son souffle se bloquait dans sa gorge.

Quand, s'écartant de lui, elle sécha ses joues, il s'avisa qu'elle devait être encore plus épuisée que lui.

— Je vais m'en aller. On a tous les deux besoin de dormir.

Elle saisit sa main.

— Non, reste. J'ai besoin de te parler avant que les jumeaux se réveillent.

— Tu as surtout besoin de te mettre au lit ; on dirait que tu vas t'effondrer. Mais si tu tiens à parler, Rosie, dis-moi la vérité à propos de la fuite des enfants. Je sais qu'il se passe quelque chose entre toi et Philip, et je sais que c'est la raison de leur départ. Charlie n'a pas arrêté de me supplier de faire en sorte que tu restes. Même s'il était quasiment hystérique, c'était assez clair. Où croit-il que tu vas aller ? Pourquoi croit-il que tu pourrais les abandonner ?

— Philip m'a demandé de retourner à Canberra.

Nick se rassit sur sa chaise. Entre deviner que ce genre de chose se tramait et l'entendre de sa bouche, il y avait une énorme différence.

— Parce que… ?

Au lieu de s'asseoir comme elle semblait sur le point de le faire, Rosie s'agrippa au dossier d'une chaise.

— Il semble penser que le changement nous serait bénéfique à tous.

— Y a-t-il un rapport avec sa promotion au ministère des Affaires familiales ?

— Tu es au courant de ça ?

— Je lis les journaux. Tu as dit non et les jumeaux ont mal entendu ?

— Je ne sais pas ce qu'ils ont entendu, mais…

— Tu n'as pas dit non ? l'interrompit Nick, glacé jusqu'aux os. Tu envisages ce changement ?

— Non ! Je savais que je ne retournerais pas là-bas, mais, dans un moment de folie, je l'ai effectivement envisagé. Pas pour moi. Comme je le disais, c'était insensé.

— Tu l'as envisagé pour le bien de Philip ? se récria-t-il.

— Bien sûr que non ! Tu penses que j'emmènerais les enfants à Canberra juste pour soutenir *sa carrière* ? Tu me crois complètement stupide ?

Il se contenta de la dévisager, sans répondre ni dissimuler la fureur qui bouillonnait en lui.

— Je l'ai envisagé pour les jumeaux. Ils ont besoin de stabilité et de sécurité. Je sais dans mon cœur que Canberra — et Philip — ne leur apporterait pas ça, mais j'en suis venue à douter de moi. Depuis le gâchis que j'ai causé quand je t'ai embrassé, je n'ai plus confiance en mon jugement. C'est pourquoi j'ai voulu m'assurer que je pesais correctement le pour et le contre. Il m'a fallu moins d'une seconde pour savoir que déménager à Canberra est la dernière chose dont les jumeaux ont besoin. Et qu'ils ont encore moins besoin de Philip ! Mais ils ont dû tendre l'oreille et surprendre le début de la conversation — on était encore dans le grand salon — et pas la fin, vu que j'avais emmené Philip au petit salon par mesure de prudence.

De tout cela, Nick ne retenait qu'une chose : au lieu de repousser tout de suite la proposition de son ex, elle y avait réfléchi.

— Tu as examiné l'offre de Philip pour la sécurité et la stabilité.

Même si elle n'acquiesça que d'un mouvement hésitant de la tête, il s'agissait d'une confirmation qui tournait en ridicule la déclaration d'amour qu'il lui avait faite.

— Moi aussi, je t'ai fait une offre, Rosie. Je t'ai dit que je voulais construire quelque chose avec toi et que je t'aime. De *ça*, tu n'as tenu aucun compte.

Il était si frustré qu'il aurait volontiers envoyé quelque chose se fracasser contre le mur.

— Soit tu n'éprouves pas la même chose pour moi, soit tu m'estimes incapable de subvenir à tes besoins aussi bien que Philip. Est-ce vraiment à cause des enfants que tu as refusé d'entamer une relation avec moi, ou est-ce parce que tu n'as jamais réellement rompu avec lui ? Est-il un meilleur candidat, financièrement parlant ?

— Comment peux-tu me demander si c'est vraiment à cause des enfants ? Tu le sais ! Charlie était si perturbé qu'il avait cessé de me parler. Il fallait que je fasse ce que j'ai fait.

Elle cilla et écrasa une larme qui menaçait de couler. Nick garda le silence. Pourquoi rendrait-il l'explication plus facile pour elle qu'elle ne l'était pour lui ?

— Du moins est-ce ce que je croyais..., poursuivit-elle. Mais es-tu vraiment en train de dire que tu me crois capable de prendre en compte des critères financiers avant de m'engager dans une relation ? Si c'est le cas, cela prouve que tu ne me connais pas.

Sa voix était teintée de tristesse et d'angoisse, non de colère. Néanmoins, Nick s'endurcit le cœur.

— Pour la première fois depuis quelque temps, je suis d'accord avec toi, répliqua-t-il.

Puis, repoussant sa chaise, il se leva.

— Je suis heureux que les jumeaux soient sains et saufs. A l'avenir, peut-être pourras-tu faire attention à ce que tu diras quand ils seront susceptibles de t'entendre.

C'était un coup bas, une remarque mesquine qui impliquait qu'elle était seule responsable de la fugue des jumeaux. Une injustice aussi et, en la proférant, il passait pour quelqu'un d'amer. Mais après tout, bon sang, amer, il l'*était* bel et bien ! Et il pourrait ajouter furieux, désillusionné, et anéanti pour faire bonne mesure.

Plus tard, il regretterait son commentaire, c'était certain, songea-t-il. En fait, en voyant le visage atterré de Rosie perdre le peu de couleur qui lui restait, il le regrettait presque déjà en dépit du désespoir qui le submergeait.

Presque.

Mais pas tout à fait.

A la fin du petit discours impromptu de l'un de ses collègues, Nick leva son verre et but à sa santé. Puis, tandis que son regard balayait l'ensemble des associés du cabinet médical réunis autour de la table pour leur traditionnel dîner annuel, il lui vint à l'esprit qu'en matière de « famille », c'était là tout ce qu'il avait en Australie. Un petit groupe fort sympathique, certes, mais était-ce suffisant pour lui ?

A sa ceinture, son portable vibra. Il le décrocha, consulta

discrètement le petit écran. James ? Pour qu'il l'appelle à cette heure, ce devait être important.

Avec une mimique d'excuse, il quitta la table et sortit prendre l'appel sur le trottoir, dans la tiédeur de la nuit.

— Qu'est-ce qui se passe, vieux frère ?

— De grandes choses ! Je vais me marier.

Nick resta une seconde frappé de stupeur.

— Comment ça, te *marier* ?

— Il y a plusieurs manières ? demanda James en riant. J'épouse Lettie, l'élue de mon cœur depuis des années. L'opportunité de nous retrouver ensemble ne se présentait jamais et puis, quand ça s'est finalement produit, tout s'est mis en place très vite. En fait, elle éprouvait la même chose que moi depuis le début.

— Pendant toutes ces années de célibat, tu rêvais de te *marier* ? Qu'est-il advenu de tes proclamations « le travail est tout ce dont j'ai besoin » — le travail et quelques brèves liaisons sans conséquences ?

— C'était tout ce dont j'avais besoin en attendant la femme de ma vie. Avant qu'on ne soit ensemble, je n'avais jamais vraiment envisagé le mariage, mais ensuite l'idée s'est imposée à moi. Je voulais t'annoncer la nouvelle en personne. Je viens juste de quitter la maison de ses parents où nous avons fêté ça, et je me suis dit que j'allais continuer par téléphone avec toi.

Ils parlèrent longuement de sa fiancée, de la cérémonie à venir. Touché, Nick accepta avec plaisir d'être le témoin du marié.

— Et toi, quoi de neuf ? Des serments rompus ? Toujours aussi attiré par ta fille compliquée ? Où en es-tu, maintenant, dans tout ça ?

Bonne question, songea Nick. Il retint la réponse qui lui vint aux lèvres, à savoir que tout était terminé avec « sa fille compliquée ». Que, même s'il comprenait pourquoi elle avait — brièvement — examiné l'offre de son ex et même s'il ne lui en voulait plus pour ça, le mal était fait. Elle avait considéré la proposition d'un autre et repoussé celle qu'il lui avait faite. Aucun retour en arrière n'était possible.

— Je suis où je voulais être, répondit-il.

Il expliqua à James comment les problèmes de partenariat s'étaient résolus.

— Ça n'a pas l'air de te rendre particulièrement heureux... Et tu ne m'as pas répondu à propos de ta fille compliquée.

— Ce serait trop long. En plus, j'ai un dîner qui m'attend.

— J'en déduis que tout n'est pas rose sur le front de l'amour. Alors dis-moi... tu es parvenu où tu voulais être et tu as découvert que le sommet est un endroit solitaire ?

— Je ne suis pas au sommet. Pas encore. Mais ce n'est qu'une question de travail et de concentration, pour y arriver.

— Mais cela en vaut-il la peine ? C'est ce que tu te demandes. Inutile de nier ou de confirmer ! Je le sais parce que tu en es exactement là où j'en étais il y a encore deux ans, si focalisé sur les échelons à gravir que je ne me demandais même pas pourquoi je faisais ça. Quand la lumière s'est faite dans mon esprit, il m'a fallu encore plus d'une longue année fort solitaire avant que tout s'organise avec Lettie.

Il marqua une pause avant d'ajouter, d'un ton plein de sympathie.

— Tu n'as pas l'air en grande forme, Nick. Réfléchis à tout ça. Es-tu sûr que quoi qu'il se soit passé, ça ne peut pas s'arranger ?

Après qu'ils eurent mis fin à leur conversation — non sans qu'il ait promis de se rendre à Perth pour les fiançailles officielles — Nick resta un instant immobile à regarder la rue tranquille sans vraiment la voir. Tout le mal qu'il se donnait en valait-il la peine ? Jamais il n'avait pris le temps de réfléchir à ce qu'il trouverait au sommet.

Il savait maintenant qu'il l'atteindrait, mais qu'est-ce qui l'attendrait, là-haut, lorsqu'il y parviendrait ?

Bien que la saison des entraînements du Junior Lifesaving Club soit terminée, Rosie et les enfants continuaient à aller à la plage le dimanche matin.

Aujourd'hui, Alison s'était jointe à eux, mais les jumeaux avaient vite distancé les deux jeunes femmes. Ils couraient devant elles avec leur petite chienne, Lolly, riant aux éclats quand celle-ci tournait autour de leurs chevilles. Ce spectacle réchauffait le cœur de Rosie. Leur offrir Lolly avait été la seule bonne idée qu'elle avait eue au cours du mois écoulé, depuis qu'embrasser Nick les avait tous précipités dans un véritable bourbier.

— Ça faisait des années que je n'avais pas été debout à cette heure-ci, à moins d'avoir fait la fête toute la nuit, dit Ally. Et maintenant, me voilà à faire de l'exercice au point du jour !

— Il est 8 heures passées, ce n'est pas exactement le point du jour, souligna Rosie en riant. Mais c'est super que ton emploi du temps coïncide enfin avec le mien.

— A propos d'emploi du temps, quand vas-tu prendre quelques minutes pour regarder les sites de rencontres sur internet ? C'est l'idéal pour toi. Tu peux surfer sur la Toile pendant que les enfants dorment, pas besoin de baby-sitter.

— Merci pour le tuyau, mais…

— Je sais, je sais, coupa Ally. Tu ne veux que Nick, tu me l'as assez répété ces dernières semaines. Mais que comptes-tu faire pour l'avoir ? Tu ne crois pas qu'il est temps que tu cesses de t'apitoyer sur ton sort ?

— Je ne…

— Si ! Tu te morfonds en espérant qu'il viendra te supplier. Seulement, rappelle-toi : tu l'as plaqué en disant que c'était pour le bien des enfants, tout en étant prête à étudier l'offre de Philip.

— Mais…

— Je sais, tu ne l'as pas vraiment étudiée, mais il ne le sait pas. Je déteste être celle qui te dit ça, Rosie, mais si l'un de vous doit supplier l'autre, c'est toi. Et tu ne peux plus utiliser les enfants comme excuse, ils vont parfaitement bien tous les deux.

Ally avait raison, reconnut Rosie en regardant ses neveux rouler dans le sable avec Lolly. C'était le seul point positif dans le gâchis qu'elle avait fait. Charlie et Lucy étaient en pleine forme. Dès qu'ils avaient été convaincus qu'aucun d'eux ne quitterait Sydney et qu'elle ne retournerait pas vivre avec Philip, les choses s'étaient notablement améliorées. Charlie lui parlait de nouveau comme si rien ne s'était passé. Il parlait aussi à Ally et répondait parfois même aux autres adultes quand ils s'adressaient à lui.

Ils s'étaient révélés beaucoup plus résilients qu'elle ne l'aurait cru, ainsi que Nick l'avait suggéré. Aux yeux d'un passant, ils devaient paraître normaux, heureux. Tout à coup, elle réalisa qu'ils ne le « paraissaient » pas seulement. Ils *étaient* des enfants normaux, heureux, débordants de joie de vivre !

Et des enfants heureux et épanouis n'avaient nul besoin qu'elle sacrifie son propre bonheur sans raison.

Une image de son avenir s'infiltra dans son esprit — l'avenir qu'elle rêvait d'avoir, non celui qu'elle envisageait en ce moment. Un gros soupir lui échappa. Combien de chances avait-elle de le vivre, cet avenir de rêve ?

— Qu'y a-t-il ? demanda Ally en l'entendant soupirer.

— A quoi servirait de le supplier ? Pourquoi me donnerait-il une autre chance ? A sa place, je ne le ferais pas.

— Ne dis pas de sottises ! Tout ce que tu as fait, c'est placer les jumeaux en tête de liste de tes priorités ; il n'y a aucun mal à ça. S'il est l'homme que tu m'as dépeint, il comprendra. Ce qu'il n'accepterait pas, c'est que tu le fasses marcher. Parle-lui, explique-lui ce qui s'est passé. Tu es une bonne personne, tu mérites d'être heureuse. Qu'est-ce que tu risques, après tout ? Mais il y a autre chose qui me vient à l'esprit..., ajouta Ally en menaçant Rosie du doigt. Je crois que tu as renoncé à Nick justement parce que tu es amoureuse de lui et que tu penses que te priver de toute vie sentimentale entre dans tes attributions de tutrice des jumeaux. J'ai toujours dit que ton besoin irraisonné de faire passer les autres en premier ne te mènerait nulle part !

Etait-ce ce qu'elle avait fait ? se demanda Rosie.

Elle réfléchit. Le raisonnement de son amie semblait imparable.

— Ally, tu pourrais me rendre un service ?

Ally écouta ses explications avec un grand sourire, puis elle lui donna une rapide accolade avant de mettre ses mains en porte-voix.

— Le dernier arrivé a un gage ! cria-t-elle aux enfants.

Un instant plus tard, ils sprintaient tous les trois, la petite chienne surexcitée sur leurs talons, en direction de l'extrémité de la plage tandis que Rosie se dirigeait vers les marches, leurs cris joyeux sonnant à ses oreilles comme s'ils lui souhaitaient « bonne chance ».

Des vœux loin d'être superflus.

Elle allait avoir besoin de beaucoup, beaucoup de chance.

12

Nick n'avait jamais de panne d'oreiller, pourtant sa pendulette marquait presque 9 heures. Roulant sur le côté, il tira ledit oreiller sur sa tête afin d'atténuer les coups qui y résonnaient. Il aurait dû refuser ce dernier cognac, hier soir. Et il n'aurait pas dû prolonger la soirée jusqu'à l'aube dans le but de prouver qu'il était en forme — à l'inverse de ce que pensait James — surtout après autant de nuits passées à mal dormir. Cependant, il n'avait pas forcé sur l'alcool, ce qui rendait inexplicable cette sensation de martèlement.

Finalement, il comprit. Quelqu'un frappait à sa porte. S'extirpant du lit, il enfila un vieux short et, tout en passant une main sur son visage pour se réveiller, alla ouvrir.

Quand il vit qui se tenait sur le seuil, il crut rêver.

Rosie !

Rosie qu'il avait perdu tout espoir de revoir.

Dieu qu'elle était belle ! Belle et nerveuse, apparemment. Elle mordillait sa lèvre inférieure, se balançait d'un pied sur l'autre. Le temps s'arrêta et il resta là, immobile et muet, à la contempler.

— Je… Ça te dirait de descendre à la plage pour boire ça ? dit-elle en lui tendant l'un des deux gobelets de café qu'elle tenait. Avec moi ? ajouta-t-elle avec hésitation, comme si cela risquait de lui donner une raison de refuser.

Il prit le gobelet et croisa son regard. Elle ne se détourna pas et une légère rougeur envahit ses joues. Il ignorait pourquoi elle était là. Tant pis, il le saurait plus tard. Il attrapa ses clés, ses lunettes de soleil, un T-shirt abandonné sur une chaise de l'entrée et referma la porte derrière lui.

— Où sont les enfants ?

— A la plage, avec mon amie Ally, répondit-elle

Après quoi elle resta silencieuse durant le trajet, se contentant de couler de fréquents regards dans sa direction.

Lorsqu'ils furent assis sur le sable, à une cinquantaine de mètres du Marie's Milk Bar devant lequel ils s'étaient rencontrés une éternité plus tôt, lui semblait-il, Nick but son café d'un trait avant de se renverser en arrière, en appui sur ses bras. Ça le torturait d'attendre, de se demander pourquoi elle était venue frapper à sa porte. Il allongea néanmoins les jambes devant lui, offrit son visage à la caresse du soleil et ferma les yeux, comme s'il avait tout son temps. Un homme avait sa fierté ! Il n'allait pas quémander d'explications.

Assise à côté de lui, dissimulée derrière ses lunettes de soleil, Rosie faisait face à l'océan.

— Je te dois des excuses, dit-elle enfin sans le regarder. Le soir où les enfants se sont enfuis, tout s'est écroulé. J'ai tout fait de travers, absolument tout. Et mon plus grand tort a été de te laisser partir sans t'expliquer ce qui s'était passé. Est-il encore temps de le faire ?

— Je t'écoute.

— Tu avais raison, j'ai été imprudente. Charlie et Lucy ont bien surpris une partie de ma conversation avec Philip. Ils en ont conclu que j'allais retourner à Canberra en les laissant ici. Alors, dans le but de m'empêcher de partir, de m'obliger à rester pour les chercher, ils ont décidé de s'enfuir.

Malgré la jalousie qui bouillonnait de nouveau en lui à la seule mention de Philip, Nick garda le silence. Il devait l'écouter jusqu'au bout.

— C'est pour les mêmes raisons qu'ils ont été perturbés lorsque Charlie nous a vus en train de nous embrasser. Ils étaient terrifiés à l'idée que je les quitte. Ils ont pensé qu'on allait faire comme leurs parents : partir sans eux et ne pas revenir. Et tu as eu raison pour d'autres choses aussi.

— Ah oui ?

— C'est vrai que j'ai, très brièvement, examiné la proposition de Philip parce qu'il pouvait nous offrir la stabilité. Pas en termes d'argent, ça n'est jamais entré en ligne de compte, mais j'avais réussi à me convaincre que c'était mon devoir de redonner aux jumeaux un maximum de ce qu'ils avaient perdu. Y compris une famille. Je croyais que, pour leur bien, il me fallait nier mes propres besoins. Que ce sacrifice prouverait que j'étais une bonne tutrice. Dans la mesure où je tenais tellement à toi, je ne devais pas t'avoir. Et dans la mesure où je ne voulais pas de Philip, je me suis dit que je devais considérer sa proposition comme si le fait que je n'étais pas moi-même intéressée signifiait forcément que c'était l'idéal pour les enfants.

Otant ses lunettes de soleil, elle pivota pour lui faire face, les jambes repliées sous elle, une expression angoissée sur le visage, les mains imbriquées l'une dans l'autre.

— Je sais que ça paraît aberrant. Insensé. Ça l'est. Même si j'avais sacrifié mon propre bonheur pour les enfants, vivre avec Philip n'aurait jamais été l'idéal pour eux. Il ne les aime pas. Les jumeaux ne l'aiment pas. Et moi non plus.

Comme elle scrutait son visage, à l'affût d'une réaction de sa part, Nick se força à demeurer impassible.

— J'ai encore du mal à croire que j'aie pu créer autant de problèmes juste en considérant cette option quelques fractions de seconde. Et je ne supporte toujours pas de penser à ce qui aurait pu arriver si les jumeaux n'avaient pas su où tu habitais.

— Cela remonte à trois semaines, Rosie. Pourquoi avoir tant attendu, si tu voulais t'expliquer et t'excuser ?

— Je...

Elle avala sa salive et détourna le regard un instant. Puis, s'agenouillant sur le sable, elle lui ôta ses lunettes de soleil afin de pouvoir le regarder dans les yeux.

— C'est l'histoire de ma vie... Je ne croyais pas que je méritais une seconde chance. J'avais tout sabordé. J'avais fait naître une telle terreur, un tel sentiment d'insécurité chez mes neveux qu'ils s'étaient enfuis. Je t'avais éloigné parce que je m'étais convaincue que je ne méritais pas d'être heureuse alors que les jumeaux avaient vécu tellement d'épreuves...

— Pourtant tu es là, maintenant. Qu'est-ce qui a changé ?

— Ally vient de m'ouvrir les yeux. En résumé, elle m'a dit que j'étais tellement habituée à me mettre au second plan qu'il était plus facile pour moi de continuer indéfiniment que de prendre le risque de m'accorder une certaine priorité.

Une explication logique qui collait tout à fait avec ce qu'il savait d'elle et avec ce qui s'était passé, songea Nick. Mais ça ne lui suffisait pas. Il avait besoin de savoir si Rosie croyait vraiment en « eux ».

— Qu'a-t-elle dit d'autre ?

— Que je me trouvais des prétextes pour éviter de régler le véritable problème. Et elle m'a fait prendre conscience du fait que les jumeaux se portent à merveille, maintenant. En les regardant, tout à l'heure, je me suis soudain rendu compte qu'ils sont plus heureux que moi.

— Donc, ils ont « rebondi ».

Plus vite qu'eux, aurait-il pu ajouter, mais il s'en abstint. Elle n'avait pas à savoir qu'il ne dormait plus guère depuis leur rupture, et moins encore depuis la nuit de la disparition des enfants. Et puis il se réjouissait de les savoir heureux.

— Mais tu leur manques, reprit Rosie. Dès qu'ils ont

été certains que nous resterions tous les trois à Sydney, leurs angoisses liées à toi ont disparu. Ils me demandent tous les jours pourquoi on ne te voit plus.

— Et que leur réponds-tu ?

— Que j'ai commis une erreur et que je t'ai blessé. Alors ils me conseillent de te demander pardon pour qu'on puisse être de nouveau amis. Jusqu'à aujourd'hui, je ne croyais pas que c'était possible. J'ai fait un tel gâchis !

— En effet.

— Mais, selon Ally, ce n'est pas irréversible.

— Que suggère-t-elle ?

— Elle pense que je devrais me trouver quelqu'un sur un site de rencontres.

— Vraiment ?

Il aurait quelques mots à dire à cette Ally !

— Mais elle m'a dit de ne pas espérer de miracles. Et c'est un miracle que j'attends.

— Quel genre de miracle ?

— Le genre « être heureux et avoir beaucoup d'enfants ».

— D'après ce que j'ai vu sur internet, je suis d'accord avec Ally. Espérer des miracles est totalement illusoire.

Rosie parut horrifiée.

— Tu as cherché quelqu'un ?

L'idée l'effleura d'acquiescer afin de la faire souffrir comme il avait souffert ; il la repoussa énergiquement. Le mensonge et la mesquinerie, ce n'était pas son style.

— Non.

Il eut le plaisir de la voir libérer le souffle qu'elle avait retenu en attendant sa réponse.

— Toutefois, j'ai eu un peu de temps à tuer depuis le soir où je me suis retrouvé de nouveau seul après avoir fait très brièvement partie d'un couple. Internet s'est révélé un passe-temps pratique. Même si j'y ai surtout cherché le meilleur moyen d'importer des *Perky Nanas*, je vais te donner une information. Gratuite.

— Oui ? demanda-t-elle, pleine d'espoir.

— Une annonce locale, bien ciblée, c'est ce qu'il y a de mieux. Essaie.

— Ici ?

— Pourquoi pas ?

S'éclaircissant la gorge, elle lui lança un regard légèrement embarrassé.

— Femme médecin sans emploi…

— Attends ! Tu as vraiment quitté ton job ?

— J'ai envoyé ma démission le lendemain de la fuite des jumeaux. J'y songeais depuis longtemps ; j'avais juste besoin qu'on me pousse un peu pour officialiser la chose.

Jusqu'ici, cette annonce se présentait bien.

— Continue.

— Femme médecin sans emploi, nouvelle maman de deux garnements…

Elle s'animait, à présent.

— … Cherche partenaire permanent. Néo-zélandais et médecin exclusivement. Doit aimer prendre un café le dimanche matin sur la plage. Penchant pour les sucreries…

— C'est toi qui as ce penchant, ou c'est lui qui doit l'avoir ?

— Lui, évidemment ! Je dois surveiller mon poids. Je te rappelle que je suis en quête d'un homme, dit-elle d'un ton d'évidence tout en retenant visiblement un sourire.

Nick eut lui aussi quelque peine à garder son sérieux.

— C'est logique. Continue.

— Doit aimer les enfants, les chiots qui mâchonnent tout ce qu'ils trouvent et la pagaille monstre du matin. Doit embrasser comme un dieu et…

Elle s'interrompit, apparemment captivée par la bouche de Nick.

— Et quoi ? Quelle condition doit-il remplir après l'étape « baiser divin » ?

— Je ne sais pas ce qui se passe après cette étape. C'est

pourquoi j'ai besoin de trouver cet homme. L'homme que je veux m'a embrassée une fois, mais nous avons été brutalement interrompus. Nick…, ajouta-t-elle en lui caressant la joue. Je déteste le suspense. Ça t'ennuierait beaucoup que nous découvrions comment se termine ce baiser ?

— On ne peut pas.

Elle se figea.

— Tu ne veux pas ?

— Je dois d'abord répondre à cette annonce avant qu'un compatriote ne la voie et présente sa candidature.

Elle hocha lentement la tête.

— Jusqu'ici, oui, je suis intéressé. Oui, je corresponds aux critères. Seulement, comme tu l'as dit, il y a un point que nous devons finir de tester avant que je puisse donner ma réponse finale.

Sans un mot, elle posa ses paumes sur le torse de Nick et, tout en se penchant vers lui, elle laissa courir son regard sur son visage avant de l'arrêter de nouveau sur ses lèvres. Comme elle entrouvrait les siennes, il l'attira contre lui et prestement roula avec elle de manière à l'allonger sur le dos dans le sable. Son corps épousant étroitement les douces rondeurs du sien, il se retrouva enfin là où il rêvait d'être.

Elle sentait la rose, la crème solaire et le café. Avec ses joues empourprées, ses pupilles d'un noir d'encre dilatées, elle était plus belle que jamais. Laissant échapper un gémissement sourd, sorte d'exutoire à l'angoisse de ces dernières semaines, il posa ses lèvres sur les siennes et l'embrassa avec toute la passion qu'il avait retenue si longtemps.

Lorsqu'ils se séparèrent pour reprendre haleine, Rosie souriait. Les cheveux en bataille, les joues rose pivoine, elle semblait vivante comme jamais.

— Je pense que nous savons maintenant comment le baiser se termine. Puis-je en conclure que mon annonce te convient ?

— Absolument pas ! répondit-il en souriant.

Puis il se remit en position assise et l'aida à se redresser. S'ils étaient restés allongés, il n'aurait pas pu s'empêcher de l'embrasser encore et encore. Or, il subsistait des points à régler.

— Il faut la retirer tout de suite. Parce que, Rosie Jefferson, tu n'es officiellement plus sur le marché.

Le sourire de Rosie s'élargit, son visage exprimant tout le bonheur du monde.

— Alors, tu me pardonnes ?

— Oui, je te pardonne d'avoir fait passer les enfants en premier — je n'en attendais pas moins de toi. Je te pardonne même de m'avoir fait vivre un enfer. Mais seulement si, cette fois, tu ne me repousses pas quand je te dis que je t'aime. Je t'aime plus que tout, Rosie, et sans toi tous mes projets, tout mon travail, sont vides de sens. James m'a demandé hier soir si on se sentait seul au sommet…

Il frissonna au souvenir de toutes ces semaines de désespoir.

— … J'en suis encore loin et déjà je suis malheureux. Je me demande à quoi tous mes efforts peuvent servir, tout en sachant que la réponse ne peut être que toi.

— Moi ? demanda-t-elle, les yeux embués.

Il repoussa tendrement une mèche derrière son oreille.

— Oui, toi. Toi depuis l'instant où tu m'as souri pour la première fois. Toi et ces deux garnements. Je veux que vous partagiez ma vie, tous les trois.

Voyant, par-dessus l'épaule de Rosie, Ally et les jumeaux s'avancer dans leur direction, il pivota prestement et posa un genou sur le sable devant elle.

— J'aimerais pouvoir te faire un long discours, mais je prévois qu'il nous reste environ cinquante-cinq secondes avant d'être envahis. Donc, si tu es d'accord, je te donne la version abrégée.

Il lui prit la main pour ajouter :

— Rosie, laisse-moi t'aimer. Laisse-moi t'adorer et te chérir. Veux-tu me faire l'honneur d'être ma femme ?

Elle hochait la tête, souriait, ses yeux verts assombris par la passion, son visage illuminé de surprise et de plaisir.

— Oui ! Oui à tout ! Pour la première fois, je peux dire que je meurs d'envie que quelqu'un fasse des choses pour moi. J'ai hâte d'être adorée et d'être chérie, répondit-elle.

Puis elle prit son autre main dans la sienne et la serra fort.

— Nick, j'ai commis beaucoup d'erreurs et je suis certaine que j'en commettrai encore. Mais je te promets de ne jamais, jamais douter que tu es l'homme de ma vie. Celui dont j'ai besoin et que j'aime.

Glissant un bras derrière elle, il l'entraîna avec lui jusqu'à ce qu'ils soient de nouveau allongés sur le sable chaud.

Cette fois, le baiser brûlant qu'ils échangèrent ne contenait plus aucune question, seulement des réponses.

— Beurk ! fit la voix de Charlie au-dessus d'eux. Encore des bisous sur la bouche !

A regret, Nick mit fin à leur étreinte, aida Rosie à se redresser en même temps que lui puis, gardant un bras autour d'elle, il inspecta les arrivants : une Ally souriante, deux enfants débordants d'énergie et un petit chien au pelage humide et couvert de sable.

— Hello ! dit-il à la ronde. Je vois qu'embrasser Rosie va requérir de ma part des ruses de Sioux. Ou alors je vais devoir m'habituer à la présence de spectateurs.

— Cela signifie-t-il que vous avez réglé vos désaccords ? s'enquit Ally.

— Cela signifie que Rosie a accepté de m'épouser.

— Vous allez vous marier ? s'écria Lucy, tout excitée, en frappant dans ses mains.

— Oui. Mais Rosie y met une condition. Toi, dit-il, et saisissant Lucy, il l'assit sur ses genoux. Et toi, ajouta-t-il en faisant prendre le même chemin à Charlie. Et même ce coquin de petit chien, vous devez accepter que nous vivions tous ensemble. Qu'en dites-vous ?

Tout en poussant des cris de joie, les jumeaux se mirent à se trémousser sur ses genoux.

— On dit oui ! répondirent-ils à l'unisson.

Sa merveilleuse Rosie riait et, malgré les deux garnements qui l'utilisaient comme trampoline, Nick ne put attendre une seconde de plus. Resserrant son étreinte, écrasant les jumeaux dans le processus et les faisant s'esclaffer de plus belle, il l'embrassa.

Le moment était idéal.

Le lieu aussi.

Et Rosie était la femme idéale pour lui.

La femme de sa vie.

Harlequin vous offre un large choix de littérature sentimentale !

[illegible]

VOTRE COLLECTION PRÉFÉRÉE DIRECTEMENT CHEZ VOUS

Vous souhaitez découvrir nos collections ? Une fois votre 1er colis à prix mini reçu, si vous souhaitez continuer à recevoir nos livres, cela se fera automatiquement. Vous n'avez aucune obligation d'achat et cette offre est sans engagement de durée !

Dans votre 1er colis, 2 livres au prix d'un seul
+ en cadeau le 1er tome de la saga *La couronne de Santina*.
8 tomes sont à collectionner !

☛ COCHEZ la collection choisie et renvoyez cette page au
Service Lectrices Harlequin – CS 20008 – 59718 Lille Cedex 9 – France

Collections	Prix 1er colis	Réf.	Prix abonnement (frais de port compris)
❑ **AZUR**	4,75€	AZ1406	6 livres par mois 31,49€
❑ **BLANCHE**	7,30€	BL1603	3 livres par mois 24,85€
❑ **LES HISTORIQUES**	7,30€	LH1202	2 livres par mois 17,49€
❑ **PASSIONS**	7,80€	PS0903	3 livres par mois 26,49€
❑ **BLACK ROSE**	7,90€	BR0013	3 livres par mois 26,79€
❑ **HARMONY***	5,99€	HA0513	3 livres par mois 20,76€
❑ **SAGAS***	7,99€	SG2303	3 livres tous les 2 mois, 29,46€
❑ **VICTORIA**	7,80€	VI2115	5 livres tous les 2 mois 42,09€
❑ **GENTLEMEN***	7,50€	GT2022	2 livres tous les 2 mois 17,95€
❑ **HORS-SÉRIE***	7,70€	HS2812	2 livres tous les 2 mois 18,45€

*livres réédités

F23PDFM

N° d'abonnée Harlequin (si vous en avez un) ___________

Mme ❑ Mlle ❑ Nom : ___________

Prénom : ___________ Adresse : ___________

____

Code Postal : ______ Ville : ___________

Pays : ___________ Tél. : ___________

E-mail : ___________

Date de naissance : ___________

Date limite : 31 décembre 2023. Vous recevrez votre colis environ 20 jours après réception de ce bon. Offre soumise à acceptation et réservée aux personnes majeures, résidant en France métropolitaine, dans la limite des stocks disponibles. Prix susceptibles de modification en cours d'année. Vous pouvez demander à accéder à vos données personnelles, à les rectifier ou à les effacer. Il vous suffit de nous écrire en nous indiquant vos nom, prénom et adresse à : Service Lectrices Harlequin CS 20008 59718 LILLE Cedex 9. Service Lectrices disponible du lundi au vendredi de 9h à 17h : 01 45 82 47 47.